**2**

THE LAST
CHANCE

# 一线生机

石章鱼 著

三辰影库音像出版社

图书在版编目（ＣＩＰ）数据

一线生机．2 / 石章鱼著．－－ 北京 ：三辰影库电子
音像出版社，2017.2（2018.4 重印）

ISBN 978-7-83000-254-1

Ⅰ．①一… Ⅱ．①石… Ⅲ．①长篇小说－中国－当代
Ⅳ．① I247.5

中国版本图书馆 CIP 数据核字（2017）第 022853 号

书　　名：一线生机．2
作　　者：石章鱼　著
出版发行：三辰影库音像出版社
地　　址：北京市朝阳区北苑路媒体村天畅园 2 号楼
出 版 人：王六一
印　　制：北京凯达印务有限公司
开　　本：710 毫米 ×1000 毫米　1 / 16
印　　张：22
版　　次：2017 年 4 月第 1 版
印　　次：2018 年 4 月第 2 次印刷
印　　数：5001-7000
书　　号：ISBN 978-7-83000-254-1
定　　价：39.80 元
版权所有　翻版必究

# 目 录

萧宇事先和宋老黑商量了一下,两人定下"先礼后兵,逐个击破"的策略,他们的首选目标锁定在瘸五留下的地盘上。自从瘸五爷死后,他打理的安南区就陷入群龙无首的境地,他的副手钢炮并没有服众的能力,对待手下十分残暴,弄得手下人怨声载道,很多人都已经改投到宋老黑的门下。

李继祖欣赏地看着马国豪,他也想到了这个解决问题的方法,可是话说得容易,萧宇跟何天生相互牵扯的利益太深,破坏他们的联盟并不是容易的事情。马国豪冷冷地说道:"何天生如果倒下,那么他们之间的联盟就不复存在!"李继祖身躯一震,他和马国豪对视了良久,然后深深地点了点头:"这也许是解决问题最好的办法……"

黎明的时候,武装舰船终于靠岸,这是一个小型的军事港口。萧宇、胡忠武、霍远三人被他们用绳索反绑,因为搜身的缘故,他们的身上只剩下单薄的衬衣衬裤,根本无法抵御刺骨的寒风。他们颤抖的身子紧紧偎依在一起,用自己的体温温暖着彼此,萧宇头上的伤口已经凝结,应该没有什么大碍,霍远却因为过度的寒冷而发起烧来,他的身体不住地打着冷战,额头烫得吓人。

# 01　残酷才是江湖的真面目

　　章晴晴生怕萧宇再次从自己身边溜走，紧紧抓住萧宇的手臂，泪水将萧宇胸前的衣襟完全洇湿。枪声在身后不断响起，萧宇不用回头就知道发生了什么。薛正东不会放他们任何一个人离开，江湖就是这样残酷，不是你死就是我亡。如果今天的位置掉换，白瑞声这帮人对待自己的手段恐怕要残忍百倍。

## 营救

　　章肃风望着对面的祝长帆，出乎意料地大笑了起来。祝长帆不明就里地问道："这个时候你还能笑得出来？"章肃风点点头："我这才发现，自己之所以落到这种地步就是没有弄清流氓与政客之间的区别！"

　　祝长帆饶有兴趣地看着章肃风，一个胜利者倾听失败者的最后宣言，显然也是一种涵养。

　　"政客和流氓没有任何的区别，只不过站立的位置不同，人们往往仰视政客而俯视流氓，其实这两种人都是卑鄙无耻、不讲信义！"

　　祝长帆呵呵笑了起来。

　　章肃风继续说："我本以为你是个高尚的流氓！"

　　祝长帆慢慢摇了摇头："你在江湖上摸爬滚打了这么多年，难道现在仍然不明白流氓根本没有高尚和卑鄙之分？你失败的最大原因就是妄想做一个高尚的流氓，流氓就是流氓，即便你成为市长，你的身上仍然刻着流氓的烙印，你的血液中仍然充满了卑贱。本来我还想放你一条生路，可是你提醒了我，一个像你这样的流氓根本没有继续留在这个世界上的必要。"

祝长帆举起了手枪："所以今天你一定要死！"

沉闷的枪声在不足二十平方米的室内响起，殷红色的鲜血从祝长帆雪白的衬衣上缓缓渗出，他的目光里充满了惊恐和不能置信。

他的妻子——袁纾妮，手中的一把袖珍手枪正冒着青烟。

"你……"祝长帆的身子缓缓向后倒去，袁纾妮充满仇恨地瞪着他的眼睛："你知不知道是谁促成了你们的这次会面？是我！我的条件是，章肃风当上市长帮我第一个干掉你！"

"为什么？"祝长帆如果弄不清这个问题，他会死不瞑目。

章肃风淡淡地笑了笑，他轻轻挑起袁纾妮的下巴，充满了挑逗意味："任何一个年轻的女人都不想终老在你这种浑身皱褶的皮囊身边，不过我还是轻视了你，你和谭自在的关系远比我想象的更加深厚！"

祝长帆死了，他虽然弄明白了所有的一切，可是眼睛仍然无法闭上，即便他的年纪已经很老，却依然无法释怀这种侮辱，毕竟他还是一个男人。

枪声惊动了门外的保镖，当看清包房内发生了什么的时候，所有人的枪口全部对准了章肃风和袁纾妮。

袁纾妮冷冷环顾了一眼众人："人是我杀的！警察马上就会到这里来！"她的目光异常镇静，看得出她早已经做了最坏的打算。

章肃风慢慢站起身来，他转身说出了一句话："如果祝夫人被捕，那么你们将失去所有的雇主，换句话来说你们会失去以后的经济来源。也许今天是一个好日子，你们以后的薪酬会成倍增加，你们说不是吗？"枪口逐一垂落了下去，每个人都听懂了章肃风的话。

四辆奔驰车从前后左右向劫持章晴晴的两辆雅阁靠拢，这突然的变化让车内的青龙帮众感到一阵恐慌。因为老安留在体育场内对付萧宇，所以他们到现在仍然不知道他的死讯，车内最大的头目就是老安的副手小白。小白大名白瑞声，他的另外一个身份是老安的义子。他的脾气性格像足了年轻时的老安，一样的沉默寡言，一样的残忍好杀，唯一的不同就是他是大学生，而老安是鞋匠出身，帮内甚至有人传言，小白就是老安的私生子。

白瑞声迅速拨通老安的电话，那边仍然无人接听，他刚从演唱会现场出来，知道那里嘈杂的情况，也许老安并没有听到手机铃声。

章晴晴怒视着白瑞声说："你最好放了我，否则萧宇不会放过你们的！"

白瑞声有些不屑地笑了笑，身为和萧宇同代的年轻人，他总认为萧宇能有今天的身份和地位是因为谭爷念旧，除此以外就是萧宇自身的运气很好，私下里他一直企盼着能和萧宇有一次公平交手的机会。

白瑞声一把抓住章晴晴的头发，恶狠狠地说："实话告诉你，你今晚必死无疑，不但是你，萧宇，还有你的死鬼父亲，没有任何人能够逃过这场劫难！"章晴晴无畏地望向白瑞声："萧宇一定会来救我的！"在她的心中，没有任何人能胜过萧宇。

白瑞声正想说什么，这时手下惊恐地喊叫起来："声哥，这四辆车是冲我们来的！"白瑞声心中也是一阵恐慌，据他所知，原来的计划中根本没有其他帮众中途接应，现在唯一的可能性只有一个——对方是敌非友。他和另外一辆车联系了一下，让他们全速甩开四辆奔驰的追踪。

就在这时，一辆奔驰车从他们两辆本田的中间猛然转向插入，将他们之间的联系中断开来。白瑞声大喊："把油门加到最大，一定要甩开他们！"

事情并没有像他希望的那样发展，身后的奔驰车，全速撞击在他们坐驾的尾部，车身猛然一震，在公路上扭转了两下，才重新驶回正确的路线。其中一辆奔驰趁机超越了他们，用车身挡住了他们前进的方向。

另外一辆车的同伴比他们的境遇还要危险，两辆奔驰车一左一右夹击住了本田车的车身，车窗中露出黑洞洞的枪口，枪火在夜色中同时绽放。

萧宇看到了远处的枪火，出于对晴晴安危的担心，他的呼吸近乎凝滞，车速已经提升到了极限，他不敢去想，如果晴晴出了意外，他将会怎样去面对。

胡忠武坐驾的车头距离这三辆行进中火拼的汽车仅仅有不到五十米的距离，这突然出现的不速之客显然并不顾忌车内人质的安危。胡忠武尝试着越过这彼此纠缠的三辆汽车，冲到前方。在他做出努力的同时，从后视镜中看到一辆绿色的保时捷疯狂地冲了上来。

尽管他没有看清车内的人是谁，可他已经猜测到那一定是萧宇，胡忠武立刻做出了反应，第一时间通知萧宇："章晴晴在前面的本田车中！"

萧宇和胡忠武先后越过那三辆车的时候，两辆奔驰车也同时开始前冲，那辆被夹在中间的本田车在震耳欲聋的声响中燃起火光，车身被气浪掀向半空。

局面变成了六辆汽车围追前面的那辆本田车，前方闪耀着黄灯，那里是尚未竣工的路段，道路正中有一个宽约五米的大坑。

最前方奔驰车的司机猛然踩住了刹车，身后的所有车辆从四周将本田车包围在核心。

汗水从白瑞声的额头流淌到鼻尖，又一滴一滴地滴落下去，他手下的帮众全部都是面如死灰。

白瑞声的目光转到章晴晴的身上，然后他用力挤出一丝笑容。章晴晴知道对方在想什么，只要自己仍然在他的手中，他就有和萧宇讨价还价的余地，他就还剩下一线生机。

萧宇推开车门，大步向本田车走去，对他来说，除了章晴晴的安危，其他任何事情都不重要，他根本没有考虑这四辆奔驰车中的人究竟是朋友还是敌人！

胡忠武紧紧跟在萧宇的身后，他双手紧握手枪，无论是谁，只要对萧宇有任何的不利，他的子弹就会无情地射入对方的胸膛。

四辆奔驰车全部停在那里，从车窗中露出无数枪口，对准的目标都是那辆本田车。他们并没有下车的意思，萧宇的事情只能靠他自己来解决。

白瑞声用力抓住章晴晴的头发，将她拖下车去，他的眼睛布满了血丝，这让他的眼神显得更加的疯狂，而萧宇却一眼看透了这疯狂的表象下隐藏的深深恐惧。

"全部都给我让开，否则我就一枪打碎她的脑袋！"白瑞声声嘶力竭地喊道。

章晴晴美丽的面孔没有任何的恐惧，她的目光温柔地落在萧宇的脸上："阿宇，我知道，你一定会来救我！"

萧宇感到内心一阵酸涩，无论在任何时候，晴晴对自己都是那样深情，而自己对她的那份深情，却从来没有真正表达过！

他握枪的手微微有些颤抖。

白瑞声大声说："萧宇！你带着你的人离开，等我到达安全的地方，我就放了章晴晴！"

萧宇的目光忽然变得冰冷异常，他的枪口依然指向白瑞声的头顶："放了晴晴，我让你离开！"

白瑞声鄙夷地撇了撇嘴角："你当我是三岁孩子？我凭什么相信你？"

"你没有选择！"萧宇的语气没有任何回旋的余地。

白瑞声狂笑了起来，他用力拉扯住章晴晴的头发："我没有选择？我看是你没有选择才对！"

这时，其中一辆奔驰车的门打开了，一个三十多岁的男子走了下来，他的身高和萧宇差不多，肤色黝黑，最吸引人的还要数他那沉稳而内敛的双眼。

他缓缓走到萧宇的身边，淡淡向萧宇笑了笑："我叫薛正东，是天地盟的人！"萧宇点点头，难道是引擎的帮助才让天地盟动用了力量？

薛正东立刻解答了这个问题："天地盟自身的实力虽然不敢说在离岛称雄，可是只要在文山，任何的风吹草动都瞒不过我们的眼睛。"他边说话，眼睛边向萧宇眨了眨。

萧宇仿佛明白了什么。

白瑞声有些沉不住气了，对方完全没有把他放在眼里，他大吼了起来："妈的！给我让开，否则我杀了她！"

薛正东的目光仍然看着萧宇："我一共带来二十名手下，二十枝枪！"萧宇微笑着说："加上我们三个，一共是二十三发子弹，同时射入一个人的体内，他的感觉应该相当痛苦！"

白瑞声握枪的手开始颤抖，他后心的衣襟已经全部湿透。

萧宇的目光投向车内："兄弟们，我萧宇向来恩怨分明，你们和我并没有什么仇怨，现在你们就可以离开，我保证你们所有人的安全！"他的目光转向薛正东，薛正东点点头："萧先生的意思就代表我的意思，除了白瑞声以外，你们全部都可以离开！"

车门缓缓打开了，在这个时候，生命比任何事情都更重要。白瑞声望着手下一个个从包围圈中离开，额头上的冷汗一颗颗滑落下来。

萧宇的目光平静地看着他，白瑞声用力咬了咬嘴唇，他的喉结上下抽动了两下，缓缓放下了手枪。就在枪口刚刚滑离章晴晴身体的刹那，薛正东闪电般扣动了扳机，子弹从白瑞声的前额射入，他甚至连声音都没有来得及发出，整个身躯就直挺挺地倒在了地上。

章晴晴被眼前的一切吓呆了，萧宇迅速冲到她的身边，紧紧拥抱住她不住发抖的娇躯。过了许久，章晴晴才哇的一声大哭出来，萧宇用力亲吻着她冰冷而光洁的额头："晴晴，我再也不会让任何人伤害到你！"

章晴晴生怕萧宇再次从自己身边溜走，紧紧抓住萧宇的手臂，泪水将萧宇胸前的衣襟完全洇湿。枪声在身后不断响起，萧宇不用回头就知道发生了什么。薛正东不会放他们任何一个人离开，江湖就是这样残酷，不是你死就是我亡。如果今天的位置掉换，白瑞声这帮人对待自己的手段恐怕要残忍百倍。

等到章晴晴恢复了平静，萧宇问明章肃风的去向，和胡忠武、薛正东一行驱车赶往人间天上。

"为什么要帮我？"途中萧宇忍不住提出了这个问题。

薛正东的笑显得有几分诡秘："我们老大和何老先生的关系向来很好，

他嘱托韩先生要照顾你，不然我们也不会这么快找到青龙帮的这帮杂碎！"

萧宇终于明白了整件事情的来龙去脉，何天生知悉这件事情的内幕后，利用他和天地盟的关系全力帮助了自己，否则在这种情况下，自己根本没有逆转乾坤的可能。

何天生帮助自己并不仅仅是为了显示他的能力，更不是他一时的心血来潮，他之所以在自己身上投入这么大的精力和金钱，就是为了获取更多的回报，在他没有达到目的之前，绝不会让自己轻易死去。

章晴晴已经偎依在萧宇的怀中沉沉睡去，刚才看到的一切对这个女孩来说实在是太过残酷，在她的概念里，只要萧宇在自己的身边，任何事情都可以应付，任何的危险都不足为惧。

萧宇一行来到人间天上的时候，局面已经完全得到了控制，警察将现场封锁，章肃风和袁纾妮等人在警察的护送下前往警局去做笔录。八名保镖口风一致地说，是一个陌生杀手突然闯入这里杀害了祝长帆。

章肃风从围观的人群中找到了女儿，他的内心被巨大的幸福包围着，这种幸福是任何胜利的感觉都无法取代的。然后他又看到了女儿身边的萧宇，章肃风欣赏地向萧宇点了点头。这场风波最大的收益，就是让萧宇来到了自己的身边。不仅仅因为自己的女儿，更重要的是，在今后和谭自在的争斗中，他已经完全占据了上风。

无论是对萧宇还是章肃风，这件事情都远远没有完结，文山的战斗已经让萧宇和谭自在彻底决裂，而三连帮在围歼萧宇的战斗中付出了惨重的代价，共同的失败让青龙帮和三连帮紧密地团结在了一起。

离开文山之前，天地盟的大佬韩望江特地为章肃风送行，章肃风这次能够逢凶化吉全靠他的帮助，何况他和韩望江的胞弟引擎是结拜兄弟，章肃风对他显得十分客气。他却没有想到，这次韩望江之所以出手并不是因为弟弟，而是因为何老先生的嘱托。

章肃风和韩望江谈话的时候，特地把萧宇喊到身边，这足可以看出他对萧宇的器重。

韩望江满怀深意地向萧宇笑了笑，他的话题直奔章肃风的这次竞选："肃风兄这次的竞选看来是志在必得！"

章肃风苦笑着摇了摇头："如果不是祝长帆出了意外，也许会像望江兄所说的那样。"韩望江何尝不知道祝长帆的死和章肃风有关，两人只不过是心照不宣罢了。

韩望江笑着说："其实祝长帆死了，也未尝不是一件好事！"章肃风看了看他。

韩望江低声说："民安党的副主席郭琦这次理所当然地要成为党内的第一领导，他的心里肯定十分感激那位杀手。"章肃风忍不住皱了皱眉头，对方直白的话语让他感到有些厌烦。

韩望江似乎没有觉察到章肃风的反感，继续说："我有足够的把握让郭琦全力支持你的竞选……"

章肃风看了看他，他知道对方停顿的意思，下面就要开出他的条件。

"如果肃风兄能够成功当上市长，我希望取代谭自在在嘉南的一切！"

章肃风呵呵笑了起来，他明白韩望江所谓的取代是什么意思，看来天地盟对嘉南这块肥肉早有窥觎之心。

萧宇想得比章肃风更多，这次的事情告诉他一个事实，何老先生跟天地盟之间有着密切的关系。他的势力之大让萧宇难以想象，从庄孝远到韩望江，他所做的一切不仅仅是为了来离岛开赌场这么简单，萧宇预感到一种莫名的危机正在慢慢向他靠拢。

章肃风终于向韩望江伸出手去，以他现在的情况，实在是不适合再树立一个强大的敌人。

回嘉南的路上，萧宇和章肃风父女同车，章肃风提到了一个极为现实的问题："阿宇，你这次的行动，已经和谭自在彻底决裂，他会不惜一切代价除掉你！"章晴晴担心地握住了萧宇的手臂。

萧宇点点头："从任何方面来说，这都是我背叛了谭爷！"

"背叛？"章肃风不屑地笑了笑，"应该说是谭自在先放弃了你！"

萧宇没有说话，自己在这场风波中仅仅是谭自在对付章肃风的牺牲品，他并不憎恨谭自在，因为谭自在所做的一切都是在维护自身的利益。

章肃风的目光转向女儿："晴晴，我想你最好还是回美国，竞选期间嘉南的局势会很乱，这里的一切对你来说都太危险了！"

"不！"章晴晴果断地拒绝了，"我要留在阿宇身边！"

章肃风叹了口气："晴晴，如果你留在这里，只会让我们分心，文山的事情已经证明了这些，谭自在会再找机会向你下手。"

章晴晴泪光盈盈地看着萧宇，萧宇明白章肃风的意思，尽管谭自在现在对章晴晴下手的可能性已经很小，可是他绝不会放过自己这个背叛他的人，章晴晴如果留在自己身边，极有可能成为谭自在对付他的牺牲品。

章肃风身为父亲，当然不愿意让女儿冒这个险，萧宇轻轻拍了拍晴晴的肩头："你放心，等我处理完嘉南的事情就马上去美国找你！"章晴晴咬了咬嘴唇，她何尝不知道父亲的真正用心，可是自己留在嘉南也一样于事无补，只会让萧宇多一分牵挂。

她终于点了点头："我答应你们，可是你们必须向我保证，只要竞选结束，阿宇要立刻来美国找我！"

萧宇笑着说："我保证！"

章晴晴的眼睛却盯着父亲："我要他保证！"

章肃风苦笑着摇了摇头："我答应你，给我天大的胆子，我也不敢向我的宝贝女儿撒谎。"


## 尔虞我诈


萧宇一行平安抵达嘉南的消息第一时间传到了谭自在的耳中，在这次的文山战斗中，谭自在可谓是损失惨重，他非但没有将章肃风和萧宇置于死地，反而损失了老安和一帮骨干手下。这一切的罪责，全部都应该归于萧宇的叛变。按理说他应该憎恨萧宇才对，可不知道为什么，他的内心非但没有任何的仇恨，反而感到一阵深深的悔意。如果当初他没有选择对章晴晴下手，将萧宇逼上绝路，那么萧宇也许不会如此坚决地投入章肃风的阵营，只怪自己过于轻视了萧宇的能量。

谭自在紧紧闭上了双目，雪茄已经燃尽，他却没有发觉，直到现在他才发现，自己对萧宇的处理方法太过草率，而这种草率已经让他付出了惨重的代价。

谭自在的目光转向窗外灯火通明的深水港工地，眼前的一切是他最大的梦想，不管以后变得怎么样，他都将继续为了它而努力。

送走了章晴晴，萧宇深深松了一口气，可他的内心却没有因为章晴晴的离开而变得轻松，嘉南的形势会一天天恶劣起来，他所需要面对的不仅仅是自己的敌人，还有自己曾经患难与共的朋友和兄弟。

萧宇将四震、胡忠武和马国豪召集到一起，共同商量即将到来的危机。

四震已经知道尾巴出卖萧宇的事情，咬牙切齿地说："这个王八蛋，老子真是瞎了双眼，还一直把他当亲兄弟。"萧宇淡淡地笑了笑："谈到愤怒我可能比你还要强烈，可是经过这场风波，我明白了一个道理，每个人都有追求自己生活的权利，即便是尾巴出卖了我，我仍然希望我们中的任何一个人都不要向他追究。"

四震愤怒地说："为什么？难道就这么便宜这混蛋？这次如果不是你发现得早，恐怕我们早就被谭自在一网打尽了！"

萧宇轻轻拍了拍四震的肩头："我相信尾巴曾经对我们的友情是真诚的，何况他并没有真正造成恶果，从另一个角度来说，如果没有他的出卖，我们也不会这么坚决地和青龙帮决裂！"

四震还要说什么，马国豪插话说："当务之急并不是对付尾巴这种小人，文山发生过的一切还远远没有结束，无论是青龙帮还是三连帮，他们都不会轻易放过我们！"他的话直接切中了主题，四震马上沉默了下去。

马国豪继续说："单凭我们这些人和这些帮会抗衡，简直是痴心妄想！"萧宇欣赏地点点头："所以我们必须先定下对策，这也是我今天喊你们过来的主要目的。"

胡忠武说："有一个办法，我们如果加入灭龙社，那么一切问题不就迎刃而解了？"

四震马上提出了异议："你们想加入是你们的事情，我是绝不会加入灭龙社的！"所有人都明白，他这么说是因为引擎。

马国豪说："不但是你，恐怕萧宇也不适合加入灭龙社。"

萧宇饶有兴趣地看着马国豪，马国豪自从加入自己的阵营，一天天成熟起来，他的很多想法往往都和自己不谋而合。

马国豪看了萧宇一眼，他微笑了一下然后说："即便是章肃风愿意接受，他的那帮手下也不会将过去的种种全部忘记。"萧宇欣赏地点点头，金毛和疯子的事情就算章肃风不去计较，灭龙社的帮众也不会将那些事情全部抹去，马国豪无疑是看透了这一点。况且从萧宇的心底出发，他并不愿意接受章肃风的帮助。

在他内心中，无论是章肃风或者是谭自在，他们最重视的仍旧是自身利益，一旦自己和他们的利益发生冲突，他们都会毫不犹豫地把自己抛出去。

胡忠武忍不住反问道："既然这也不行，你拿出一个可行的方案供大家考虑一下！"

马国豪摇摇头："说实话，我也没有什么办法，不过阿宇既然喊我们过来，心中应该已经有了一个大致的想法。"萧宇乐了起来，这书呆子最近的变化还真不小，居然一转弯将问题又甩到了自己身上。

四震对萧宇一直都充满了信心："宇哥，你说个办法，我们绝对以你的'马首'是瞻！"萧宇忍不住骂了一句："你才马首呢！"

两人的调侃让气氛变得轻松起来，萧宇分析说："谭自在虽然恨我，可是他还没到那种非要杀我而后快的地步。"

所有人的眼光都望向萧宇，萧宇淡淡地笑了笑："无论是过去或者是现在，他的主要目标只有一个，那就是章肃风，只有除掉章肃风他才能保证深水港的工程继续下去，才能保证他的地位不被动摇。江湖和社会并没有什么不同，在至高利益面前，个人的恩怨可以无限期延后。"

胡忠武赞赏地点点头，萧宇无疑是看清了问题的实质，以谭自在目前的境况，一个章肃风足够他头痛，他根本无力考虑萧宇的事情。

萧宇继续说："谭自在虽然顾不上亲自对付我，可是我过去的一切他都了如指掌，他对付我也许根本不必用自己的力量！"萧宇清楚谭自在的为人，他既然可以借用三连帮对付自己，一样可以利用春秋社，自己曾经帮助红粉虎的事情仍然没有告一段落，春秋社如果知道这段内幕，会不惜一切向自己复仇。

四震不屑地说："春秋社能有多大能量？"

胡忠武忍不住泼冷水说："阎王易处，小鬼难缠，对于这种不讲规矩的帮会，还是小心为妙！"

萧宇表示同意："武哥说得对，春秋社在某种意义上比青龙帮还要难对付。"

四震咧咧嘴："既然这样，你何必待在离岛？干脆回燕京多好，省得在这里担惊受怕！"

萧宇喝了口茶，双眸闪烁出睿智的光芒："我之所以不选择离开，是因为我感觉到，现在我们正面临一个千载难逢的良机！"

马国豪第一个明白了过来，他的目光中掩饰不住内心的激动。

萧宇大声说："章肃风只要竞选成功，灭龙社的高层就将面临一个权力真空，而章肃风的当选同时宣告着谭自在时代彻底过去，整个嘉南的地下社会即将处于群龙无首的局面！"

胡忠武不无疑虑地说："可是……我们好像并没有称霸嘉南的实力。"

马国豪说："仅仅依靠章肃风的支持我们好像很难达到这个目标，更何况你根本无意投奔他。"

萧宇看了看远方的海面："你们忽略了一个人……"

"谁？"三人同时问道。

"何天生！"萧宇充满信心地说出了这个名字。自从文山的事情后，他就发现何天生是个野心奇大的人，如果适当地借用他的野心，自己也许会在目前的局势下脱颖而出，成为新一代的骄阳。

胡忠武点点头，他被萧宇的远见卓识深深折服。

萧宇的目光变得深邃无比："今晚我打算前往濠江拜会何老爷子，很多的话也许应该当面和他谈清楚！"

胡忠武主动请缨说："我和你一起去！"萧宇感激地笑了笑，他现在的处境的确不妙，如果谭自在将自己帮助红粉虎对付春秋社的事情说出来，那么自己时刻都会处于危险之中。

这时他的电话忽然响了，萧宇万万没有想到，居然是谭自在打来的。他犹豫了一下，打开了电话。

"阿宇！"谭自在的口气显得异常疲惫，萧宇抿了抿嘴唇，于情于理，他对谭自在还抱有一份歉疚之情。

"谭爷！"萧宇礼貌地喊了一声。

"今晚七点，我和傻豹在万山港东门外等你，大家叙叙旧情，你可以不来。"谭自在说完就挂了电话。

其他人从萧宇的表情已经猜到了什么，四震第一个跳出来反对说："这分明是一个圈套，宇哥，你绝不能去！"

胡忠武的立场和四震相同："只要你赴约，谭自在极有可能对你下手！"

萧宇把目光投向马国豪："你觉着呢？"

马国豪皱了皱眉头："以谭自在的身份和地位，如果他要想杀你，根本没必要费这么多的周折！"

萧宇点点头说："我也这么认为，不过我猜不出他的葫芦里到底在卖些什么药。"胡忠武大声说："这还用问，他分明是想借着这个机会把你除掉！"

马国豪眉头一展："还有一个可能！"所有人的目光同时聚集在他身上。

"他后悔自己当初的作为，想找萧宇谈谈，看还有没有挽回的余地！他之所以喊上傻豹就是想利用友情这张牌来打动阿宇！"

四震不耐烦地说："你小子少分析来分析去，谭自在根本就没安好心，傻豹只是一个诱饵，只要宇哥敢去，恐怕连他也一起玩完！"

　　萧宇慢慢坐了下去，他沉默了许久才说："今晚我一定要去，谭自在找我肯定是有所图，再说我和青龙帮之间的确也应该有个明确的了断。"

　　四震大声说："要去也要把弟兄们全部带上！"萧宇淡淡地笑了笑："跟谭自在比起来，我们只是一些不入流的小角色，你们放心，就算他要杀我，也不会选择今晚下手！他有钱有势，懂得爱惜羽毛。"

　　尽管四震和胡忠武竭力反对，萧宇仍然坚持独自开车来到万山港。来到港口的东门，他一眼就看到站在雨中等他的傻豹。

　　看到萧宇，傻豹打着伞向车子跑来，在萧宇下车前为他遮住头上的风雨。萧宇的内心感到一阵温暖，无论任何时候傻豹总是首先为他着想。

　　"谭……谭爷在海边等你……"傻豹边说边指着海边，谭自在远远地坐在港口的边缘，他的面前是一张白色的大理石圆桌，头顶的大伞刚好将风雨遮住。

　　萧宇和傻豹慢慢走了过去，傻豹低声说："为……为什么要……要离开谭爷？"萧宇听出他对其中的内情并不清楚，看来谭自在仍然将文山的一切隐瞒着。

　　萧宇的脸上始终挂着淡淡的微笑，他并没有直接回答傻豹的问题，他和谭自在的这段恩怨并不想让傻豹知道。傻豹还想再问，谭自在已经向萧宇挥起了手。

　　几日不见，谭自在显得清癯了许多，他指了指对面的位置："坐！"萧宇微笑着坐下，谭自在又向傻豹说："阿豹，你去工地那边走走，看有没有工人偷懒。"现在早就过了工作的时间，傻豹就是再不明白，也能听出谭自在想单独和萧宇谈谈。

　　萧宇拿起桌上的茶壶为谭自在续上茶水，谭自在花白的头颅向后仰了一下，他的发梢甚至可以感觉到细细的雨丝。

　　萧宇的视线终于和谭自在正面接触，谭自在并没有表现出丝毫的愤怒，他平静地说："曾经有一个出色的猎手，他拥有一群猎犬，这群猎犬在他眼中都同样出色，直到有一天……他想去猎取一头凶猛的老虎，可是必须牺牲一只猎犬去当诱饵，于是他挑选了看起来最为瘦弱的一只……"

谭自在深深凝望了萧宇一眼，继续说："可是他万万没有想到，这只被挑来当诱饵的猎犬居然是所有猎犬中最为强悍凶猛的一只，猎犬因为主人的举动而变得愤怒和伤心，它和猛虎结成了同盟，从猎物变成了猎人——"

萧宇听得出谭自在话里隐藏的意思，他喝了口茶："谭爷，老安是我杀的，你不怪我？"

谭自在的双眸浑浊而昏暗："如果你不杀他，那么你恐怕没有机会坐在我的对面！"

"难道你不怪我？"

谭自在淡然地笑了起来："在我们这些江湖人的眼中，生死是再寻常不过的事情。如果发生过的每件事我都去一一计较，那么我也不会走到今天的位置！"

"谢谢！"萧宇由衷地说，谭自在所说的一切都在向他传递着一个信号，只要萧宇重新回到他的阵营，任何事情他都可以既往不咎。

谭自在的目光投向远方苍茫的海面："无论是万吨巨轮，还是一叶孤舟，他们都要依靠大海的力量来把握自己的航向和命运。"

萧宇没有说话，静静地等待着谭自在的下文。谭自在习惯性地拿起了雪茄点燃，吐出一团烟雾："我知道你一直在暗中发展自己的力量。"

到了现在萧宇已经没有任何隐瞒的必要，他点点头："没有谭爷，就没有我萧宇的今天！"

谭自在摇了摇头："以你的能力，就算当初没有投到我的门下，你一样会有一番作为！"他停顿了一下说，"阿宇，说句真心话，我很后悔把你推到了章肃风的阵营！"

萧宇看了看谭自在："谭爷找我来，好像并不仅仅为了对我说这句话。"谭自在称赞说："我手下的确没有任何人的能力可以和你相提并论。"

他压低了声音："经过文山的事情，章肃风已经对你没有任何戒心，如果你要对付他应该轻松得多……"萧宇暗暗叹了口气，谭自在果然另有目的，直到现在他仍然在想着利用自己对付章肃风，这老狐狸依然贼心不死。

谭自在指了指灯火通明的万山港："这里将变成整个离岛最大的深水港，整个东亚的七成地下交易将在这里进行。阿宇，如果章肃风成为嘉南市长，我们之前的所有努力都会化为乌有。"

"只要阻止他当上市长，深水港的工程顺利完工，我就会从这个位置上退下来……"谭自在满怀深意地看着萧宇，"如果你愿意，我可以指定你当我的接班人！"这对萧宇来说，无异于是一个极具诱惑力的条件。

萧宇的手指轻轻在桌面上叩击了两下："谭爷……谢谢你的好意，我已经决定不再插手青龙帮和灭龙社之间的事情，如果条件允许，最近我会离开离岛一段时间。"

谭自在的神情登时变得冷漠下来，他冷冷地说："即便你离开了离岛，你一样离不开这个江湖，无论你走到哪里也改变不了你所做过的一切，你注定只能在这个环境中生存，离开这里你将一无所有！"

"对不起。"萧宇慢慢站起身来，他已经清楚了谭自在的真正目的，他之所以拒绝谭自在如此诱人的条件，是因为他已经看透，无论是依靠谭自在还是章肃风，在目前的环境下，自己注定只是一颗被人利用的棋子，他不能一直这样下去，他要把握住这次时机。

一直到萧宇离开，谭自在也没有说过一句话，在他的内心中萧宇已经完全倒向了章肃风的阵营。他深深的失落中蕴藏着无可压抑的愤怒，他要让这帮小辈知道自己的时代远远没有过去。

萧宇刚刚走出万山港的门口，就看到远处一辆汽车向自己不停地闪烁着灯光，走近一看原来是四震、马国豪、胡忠武和卓可纯。

萧宇心中一阵莫名的感动，他们显然是担心自己的安危。卓可纯摇下车窗，几个月不见，她越发出落得楚楚动人："宇哥，你没事吧？"萧宇露出温暖的笑容："好得不能再好！你什么时候从澳洲过来的？得！看来卓大小姐是不放心我，来查账目的吧？"

"卓小姐一个小时前刚到，听说你来赴谭自在的约会，非要跟我们一起过来看看！"四震有些暧昧地向萧宇挤了挤眼睛。卓可纯的脸上浮起一抹红晕，不知为什么，每次见到萧宇她总是会感到心慌意乱。萧宇把自己的车钥匙扔给四震："你把我的车开回去！"

四震有些奇怪地问："你自己呢？"

萧宇拉开车门坐在卓可纯的身边："今晚我就和可纯前往濠江，谭自在给我们的时间应该没有多少了！"

胡忠武说："不如……我跟你过去……"

萧宇摇了摇头："我这次是去拜会何老爷子，不又是去打打杀杀，可纯跟我去更好说话！"马国豪似乎明白了什么，知趣地拉了拉胡忠武的手臂："武哥，阿宇和卓小姐看来有他们的打算，你还是别多事了！"他这句话说得十分直白，四震和胡忠武同时明白了过来，卓可纯羞得把头深埋了下去。

萧宇的确是另有打算，他清楚地知道他们几个不会放心自己单身独赴濠江，现在有了卓可纯做借口，无论是谁，都不好意思再提出跟他一起前往。

濠江之所以闻名世界就是因为赌博，而何天生恰恰是这座赌城最有权势的人。萧宇和卓可纯来到濠江的土地上时，夜空依然飘飞着细雨。萧宇深深吸了一口清冷的空气，顿时扫去一身的疲惫。

卓可纯仰起头看了看天空，她颈部的曲线无比柔美。萧宇有些歉意地笑了笑："对不起！"

卓可纯明澈的双目深深凝视了萧宇一眼："为什么这么说？"

"我之所以让你跟我来濠江是因为不想让其他人跟来……"

卓可纯没有说话，黑长的睫毛垂了下去。

萧宇以为她并不完全明白自己的意思，解释说："我一直把你当成我最好的朋友！"

卓可纯淡然地笑了笑，然后转过头去，看了看远方起起落落的飞机，美丽的双眸中闪过两点泪光。虽然她知道萧宇是无意，可这样的强调依然伤害到了她。

夜风夹杂着冰冷的雨丝吹打在两人身上，萧宇脱下风衣为卓可纯披在肩头。卓可纯默默拉紧了衣领，轻声说："宇哥，如果没有你，我……不会坚持到现在……无论是现在还是以后，我只希望能够跟在你的身边……"

萧宇的内心猛然颤动了一下，他忽然发现自己刚才所说的话竟然是如此愚蠢，卓可纯对于自己的感情远远不止友情这么简单。

他立刻岔开了话题："何天生说过会让人来机场接我，怎么到现在还没有出现？"

卓可纯指向远处开来的一辆黑色林肯："如果我没有猜错，那辆车应该是何老爷子派来的！"

卓可纯的猜测马上被证实了，虽然何天生并没有亲自出现，可是萧宇看到了朱侯，这个自从花炮会以后就失去下落的人，居然出现在濠江机场。

无论从任何角度，萧宇和朱侯之间都没有什么真正的过节，唯一的一次冲突也是因为各自的目标不同。萧宇暗自庆幸，这次幸亏胡忠武没有跟自己来，如果他看到朱侯，一场生死血战在所难免。

朱侯似乎已经完全忘记了之前发生的一切，他微笑着来到两人身前，率先向萧宇伸出手去："何老先生让我来接一位贵宾，没想到居然是您！"萧宇留意到他刻意使用了一个"您"字，朱侯的精明由此可见。

萧宇微笑着伸出手去："我也没有想到，何老先生会让我的老朋友亲自来机场接我！"朱侯的唇角露出一丝耐人寻味的笑容，他对老朋友这个词语自然有自己的一番理解。

"何老先生安排两位今晚在皇都酒店休息！"朱侯一上车便对萧宇说。

"我想尽快见到何老先生！"萧宇毫不掩饰自己的来意。

朱侯淡然地笑了笑："恐怕今晚您是见不到他老人家了！"他随后解释说，"何老先生因为有事今晚去了香江，如果一切顺利的话，他明天上午会赶回濠江。"

萧宇皱了皱眉头，何天生曾经在电话中答应在濠江等自己，现在突然改变计划，不知道又发生了什么事情。

皇都酒店是濠江最高档的酒店之一，何天生安排萧宇入住这里，也足见对他们的重视。

朱侯虽然没有提起和萧宇在香江的那段恩怨，但也没有表现出太多的热情，看得出他对萧宇的戒备心依然很重。

因为嘉南日趋恶劣的形势，萧宇的心情变得有些烦躁，善解人意的卓可纯显然看出了这一点，他们在皇都酒店安顿好之后，卓可纯主动提出要去葡京玩。

萧宇本来想休息一下，好好考虑明天与何天生见面的事情，可看到卓可纯难得这样兴致高涨，也不想扫兴。两人步行前往葡京大酒店，一来是因为路途不算遥远，二来可以借机欣赏一下濠江的夜景。

## 赌城风云

萧宇是第一次来濠江，对这里别具风格的街道和建筑产生了浓厚的兴趣。卓可纯几乎每年都要来玩几次，对这里的一切可以称得上是了如指掌，几乎每个叫得出名字的建筑她都能说出一番掌故。

可当她的目光投向隔海相望的香江，她的情绪马上变得低落起来，萧宇知道对面的情形勾起了她对过去痛苦的回忆，他伸手指向灯火通明的葡京，引开卓可纯的注意："听说葡京最有名气的就是艳舞团！"

卓可纯的面孔微微红了一下，她小声说："葡京最有名的应该还是赌博，恐怕是你对艳舞感兴趣……"萧宇不好意思地笑了笑："这是男人的天性。"卓可纯介绍说："艳舞是濠江历史最悠久的表演，性感惹火但绝不低俗，由来自世界各地的美艳女郎演出多姿多彩的舞蹈。葡京酒店内多功能的舞台、高科技的灯光和音响，再配合外国导师编排的美妙舞姿，且节目内容每隔数月即全部换新，都是这个节目历久不衰的原因。舞团每晚八点和九点三十分各演出一场，周六则于晚上十一点加演一场。"

她微笑着向萧宇说："今晚刚巧是星期六，如果你有兴趣，我们可以看十一点的演出！"萧宇呵呵乐了起来："我这人没有和女孩子一起看脱衣舞的习惯！"卓可纯的脸红了起来，她轻轻啐了一声，然后说："来到这里，你可以不看表演，但是赌博一定要尝试一下！"

　　葡京酒店是个桶形钢筋混凝土建筑，漆成了深黄与乳白色，墙壁呈波纹状，有点像华夫饼干，屋顶做得则像赌台上的轮盘。他们走进大厅，萧宇就注意到一批稀罕玩意儿：一副小恐龙骨架，一大堆牙雕与玉雕，一张长城地毯。经过例行检查后，萧宇和卓可纯走进了喧哗、华丽而俗气的赌场。

　　一进入葡京那热闹非凡的大厅，萧宇的血液不由自主地沸腾了起来，他对赌博向来没有什么偏好，可是眼前狂热的气氛让他也不由得产生了放手一搏的念头。卓可纯适时地提醒说："玩玩可以，千万不能沉浸下去，我可不希望你变成一个彻头彻尾的赌徒。"萧宇笑着说："我早就是一个赌徒，只不过玩的方式不同！"卓可纯沉默了下去，萧宇的话不无道理，一入江湖就如同走入了一个巨大的赌场，所下的注码就是自己的人生和命运。

　　葡京赌场一年365天全天候营业，入赌场不需检查护照、登记或付入场费，可以自由出入。这里设有二十种以上的赌具，从西式的轮盘赌、掷骰、纸牌到东方古老的押宝、番摊、大小和麻将，不过只接受香江币和濠江币投注。

　　萧宇和卓可纯换好了筹码，先在二十一点那儿玩了一会儿，不到二十分钟，萧宇就输了一万香江币。卓可纯直怪萧宇的手气太差，拉着萧宇去押大小。

　　两人在桌边坐定，卓可纯向服务生要来两杯饮料。萧宇看了一会儿，大致清楚了规则，换了筹码跃跃欲试。

　　卓可纯笑着说："小心把你的棺材本都输进去。"萧宇向她挤了挤眼睛，小声说："你仔细看看我对面的那个外国妞。"

　　卓可纯顺着萧宇所指的方向看去，对面坐着一个金发碧眼的妙龄女郎，她的皮肤是西欧人特有的白皙，却有着东方人的细腻。金色的长发经过修饰，丝缎般顺滑，沿着她身体优美的曲线流淌在她美丽的肩头，她红色的礼服应当属于中西合璧的那种，合体的裁剪将她性感完美的身姿展露无遗。

卓可纯小声说："你不是穷心未尽，色心又起吧？"萧宇呵呵笑了一声，压低声音说："你留意到了没有，这妞出奇的倒霉，从我们坐在这里开始她一把都没有押对过！"他说话的工夫，那女郎又输了不少。卓可纯笑着说："那又怎么样？"

萧宇说："从现在开始她押大，我就押小，有多大，玩多大，今天准赢！"

那女郎押在"小"上，萧宇抓了一把筹码押上了"大"。

果然不出萧宇所料，那女郎又是全军覆没，萧宇赢得一个开门红。这洋妞也出奇的执着，每次都押在"小"上，萧宇跟她耗上了，每次都押在她相反的一面，结果是步步胜利，眼前的筹码已经堆成了小山，卓可纯粗略地估计了一下，萧宇最少赢了五十万香江币。

那洋妞似乎看出萧宇的目的，她抽出五十万的筹码再度向"小"推去，可是一到中途又改变了主意，把筹码向"大"推去。

萧宇笑了起来，卓可纯以为他又要和那洋妞继续对立下去，谁知道萧宇收起筹码站起身来。

"已经十二点了，我们走吧！"萧宇居然在关键时刻中断了下注，卓可纯有些奇怪地看着萧宇，萧宇得意地向她挤了挤眼睛："做人不能贪心，一定要适可而止！"

那女郎的眼睛盯住萧宇，几乎要冒出火花来。萧宇拉着卓可纯来到前台，把筹码兑现之后居然有五十七万之多。

卓可纯忽然看到刚才那个外国女郎出现在大厅中，她婷婷袅袅地向着萧宇走了过来。

萧宇把现金收好，也留意到那女郎的出现。

"为什么要跟我作对？"那洋妞居然说得一口流利的中文。

萧宇皱了皱眉头："小姐，你是跟我说话吗？"

那洋妞点了点头。

萧宇笑了起来，露出一口整齐而洁白的牙齿："你好像误会了，我根本就不认识你，更谈不上和你作对！"

那洋妞狠狠瞪了萧宇一眼："我知道你是谁派来的，你回去告诉那个老头子，我既然答应他就一定会嫁给他，我也希望你们不要再干涉我的生活！"

萧宇被她弄得一头雾水，直到那洋妞气呼呼地远去，仍旧没搞明白她究竟在说些什么。卓可纯奇怪地问："宇哥！你之前是不是认识她？"

萧宇摇了摇头："天地良心，这妞是我认识的第一个白种人！"

这时他看到何天生的秘书王觉微笑着向他们走了过来，萧宇虽然仅仅在香江见过王觉一面，可是对这个人的印象相当不错。

王觉笑着跟两人打了个招呼："两位的兴致很高啊！"

萧宇耸耸肩："主人不在家，我们这些客人当然要自己找点消遣了！"

王觉哈哈大笑了起来，他看了看萧宇手中未来得及收起的钞票："看来萧先生的手气不错！"萧宇点点头："还成，今晚的消夜绰绰有余。"

"萧先生真是幽默！"王觉的目光在卓可纯身上停留了一下，然后说，"如果卓小姐不介意的话，我想和萧先生私下谈一件事。"萧宇有些不高兴地皱了皱眉头，王觉的要求十分没有礼貌。卓可纯却微笑着点点头："我有些累了，你们谈吧。"

王觉礼貌地说："我让人送你！"卓可纯摇了摇头："这里离皇都不远，再说，我想一个人散散步。"

卓可纯走后，萧宇跟王觉来到酒吧，两人选了一个僻静的位置坐下。

萧宇说："如果我没有猜错，王先生今晚和我的相逢并不是巧遇！"

王觉笑着点点头："萧先生的确是智慧超群，我是特地来找您的，刚才我去了皇都。"萧宇不无嘲讽地说："王先生不如改行去做私家侦探！"王觉的脸上仍旧保持着友善的笑容："濠江这个地方并不大，再说像您这种出类拔萃的人物，无论在哪里都会显得与众不同！"他巧妙地奉承了萧宇一句。

萧宇心中暗暗称赞,到底是干秘书的,天生拥有拍马屁的本事。

"找我有什么事?"萧宇将谈话引入正题。

王觉说:"萧先生这次来得很巧,明天就是何老先生的大喜之日!"

萧宇听得莫名其妙:"你是说何老爷子要过寿?"

王觉笑着摇摇头:"看来你是真的不知道,明天是何老爷子喜结良缘的日子,老爷子这次去香江就是为了给他的新娘买一串项链!"

萧宇这次是真的目瞪口呆了,何天生要结婚,这件事情他怎么一点都没听说。

王觉似乎看出了他的迷惑,解释说:"老爷子没有通知任何江湖上的朋友,明天出席婚礼的只有他的两个女儿和新娘的母亲。"

王觉要来两扎啤酒,两人边喝边谈。

"老爷子这次是着了魔,不顾周围所有人的反对,一心想结婚。"王觉显得有些愤愤不平。

萧宇笑了起来:"这就是你的不对了,现在都什么社会了,法律上都写明了婚姻自由,你懂不懂?何老先生枯枝发新芽又有什么不妥?"

王觉叹了口气:"恐怕你根本想不到,这次他的新娘究竟是个什么样子!"王觉抬起左手指向吧台的方向。

萧宇顺着他指的方向看去,看到刚才在赌场遇到的那个洋妞正伏在吧台上喝酒,从她的神态来看,八成已经喝多了。

萧宇瞪大了眼睛:"你说的'新芽'不会是她吧?"王觉无可奈何地点点头:"何老爷子一世英名,临了恐怕要毁在这个叫芬妮的女人身上!"

这件事的确让人匪夷所思,萧宇挠了挠头,有些好笑地说:"女人的力量真大啊!"

王觉说:"其实老爷子娶谁根本和我们没有关系,无论她年轻还是年老,可是他居然糊涂到要修改遗嘱,把自己全部的遗产都留给这个女人!"王觉一口气把啤酒喝完,"弟兄们现在都心灰意冷,跟着这个只会喝酒赌博的女人有什么前途?过去的日子恐怕一去不复返了!"

萧宇理解王觉内心的想法，以何天生的年纪，他在世的日子已经没有多久了，以后他的家业就将落在这个洋妞手上，难怪他的这帮臣子会如此地感叹。不过以他对何天生的了解，这老头儿应该不会做这种糊涂事，可聪明一世糊涂一时，感情这东西也不好说。

萧宇对何天生的婚事并不关心，他所关心的只是何天生能够给予自己的帮助，从现在的情况来看，何天生一心想着自己的婚礼，对于其他的事情很难发生兴趣，看来自己的这趟濠江之行八成要无功而返。

王觉和萧宇又谈了一会儿，正要离开的时候，那洋妞摇摇晃晃向两人走了过来。王觉似乎想避开，借口上洗手间匆匆离座而去。

萧宇刚站起身要走，就听到那妞在身后大喊了一声："混蛋！你为什么老跟着我？"萧宇无可奈何地摇摇头，向门口走去，对于这种人他还是少惹为妙。

没想到那洋妞不依不饶地冲了上来，抓住他的手臂："为什么要干涉我的生活，为什么要跟着我？"整间酒吧的客人都向他们望来，萧宇哭笑不得地摔开她的手："小姐，你看清楚，我根本不认识你！"

那洋妞盯着萧宇看了看，身体似乎站不住，一头挨在萧宇的肩膀上，萧宇用手臂撑开她的身子，刚一推开，她又软绵绵靠了过来。这还不算，她居然一张嘴，哇的一声吐了萧宇一身的酒秽。

萧宇险些没闭过气去，妈的！这都什么事儿，老子这倒霉催的！再看这洋妞，烂泥一样趴在萧宇的肩头，嘴里哼哼唧唧地不知道说着哪国的酒话。

好在王觉及时赶到，他帮着萧宇把那洋妞放在酒吧的沙发上，服务生拿来毛巾，为萧宇拭去身上的酒秽。

王觉又让服务生找来一身干净的西装，萧宇到洗手间换上。回来的时候，那洋妞似乎已经清醒了一些，正靠在沙发上喝着咖啡。

王觉苦笑着说："今晚对不住了，你的衣服我已经让人送去干洗了，明天清晨会直接送到酒店。"他把衣服中的皮夹和证件递给萧宇，"走吧！我送未来的何夫人回家，顺便把你带回酒店。"

上了汽车，王觉朝着皇都相反的方向开去。

"好像走错路了！"萧宇提醒他。

王觉笑着说："没错，这是前往何公馆的路，我没其他意思，拉上你是为了避嫌！"他从反光镜中看了看后座的洋妞，神神秘秘地说，"老爷子现在是人老如顽童，出了名的爱吃醋，我一个人送夫人回去，难保他不会胡乱猜疑。"

萧宇呵呵笑了起来。

十分钟后，汽车来到了何公馆，这是一座位于濠江海滨的别墅，整体建筑都是欧式风格，从王觉的口中萧宇知道，这座别墅是刚刚建成的。

萧宇和王觉搀扶着芬妮来到门前，听到动静的两名佣人匆匆迎了出来。两人把芬妮扶入客厅，累得一头一脸的汗水。王觉让佣人倒了两杯茶水，然后向客房洗手间走去，看来他对何公馆相当熟悉。

萧宇边喝茶边等他，没想到他进了洗手间足足有五分钟仍然没有出来。正当萧宇有些不耐烦的时候，芬妮穿着一身镂空的睡衣迷迷糊糊从二楼走了下来，胸前风光若隐若现。萧宇不知所措地站了起来，妈的！老外就是开放，这满身破洞的睡衣不是勾人犯罪吗？

萧宇四处看了看，那两名佣人这时候也不知道溜到哪里去了。他隐隐觉着事情有些不妥，还是尽早离开这里为妙。

就在这时芬妮一脚踏空，从楼梯上滚落下来，萧宇一个箭步冲了上去，抢在她落地以前抱住了她性感而温暖的娇躯。

芬妮发出一声呻吟，萧宇本以为她在摔下来的时候受了伤，可是她美目缓缓睁开，一双湛蓝色的美眸流露出勾魂摄魄的眼神，柔软的手臂就势缠绕住了萧宇的脖子。萧宇用力想推开她，没想到她滚热的身体拼命向萧宇挤压了过来。

这时萧宇听到了大门开启的声音，萧宇忽然意识到，自己可能落入了一个事先设计好的圈套。他冷冷地盯住芬妮："我不知道你为什么这样做，可是我敢保证，你一定会为你所做的一切付出应有的代价！"芬妮的美眸中露出一丝得意的微笑。

萧宇不用回头就知道身后出现的是谁，何天生坐在轮椅上，在朱侯和另外一名助手的陪同下进入客厅，他的脸色变得铁青，愤怒让他干枯的身躯不住地发抖。

芬妮大声哭泣了起来，她上身的衣衫不知什么时候被扯破，已经掩饰不住她性感的身姿，朱侯和另外一名同伴知趣地转过身去。

芬妮哭着跑到何天生的身边："他……他……想欺负我……"萧宇反倒镇静了下来，他来到沙发上慢慢地坐下，仔细欣赏着芬妮出色的表演。

朱侯已经掏出了手枪，只要何天生一声令下，他的子弹就会无情地穿透萧宇的胸膛。

何天生的目光从芬妮身上转移到萧宇身上，过了很久他才说："给我一个解释！"

萧宇拿起已经变冷的茶水，轻轻呷了一口："如果我说自己连夜从嘉南飞到濠江，就是为了趁你去香江的时候强了她，你会不会相信？"

何天生花白的眉毛凝结在了一起，双目露出慑人的寒芒。

朱侯从反锁的客房中找到了两名佣人，她们的证据对萧宇更加不利——是萧宇把她们反锁在房内。

另一名手下从楼梯的过道中找到了萧宇的衣服，萧宇并没有感到惊奇，王觉根本没有把自己的衣服拿去干洗，所有的一切都是他制造出来的假象。

这段时间，芬妮已经换好了衣服，抽抽噎噎地诉说着萧宇的兽行。无非是萧宇酒后来拜访何老先生，她看到萧宇身上都是酒秽，好心让两名佣人给他拿何老爷子的衣服替换，没想到萧宇见色起意，妄想强奸她。

何天生干枯的手臂用力抓着轮椅的扶手，手上的青筋一根根暴出，可见他在竭力控制自己的愤怒。

轮到萧宇说话时，萧宇先看了一眼芬妮，然后说："我没有强奸她，如果你记得进门时的情形，你应该可以看到我虽然压在她的身上，可是她的手臂却抱着我的脖子，如果老爷子相信她的话，倒不如相信我们是两情相悦，用'通奸'这个字眼好像更加恰当！"

芬妮大声说："你胡说，我从来没有见过你，为什么会和你通……"她忽然硬生生停住了话语。

萧宇的脸上浮现出一丝狡黠的微笑："原来我们在今晚之前从来没有见过啊！"

芬妮的脸因为窘迫而变得通红。

何天生的眉头舒展开来，他已经看出其中一定大有文章。

芬妮大声说："你身为一个男人，为什么敢做却不敢承认？"萧宇冷笑着说："看来芬妮小姐处处针对我，并不是因为赌场的事情！"

何天生挥了挥手，朱侯收起了手枪。萧宇平静地说："葡京的赌场中应该可以调出今晚的录像，如果老爷子有兴趣的话，可以看到我和芬妮小姐在一张赌台上竞技的情形。"

芬妮所谓从未见过萧宇的谎言自然是不攻自破，萧宇从何天生的脸上并没有找到太多的愤怒，这洋妞搞出这一连串的事情到底是出于什么样的目的？

这时门外响起一阵笑声，王觉大笑着走了进来，芬妮狠狠瞪了萧宇一眼，笑盈盈地来到何天生身边挽住他的臂膀。

王觉来到萧宇的身边："对不起，萧先生，今晚给你开了个不大不小的玩笑。"

萧宇这下有些摸不着头脑了。

王觉转向芬妮："这下你服气了吧，以萧先生的智慧，你很难把他骗到！"何天生也弄明白了怎么回事："芬妮听我夸你能干，心里很不服气，看来他们几个趁我不在设了个圈套让你来钻！"

萧宇有些哭笑不得，这洋妞发疯就算了，怎么连王觉、朱侯这帮小子都跟着一起发疯。王觉似乎看出了萧宇的疑惑，解释说："芬妮小姐是有名的鬼见愁，我们也是身不由己啊！"

萧宇心中暗骂这帮小子，脸上却堆出笑容："何老先生不是去香江准备婚礼了吗，怎么连夜赶回来了？"何天生奇怪地看着萧宇："谁的婚礼？"

一旁的芬妮忍不住笑出声来，萧宇看到何天生的神态已经明白了大半，自己终究还是上了这几人的当，看来芬妮压根不是何天生的未婚妻。

王觉也是一脸的窘态，连忙把话岔开："芬妮小姐是何先生的孙女……"萧宇呵呵笑了起来："你不是说她是何先生的未婚妻吗？我把结婚礼物都准备好了！"萧宇不失时机地反戈一击。

王觉尴尬地咳嗽了一声，何天生已经明白了整件事的来龙去脉，骂了一句："胡闹！芬妮不懂事，你们这帮人也不懂事？要不是阿宇心胸宽广，换成其他人早就跟你们翻脸了！"姜还是老的辣，他轻轻松松一句话，弄得萧宇也无法追究下去，表面上把王觉一帮人训了一通，其实是巧妙地回护了他们。

时间已经是午夜，萧宇虽然很想和老头子多聊几句，可是也知道现在时机不对。何天生随便问了萧宇几句，然后说："明天清晨如果你有空，陪我一起去喝早茶！"萧宇知道他答应和自己单独谈话，欣喜地点点头，借机向何天生告辞。

何天生对芬妮说："今天的事情都是你搅出来的，你把阿宇送回酒店，当作向人家赔罪。"芬妮高兴地答应下来。

萧宇留意到王觉看芬妮的表情有些特别，他的心中不由一动，难道王觉对芬妮产生了感情？

回去的路上，萧宇故意板起了面孔，芬妮一边偷看他的表情，一边笑了起来。萧宇一副凶神恶煞的样子："笑什么？"

芬妮娇媚地看了萧宇一眼："你生气的样子很帅！"萧宇露出一个坏坏的笑容："我这人最禁不起诱惑，小心我色心一起，辣手摧花！"芬妮笑着咬咬嘴唇："爷爷说得没错，你真的很有趣！"

萧宇奇怪地问："丫头，我问句不该问的话，你整一个洋妞，从头到脚也没一点东方味道，怎么跟何老爷子扯上的血缘关系？"

芬妮笑着说："我奶奶和妈咪是外国人，我身上有四分之一的中国血统！"萧宇忍不住想笑，丫的挺逗，按生物学上的观点，她爸爸是混血一代，这妞是混血二代，怪不得身上找不到中国人的特征，看来还是西方的遗传基因占优啊！

芬妮看到萧宇的样子，料到他没想什么好事："我听爷爷说你很能打，有机会我要领教领教！"萧宇摇了摇头："我从来不打女人，再说了，谈到能打，朱侯比我厉害，你还是找他练吧！"

芬妮说："中国的男人都很虚伪，做任何事情都喜欢有所保留。"

萧宇听她这话就来气，别以为长两根金毛就把自己当洋鸟："你懂什么，这叫含蓄！"芬妮看了看萧宇："还有，中国的男人特别大男子主义！"

萧宇忍不住抢白说："外国男人也没什么好，除了毛多，我没看到一样长处！"芬妮有些生气地看着萧宇："你知不知道你这人很没有风度？"

汽车驶到皇都大酒店，萧宇开门下车，走前又回过头来："丫头，知不知道一句话？"芬妮修长的眉毛向上挑了挑。

"话不投机半句多，尤其是跟你这种假洋妞！"萧宇撂下一句话，差点没把芬妮气个半死。

回到酒店，卓可纯听到动静过来看他，萧宇有些歉意地笑了笑："今晚跟王觉多喝了两杯，害你担心了。"卓可纯温婉地笑了笑，她递给萧宇一封信："刚才有位服务生送来的，你是不是有朋友在濠江？"萧宇有些奇怪地摇了摇头。

萧宇打开信封，里面只有一张照片，当他看清照片上的人时，他的表情马上变得僵硬起来。

照片是黑寡妇秦萌的，照片上的她拿着手枪，枪口正朝向镜头。萧宇明白当初帮助红粉虎的事情已经被春秋社知道，看来敌人已经来到了他身边。

谭自在终于对萧宇完全绝望，他不会让这个潜在的威胁继续存留下去，应该是这老狐狸透露了消息，将春秋社这个大麻烦引向了萧宇。

卓可纯并不知道萧宇的这段秘密，可她从萧宇的表情已经看出事情相当严重。她关切地问："出了什么事情？"萧宇把信装入衣袋，他对卓可纯说："今晚你最好在我的房间睡，明天一早我会送你先回离岛。"

潜在的危机让萧宇无法入睡，面对面的战斗并不可怕，最让人恐惧的就是这种看不清方向的等待。

卓可纯也没有入睡，她很想为萧宇分担，可是她又清楚，萧宇决定隐藏在心里的事情，任何人都无法让他说出。更何况，萧宇对于自己自始至终都只是一种平淡无奇的友情。

萧宇熄灭了房间内所有的灯光，他透过窗格遥望着漆黑的夜空，这场风波注定会到来，他并不怕面对，只是害怕这场风波会波及身边的朋友和兄弟。

黑暗中卓可纯轻声说："我决定留下来跟你一起！"

萧宇点燃了一支香烟，烟头时而明灭的火光映射出他复杂的眼神。

卓可纯又重复了一遍那句话。

萧宇的声音在黑夜中显得低沉有力："我曾经得罪了一个杀手集团，现在他们已经找到了这里，我担心会连累到你！"

卓可纯柔声说："你不要忘了，我们是合作伙伴，你答应过我，要为我复仇，没有完成这件事以前，我不会离开你！"

萧宇沉默了下去，他何尝不知道卓可纯真正的用意，他不知道该如何去面对身边的这一份份深情，他现在所能做的只有沉默。

清晨七点的时候，萧宇为卓可纯收拾好了行装，经过一晚的时间，卓可纯似乎突然改变了主意，她答应先离开濠江。两人来到酒店大门的时候，正好看到一身黑色便装的芬妮走了过来，她是来接萧宇去喝早茶的。

萧宇让她顺道把卓可纯送往机场，卓可纯的眼神显得十分忧郁，看得出她并不想离开。萧宇特地嘱托她："这件事不要告诉四震他们，我自己应该可以应付！"

从机场前往茶楼的路上，芬妮问："卓小姐是不是你的情人？"萧宇有些不耐烦地说："你这人好像对别人的隐私特别关心！"芬妮笑着说："不是对别人，是对你，你觉没觉着我对你和别人不同？"

萧宇拱手告饶："谢谢！您是一世界级大美人，我哪有那资格让你高看一眼，我这人又虚伪，又大男子主义，典型的一个小男人。"

芬妮看了看萧宇："我喜欢你！"萧宇差点没被她这句话给噎死，这洋妞不是有病吧？

芬妮补充说："你听清楚，我只是有些喜欢你，并不代表爱你！"萧宇吐了吐舌头："你也听清楚，我这人喜欢东方女性，对你这种洋妞压根就没兴趣，你千万别误会我会爱上你。"

"你一定会！"芬妮充满了自信。

萧宇笑着说："看不出你们洋人都有自我陶醉的毛病。"

"萧宇，我告诉你，只要我看上的东西，我都会得到。"

萧宇把身体缩在座椅上，做出祷告的样子："上帝啊，就当我萧宇求你，让这洋妞把我当一屁，给放了吧！"

芬妮笑得几乎直不起腰来，这时一个身穿黑色长裙的盲女突然从马路横穿了过来。萧宇慌忙提醒她，芬妮将刹车踩到底，汽车轮胎在地上滑出两道深痕。

那盲女吓得跌倒在地上，手中的拐杖也丢到了一旁，她膝盖的皮肤被粗糙的地面磨出了一大片血迹。芬妮也被这突发状况吓得面孔煞白，双手紧紧捂住胸口。

萧宇推开车门，跳了下去。那盲女一边摸索她的拐杖，一边哭泣。萧宇把拐杖拾起，递到她的手中，把她从地上扶了起来。

"你有没有事？"萧宇关切地问，那盲女一边摇头一边站起身来，芬妮也从慌乱中清醒过来："我送你去医院！"

"我没事……"那盲女虽然这么说，可是伤口的疼痛让她忍不住皱起了眉头。芬妮满怀歉意地说："是我不小心，这样，我还是送你去医院检查一下。"

盲女尝试着走了一步，可是马上又痛苦地蹲了下去，萧宇估计她可能是在刚才摔倒的时候扭伤了脚踝。他低声说："你的家住在哪里？我们可以送你回去。"那盲女显得异常迷茫："家……我已经没有家了……"晶莹的泪水沿着她曲线柔和的面颊滑下，让人感到异常可怜。

萧宇和芬妮对望了一下，还是决定把她送往医院，萧宇扶起那盲女：“我们必须带你到医院去检查一下脚踝。”

　　那盲女点点头，小声说：“我……恐怕走不动了，你……能背我吗？”萧宇当然无法拒绝，他转过身去，那盲女柔软的小手搭上了他的肩头，这时萧宇忽然听到芬妮的一声惊呼，然后一件异常冰冷的东西从后背猛然插入了他的体内。

　　萧宇的身躯慢慢地向地上倒去，恍惚间他好像看到卓可纯向他身边跑来，周围的色彩在他的眼中变成了一片血腥的红色，转瞬间又化为满天飘飞的樱花，一个美丽的东瀛女郎手持纸伞款款向他走来，美惠子！萧宇想喊却喊不出来，他的身躯开始向一个无尽的深渊跌落。

　　两只纤长的手掌从两侧抓住了他的身体，他看到了章晴晴和林诗诗。两人同样温婉地向他微笑着，可忽然她们又同时放开了，萧宇的身躯继续向深渊中滑落，他看到尚小悦和红粉虎正在冷酷地向自己大笑，每一个人都没有帮助自己的意思。

　　他看到已经死去的宛珊和黑寡妇秦萌正在向自己招手，难道我已经死了？萧宇从内心中大声呐喊起来。

　　所有的幻像忽然同时消失了，他的眼前重新归于一片漆黑，朦胧间他听到一个焦急的女声在不停地呼喊："萧宇！萧宇！"

　　萧宇想回答，却没有力气说出一个字。眼前的一片黑暗中忽然出现了一个幽灵般的盲女，她拿着一根锋利的军刺慢慢走向他，他想逃，可是他的四肢已经不属于自己。

　　冰冷的刀尖沿着他颈部的皮肤慢慢滑下，他惊恐地睁大了眼睛，想全力大叫出来。

　　"萧宇！"他的耳边又听到有人在叫他的名字。

　　萧宇的双目缓缓睁开，芬妮美丽的面孔从模糊一点点变得清晰起来，他终于看清了芬妮面部的全部轮廓。

　　芬妮欣喜万分地说："你醒了！"萧宇努力了一下，他的喉头发出一声轻微的咝咝声。他的目光搜寻到输液瓶的位置，两路液体在同时向他的体内注入。

"你已经昏迷了两天了！"芬妮小声说，她随手按了一下床头的电子铃。

没多长时间，负责萧宇的主诊医生走了进来。他查看了萧宇的身体状况，然后说："算你命大！匕首上涂抹的毒素足足可以毒死一头大象，如果不是送来得及时，恐怕你早就死了。"

芬妮补充说："那个杀手在匕首上淬了眼镜蛇的毒，她好像并不想让你死得那么快，匕首刺入的地方故意偏离了你的心脏。"

萧宇的头脑渐渐清醒了起来，之前的情形一幕幕在脑中回放。

芬妮告诉萧宇："嘉南那边打来过电话，我说你和爷爷一起去了香江。"

萧宇的眼睛眨了眨，现在他也只能用这样的方式和别人交流。

下午的时候何天生和王觉来看萧宇，萧宇比上午精神好了很多，他的外伤并不严重，据医生所说，再打两天吊针，清除掉体内的毒素就能出院。

何天生先是询问了萧宇的病情，然后说："这件事情是春秋社做的，刺杀你的那个盲女名叫秦采儿，是黑寡妇秦萌的同胞妹妹，我已经派人在濠江和香江搜寻她的下落。"

王觉说："不过照目前的情况来看，她应该已经离开了濠江！"

萧宇点了点头，可他的内心却不这么认为，秦采儿虽然成功地刺伤了自己，但是自己仍然活在这个世界上，她就不会善罢甘休。照萧宇的想法，秦采儿依然留在濠江，他们之间的恩怨仍然没有结束。

何天生说："你尽管放心养伤，我会加派人手负责你的安全。"

"谢谢何先生……"萧宇的声音虚弱无力。

芬妮笑着说："你应该感谢的是我，如果没有我，你早就被秦采儿杀死了！"萧宇报以感激的一笑，这洋姐也不是这么讨厌，有些时候她的感觉有些像章晴晴，也许豪门中的千金小姐大多数都是这样。

何天生故意板起了面孔："你少在这儿影响阿宇休息。格兰披治大赛车就要开锣，我花了三千万为你拿到了头彩，难道你打算放弃？"

芬妮揽住何天生的脖子："你不是常说江湖中人，以义气为先，现在朋友有难，难道我能坐视不理吗？"何天生哭笑不得地说："阿宇什么时候成了你的朋友？"萧宇连忙摇头："我一个人能成，你还是忙自己的事情去吧！"

芬妮浅笑着说："萧宇，记不记得我说过的话，我想做的事情没有任何人能够阻拦。"一直没有说话的王觉眼中忽然闪过一丝忌恨。

因为芬妮坚持留下，何天生自然也不好说些什么，对这个孙女他向来是言听计从。说来也怪，芬妮对萧宇竟然表现出难得的女性温柔，居然主动给萧宇递水喂饭。

晚上七点的时候，萧宇收到四震打来的电话："宇哥，你怎么回事？电话怎么在那个洋妞手里？这么两天你不会把她给上了吧？"四震连珠炮般说了一大串，他的声音很大，一旁的芬妮也听得清清楚楚。

芬妮气得柳眉倒竖："混蛋！说谁呢？"她居然对着话筒喊了起来，萧宇笑着说："得！这是我一傻弟弟，你别跟他一般见识。"

"宇哥！你忒不够意思了，谁傻啊？那妞是谁？够猖狂的啊！"萧宇好不容易把芬妮支开，跟四震解释了一下，顺便问了问嘉南的情况。

四震乐不可支地说："就是一个乱字，只要章肃风出来为竞选造势，准有一帮学生跟在后面抗议，看来谭自在以其人之道还治其人之身的招数学得十足。"

萧宇笑了起来："行啊！士别三日当刮目相看，你小子水平见长啊！"四震不好意思地笑了笑："我是把马国豪的话原音重现。"

四震说："对了宇哥，我周末我会到濠江！"萧宇一愣："你来这里干什么？"

"马上格兰披治大赛车开幕，我去看看，宇哥，你帮我先买张票！"

萧宇还没来得及说话，四震就挂了机。

入场券的事情好办，可是自己现在的这副模样，一定不能让四震胡说八道。

因为萧宇住的是特护病房，专门设有陪人床位，晚上的时候芬妮居然没有离开。萧宇的精神已经恢复了许多："芬妮，天色已经不早了，你是不是回去休息一下？"

芬妮为萧宇倒了一杯水："我已经在这里睡了两个晚上，换地方可能睡不着！"

"男女授受不亲，你知不知道？"

芬妮笑了起来："放心，我只是照顾你，对你绝对没有任何企图。"

萧宇无可奈何地叹了口气，看来洋妞就是开通，得！怎么说人家也是一片好心，却之不恭啊！

"芬妮！跟你商量一事儿！"萧宇想起四震要来看赛车的事情。

芬妮听萧宇说完这件事，马上打包票说："入场券包在我身上，如果你乐意，我把第一个环赛道试车的机会让给你！"萧宇暗想，这机会要是给了四震，这小子非得乐疯了不可。

因为萧宇的遇刺，何天生在医院安排了五名得力助手来保护萧宇的安全。一切都在平静中度过，根据王觉的调查，春秋社因为何老爷子的介入已经把势力撤出了濠江，萧宇的伤势也在慢慢好转，照目前的情况来看，四震来的时候他应该可以出院。

芬妮搀扶着萧宇在病房内走了一圈，萧宇的体力毕竟没有完全恢复，这简单的运动已经让他直冒虚汗。芬妮笑着说："明天你真的要出院？"

"爬也要爬走，再住下去我非闷死不可！"

芬妮说："其实你最好还是等拆完线再走。"

萧宇眼神怪怪地望着她："你是不是特想在这儿住下去？"

"是又怎么样？"

"丫头！这是不对的，未婚同居在我国是明令禁止的！"萧宇身体稍一康复，嘴巴又开始犯贫。

芬妮的回答让萧宇目瞪口呆："你是不是想向我求婚？我还要考虑一下……"

萧宇叹了口气："我这才发现和你们外国人交流这个累，知不知道什么叫对牛弹琴？"芬妮气得在萧宇胳膊上狠狠拧了一把。

这时王觉从门外走了进来，他的手中拿着一束红玫瑰，看到两人刚才的情形，他的目光变得有些干涩。

萧宇来到床边坐下，笑着说："王先生挺逗的，送我红玫瑰不是表示对我有意思吧？"王觉有些勉强地笑了笑："我当然不如萧先生懂得别人的心意……"萧宇听出了其中包含的浓浓醋味。

芬妮挨在萧宇的身边坐下，掏出纸巾为萧宇擦去额头上的汗水，这亲昵的举动让王觉的表情更加不自然。

他把花插入床边的花瓶："明天上午我会来接萧先生出院！"

"不必了，我会送阿宇回去，哦！"芬妮好像故意在刺激王觉，她的两条手臂挽住萧宇的臂膀。

王觉的脸变得有些苍白，他匆匆敷衍了两句，转身告辞。

王觉刚刚出门，萧宇便甩脱了芬妮的手臂："丫头，过分了啊！你是不是拿我当挡箭牌啊？"

芬妮俏皮地扮了个鬼脸："爷爷的手下中，我最讨厌的就是他，没事总在我身边晃来晃去，大献殷勤，整一个奴才面孔，我刚才那样做就是想让他死心，少来烦我！"

萧宇有些生气地看了看她："我说你这人怎么这么没劲？自己的事情就自己解决，干吗拉上我？我告诉你，我最讨厌被别人利用！"

芬妮被他没来由训斥了一顿，俏脸涨得通红："萧宇！你有什么了不起？"

"我没什么了不起，就是一流氓，你别死乞白赖地缠着我！"芬妮用力咬了咬嘴唇，狠狠推了萧宇一下，转身出门而去。

# 02　开弓没有回头箭

尚小悦的眼睛有些发亮，她从内心感到一种酸楚。这段时间她无数次期待着和萧宇会面的情景，可是当两人真的相对而坐的时候，她忽然发现眼前的萧宇已经不是她所熟悉的那个，他已经完全变成了陌生人，熟悉的陌生人！

## 风起云涌

芬妮走后，萧宇多少有些自责，自己刚才所说的话的确有些太重，可是他的确不想再次在错综复杂的感情中纠缠下去，也许自己真的是命犯红颜，抑或是太过多情，遇到的每一个女孩子都会对他产生感情。这究竟是他的幸运，还是不幸？

夜死一般寂静，芬妮的离去让萧宇忽然产生了一种寂寞的感觉，他燃起一支香烟，默默追忆着走入江湖后的生涯。

不知过了多少时候，门外响起轻柔的脚步声，萧宇看了看表，时间已经是晚上十一点，又到了他输液的时间。

两名护士推着治疗车来到萧宇的床前，其中一人萧宇认识，她是负责萧宇护理的阿薇，另一个年纪很小，戴着口罩，估计是实习的护士。萧宇微笑着向她们打了个招呼，他伸出手臂，阿薇小心地为他消毒，萧宇忽然留意到她手中的针尖在微微发颤。一种莫名的危机感充斥了萧宇的内心，他的手臂下意识地向后缩了缩，身后的那名戴口罩的护士，眼中忽然闪过一丝杀机。她从治疗车下迅速拿出手枪，瞄准了萧宇的身体。

萧宇的反应极为迅速，他抖起床上的被子向那名护士的身上兜头罩了过去。手枪发出两声轻响，子弹射入被子，羽绒从被子的破口中冲出，飘扬在空中。萧宇趁着这片刻的喘息时机，伸手关上了壁灯的开关。

整个房间陷入一片黑暗之中，枪火在黑暗中划出一道道绚丽的轨迹，萧宇背后的伤口又再度崩裂。忽然他听到阿薇凄惨的叫声，然后看到一团火光冉冉升起，杀手利用打火机点燃了床上的被褥，借着燃起的火光，她看到了躲在墙角的萧宇。

手中的枪口慢慢转向萧宇，萧宇将手中的一个玻璃瓶闪电般掷向火光之中，随着一阵刺鼻的酒精气息，那团火焰猛然扩展开来，将杀手的身躯卷入熊熊烈火之中。

萧宇奋力向门口跑去，那杀手发出一声尖利的惨叫，她从火光中冲出，不顾一切地向萧宇追来。

萧宇冲出门外，第一眼就看到地上躺着两名保镖的尸体。前方就是电梯口，他已经把疼痛丢到一边，疯狂地向电梯冲去。

他来到电梯前，刚巧电梯的门打开了，芬妮提着一袋快餐走了出来，看到萧宇的模样她显然吃了一惊。萧宇将她推回电梯，这时子弹从身后射入，撞击在电梯的金属壁上，溅起一连串的火星。

芬妮反应机敏地按下了关门的按钮，萧宇无力地靠在电梯的墙壁上，慢慢地坐在地上。芬妮拿出手机拨通了楼下警卫的电话，她脱下外衣，为萧宇披在肩头，关切地说："你有没有受伤？"萧宇摇了摇头。

"还是那个女人？"芬妮小声问。

萧宇虽然没有看清对方的面容，可是今晚的这个杀手，无论是身材还是动作显然和那天的盲女不同，看来春秋社这次出动了旗下很多杀手。

保安接到警报马上赶来，芬妮陪着萧宇来到安全的地方休息，那帮保安四处搜寻，居然没有找到那名女杀手的踪迹。

半个小时后王觉和朱侯赶来，他们对发生的这件事也颇为震惊。春秋社虽然厉害，可是在濠江的地界上，他们也不敢轻易对何天生的人下手，这次不但来医院刺杀萧宇，而且干掉了两个何天生的手下，等于公开向何天生开战。

"我会加派人手保证萧先生的安全！"王觉信誓旦旦地保证说。

芬妮冷冷地看了他一眼："我打算让萧宇去我家里暂时住下！"

王觉的脸色马上变了："芬妮小姐，这……好像不太合适吧？"

芬妮有些生气地说："有什么不合适，萧宇本来就是我爷爷请来的客人，我帮着爷爷照顾他是应该的！"

王觉忍不住说："萧先生未必愿意！"

没想到萧宇居然点了点头："我求之不得。"芬妮也没想到萧宇轻易就答应了，高兴得几乎要跳了起来。

萧宇其实是另有打算，无论今晚的刺杀是不是春秋社所为，他在濠江的日子肯定是凶险万分，在自己的伤势还没有完全恢复之前，选择到何公馆暂住不失为一个万全之策，一来可以蓄精养锐，二来正可借这个时机跟何老先生探讨一下以后的发展。

四震在周六下午准时抵达濠江，萧宇和芬妮驾车去机场接他，这小子看到一洋妞陪着萧宇过来，俩眼珠子差点没蹦出来。

芬妮对四震没多少好感，多少是因为听到那天四震在电话里胡说八道。

四震看出萧宇的脸色有些憔悴，一脸坏笑地说："宇哥！即便是美色当前，您老也要保重身体，革命事业，任重道远，千万悠着点！"

萧宇呵呵笑了两声，他身体还没有完全康复，没精力跟四震闹。一旁的芬妮倒不乐意了，狠狠瞪了四震一眼，抛给他一句："狗嘴里吐不出象牙！"

四震没想到芬妮的中文说得这么好，非但没有生气，反而乐了起来。

萧宇提醒四震："你小子要是还想看比赛，就别得罪芬妮，否则你就准备来濠江赌两把回嘉南吧！"

四震一听萧宇这么说，当时就老实了许多，人在屋檐下，不得不低头。

萧宇把四震安排在皇都住下，匆匆陪着他吃了顿饭，就和芬妮离开。他并不是不想和四震多聊一会儿，只是何天生今晚刚巧有空，他要趁此机会和何天生做一次深入的长谈。

　　何天生显然已经了解到萧宇目前的困境，在他的面前萧宇并没有隐瞒自己境况的必要。

　　"谭自在和章肃风两虎相争，必有一伤，你夹在他们中间表面上看是很为难的事情，但如果处理得当，会有意想不到的收获！"何天生一语道破了其中的微妙之处。

　　萧宇点点头："我和青龙帮已经决裂，谭自在现在对我是恨之入骨！"

　　"那你为什么不投入灭龙社，听说你跟章肃风的女儿关系很好，这次之所以跟谭自在反目，还是因为她的缘故！"何天生说话的时候，目光始终盯着远方的海面。

　　萧宇反问说："何老先生认为我投入章肃风门下是最明智的决定？"

　　何天生笑着摇了摇头："章肃风我很了解，此人是离岛各组织中最有头脑的一个，这次的竞选并不意味着他想就此金盆洗手，反而证明了他的野心。"

　　萧宇默然不语，何天生的分析和他的感觉不谋而合。

　　何天生继续说："谭自在肯定不是章肃风的对手，他接下深水港工程本身就让他成为众矢之的。章肃风这次竞选无论成功与否，他下面首先要对付的就是谭自在。"

　　他看了看萧宇："如果你选择章肃风，那么你的江湖路会变得很顺。"

　　萧宇忽然说："在我来濠江之前，谭自在曾经和我做了一次深谈。"何天生花白的眉毛微微扬了扬。

　　"看得出他的确很有诚意，只要我帮他对付章肃风，他会不计前嫌让我重回青龙帮。"

　　"你怎么认为？"何天生饶有兴趣地看着萧宇。

　　"我拒绝了他！即便我真的帮他对付章肃风，可一旦成功后，谭自在第一个要对付的就是我，我了解他的为人，他不会放过任何一个背叛过他的人。"

何天生笑了起来，他拿起茶几上的乌龙茶呷了一口："阿宇，照这么说章肃风应该是你最好的选择。"

萧宇微笑了一下："老爷子，章肃风是个很难琢磨透的人。"

何天生欣赏地看着萧宇，他发现眼前的年轻人的确有着超出其年龄的见识和智慧。

"我曾经记得，在我初入江湖的时候，章肃风为了晴晴奉劝过我，趁早远离江湖，他甚至愿意帮助我脱离现在的一切，那时候我相信他所做的一切都是为了女儿，而且感觉到他是真诚的。"萧宇停顿了一下，才说，"可是文山的事情发生以后，我发现章肃风的城府实在太深，我忽然有了被他利用的价值。"

何天生不住地点头，他一语道破其中的关键所在："你是不是担心一旦他认识到你的价值，你就有可能随时成为牺牲品？"萧宇点了点头。

何天生呵呵大笑了起来，他拍了拍萧宇的肩头："阿宇，你想过没有？我们之间也是利用和被利用的关系，跟谭自在、章肃风并没有多大的区别，你为什么在这个时候选择来找我？"萧宇也笑了起来，他回答得相当直接："有区别！"

何天生的眼神变得明亮了起来。

萧宇一字一句地说："区别就在，现在他们想利用我，而我想利用您老人家！"

何天生再次笑了起来，许久他才停下了笑声："阿宇，江湖中人相互的关系大都建立在利用的基础上，而这种关系如果想得到发展、得到维系，最重要的就是彼此都能获得丰厚的回报！我希望我的付出能够给我带来意外的惊喜！"

十一月来濠江的游客很容易感受到空气中洋溢的那份兴奋，因为一年一度的濠江格兰披治大赛车就要开锣了！摩托车、超级房车和三级方程式赛车等，都将在媲美蒙地卡罗的曲折车道中竞技。赛道要经过起伏的东望洋山、水塘旁的急转弯和沿着外港的笔直大道等。历来已有赛车好手能以两分二十秒跑一圈,技术确实出众。自 1954 年开始赛车以来,不少国际知名的一级方程式 (F-1) 顶尖高手都曾来此参赛,世界各地的车迷都会及早订房来到这里观看激动人心的比赛。

四震就是这成千上万的车迷之一,何天生为这次比赛赞助了三千万香江币,芬妮不费吹灰之力就拿到了整个赛场最好的贵宾入场券。

拿到票时,四震激动得连手都抖了起来,萧宇忍不住笑着说:"不就是一张入场券吗,你至于激动成这个样子?"

"这方面你是外行,知道这次比赛是谁来吗?"

"谁来关我什么事?"萧宇对赛车方面的事情并不感冒。

四震摇了摇头:"对牛弹琴!"

芬妮笑出声来,萧宇知道她一定是想起那天自己也这样说过她。

萧宇把芬妮拉到一边:"芬妮!"

芬妮看到他一脸的笑容,料想他没有什么好事:"干吗?"萧宇偷偷指了指四震:"这小子整一个车痴,我记得你不是有个跑首圈的权利吗?"芬妮立刻明白了萧宇的用意,她微笑着说:"你是不是想让我把机会让给那个傻瓜?"

萧宇点点头。

芬妮伸出两根手指:"两个条件:一,那傻瓜得罪过我,让他向我赔礼道歉;二,我要你在离开濠江以前寸步不离地陪着我!"

萧宇咧咧嘴,第一个条件当然好办,四震要是能在赛道上飙上一圈,别说是让他道歉,就是让他在地上磕三个响头他也愿意。至于让自己陪她,只要不牺牲色相,其他都无所谓,再说后天就准备离开濠江,这两天还不好混。

芬妮见萧宇答应下来,登时眉开眼笑地把跑首圈的权利让给了四震,四震被这突如其来的幸福几乎给弄晕了。

整个赛车场洋溢在一片欢乐的海洋中,萧宇和芬妮、四震都换上了比赛服,这是何天生的赞助换来的荣耀。

萧宇一边为四震打气一边嘱咐他："你小子要弄清楚，这是表演，别他妈玩真的！"四震连笑都显得傻乎乎的："宇哥，你放心，我那点斤两哪敢拿到这儿现！"

性格开朗的芬妮趁着这会儿的工夫和几个赛车女郎一起跳起了热舞，一帮车手的眼神都被她们吸引了过去。

四震捣了萧宇一下："宇哥，这洋妞不错，整天吃中餐，偶尔换回西餐正好调节口味！"

萧宇照着他头盔上就是一巴掌："找抽是不是？"四震呵呵笑着坐到法拉利赛车里面。芬妮在远处大声喊着萧宇，她的舞姿很美，动感十足。萧宇将手指伸入口中，吹了一个响亮的口哨。

这时赛车场中的表演正式开始了，芬妮从舞台上跳了下来，微笑着跑到萧宇的身边，萧宇递给她一听可乐，两人来到记者区的附近观看演出。

正中舞台上一个香江来的天王上气不接下气地边蹦边跳地唱着什么，萧宇听了半天也没弄明白他究竟唱了些什么。

好不容易等到表演赛开始，这时来自各地的记者开始采访。


## 久别重逢

置身事外的萧宇和芬妮在座椅上玩起了纸牌，这时身后一个悦耳的女声传来："先生你好，我是星河卫视的记者，可以采访一下你对这次大赛的感受吗？"

萧宇的身躯微微震动了一下，他慢慢转过身去，他万万没有想到会在这里见到尚小悦。

尚小悦举着话筒的手明显颤抖了一下，她美丽的眼睛变得有些发红，轻轻咬了咬下唇，迅速关掉了麦克风，纤长的手指挡住了身后的镜头："Cut！"

两人彼此凝视着，似乎已经忘记了周围人的存在，过了很久萧宇才挤出一个笑容："丫头！多日不见，没想到你是越变越漂亮了！"

尚小悦从慌乱中镇静了下来，她低声喊出一个在内心中尘封已久的名字："萧宇……"

萧宇指了指身边的座椅，示意尚小悦坐下，芬妮不失时机地伸出手："嗨！你好！我是萧宇的女朋友芬妮！"

尚小悦的睫毛轻轻垂了下去，随即露出一个温婉的微笑。

萧宇连忙解释说："老外都是这样，咬字不清，她说的女朋友，就是普通女性朋友的意思！"尚小悦淡淡笑了笑："其实你并没有向我解释的必要！"她表面上装得无所谓，可心中还是隐隐不舒服。

向来伶牙俐齿的萧宇居然变得木讷起来，对于尚小悦，他的内心始终存在着一分歉疚，今天的相逢，他忽然发现过去的一切已经离他们很远很远，他和尚小悦之间变得无比陌生，甚至变得无话可说。

"你做了记者？"萧宇总算找到了一个话题，尚小悦点点头："我毕业后进入了星河卫视！"这时身后的摄影师开始喊她的名字，尚小悦向萧宇歉然一笑："我要去工作了，有机会再聊！"

"你住在哪里？"萧宇大声问。

尚小悦走了几步又回过头来："濠江金域酒店 2032 房！"

直到尚小悦的身影消失在人群中，萧宇才转过头来，芬妮满面怒气地看着他："萧宇！你说过要陪我的，为什么跟别的女人说话？"

萧宇指了指自己："我又没卖给你，凭什么限制我的自由！"

"你！"芬妮气得快要晕了过去。

"我告诉你，以后少在人面前胡说八道，你是你，我是我，咱俩什么关系都没有，再敢胡说八道，朋友都没得做！"萧宇恶狠狠地大声说，他全然不顾芬妮一脸的委屈，转身向赛场外走去。

四震刚好试车回来，看到芬妮就快哭出来的样子，小心地问："宇哥呢？"

"他死了，你也一样，你们都是混蛋，特大号的混蛋！"芬妮说着说着就哭了起来。

四震吐了吐舌头："得！算我倒霉，三十六计走为上策。"

晚上的时候，萧宇往金域酒店挂了一个电话，尚小悦刚巧结束了采访任务回到酒店不久。萧宇邀请她一起去吃葡国餐。

濠江的葡国菜分有葡式及濠江式两种，其中濠江式的葡国菜，兼收并蓄，更适合东方人的口味；而葡国青菜汤、红烧猪手、马介休（葡国人很喜欢吃的一种咸鱼）、葡国鸡、龙虾和咖喱等菜式都不容错过，令人齿颊留香，回味无穷。佳肴美酒互相配合才能相得益彰，在濠江出售的葡国餐酒价廉物美，其售价较葡国本土还要便宜许多。

尚小悦准时赴约，她身穿白色长裙，栗色长发用蓝色绸带随意扎在脑后，一如往常的青春靓丽。

侍者点燃桌上的蜡烛，为两人倒上红酒。萧宇率先打破了沉默："这段时间过得怎么样？"尚小悦仰起曲线柔美的下颌："你指的是哪方面？"

"比如说工作……或者是……感情……"

"应该说一切还算顺利！"尚小悦显然不愿意过多地提及自己的事情。萧宇沉默了下去，两人之间的距离感让他感到一阵窒息。

"还是谈谈你自己！"尚小悦竭力让自己显得轻松，萧宇喝了口红酒："我？很简单，去离岛继承了一笔遗产，然后生活就只剩下吃喝玩乐。"

"你好像已经完全变成一个离岛人了！"尚小悦轻声说，萧宇听得出她话后的含义。

"也许。"萧宇笑了笑，"不是有句话这样说：权力和金钱容易使人腐化。我可能属于其中的一个！"

尚小悦也露出了一丝笑容，这让她的表情显得更加生动。她的目光第一次直视萧宇："你难道打算一直在离岛生活下去？"萧宇怔了怔，他把杯中的酒一饮而尽："小悦，我已经适应了这种生活方式，如果把我重新放到原来的生活中去，恐怕我已经无法适应！"

尚小悦却摇了摇头："萧宇，知不知道你是哪种人？"萧宇眯起眼睛看着她。

尚小悦轻轻咬了咬嘴唇："你是个适应能力很强的人，无论在哪里你都能很快地融入新的环境，可是你又是个极不安于现状的人，无论是什么事情也不能把你长久地留在一个地方。"

萧宇笑了起来，如果他的感觉正确，尚小悦所指的应该是自己的感情观。

"你变了很多，多了几分世故，少了几分冲动，你已经不再是燕京的萧宇了！"

尚小悦的眼睛有些发亮，她从内心感到一种酸楚。这段时间她无数次期待着和萧宇会面的情景，可是当两人真的相对而坐的时候，她忽然发现眼前的萧宇已经不是她所熟悉的那个，他已经完全变成了陌生人，熟悉的陌生人！

萧宇的目光投向窗外的海面："我一直都很怀念那段日子，如果一切可以重来，也许我不会踏上离岛的土地！"

## 义薄云天

尚小悦轻轻呷了一口红酒："很多事情已经无法回头了……"两人的目光刚一接触，马上又慌忙逃离。

萧宇的身子向后靠上椅背："我一直都很害怕见到你！"

尚小悦修长的眉毛微微扬了扬。

"因为我始终觉着有些对不住你……"

尚小悦温婉地笑了起来："这段时间，我明白了一件事情……"她用餐巾优雅地擦了擦唇角，"有些事情并不像你想象的那么重要！"

萧宇点燃了一支香烟，他忽然发现改变的不仅仅是自己，他默默端详着尚小悦美丽的面孔，这张面孔在他的记忆中始终没有任何的淡忘，也许这世界上最不了解他的人就是他自己。

"如果我没有离开，我们会不会相爱？"萧宇忽然问出了一个连自己都感觉很愚蠢的问题。

尚小悦长长的睫毛轻轻垂了下去，然后她又勇敢地望向萧宇："不会！因为我们根本就是两个世界的人，你是飞鸟，向往翱翔于无尽的天空，而我只是游弋于一泓清泉中的鱼，我们的世界永远没有交点！鱼和飞鸟不可能产生恋情。"她的心中荡漾着淡淡的酸涩，过去只是飞鸟掠过时的阴影刚巧重叠在了鱼儿的身上，稍纵即逝，一切只是虚幻，再也没有重叠的机会。

她拿起了手袋："谢谢你的晚餐……"然后就慢慢地向门外走去。萧宇的面前升腾起一团烟雾，他没有说话，拿起面前的酒杯一饮而下，却发现酒杯早已干涸。

尚小悦的身影已经消失在远方的夜色中，萧宇忽然露出一丝开怀的笑容，他拿起了尚小悦剩下的半杯残酒一口口喝了下去，原来自己的痛苦竟然如此清晰。

萧宇离开餐厅，独自一人来到海边，远处一个流浪歌手正在拨弄着吉他，唱着一首苍凉的情歌：让他随风去，让他无痕迹，所有快乐悲伤所有痛苦统统都抛去……

萧宇开怀地大笑了起来，他关上手机，买来一箱啤酒，倾听着歌手嘶哑的声音，一口口将啤酒饮下。

"她并不爱你！"芬妮不知从何时起出现在萧宇的身后，萧宇拿酒的手微微停顿了一下，然后继续将酒喝完。

芬妮坐在萧宇身边的沙滩上，也拿起了一听啤酒："一个人喝酒太闷，不如我陪你！"萧宇没有同意也没有反对，芬妮喝得很快，萧宇喝完一听的时候，她也拿起了第二听。

一箱啤酒很快就被两人解决了，芬妮又去买了一箱，也许是酒精的缘故，萧宇的心情变得轻松起来："你一直都在跟踪我？"萧宇盯着芬妮。

芬妮顽皮地翘起了嘴唇："不要忘了我们之间的约定，你离开濠江之前必须陪我！"萧宇笑着点点头，远方的海面升起了一轮明月，映照得整个沙滩发出玉石般的光芒，芬妮小声问："她是你的情人？"

萧宇不置可否地点了点头："曾经是……"

"那么你们为什么分手？"

萧宇深深吸了一口气："听没听说过飞鸟和鱼的故事？"

芬妮点了点头："你爱她吗？"

萧宇答非所问："也许我没有资格爱任何人！"

芬妮看着萧宇深邃的眼眸，她不知道萧宇的内心究竟在想些什么。萧宇扬了扬啤酒："你如果想知道什么，那么就陪我喝酒，你每陪我喝一听啤酒，我就回答你一个问题！"

芬妮仰首就喝完了一听啤酒，提出了第一个问题："萧宇，你是不是有很多情人？"

"可以说是，也可以说不是。"萧宇回答得模棱两可。

"我要明确的回答！"芬妮又打开了一听啤酒。

萧宇将手中的易拉罐捏扁放在身后："我是个不适合恋爱的人，我身边的女孩子不是被我伤害，就是主动逃掉，这个回答你满意吗？"

芬妮又喝了一听啤酒："你最爱的女人是谁？说！"

萧宇苦笑着望向她："除了我感情方面的隐私，你没有别的问题可问了吗？"芬妮摇了摇头："我对其他方面不感兴趣。"

萧宇的目光望向远方的明月："这件事我从来没有告诉过别人……"

他压低了声音对芬妮说："你一定要为我保守这个秘密！"芬妮郑重地点点头，萧宇神神秘秘地对她说："我最爱的女人是……"

芬妮贴近了些。

"我妈！"萧宇大笑着向远处跑去，芬妮气得拿着啤酒去泼他，两人在沙滩上相互追逐，留下一连串响亮的笑声。

萧宇率先坐倒在沙滩上，芬妮靠着他宽厚的肩背坐下，萧宇向一边让了让："酒能乱性啊！离我远点！"芬妮笑着说："那证明我对你有吸引力！"

"你在我面前就是一波斯猫，我压根没把你当女人看过！"芬妮用力拉着萧宇转过身来："看着我的眼睛！"萧宇笑嘻嘻望着她："怎么？就是俩蓝眼珠子，有什么稀奇？"芬妮忍不住说："你难道看不到里面的柔情？"

萧宇差点没把肚子笑破，好半天才止住笑声："丫头，别价，我除了感到有点晕，没其他感觉。"芬妮用力咬了咬嘴唇："你闭上眼睛！"

萧宇不知她又要玩什么花样，乐呵呵闭上了眼睛。

芬妮的面孔缓缓凑近萧宇，丰满而红润的嘴唇轻轻印在萧宇的唇上，萧宇触电般睁开了双目，他想逃开，芬妮双臂却紧紧缠住了他的脖子，萧宇很快被她的热情融化。

"别这样，芬妮……"萧宇用力拉开了芬妮的手臂。芬妮轻声说："我知道你对我是有感觉的！"

萧宇慢慢站起身来："你和我有一点相同，我们都不懂爱……"

芬妮望着萧宇远去的背影，两行晶莹的泪水顺着面庞缓缓滑下，她忽然感到今晚的月光竟然是如此的清冷。

萧宇步行回到酒店的时候，四震仍然没有睡觉，显然今天在赛道上的表演让他兴奋至今。看到萧宇进来，他指了指墙上的挂钟："十一点多了，泡洋妞也要节省点体力！"

"你就不能积点口德！"萧宇把衣服摔在椅子上，仰首大字形躺在了床上。

四震看出他的心情不好，冲了杯咖啡放在床头："怎么了这是？跟那洋妞吵架了？"

萧宇摇了摇头，伸手关上了壁灯。

黑暗中四震小心地问："宇哥！遇到什么烦心事儿，跟兄弟说一声，别自己闷在肚子里。"

萧宇又打开了壁灯，他抽出一支香烟，四震为他点燃。萧宇吐了口烟雾说："我忽然发现自己的感情是一团糟。"

四震也点燃了一支香烟，他若有所思地说："我何尝不是这样……"萧宇知道他一定又想起了仍然昏迷不醒的艾咪。

四震弹了弹烟灰："在嘉南的时候，我每天都会去看艾咪，现在来到濠江，无论她听得到还是听不到，我都会准时给她打个电话……"他看了看萧宇，"记不记得我曾经在医院对你说的话？"

萧宇点点头。

四震说："宇哥，有句话我一直闷在心里，既然你始终都忘不了林诗诗，为什么不去找她？"萧宇拿烟的手微微颤了一下，他摇了摇头："四震，我痛苦并不是因为林诗诗……"

他将烟蒂摁灭在烟灰缸中："我曾经有过很多段感情，每段感情我都认认真真地投入过，可是我今天才发现，我的感情永远不会有结果……"

四震默默地望着他。

萧宇说："今天我见到了一个久违的朋友，她告诉我一句话：我们根本就是两个世界的人，我是飞鸟，向往翱翔于无尽的天空，而她只是游弋于一泓清泉中的鱼，我们的世界永远没有交点！我既然选择了江湖，就不得不有所放弃，飞鸟和鱼永远不会有结果！"

四震沉浸在萧宇的话中，他忽然明白了萧宇真正的痛苦所在，他不敢面对自己的感情，没有任何人想让自己的感情沾染上江湖的血腥。

也许是萧宇绝情的话语彻底伤害了芬妮的自尊，他们离开的时候芬妮并没有前来送机，这正是萧宇所愿，他即将面临一场空前的挑战，"感情"这两个字对他来说已经成为遥不可及的奢侈品。

刚刚回到嘉南，萧宇就收到了章肃风的电话，邀请他晚上参加嘉南市工商联合会的一个活动。萧宇本来已经和胡忠武他们说好晚上一起吃饭，现在只好临时取消。

晚上七点的时候，萧宇准时来到会场，章肃风和他的秘书何惠娴已经先到，正在和一帮商界名流谈笑风生。

萧宇并不想影响他的兴致，从身边侍者那里端起一杯威士忌，一边品评，一边浏览着会场的布局。

章肃风显然留意到了萧宇的寂寞，对何惠娴小声耳语了一句，何惠娴拿起酒杯微笑着向萧宇走来。

"去濠江玩得怎么样？"何惠娴的笑容温婉而美丽。萧宇友好地举起了酒杯："玩得很开心，就是学费太贵！"

"不交点学费，又怎么能充分认识到濠江的好处！"何惠娴一语双关地说。

萧宇笑了起来："何小姐的确是善解人意，难怪章先生这样信任你。"一提到章肃风，何惠娴的眼神立刻流露出些许的失落。

"章先生很器重你，经常夸你是年轻一代中最为出色的一个。"

萧宇淡淡地笑了笑："章先生太抬举我了！"

何惠娴认真地说："我很少见章先生这样欣赏过别人。"

"你跟章先生很长时间了？"萧宇放下酒杯。

何惠娴点点头，她的目光变得朦胧起来："整整十年！"

萧宇没有说话，他看得出何惠娴对章肃风有种特别的感情。

何惠娴把话题转向萧宇身上："你和晴晴怎么样了？"萧宇看了看她："是不是章先生让你问我的？"

"我发现萧先生对任何事情都很敏感，年轻人很少见到戒心这么重的。"

萧宇呵呵笑了起来。

何惠娴继续问："你爱不爱晴晴？"萧宇掏出纸巾擦了擦额角，反问说："你觉得我有资格去爱她吗？"

"任何人都有资格去爱！"何惠娴的眼睛望向远方的章肃风。

萧宇却摇了摇头："一旦一个人选择了江湖，他就再也没有选择爱的资格和机会！"何惠娴的身躯明显颤动了一下，她忽然发现萧宇对事情的认识比自己想象的要清楚得多，她终于明白章肃风对他的欣赏是对的，这个年轻人的身上有很多和章肃风相同的印迹。

章肃风终于来到了他们的身边，他微笑着向萧宇打了个招呼，然后说："一会儿谭自在可能也要来这里，你需不需要回避一下？"萧宇的内心微微一怔，他立刻明白了章肃风把自己喊来的真正目的，直到现在他仍然对自己存有疑心，今晚的事情无疑是章肃风刻意安排的一次会面。

萧宇还没来得及回答，谭自在和龙三已经走入了大厅，他一眼就从人群中找到了萧宇和章肃风，谭自在本来洋溢着笑容的面孔马上变得冰冷了起来。

他缓缓走到章肃风的面前："肃风，为了竞选你可真是无孔不入啊！"

章肃风呵呵笑了两声："谭公也是老当益壮，深水港的工程这么繁忙，居然也能抽出时间来出席活动，难得难得！"

谭自在冷笑着走向萧宇，萧宇礼貌地喊了声："谭爷！"

谭自在没有理会萧宇，转身向龙三说："这里允许带狗来的吗？早知道这样我把黑豆也带来了！"他口中的黑豆是他的爱犬。龙三用仇恨的目光盯住萧宇："老安的账我迟早会跟你算！"

萧宇无畏地和龙三对视着，谭自在冷哼了一声："这里的空气太闷，我还是出去走走。"他转身向门外走去。

直到他走远，章肃风才轻轻拍了拍萧宇的肩膀："我没想到今晚他会来……"萧宇笑着说："只要在嘉南，总会有见面的机会！如果我想躲开他，最彻底的方法就是离开离岛。"章肃风欣赏地点点头："你放心，只要有我在，他休想动你！"

章肃风提议到楼顶的天台走走，从这个角度可以俯瞰嘉南市区的夜景，可是两人都没有观赏风景的雅兴。

章肃风说："阿宇，我需要一个得力的助手，你愿不愿意过来帮我？"萧宇和他并肩站在围栏前，他们彼此的目光都注视着远方。

"我已经决定加入卓可纯的娱乐公司！"萧宇委婉地拒绝了章肃风的邀请。章肃风不屑地笑了起来："卓可纯？就是那个被杀的三禾会老大卓镇海的女儿？"萧宇点点头。

"就凭她？"章肃风转身盯住萧宇的眼睛，"人一辈子的机会并不多，如果我这次竞选成功，我就会放弃灭龙社，而你就是统领灭龙社的最佳人选！"萧宇慢慢摇了摇头："章先生，我很感激你对我的器重，可是……我自问没有统领整个灭龙社的实力……"章肃风的表情变得很冷："你是不是觉得对不起谭自在？"

"我和谭爷之间已经没有缓和的可能！"

"知不知道你拒绝了灭龙社，就等于一脚踏上了死路？"章肃风像是在提醒，又像是在威胁。

萧宇露出一个爽朗的笑容："章先生，每个人都有选择自己生活的权利，无论是你还是谭爷都不可能永远保护我……"

章肃风终于明白萧宇内心真正的想法，他抿了抿嘴唇，过了很久才说："也许你的选择是正确的，可是有些时候单凭自己的力量很难达到目的。"萧宇伸出手去："所以，我需要您的帮助。"

章肃风露出了一丝欣赏的笑容："阿宇，你很像我年轻的时候，不过，你比我要看得更远！"

临别的时候，章肃风告诉萧宇，明天他会在市民广场发表演讲，希望萧宇能够帮忙维持现场的秩序，萧宇虽然对这种活动没有多少兴趣，可是因为章肃风特别嘱咐，所以决定还是亲自去一趟。

章肃风让萧宇去还有另外一个目的。当初萧宇干脆漂亮地处理了深水港的学生事件，这次他同样面临着这个问题，很多学生在反对者的鼓动下，多次在他的演讲现场捣乱，他希望萧宇可以帮他解决这个棘手的问题。

无论从任何方面来说萧宇都无法拒绝，对于这帮激进的学生他还是很有办法，况且现在他身边有了马国豪这个得力的助手，平息学生激动情绪的任务理所当然地就交给了他。

刚刚回到银座，萧宇就听说了一件令他极为震惊的事情，凤仙街的秀雯突然失踪了。据四震带来的消息，秀雯是被两名陌生的男子绑架的。

"奇怪！"萧宇皱起了眉头，秀雯根本没有任何仇家，况且她只是开一间小小的诊所，并没有多少被人利用的价值。

萧宇第一个想起了傻豹，如果知道秀雯被绑架，他整个人恐怕会疯掉："有没有豹哥的消息？"

四震摇了摇头："我让兄弟们找过，可是整条凤仙街也找不到他的影子，听街坊说，他知道秀雯被绑架后马上就冲了出去，手机也忘在面馆里，根本联系不上他！"

萧宇叹了口气，嘱咐四震说："你马上带人去找豹哥，见到他一定要把他带到我面前！"四震点点头，萧宇对胡忠武说："武哥，你去查一下到底是什么人绑架的秀雯！"

马国豪提醒萧宇说："他会不会去报警？"

萧宇摇了摇头："秀雯是豹哥心中最重要的人，他不会冒这样的风险……"他停顿了一下，"谭爷！他有可能去找谭爷帮他！"

胡忠武说："如果谭自在插手的话，我们可能不方便出面。"

"不管是谁插手，豹哥的事情就是我的事情，更何况秀雯也是我的朋友，这件事我一定要帮他们。"萧宇的神情无比坚毅。

这是一个难挨的长夜，傻豹好像石沉大海般失去了消息，清晨六点钟的时候，胡忠武打来电话："阿宇！秀雯找到了！"萧宇的内心感到一阵欣喜："她怎么样？"

"具体情况我也不清楚，不过听说警方在现场击毙了一名劫匪，秀雯已经被警察送往瑞博医院。"

萧宇拿起车匙："走！我们去看看！"

来到瑞博，萧宇迎面就碰到前来了解案情的齐邦达。齐邦达不无嘲讽地说："萧先生真是无处不在，哪里出事哪里就准能看到你的影子！"萧宇知道齐邦达对自己向来都没有什么好感，他礼貌地笑了一下："秀雯出了事情，作为朋友，我理所当然要来看看她。"

齐邦达指了指休息区长廊上的排椅："如果你有时间，我想和你谈谈。"

"作为一个良好市民，我随时愿意协助警方。"

两人坐下后，齐邦达掏出香烟，将烟盒向萧宇扬了扬，萧宇摆了摆手："我正准备戒烟！"齐邦达笑了起来，然后他向萧宇说："在我看来，烟草的危害要比黑社会轻得多。"

萧宇笑着说："可是两者有一个共同点，就是都能要人性命。"

齐邦达笑着向萧宇点了点头。

"齐警官到底想问我什么？"

齐邦达的表情变得严肃起来："知不知道发生了什么事情？"

萧宇摇了摇头。

"秀雯被人劫持了，而且刚才的检查证明她昨晚曾经遭受了性侵犯……"齐邦达显得十分痛心。

怒火在萧宇的内心中猛然燃烧了起来："谁做的？"

齐邦达叹了口气："我们警方接到报警后，马上赶到了那里，当场击毙了一名负责看守的小子，其余的涉案者并不在现场，死者的身份已经证实，他是灭龙社的一名成员。"萧宇的内心震动了一下，他万万没有想到事情会变得如此复杂，灭龙社和秀雯之间没有任何关系，他们为什么要去伤害秀雯？

齐邦达说："从去年的凤仙街纵火案到现在的绑票案，这两件事到底有没有关联？"萧宇有些无力地垂下头去，齐邦达的话他根本没有听进去，他的脑海中始终晃动着一双眼睛——傻豹因为愤怒而发红的眼睛。

"我什么都不知道！"萧宇猛然站起身来，齐邦达在他的身后喊道："萧宇，如果这样继续下去，不知道还要有多少悲剧在你的身边发生！"萧宇冷冷回过头来："我可以告诉你，这种悲剧永远不会再发生了！"

萧宇透过玻璃窗，静静地看着室内病床上的秀雯，这个善良的女孩仍然处在昏迷当中，她的命运是如此悲惨。

萧宇紧紧握住了双拳，他以自己的生命起誓，无论是谁伤害了秀雯，他都不会放过！

齐邦达不知什么时候又出现在萧宇的身边，他的声音十分低沉："这孩子的未来已经完全被毁掉……"萧宇转过脸来："齐警官，有没有傻豹的消息？"齐邦达摇了摇头，他不明白这件事跟傻豹有什么关系。

萧宇说："如果你见到傻豹，最好把他抓起来，秀雯的事情如果让他知道，任何疯狂的事情他都干得出来！"

# 03　一代大佬的陨落

枪声忽然响起，谭自在露出一丝快意的微笑，他的目光望向章肃风，可是他惊奇地发现章肃风仍然完好无损地站在那里，然后他感到胸口有种麻酥酥的感觉，谭自在垂下头去，看到鲜血透过自己黑色的长衫慢慢渗了出来。

## 刻骨铭心

离开医院以后，胡忠武看到萧宇的情绪十分低落，主动承担了驾驶的责任，四震那边还是没有傻豹的消息，胡忠武提醒萧宇说："章肃风的演讲已经开始了，我们还去不去？"

萧宇不耐烦地摇了摇头，可是马上他像又想到了什么："快！去市民广场！"

胡忠武不解地看了看萧宇。萧宇因为紧张额头渗出了细汗："被击毙的那名绑匪是灭龙社的人！"

胡忠武立刻明白了萧宇想到了什么，傻豹一定会把这笔账算在章肃风的头上，为了秀雯他会不惜做任何事情。

两人来到市民广场的时候，演讲已经进行了大约二十分钟，章肃风正在台上慷慨激昂地说着什么，由于马国豪事先的工作，今天的演讲进行得十分顺利。

萧宇联系到在现场的四震和马国豪，让两人带领手下分头寻找傻豹。

萧宇粗略地估计了一下，现场最少要有两万听众，想从中找出傻豹可以说是大海捞针。时间一分一秒过去，萧宇越发地感到焦躁起来。

章肃风发现了在人群中穿梭的萧宇，他隐隐觉着情况有些不寻常，他的直觉告诉自己必须尽快结束这次演讲。

当潮水般的掌声此起彼伏地响起时，萧宇紧张的内心开始慢慢放松，看来傻豹并没有来到这里，只要章肃风离开广场，这场危机就能够暂时告一段落。

这时萧宇忽然听到一声响亮的枪声，章肃风高大的身躯微微晃了晃，鲜血从他的左肩渗了出来。

顺着枪声的方向，萧宇看到了躲在人群中的傻豹，他举起手枪尝试着第二次射击。萧宇全速冲了上去，抢在傻豹射击以前将他扑倒在地上，牢牢按住了傻豹握枪的右手。

傻豹疯狂地喊叫起来："你……你放……放开我！"萧宇压低声音说："豹哥！快走！"他一个有力的拧转，将傻豹的手枪夺了下来。整个广场陷入一片混乱之中，负责维持秩序的警察也慌忙向他们跑来。

萧宇卸下弹夹，放开了傻豹，傻豹的面孔涨得通红，他的双目愤怒地盯住萧宇。"混蛋！"他恶狠狠地骂。

这时四震和几名手下已经先行赶到，萧宇向四震使了个眼色，四震一肘击打在傻豹的脑后，傻豹在重击下顿时晕了过去。

"马上带他离开！"萧宇吩咐说，然后飞快地向主席台冲去。

子弹击中了章肃风的左肩，幸运的是他在枪响的刹那，做了一个鞠躬的动作，让子弹射入的位置稍稍高了几厘米，不然他恐怕已经命丧枪下。

大眼和几名保镖正准备把他送往医院，萧宇赶到的时候，章肃风已经躺在了车里，他的面孔因为失血变得有些苍白，看到萧宇他挥了挥手，示意萧宇来到他的身边。

萧宇确信章肃风没有性命之忧，这才放下心来。

汽车缓缓启动，鲜血从章肃风的伤口中仍在不停地渗出，他的表情却没有流露出太多的痛苦。

警笛的呼啸让整个现场显得更加紧张，萧宇陪同章肃风直接前往医院，经过半个小时的手术，章肃风平安从手术室出来。

刚刚回到病房，收到消息的引擎和灭龙社的几名骨干都赶了过来。

大眼最后一个来到，他一直留在广场关注事情的动向，章肃风的头脑并没有因为枪击而受到任何影响。他首先关心的是传媒的反应，特地嘱咐引擎说："所有人都认为我背景复杂，这次的枪击事件对我来说是个转机，我的竞选纲领中要加上一条，只要我当选，我的第一件事就是整治日益猖獗的地下社会犯罪活动。"

大眼看了看萧宇然后说："现场有个记者拍下了枪击时的情形，凶手是原来青龙帮朱雀堂的堂主傻豹。"

萧宇的内心一震，没想到终究还是留下了证据，不知道自己帮助傻豹逃离的事情会不会败露。

章肃风显然知道萧宇和傻豹的那段渊源，他示意引擎拿了个靠垫掖在他的身后，注视着萧宇说："你当时在现场，是不是在找傻豹？"

萧宇点了点头，事到如今隐瞒已经变得毫无意义。

章肃风拿起身边的茶杯："傻豹是不是你放走的？"所有人的目光都望向萧宇。

"是！傻豹是我的兄弟，我不能眼看着他被捕入狱！"

章肃风露出一个不屑的笑容："你以为他能够逃得掉吗？"萧宇沉默了下去，过了一会儿他才说："章先生，傻豹这次的确是过于偏激，可是他一定是被别人挑唆。"章肃风示意萧宇继续说下去。

"昨天有几个不明身份的人绑架了他的女朋友，虽然警方从绑匪手中将她解救了出来，可是她已经遭到那帮混蛋的侵犯！"萧宇的声音显得有些激动。

章肃风的表情充满了冷漠："这和我有什么关系？"

"在今天早晨的解救行动中，警方击毙了一名绑匪，那名绑匪叫春旺，是灭龙社的人！"

章肃风的眼睛睁大了，大眼插话说："春旺是我的手下，可是他在两个月前已经洗手不干了！"

章肃风点点头："傻豹枪击我的事情，我可以不追究，但是你必须要说服他，指认谭自在为幕后的操纵者！"萧宇了解傻豹的秉性，他摇了摇头："章先生，我恐怕做不到。"

章肃风冷冷看了萧宇一眼："如果他不愿意出来指认谭自在，那么他就只有死路一条！萧宇，我劝你还是离他远一些！"

萧宇知道再谈下去也没有任何的意义，他向章肃风告辞后离开了医院。

大眼等萧宇走后，才向章肃风说："有兄弟看到，是萧宇阻止了傻豹，可是现场并没有其他证据。"章肃风微笑了起来，大眼刚才的戏演得得确不错。

"要不要派人盯着萧宇？"大眼问。

章肃风摇了摇头："给他点时间，对萧宇一定不能逼得太紧，这件事摆明是谭自在搞出来的，现在他恐怕比我们还要急于杀掉傻豹！"

傻豹被萧宇关在海滨一座废弃的仓库中，萧宇见到他的时候，他被四震和手下结结实实地捆在椅子上。

萧宇来到傻豹身后慢慢为他解开绳索，傻豹揉了揉酸痛的肩膀，一言不发地向门口走去。

"豹哥！"萧宇大声喊。

傻豹停下了脚步："除非你……你一枪杀了我，否则我还……会去找……章肃风！"

萧宇来到他的面前："你有什么证据证明是章肃风让人绑架的秀雯？"

提起秀雯，傻豹面部的肌肉痛苦地痉挛了起来："他是……个畜生……禽兽……"他的目光充满了仇恨："不但是秀雯，还有我的父亲！"

萧宇深深震惊了，难道傻豹的父亲真的是章肃风所杀？"是不是谭爷告诉你的？"

"直到今天我……我才知道，当年我的父亲就……就……是死在他的枪下……"傻豹的双目中荡漾着泪光。

萧宇轻轻拍了拍他的肩头："豹哥，秀雯现在还躺在医院里，如果你再出什么事情，她以后怎么办？这个世界上还有谁能够照顾她？"

傻豹用力咬了咬嘴唇："为了秀雯……我……我更要杀掉这个畜生……"

"豹哥！我并不想劝你放弃自己的想法，可是我可以明确地告诉你，章肃风绝不是绑架秀雯的真凶，被警方打死的那名绑匪早在两个月前已经退出了灭龙社，他现在的行为和灭龙社已经没有任何关系。"

傻豹冷冷看了萧宇一眼："他……他是你未来的岳父……你当……当然护着他！"

萧宇说："豹哥！如果你现在出去，不等你靠近章肃风就可能被乱枪打死！"

傻豹仍然向大门走去。

"我能问一个问题吗？"萧宇大声说，"你杀章肃风的手枪，是不是谭自在给你的？"

傻豹的脚步停了下来，萧宇走上前去："章肃风根本不认识秀雯，他为什么要去伤害她？"傻豹无言以对。

"如果你杀死了章肃风，真正获利的人是谁，我想你应该可以猜到！"

傻豹的额头上满是汗水："不……不会的，谭爷不会骗我……"他的信念已经开始动摇。

"如果你还把我当成兄弟，我会在最短的时间内查出绑架秀雯的真凶。"

萧宇让四震寸步不离地盯住傻豹，现在想除去傻豹的不仅仅是章肃风和他的手下，萧宇最担心的也是谭自在，为了保全自己，谭自在随时都可能牺牲掉傻豹。

下午萧宇邀卓可纯和他一起前往医院去探望秀雯，发生了这种事情，毕竟有一个女孩子在场气氛要好得多。

萧宇没有想到居然会在医院遇到章肃风。

秀雯已经醒来，她的目光显得呆滞而迷茫，对于身外的任何事物都失去了兴趣。章肃风默默看着这个女孩，她比自己的女儿大不了多少，可命运竟然如此悲惨。他将鲜花插入床头的花瓶中，房间的窗帘全部都紧闭着，章肃风来到窗前拉开窗帘让阳光能够照入房中。

秀雯忽然惊恐地大叫起来，她用双手紧紧捂住了自己的眼睛，章肃风慌忙又将窗帘拉上，他来到秀雯身边安慰说："别怕……我在这里……"秀雯大哭着抱住了章肃风的身躯，她的左手紧紧抓住了章肃风右肩的伤口，章肃风强忍着疼痛，却没有推开她。

萧宇和卓可纯站在窗口静静看着病房中的一切，章肃风也看到了萧宇，他露出一个善意的微笑，等秀雯的情绪平复之后，慢慢帮她盖上被子来到门外。

"章先生怎么会到这里来？"章肃风的出现让萧宇感到十分惊奇，他首先想到的就是章肃风会不会利用这个可怜的女孩捞取某种利益。

章肃风似乎猜到了萧宇的疑虑："我只是来看看陈小姐，没有别的意思！"卓可纯拿着鲜花走入病房，两人有了一个单独相处的机会。

"章先生！秀雯在这世界上已经没有亲人了，我想求你放过傻豹。"萧宇鼓足勇气请求说。

章肃风在萧宇对面坐下："阿宇！现在不是我不愿意放过他，这次的事件影响很大，大众一定需要个合理的交代！"

萧宇直接指出："如果您想借着这次机会打击谭自在的话，傻豹就会成为你们斗争的牺牲品！"

章肃风笑了起来："阿宇，我答应你，只要傻豹愿意指认谭自在，我可以保证他一年后就能过上正常人的生活。"

萧宇摇了摇头，章肃风的保证在他的眼中没有任何的可信性。

章肃风站起身来："你让我很失望……"他慢慢向远处走去。

傻豹如果继续留在离岛，处境会变得越来越危险，萧宇决定把他送出离岛。

"我不……会离开离岛！更不会出卖谭爷！"傻豹的态度十分明确，萧宇掐灭了烟蒂："豹哥，无论是警方还是谭自在，他们都不会放过你。"

"我会去……去自首！"傻豹下定了决心，萧宇怔怔地看着他。

傻豹说："我……我虽然傻，可是我……我知道，只有我自首，才能让这场风波平……平息下来，这件事情会……会到此结束。"

萧宇还要尝试着劝他，傻豹用力摇了摇头："我知道你……你是为我好，可……可是我还想……留在离岛，还想见到秀雯……我……"傻豹的眼中满是热泪。

萧宇重重地点了点头。

傻豹说："我只有一个要求，可……可不可以让我去看……看秀雯？"

萧宇终于明白了什么叫刻骨铭心的爱，傻豹趴在病房的玻璃窗前默默看着熟睡的秀雯，他的脸上流满了泪水，他不敢走入病房，因为他生怕惊醒秀雯，他恨自己没有保护好秀雯，让她受到这么多的伤害。

萧宇陪着傻豹在窗外静静地站了整整两个小时，清晨五点的时候，傻豹擦干了泪水，转向萧宇说："我已经……准备好了！"

萧宇慢慢拨通了齐邦达的手机："齐警官，有件事情我必须告诉你……"

市民广场的枪击案，以傻豹的自首而告终，考虑到傻豹主动自首，法院从轻判处傻豹三年有期徒刑。

章肃风对这个结果虽然十分不满意，可是也并没有继续追究下去，至少这次傻豹的枪击案为他又赢取了不少的同情分，而他利用各大媒体冷嘲热讽地将谭自在攻击了一番，他的目的至少已经达到了一部分。

傻豹虽然把整个枪击案一力承担了下来，可是谭自在并没有落到什么真正的好处，最新的民意测试表明章肃风已经领先现任市长马楚良五个百分点，照这种形势发展下去，嘉南市长早晚是他的囊中之物。

东瀛山海组似乎也看出了现在微妙的形势，第二笔资金迟迟没有入账，深水港的工程再度陷入困境之中。谭自在一方面派人去东瀛磋商资金事宜，一方面积极在岛内筹集资金。他将自己名下的许多物业挂牌转让，用以换得更多的资金投入到深水港的工程中去。

"宇哥，香榭丽舍要转让。"四震神神秘秘地对萧宇说，这个消息对萧宇来说并不意外，谭自在的经济出现困境是整个嘉南都清楚的事实。

萧宇笑着说："你打什么鬼主意？"

四震摸着脑袋笑了起来："我是为你着想，从头收拾旧山河，这可是一个千载难逢的良机！"

萧宇当然清楚他说的道理，在目前的情况下谭自在最需要的就是资金，换句话来说，他转让的利润空间已经很小。

萧宇说："我已经让国豪开始评估谭自在挂牌转让的资产，等到评估结果出来我们就着手开始收购。"

四震不无担心地说："我们没有这么多的资金，再说谭自在未必肯卖给我们。"萧宇呵呵笑了起来："可纯会提供十亿香江币的赞助。谭自在那边我倒不担心，价高者得，只要不是章肃风买，他应该不会跟钱过不去。"

谭自在这次挂牌出售的一共有四处物业，香榭丽舍夜总会、长盛货栈、明生码头、东兴码头，另外还有金典唱片百分之三十的股权，总价值在六十亿离岛币以上。

谭自在和萧宇终于又坐在了一起，当然这次已经由宾主关系变成了买卖双方的关系。谭自在似乎已经恢复了原来的平和，即使面对萧宇时也没有了昔日的愤怒。

"谭爷！"萧宇依然对谭自在表现出应有的尊重，即使他知道就是眼前的这个人，一手造成了傻豹和秀雯的悲剧。

"你对我出售物业的价值应该很清楚，我想我们并没有讨价还价的必要，一口价，七十亿离岛币！"谭自在直接将价格挑明。

萧宇笑了起来："谭爷！这次我是代表卓小姐来谈判，我必须维护她的利益。"

谭自在点燃了雪茄，他等待着萧宇的下文。

"事前我经过计算，香榭丽舍最近的生意并不好，以您当初接手的价格计算，应该是五千万离岛币，长盛货栈价值两亿离岛币，金典唱片百分之三十的股份按现在的市值计算是十亿离岛币，所有的物业中，最有价值的应该是明生和东兴这两个码头，他们的市值应该在五十亿离岛币以上！"萧宇层层剖析。

谭自在欣赏地点着头。

"可惜这两座码头即将面临倒闭关门的危机！"萧宇提高了声音，谭自在用力吸了一口雪茄。

萧宇说："所有人都知道，您老之所以出让这些物业，就是为了有更多的资金投入深水港工程，深水港建成之后，明生和东兴这两个码头已经没有任何存在的必要。换句话来说，无论谁买到他们，都面临着飞速贬值的命运，所以您提出的价格我绝对无法接受！"

谭自在弹了弹烟灰："说说你认为合适的价格。"

"四十亿离岛币！"萧宇掷地有声地说。

谭自在哈哈大笑了起来，好半天才停住了笑声："你在做梦！"

萧宇回击说："整个离岛，你已经找不到比我更好的买主！"

谭自在的瞳孔明显地收缩了一下："好像我们已经没有交谈的必要！"

萧宇站起身来，他走了两步忽然停下了脚步："有个问题，我一直都想问你，为什么要害傻豹？"

谭自在将烟蒂狠狠地摁灭在桌面上："这就是他的命运，章肃风杀死了他的父亲，这是永远不变的事实，作为儿子，他必须复仇！"

萧宇慢慢点了点头："我想提醒您老，如果章肃风当选了市长，明生港不失为一个颐养天年的好地方！"

谭自在愤怒地握紧了拳头，他何尝听不出萧宇的讽刺和挖苦。

回去的路上，萧宇收到了谭自在的电话："五十亿离岛币！"

萧宇的唇角露出了一丝微笑："我同意，明天我们就可以签约。"

这次收购谭自在的物业多少有点趁火打劫的味道，萧宇已经摸透了谭自在的心理，章肃风民意支持率不断上升，让谭自在陷入深深的惶恐之中，只要章肃风当选，谭自在的深水港工程极有可能变成一个巨大的垃圾坑。他必须筹集到足够的资金，在章肃风当选以前将深水港的一期工程全部建设完工。

而章肃风和谭自在之间的矛盾是整个江湖人所共知的事实，无论谭自在抛售的价格有多么合理，也很少有人会在这个敏感时期介入。

萧宇在接手谭自在的物业之前，也亲自向章肃风解释了一下。

自从傻豹的事情发生以后，章肃风对萧宇的态度明显冷淡了许多，萧宇把和谭自在之间的交易源源本本地向他汇报了一遍。

"你好像没有必要对我说这些！"章肃风冷冷看着萧宇。

"我怕章先生误会我！"

"误会？我误会你什么？"

"误会我在关键的时候帮助了谭自在。"萧宇观察着章肃风的每一个表情。

章肃风笑了起来："阿宇，你真的很聪明，有些事情的处理方法，连我这个老江湖都自叹弗如。"

萧宇解释说："五十亿对整个深水港工程来说无异于杯水车薪，可是这四处物业对我的意义却非同凡响。"

章肃风说："我终于明白为什么你不愿意到我的身边来帮我，你是想开创一番自己的天地。"

萧宇坦率地说："我之所以不愿意加入灭龙社还有一个原因，灭龙社不是每一个人都像你这样欢迎我。"

章肃风点点头："你明知道谭自在的两个码头在深水港建成后就会失去价值，为什么还要买？"

萧宇说："这一点我找人分析过，如果单单考虑这两个码头的地价，现在应该在二十亿左右，而且嘉南沿海的地价正在不断上涨。深水港建成之后，肯定会对周围的居住环境造成影响，沿海高级住宅区的需求会有进一步的增加。而这两个码头距离深水港都有相当的距离，如果我将码头关闭，在原有的地址上建设高级住宅区，所获得的回报应该很大！"

章肃风露出嘉许的目光："可是你想过没有，你的计划未必能够得到通过！"

萧宇狡黠地笑了起来："所以我要全力支持您的竞选，只要竞选结束，所有的问题肯定都会迎刃而解。"

两人同时大笑起来。

萧宇去探望过傻豹几次，可是每次傻豹都不愿意见他，也许他真的想彻底忘记过去的一切。秀雯的病情仍然没有好转，终日是那副痴痴呆呆的模样。

章肃风已经到了竞选的最后冲刺时刻，他和现任市长马楚良之间的争夺也渐渐趋于白热化。章肃风的背景还是成为他支持率继续上升的阻碍，马楚良主攻的目标也在这一点上，两人的支持率十分接近。

萧宇自从成功接手谭自在转让的物业以后，大多数时间都放在这些东西上面，他接手后做的第一件事就是关闭东兴码头，将两个码头的业务合并到明生港。

香榭丽舍通过装修重新开业，有了马心怡的帮助，萧宇根本不用操心具体的经营策略。开业的同一天，金典唱片召开了一次董事会，让萧宇恼火的是，马中昊居然没有通知他，要知道现在他已经拥有金典唱片百分之三十的股权，是仅次于董事长马中昊的第二大股东。

## 不破不立

金典唱片董事会进行到一半的时候，会议室的大门猛然被推开了，萧宇微笑着走了进来，他的身后跟着一脸惶恐的女秘书。

所有的董事都抬起头看着这个不速之客，除了马中昊以外，其余的人并不认识萧宇，更不知道眼前的年轻人就是拥有金典百分之三十股权的第二大股东。

萧宇礼貌地向所有人打了个招呼，然后拉着一张椅子大模大样地坐在马中昊的身边："大家可以继续了！"马中昊皱了皱眉头，这时门口两名保安走了进来，萧宇向马中昊挤了挤眼睛："我的身份是不是应该由你来介绍一下？"

马中昊向保安挥了挥手，示意他们出去，然后笑着向会场的每一个人说："这位就是我们金典的新股东萧先生！"

所有董事开始鼓掌，表示对萧宇的欢迎，可是掌声明显不够热烈。萧宇笑了起来，他向秘书要来一份文件："我叫萧宇，虽然只拥有公司百分之三十的股份，可是我要拿出百分之一百的诚意来对待公司。"

马中昊有些不自然地笑了笑："我们今天主要讨论发行新股的问题，

刚才大家已经通过了提案！"萧宇却皱起了眉头："大家？好像我还没有表态！"马中昊有些不屑地说："这里总共有七名董事，其中五名已经投了赞成票，好像你手里的一票已经没有什么意义了。"

萧宇点点头："我有个建议必须在董事会上提出。"他看了马中昊一眼，"我有没有这个权利？"马中昊笑着说："作为董事，你当然有这个权利。"

萧宇从公文包中拿出几份文件，扔在桌面上："我建议暂时停止公司一切业务，清查公司的财务！"所有人都被萧宇的话惊呆了。

萧宇说："金典公司的股权是我们共同拥有，马董事长拥有百分之三十五的股份，我的手里有百分之三十，另外的百分之三十五在你们手里，我们拥有着共同的利益。"

马中昊饶有兴趣地看着萧宇，不知道他说这种谁都明白的道理究竟是什么目的。

"可是据我所知，我们中间的一位，他的股权存在一定的问题，其中有相当一部分是外来资金，换句话来说他真正拥有的股份并没有这么多！"

马中昊的额头上冒出了冷汗，他终于明白萧宇说这些话的目的，萧宇所针对的就是自己。他的百分之三十五的股份中有一大半来自于谭自在，谭自在虽然等于把这些股份送给了他，可是碍于他的父亲是嘉南市长，这些股份始终没有正式转到他的名下，他现在属于被委托管理这些股份，并不是股份的真正拥有者。

萧宇说："在正式调查结果没有出来之前，我会否决一切提案，如果证实我们中间有哪位股东存在欺诈行为，那么我会把结果直接交给商业犯罪调查科。"

萧宇来到地下停车场的时候，听到马中昊在身后叫他："萧宇，你站住！"萧宇微笑着回过身来："找我有事情？"马中昊快步来到萧宇的面前，他的双手紧握，一副怒气冲天的模样。萧宇打心里看不起这帮养尊处优的公子哥儿，不屑地扬了扬眉毛："是不是很想打我？"

马中昊咬了咬嘴唇，把手放了下去："你在故意针对我！"

萧宇毫不否认地点了点头。

"我可以明确地告诉你，你休想得逞！"

萧宇大笑了起来："马中昊，你以为你可以阻止我吗？"他逼近了马中昊，"你可以让谭自在正式把他的股份转让给你，可是我要提醒你，你父亲的竞选已经到了关键时刻，如果曝出马公子收受巨额贿赂的新闻，会有什么样的影响？"

马中昊不由自主地后退了一步，萧宇继续说："我已经调查得很清楚，你真正拥有的只有百分之十的股份，另外的百分之二十五根本就是谭自在委托你管理的，换句话说，你根本不是金典的最大股东，真正的最大股东应该是我，你没有任何资格坐在董事长这个位置上！"

马中昊的脸色变得苍白："我可以用正当的手段购买谭伯父的股份！"萧宇不屑地笑了起来："你有钱吗？十亿并不是一个小数目，贷款？你用什么担保？抢劫？你有没有这个胆量？"

"你……是在报复……"马中昊从喉头发出一声嘶吼，萧宇有些快意地看着已经乱了阵脚的马中昊："你是不是在抬举自己？我好像没有报复你的必要！"

"不！你是因为林诗诗！"马中昊声嘶力竭地喊道。

萧宇笑了起来："你真是太高估自己了，无论是现在还是将来，我都不会因为任何一个女人而改变我的人生观。我给你一个机会，老老实实把所有的股份转让出来，我也许会考虑放过你！"马中昊恨恨地看着萧宇："你休想！"

萧宇冷笑了一声："马中昊，你会死得很惨！"马中昊疯狂地笑了起来："萧宇！你以为我看不清你所做的一切？你嫉妒我！无论你做出多少努力，你依然是个失败者，林诗诗不会爱你，你在她的面前一钱不值！"

萧宇彻底被激怒了，他的右拳闪电般击落在马中昊的脸上："你大爷！"马中昊被打得向后退出了五六步，鲜血沿着他的鼻孔涌泉般流出。

马中昊大声笑了起来，满脸的鲜血让他看起来分外恐怖："我没有说错，你在报复我，你是个懦夫，林诗诗不会爱你，你太卑鄙！"

萧宇冷笑着转过身去："马中昊，不是每一个人都像你一样看重林诗诗，等我去做的事还有很多……"

萧宇忽然看到林诗诗就站在不远的地方，她美丽的眼眸中充满了泪水，萧宇的表情瞬间僵在那里。

林诗诗一步一步来到萧宇的面前，她的目光冷冷看了马中昊一眼："马先生，我和你始终都是雇主与雇员的关系，希望你不要刻意编织谎言。"

她静静地看着萧宇，忽然扬起手重重给了萧宇一个耳光，然后捂着面孔向远方跑去，萧宇被她打得蒙在那里。

马中昊很快就出让了手头的股份，他并不傻，更不想在父亲竞选的关键时刻再出差池。萧宇以百分之四十五的绝对控股权，理所当然地成为了金典的新任董事长。

金典唱片的经济状况比萧宇想象的还要差得多，旗下虽然有百余名歌手，可是所有的唱片销量加起来还不到五百万张。

公司已经连续三年亏损，其实在此之前萧宇已经调查得一清二楚，要是依照马心怡的意思，最好把手中的股票变现，经营这个不死不活的公司的确没有太大的意义。

萧宇坚持拿下金典，依照四震的说法，是因为林诗诗在金典的缘故，其中有赌气的成分在内。可是没想到萧宇入主金典后面对的第一件事情就是林诗诗的解约。

萧宇心不在焉地翻着林诗诗的个人档案，林诗诗就坐在他对面的沙发上。

"如果我没有看错，你的合约应该还有三年！"萧宇合上档案，微笑着望向林诗诗。林诗诗点点头："你看清楚，上面有一条附加条款，如果公司中途更换老板，我可以随时提出解约！"林诗诗的语气十分生硬。

萧宇笑了起来："在你看来，我大概不是一个好老板。"

"你是不是一个好老板，跟我没有任何关系！"

"为什么？"

"因为我不会在你的手下打工！"

萧宇笑得有些牵强："我现在就可以回答你，你必须履行合同上所规定的条约，任何人都可以解约，唯独你不可以！"

林诗诗猛然站了起来："萧宇，收起你的霸道，无论你同意或者是不同意，我都会离开金典，想阻止我的话，你大可以拿起手枪夺去我的生命！"

萧宇愤怒地冲了上去，抢在林诗诗拉开房门以前，拉住了她的臂膀。

林诗诗伸手想去打他，却被他粗暴地抓住了手腕，萧宇用力地将她纤弱的身躯揽入怀中，低头吻上她柔软的嘴唇，全然不管林诗诗的挣扎。林诗诗的嘴唇变得冰冷，她的眼泪在脸上恣意流淌。

萧宇沸腾的血液渐渐平复下去，他慢慢放开了林诗诗的手臂："对不起……"林诗诗用力咬了咬嘴唇，拉开房门冲了出去。

萧宇瘫软在沙发上，他不知道自己为什么会如此冲动，也许是因为林诗诗那冷漠的目光，也许是他潜在的征服欲在作祟，难道自己在不知不觉中真的改变了很多……

马中昊从金典的退出引起了一连串的退股效应，股东中绝大多数都是因为马中昊的父亲而加入金典，现在马中昊都已经退出，他们对金典也失去了信心。

萧宇干脆将这剩下的百分之三十五的股份全部买入，他借着这个机会刻意压低了股票的价格，拿下这百分之三十五的股权仅仅花费了八亿离岛币。

这次连马心怡也摸不清萧宇到底在打什么主意，明明知道金典公司已经连续亏损了三年，不但不选择及时退出，反而将公司的大部分股权买下，难道萧宇真的想转向娱乐业发展？

萧宇入主金典的另一个举措就是大幅度裁减员工，他虽然对这行不熟，可是也清楚现在的歌手无非是靠外形加包装，再加朗朗上口的歌曲。

长相不行的歌手，即使歌唱得再好，也很难占领市场，金典的这帮歌手，综合素质应该还算不错，音乐方面马心怡利用自己的关系从嘉北请来了两个著名的音乐人。

至于包装的方面当然要由萧宇来安排了，炒作无非是两种，一是正面炒作，二是反面炒作，这样的例子娱乐圈屡见不鲜。

很多歌手因为公司的改弦易辙选择离开，其中就有林诗诗，当然她和其他的歌手不同，她是唯一一个没有经过正式解约就自行离开的。萧宇知道林诗诗在逃避自己，冷静下来的他并没有做出任何反应，只是让马心怡把解约书给林诗诗送了过去。

"阿宇，为什么不去找诗诗好好谈谈？"马心怡建议说。

萧宇笑了起来："跟她谈什么？是求她留下来，还是告诉她她在我心里很重要？"马心怡叹了口气："我总觉着你们就这样结束，有点太可惜了！"

萧宇转移了话题："最近有没有见到老黑哥？"马心怡没好气地说："谁有工夫见他，整天都跟着谭自在搞深水港的事情，就他那点能耐，除了帮忙挖沙运土，其他的什么也干不了！"

萧宇大笑了起来，马心怡显然在生宋老黑的气。

"自从我离开青龙帮，就没见过瘸五爷和老黑哥。"萧宇叹了口气，"搞到现在这种地步，我们也不太好见面，谭自在本身就是个多疑的人。"

马心怡深表认同："如果这次章肃风真的竞选成功，谭自在的末日恐怕就到了。"她的眼中流露出些许的忧郁，萧宇知道她一定是在为了宋老黑的前途和命运担心，以宋老黑和瘸五的性格，他们肯定会追随谭自在到最后一刻。

马心怡说："香榭丽舍的营业额正在逐渐回升，原来在我们这里做的不少小姐听说香榭丽舍重新开业，又回来工作了。"萧宇笑着说："香榭丽舍和银座那边就有劳马姐多多费心了。

马心怡说："丽娜也回来了……"萧宇抬起头来，马心怡显然想告诉他什么。

"尾巴最近怎么样？"

"他欠了一大笔赌债，又得了肝病，最近的境况很惨。"

萧宇皱了皱眉头："谭自在没有关照他？"马心怡摇了摇头："谭自在又怎么会重用一个出卖自己朋友的人？尾巴出卖你以后，帮内的很多弟兄都看不起他，他在青龙帮也无法继续混下去，他只能依靠赌博挣钱糊口，结果……"

萧宇又问："丽娜是不是还和他在一起？"

马心怡点了点头。

"你让丽娜继续做她原来的职位，适当地给她加点薪水，再给她点钱给尾巴看病。"

马心怡微笑着点点头，萧宇嘱咐说："这件事一定不要让尾巴知道，还有，四震那边最好也不要告诉他！"

马心怡离开不久，胡忠武和马国豪一起来找萧宇，码头的事情已经基本理顺，他们是向萧宇汇报工作的。

萧宇看看表已经到了午饭时间，喊上两人到对面的川菜馆用餐。

马国豪是土生土长的离岛人，对辣椒十分不适应，才吃了两口就是一头一脸的大汗。萧宇和胡忠武谈笑风生边喝边聊，马国豪抱着冷水杯没命地喝水，辣得连话都忘记怎么说了。

"阿宇，最近明生港的生意出奇的好，我们又刚刚从外面招了一批工人，即使这样还是有点忙不过来，你为什么不考虑一下让东兴重新开张，缓解一下明生的压力？"

萧宇喝了口白酒："你们都这样想？"马国豪边咳嗽边点头。

萧宇笑着说："如果没有什么意外的变数，谭自在深水港的一期工程会在年内完工，也就是说他会在现有五个码头的基础上增加七个，哪里还有我们生存的余地？"

"可是如果章肃风当选，那么谭自在未必能够按期完工！"

萧宇表示同意："你们说得不错，不过你们想过没有，嘉南、光雄大大小小的港口一共有多少？我们想凭着这两个小港口在这个行业闯出一片天地真是难上加难。"

马国豪总算缓过了劲儿，加入了他们的交谈："东兴现在闲置在那里，没有任何的效应，倒不如趁着深水港没有开张以前发挥一下它应有的价值。"

萧宇饶有兴趣地看了看两人："看来你们事先都做了一番调查？"两人不好意思地笑了起来。萧宇说："东兴的问题还是暂时放一放，现在我们的主攻方向要放在金典上面。"

马国豪不解地问：“金典目前的财务状况十分不景气，你究竟有什么打算？”

萧宇神秘地一笑：“其实娱乐界创造的利润并不少，我们现在欠缺的只是好的歌手与包装。”

胡忠武建议说：“我们仅仅把目光放在离岛是不是有点局限，国内现在不乏好的歌手和音乐制作人……”

“我也有这样的想法！”萧宇大声说，“我打算回趟内地考察一下环境，不过要等到嘉南的竞选结束以后。”

胡忠武露出有些失落的目光，以他的身份，很难在近期返回。

马国豪想起一个新闻：“阿宇，章肃风最近的处境好像不妙，听说他十年前曾经和一个妓女有过来往！”

萧宇笑了起来，这种事情其实很正常，章肃风的妻子死得很早，他毕竟还是一个正常的男人，有这方面的需求当然是在所难免，不过在选战进入白热化的时候被揭发出来，恐怕他的民意支持率会受到很大的影响。

这时刚巧章肃风打来了电话，从他郑重的语气萧宇就知道八成和这件事情有关，他匆匆吃了几口，就直接去了章肃风的府邸。

章肃风正在书房中查看着最新的民意测试，看到萧宇进来，他示意萧宇来到电脑旁边：“阿宇，马楚良最近的支持率上升得很快！”萧宇瞥了一眼屏幕，最新的支持率马楚良已经超出章肃风一个百分点。

章肃风说：“马楚良这个老混蛋，居然翻出我年轻时的一笔风流账。”萧宇不禁莞尔，这帮人，为了达到目的可以不惜一切手段。

“阿宇！这件事灭龙社不方便出面，恐怕还要靠你来摆平！”章肃风喊萧宇来的真正目的是让他把事态给平息下去。

萧宇说：“事情既然已经被捅出来，就是能压下去，也没有办法让市民很快忘记，我们不如以其人之道还治其人之身。”

章肃风眉毛一动：“你的意思是……”

萧宇笑着说：“马楚良既然能翻出陈年老账，我们一样可以造出他的绯闻，无论是真是假，他的形象在公众心中自然会打一个折扣。”

章肃风欣赏地点点头："好！就这么办！"

萧宇其实心里另有打算，他正好借着马楚良的事件来炒作一下旗下的歌手，经过他的分析，金典旗下的歌手中许静茹最合乎炒作的条件。

许静茹的优势之一，她曾经是马中昊的女朋友，其二因为她的个人条件相当优秀，最重要的一点是她本身就是一个极其爱慕虚荣的女人。萧宇把自己的想法和马心怡谈了之后，马心怡也是深表赞同。许静茹对这种可以名利双收的炒作自然是求之不得，更何况她和马中昊之间根本就没有什么感情，她一直还在为没有从马中昊身上得到更多的好处而耿耿于怀。

萧宇用每年三百万离岛币的价格签下了许静茹，为期三年，对她这种级别的二线歌手来说，这个价格已经是天文数字。万事俱备只欠东风，等到许静茹和马氏父子的绯闻曝出，她想不红都难。

两天之后，关于马楚良父子和许静茹的绯闻已经传遍了整个城市，马国豪利用网络媒体将他们的照片四处散播。

嘉南的几家大型报纸一窝蜂地报道了这无异于原子弹爆炸的新闻，在这样的敏感时刻，人们很少愿意去研究事情的真相。满天飞的桃色新闻让公众的视线已经完全转移到马楚良父子的身上，至于章肃风年轻时候的荒唐事已经没有人再去注意。

萧宇授意四震专门找人制作了一段模模糊糊的 A 片，整段影片都是用偷拍的风格，在专人巧妙地剪辑后，用"父子情仇"之类的标题发到了网上，一时间引发了网上的下载狂潮。

四震、马国豪和萧宇看着电脑屏幕上的这段影片，都忍不住一起笑了起来。

马国豪指着画面说："我怎么看这女的也不像那个许静茹！"

萧宇狡黠地笑了笑："现在只要有三分相似，经过网络传播就成了真有其事，更何况开头和结尾都有许静茹的两张正面特写！"

四震得意地说："这是我让人给加工上去的！"

萧宇说："你找的这人水平也忒差了，这影片对接的地方合成痕迹也太明显了。"

## 成王败寇

马国豪也附和地点点头："四震，你从哪儿弄来的这片子？"四震笑着说："地摊上买的，听说里面的东瀛妞叫什么白石……还挺有名气，我手头有全套，要不要观摩观摩，提高一下你跟你马子之间的生活质量？"

马国豪满脸通红地摆摆手，这时电话响了，萧宇打开免提，秘书小微嗲嗲地说："董事长，许小姐要见你！"

"让她进来！"萧宇的话音还没落，门就被猛地推开了，许静茹怒气冲冲地走了进来。萧宇慌忙把电脑显示器给关上，即使这样，许静茹还是看到了上面不堪的画面，她的脸因为愤怒而变得通红。

萧宇有些尴尬地咳嗽了一声，四震吐了吐舌头，向马国豪使了个眼色，两人想趁机溜走："你们谈，我们还有事情先走了。"

许静茹大声说："都不许走！"

萧宇笑了起来："干吗这是？到底是谁这么大胆招惹了我们许大小姐？"许静茹指着萧宇的脑袋："这段影片是不是你做出来的？"

萧宇故意装出糊涂的样子："什么片子？"

"你少装糊涂，你们在网上发布的什么父子情仇的小电影！"许静茹气得就要闭过气去。

四震和马国豪转过脸去偷笑，萧宇搞这件事以前根本没和许静茹商量。

萧宇打开冰箱，拿出一听可乐递给许静茹："女人生气容易老得快，喝点饮料去去火。"

"你还没有回答我的问题！"许静茹不依不饶地说。

萧宇说："这段电影上面是你吗？你听谁说的？"

许静茹气得都快哭了出来："整个嘉南市都在传我和他们父子两个上床，你让我怎么出门？"

四震忍不住插口说："你到底跟他们父子两个上……床没有？"许静茹咬牙切齿地骂了一句："你混蛋！我跟他们都是清白的！"

萧宇笑了起来："有句话叫做清者自清，既然没有的事情你怕什么？"

"可别人并不这么想！"

萧宇说："明天我会安排一个记者招待会，专门为你澄清这件事，顺便宣布即将推出你的新专辑的消息。"

许静茹的眼睛睁大了，她并不傻，权衡利弊是她最擅长的事情。

萧宇召开记者会其实是另有目的，中国有句老话叫越描越黑，既然是做戏就要把戏做足十分。一到了发布会的现场，许静茹立刻换了一副模样。

有记者旁敲侧击地问："许小姐，听说你曾经和马公子有一段非同一般的感情，你能谈谈你们分手的原因吗？"

许静茹露出一个妩媚的微笑："性格不合！"

"请问你对现任市长马楚良怎么看？"

一旁的萧宇插口说："今天是新专辑发布会，凡是与此无关的问题，我们一概不予回答！"

有一位记者直接提问说："许小姐，近期在网上盛传着一段偷拍视频，据说，故事的主角有影射你和马氏父子之嫌，你如何解释这件事情？"

许静茹气得满脸通红："那是恶意诽谤，我可以保证我绝对没有做出过那种有伤风化的行为！"

"可是画面上的女性和许小姐真的很像！"这记者一副穷追猛打的架势。

萧宇笑了起来："这位记者先生，没想到你还有这种爱好！"现场哄笑起来，那记者尴尬地笑了笑。

萧宇大声说："今天我们开这样一个记者会，主要是为了许小姐的新专辑造势，还有一个目的就是来澄清这件事，许小姐的个人感情属于她自己的隐私，公司代表她请求在座的媒体，不要继续恶意炒作下去。至于那段影片，如果大家以公平的眼光去看，应该不难分辨出片中的女主角不是许小姐。"

有记者马上抓住萧宇的话柄："如果我没有领会错，萧先生的意思是影片的主角并非许小姐，可是你并没有解释许小姐跟马氏父子的关系！"

所有记者的目光都望向许静茹，许静茹的眼睛忽然红了起来，她的嘴唇颤抖了起来，大声喊道："难道我就不能拥有自己的感情？难道我就不能拥有自己的生活？为什么你们一定要苦苦相逼……"她哭着向后台跑去，全然不顾满场记者错愕的目光。

萧宇心中暗暗赞赏了一句：这妞的确演技出众，这么一来，本来对这件事持怀疑态度的也相信她跟马楚良父子真有这么一腿了。

萧宇满怀感伤地说："我真不明白，现在的社会究竟怎么了？为什么大家都忘记了同情这两个字，做艺人很难，想拥有自己的感情更是难上加难，我恳请诸位不要继续伤害一个感情上满是伤痕的女孩子，谢谢！"

满场响起雷鸣般的掌声，萧宇适时地宣布："许小姐的新歌《我为情伤》将在近期推出，大家会从中听到她对感情的诠释……"

章肃风目不转睛地看着电视中正在直播的记者会，他不住地微笑着点头，坐在一旁的大眼忍不住说："萧宇真是多此一举，既然已经满城风雨了，何必再出来辟什么谣！"

章肃风转身看了他一眼："这就是他的高明之处，知不不知道什么叫越描越黑？萧宇这个记者会一开，那帮记者本来相信的三分马上变成了七分，赶在热度没有褪去之前推波助澜，高！实在是高！更何况，他这么一来，成功捧出了旗下的这名女歌手，我敢打保票，这名歌手的新唱片发行量肯定超白金！"

大眼说："看来萧宇的确是个不可多得的人才！"

章肃风的眼睛微微闭了闭："他的进步太快，连我都开始猜不透他的真实想法了。"

发出感叹的并不仅仅是章肃风自己，谭自在也发出了类似于章肃风的嗟叹，他没有想到一个根本没有被自己看在眼里的唱片公司，在萧宇手中居然翻起了这么大的风浪。

这凭空制造出来的绯闻让马楚良陷入空前的危机，现在已经到了竞选的最后关头，任何人都能够看出马楚良的仕途就要走到尽头。谭自在刚刚从东瀛收到了消息，山海组的第二笔投资要等到嘉南大选后才肯继续投入，一种无力回天的感觉涌上了他的心头。如果一切能够重新开始，他绝对不会选择跟东瀛人合作。这帮不讲信义的王八！谭自在心里暗暗地骂。

下午的时候，谭自在召集龙三、瘸五、宋老黑几个帮中的骨干商量如何解决眼前的危机。

瘸五提出："既然马楚良当选市长的希望已经微乎其微，那么我们就应该做好最坏的准备，不如我们把深水港的项目转让出去，这样我们蒙受的损失会少一些。"

谭自在用力摇了摇头："我绝对不会放弃深水港！"

龙三低声说："既然这样，我们只有一个选择……"他用力做了一个挥手的动作，"在章肃风没有当选以前把他干掉！"

谭自在不无忧虑地说："上次文山的事情后他已经有了相当的警惕，再想杀他恐怕没有那么容易。"

宋老黑说："动章肃风等于掀起一场江湖大战，灭龙社的实力不容小觑！"

龙三的眼中露出冷酷无比的目光："所以我们要将灭龙社一网打尽，杀章肃风的同时要干掉他身边所有的骨干力量！"

谭自在沉默了下去，过了很久他才说："谁能告诉我，我还有选择的余地吗？"

无论是萧宇还是章肃风都清楚，谭自在不会就这样承认失败，大选结果出来以前，他会不顾一切地做最后的反扑。

章肃风加强了保安措施，哪怕是远在美国的女儿，他都安排了多名保镖贴身保护。文山的事情让他心有余悸，他不会让同样的失误在自己身上重演。

由于有天地盟老大韩望江在中间牵线，民安党新任主席郭琦明确表示支持章肃风竞选市长一职，由此章肃风朝野内外的支持率已经远远将马楚良甩在身后，他的当选只是一个时间问题。

距离公投还有三天的时候，恰恰是孔子的诞辰，各界名流纷纷前往孔庙拜祭，章肃风和马楚良当然不会放过这样一个宣传造势的机会。

公祭之日谭自在也亲自驱车前往，他特地换上了一身黑色长衫，神情显得异常庄重。路上龙三始终坐在他的身边："谭爷，所有的事情都已经安排就绪！"谭自在从鼻子中嗯了一声，龙三小声说："会场安排了三名狙击手，他今天应该是最后一个发言。"谭自在看了看怀表："其他的事情安排得怎么样了？"

龙三回答说："灭龙社势力范围内的三个港口和七家夜总会，全部都安放了定时炸弹，具体的实施由瘸五和老黑负责。"

谭自在满意地点点头，龙三又补充说："萧宇今天会带着旗下的歌手在比格广场宣传，我已经让专人去干掉他。"

谭自在花白的眉毛挑了挑："谁？"

"尾巴！我答应他，只要能够干掉萧宇，我就帮他还清所有的赌债，另外让他当朱雀堂的堂主。"龙三对自己的安排颇为得意。

"尾巴那小子不能信！"

"我知道，除了他以外我还派了两名枪手，他只是一个烟幕！"

谭自在终于笑了起来。

尾巴慢慢擦拭着手枪，疾病让他整个人显得异常憔悴，丽娜担心地看着他的一举一动。

"我走了！"尾巴慢慢从沙发上站起来，丽娜拿起外衣为尾巴披上，她忽然从身后紧紧抱住了尾巴，大声哭了起来："尾巴！你不要出去！"

尾巴慢慢拉开了她的手臂："我答应你，这是最后一次，拿到钱我就带你离开嘉南！"丽娜用力摇了摇头："尾巴！我现在的收入已经能够养活我们，只要你不去赌钱，我们应该能够幸福地生活下去……"

尾巴的面孔扭曲了起来，他一把将丽娜推倒在沙发上："你以为我不知道，你是不是又去了香榭丽舍打工？是不是？"他疯狂地抓住了丽娜的头发，丽娜疼得大哭了起来："我……我只是做领班，从来没有对不起你……"

"呸！"尾巴放开了她："我的脸都让你给丢光了，萧宇一直都想看我的笑话，我的马子在他的场子里接客！哈哈！"他反手一个耳光重重地打在丽娜的脸上。

"你这个畜生！"丽娜声嘶力竭地喊了起来。

尾巴掏出了手枪对准了丽娜的胸口："信不信我一枪打死你？"丽娜

毫无惧色地看着他："尾巴，我今天才算看透了你的真面目，你恨自己，是你背叛了宇哥，连你自己都看不起自己！"

"闭嘴！"尾巴大声叫着，他用枪托重重地砸在丽娜的额头，鲜血沿着丽娜的额角流了出来。丽娜大笑了起来："你知不知道自己看病的钱是哪里来的？你知不知道你的赌债是谁帮你还的？"

尾巴疯狂地大叫了一声："我这就去干掉他！"他转身向门外跑去。

谭自在刚下车就看到了被记者包围在中间的章肃风，从他那满面春风的表情就能看出，他俨然已经把自己当成了现任市长。这让谭自在的内心越发憎恨，章肃风看到了谭自在，他分开了人群，向谭自在走来。

谭自在的脸上马上堆起了笑容："肃风，也许过不几天我就应该称呼你一声章市长了！"章肃风哈哈大笑起来："谭公说笑了，肃风在你的面前永远还是原来的肃风，谭公以前对我的教诲，肃风铭记于心。"

谭自在不自然地笑了笑，他听得出章肃风话里的含义。谭自在淡然地说："人生如同潮水，总有高峰和低谷，爬得越高跌得越重。"

章肃风小声说："肃风希望有一天摔下来的时候，能在下面看到谭爷。"

谭自在点了点头，转身先向会场走去。

章肃风低声骂了一句，然后向主席台走去，马楚良正好坐在他的身边，今天马楚良会第一个发言，多少有点告别演出的意思。

章肃风掩饰不住心中的得意，他在和谭自在的交锋中已经完全占据了上风，至于这个马楚良，他从来都没有放在眼里过。在他看来，马楚良只不过是谭自在豢养的一条狗而已，无论这条狗处在什么样的位置上，都改变不了这样一个事实。

马楚良的脸上洋溢着笑容，他无论什么时候都显得不卑不亢，从他的脸上很难看出他最近麻烦缠身。

记者利用会前的间隙在不停地提问，马楚良微笑着一一回答，他回答问题圆滑而世故，可以用滴水不漏来形容。章肃风忽然发现马楚良并不像自己想象的那样简单，他市长的位置并不是轻易得到的。

谭自在默默计算着时间，期待着枪声响起的那一刻，只要章肃风倒下，所有的问题就都能够迎刃而解。

想到这里他的血液忽然沸腾了起来，他仿佛又回到了年轻的时候，他并不老，他浑身上下仍然充满了精力，他有足够的能力回到巅峰时刻。

终于到了章肃风发言的时候，谭自在听不清他在说些什么，只是看到他那满面的得意，这表情让谭自在厌恶到了极点。

直到掌声响起谭自在还没有听到他所期待的枪声，他不情愿地站起身来，大会就要结束，龙三那边究竟出了怎样的差池？

枪声忽然响起，谭自在露出一丝快意的微笑，他的目光望向章肃风，可是他惊奇地发现章肃风仍然完好无损地站在那里，然后他感到胸口有种麻酥酥的感觉，谭自在垂下头去，看到鲜血透过自己黑色的长衫慢慢渗了出来。

谭自在的眼睛忽然睁大了，紧接着他又听到了一声枪响，他的整个视野变成了一片血色，谭自在的身躯挣扎了一下，才慢慢向身后倒去，远方响起一阵悠扬的钟声，久久回荡在山林之间。

章肃风意识到谭自在被枪击的时候，一颗子弹刚巧从他的身边飞过，射中了马楚良的右臂。负责安全的保卫一窝蜂将他们团团围住，用自己的身体挡住了杀手可能射击的各个角度，整个会场马上充满了惊呼与尖叫，陷入了一片惶恐之中。

章肃风藏身的位置和马楚良离得很近，他清楚地看到马楚良苍白的脸色和额头的冷汗，他的左手握着手绢压在仍然流血的伤口上。马楚良的确是中了枪，但是章肃风没有从马楚良的眼中看到任何恐惧。一个巨大的疑问反复折磨着章肃风——究竟是谁选择这个时候对谭自在和马楚良下手？最有资格下手的人本应该是自己。

当确信现场已经安全之后，警察护送着章肃风和马楚良迅速离开了会场。离开的时候章肃风刚巧看到谭自在变冷的尸体被装入裹尸袋中，他有些无法相信自己的眼睛，这个跟自己不共戴天的仇人就这样离开了世界，他已经没有机会感受亲手复仇的快感。

章肃风的内心有种说不出的失落，然而眼前的一切都在清楚地告诉他，谭自在死了，他的生命已经不复存在！

萧宇没想到尾巴会主动打电话给自己："宇哥……有件事……我想跟你单独谈谈……"

萧宇考虑都没考虑就答应下来："可以，我在比格广场，你来找我吧！"

尾巴显得有些犹豫："我……就在你们签售现场对过的咖啡厅……我不想被四震他们见到……"萧宇看了看对面，果然看到前方有一个名叫"西陆渔火"的咖啡厅。萧宇挂上电话向咖啡厅走去。

尾巴坐在靠东边角落的位置，他消瘦了很多，也憔悴了许多。看到萧宇进来，尾巴的喉头动了动，很费力地喊出："宇哥……我……"

萧宇平静地看着尾巴，这个他曾经的好兄弟，后来的背叛者。萧宇面对他并没感到任何的仇恨，他想起刚刚踏上嘉南的时候，和傻豹、尾巴一起混迹江湖的情形，那时候他们之间无所不谈，情同手足。世事难料，如今的傻豹正在监狱中服刑，尾巴也沦落成了这副模样。

"宇哥，对不起……"

萧宇淡然地笑了笑，他在尾巴的对面坐下："病好了没有？"尾巴点了点头："已经好了很多……"

"以后有什么打算？"萧宇觉察到两人之间越来越远的距离。

"走一步算一步！"尾巴的眼中忽然闪过一丝浓重的杀机，萧宇敏锐地把握到了其中的反常，他看到尾巴轻轻扬起的手臂。

"别动！我的手枪里有三发子弹，你动一动我就要了你的命！"尾巴竭力压抑住内心的激动。

萧宇冷冷地看着尾巴："为什么这么做？"

尾巴有些凄凉地笑了起来："为什么？因为我不想一辈子都这么下去！六年了，我从走入这个圈子到现在已经整整六年了！有哪一件事我不是在尽心尽力去做，可是我究竟得到了什么？你又有什么？一个什么都不懂的后生仔，你唯一比我强的就是运气而已。谭自在那个老家伙欣赏你，你一入门就可以当上堂主，你就可以对我这样的马仔呼来喝去！"

萧宇没有想到尾巴会有这样的想法，他拿起咖啡静静地呷了一口：

"尾巴，告诉我一句实话，在你的心中究竟有没有把我当成过兄弟？"尾巴用力咬了咬嘴唇，坚决地说："没有！"

萧宇双目盯住尾巴，他的眼神充满了悲凉，却仍然找不到任何的仇恨，他愤怒地吼叫道："我有！我始终都记得，在我和梁百臣刀兵相见的时候，是你和豹哥救我于水火之中；谭爷罚我的时候，是你带着诗诗前来为我解释求情；我和疯子亡命相搏的时候，又是你找到晴晴来帮我……"

"住口！你说的这些事情我早就忘了！"尾巴的嘴角抽搐了起来，他的内心开始激烈地斗争。

## 不可饶恕

"我不会忘，我永远都不会忘，我永远都会记得尾巴和豹哥是最值得我信任的朋友，是可以让我随时随刻为他们献出生命的兄弟！"萧宇的眼中流露出无比真挚的感情。

尾巴的眼圈红了，他握枪的手不住地颤抖。

"开枪吧，我不会怪你！"萧宇露出一个微笑。

尾巴咬了咬嘴唇，他的眼中忽然闪过一丝惊恐的目光，然后他迅速站起身子，猛然扣动了扳机，子弹越过萧宇的头顶射向从门口走入的两名黑衣人，与此同时，对方也向他射出了子弹。

尾巴的身子平平地向后倒去，他的三颗子弹准确地射入了两名杀手的胸膛，鲜血也从他的胸腹部涌泉一样喷出。萧宇发出一声狂吼，不顾一切地冲了上去，牢牢抱住尾巴的身躯，他尝试着用手压住尾巴的伤口，可是根本止不住越来越多的鲜血。

萧宇抱起尾巴流满鲜血的身子疯狂地向门外跑去："尾巴！你一定要撑住！"

尾巴露出一个开怀的笑容："我……们……还是……兄弟……"萧宇含着热泪不住地点头："你不能死！你出卖我的账我还没跟你算呢！"

四震和萧宇呆呆地望着手术室门前的指示灯，两人已经站在那里整整五个小时。

"等他好了，我要狠狠揍他一顿……"四震自言自语地说，可话没有说完，他自己已经哭了起来。

萧宇用力拍了拍他的肩膀："尾巴不会有事，他欠我们兄弟的债还没还，就是到了阎王那里我们也要把他拉回来！"

四震红着眼睛重重点了点头。

临近天亮的时候马国豪和胡忠武来到医院，他们带来一个让萧宇极为震惊的消息——谭自在死了！

萧宇无力地瘫软在座椅上："你说什么？"

马国豪重复说："谭自在被枪杀了，市长马楚良也被杀手射伤！"

胡忠武补充说："章肃风没有任何损伤，其中一名杀手已经被抓获，案件正在审理之中，据警方内部透露出来的消息，杀手一口咬定是受了章肃风的指使。"

萧宇果断地说："这件事绝对不是章肃风找人做的，这次的竞选他已经稳操胜券，根本没有必要做这种画蛇添足的事情。"

马国豪说："除了章肃风，我实在想不出还有谁要杀谭自在和马楚良！"

这时候手术室的灯灭了，他们停下谈话向门前围了上去，主刀医生满面疲惫地走了出来。

"人怎么样？"四震焦急地问。

那医生拉下口罩："子弹从他的第二第三腰椎之间穿过，性命虽然保住了，但恐怕以后他的下半身会瘫痪！"

所有人的内心都沉了下去，他们都知道这对尾巴意味着什么，他以后的生命都将在轮椅上度过。

眼前突然变得恶劣的形势让萧宇不敢再过多耽搁，他对四震说："你给丽娜打个电话，尾巴的情况照实给她说！"四震点点头。

萧宇转向胡忠武和马国豪："国豪，你去调查一下现在事态的发展情况，武哥跟我去谭爷那里！"

马国豪不无忧虑地说："这个时候你们去谭自在那里会不会有些危

险？"萧宇摇了摇头："不会，谭自在的死已经成为公众注视的焦点，青龙帮不会轻举妄动，再说他曾经对我有恩，于情于理我都该去拜祭一下。"萧宇这一手也是受了合记方天源的影响。

萧宇和胡忠武来到谭府的时候，眼前冷清的情形多少让两人吃了一惊，以谭自在所处的江湖地位，各层各界的朋友应该很多，即便是白道的朋友为了避嫌不便前来，难道江湖中的同仁也不闻不问了不成？

青龙帮中只有几个低等级的头目在门前负责迎宾，二十四堂的堂主居然没有一个人出现在灵堂的现场。萧宇虽然已经和青龙帮决裂，可是他在帮中的口碑还是不错，负责接待的阿其是瘸五的手下，他主动迎了上来："宇哥！"

萧宇点了点头，他有些奇怪地问："是不是还没来得及通知其他弟兄？"阿其叹了口气："早就已经派出人去通知了，可是很多堂主都借故不来……"

"瘸五爷和宋老黑呢？"

"已经找了一整天了，两人同时失去了联系！"

一种不祥的预感笼罩了萧宇的心头，他转身向胡忠武说："我们先去上香！"

萧宇慢慢地走向灵堂，无论他曾经和谭自在有多少恩怨，随着谭自在的故去，这一切都变得烟消云散了。他忽然想到谭自在的死亡绝不是一个意外，在谭自在被射杀的同时，尾巴也前来杀自己，这两起事件会不会有某种意义上的联系？

萧宇向着谭自在的遗像深深地鞠了三躬，如果没有谭自在就没有他萧宇的今天，这件事他会追究下去，他不会放过这个潜藏在背后的敌人。

谭自在的家属都在那里泣不成声，萧宇安慰了几句离开了灵堂。这时马心怡打来了电话，从她的声音可以听得出她相当的焦急："阿宇，老黑……他……"她说着说着就哭了起来。

"黑哥他怎么了？"萧宇大声问。

"他……被人捅了二十几刀……正在济慈医院抢救……"马心怡已经完全失去了主张。

"你在那里等着，我马上就到！"萧宇挂上电话，和胡忠武直奔济慈医院。

萧宇赶到济慈医院的时候，宋老黑的手术已经做完，直接被送到了重症监护室，马心怡哭得跟个泪人儿似的，一向坚强的她已经完全被这突然到来的噩耗击倒了。

宋老黑浑身上下被人砍了二十八刀，术中输血就有 8000CC，整个人至今仍处在昏迷之中，危险期仍然没有过去。

马心怡抽抽噎噎地说："老黑这两天……一直精神恍惚，我总感觉到要……出什么事情，没想到……"她控制不住自己的情绪又大声哭泣了起来。

萧宇安慰了她两句，这时看到齐邦达和两名警察向自己走来，萧宇和他已经相当熟悉，上次傻豹的事情还是齐邦达帮助摆平的。

齐邦达看到萧宇并不感到意外，事实上他已经习惯了萧宇的存在，只要哪里有重大案情，萧宇几乎都会出现在第一现场。

"怎么回事？"齐邦达刚刚说出口，马上就意识到从萧宇那里也问不出什么结果。

萧宇笑了笑："我和黑哥是朋友，我也想知道是谁害的他！"齐邦达说："宋老黑被砍并不是偶然事件，这件事关系到黑帮的内部斗争！"

萧宇点了点头："齐警官分析得很对，我也这么认为。"

齐邦达的表情十分严峻，他低声对萧宇说："你大概还不知道吧，瘸五死了！"

这突如其来的噩耗让萧宇呆立在那里，好半天才问了一句："你……说什么？"齐邦达看了他一眼补充说："他死在东宝桑拿，赤身露体，胸口上中了五枪！"

萧宇的手扶住了身边的墙壁，四周无形的黑暗向他包绕而来，先是谭自在，然后是自己、宋老黑、瘸五，这一连串事件的背后一定隐藏着某种联系。

齐邦达说："我不知道这次风波还要死多少人，可是我希望最好能就此结束！"

癞五死得很惨，萧宇看到他的尸体的时候几乎没能够认出他来，他的整个身体被开水烫伤，胸口近心脏的位置被子弹打出五个枪眼，他的眼睛仍然睁着，显然他死得极其不甘心。

萧宇强忍泪水，慢慢合上了他的双眼，转身对胡忠武说："五爷没有什么亲人，他的丧事由我来操办。"胡忠武点点头："你放心，这件事就由我来办。"

萧宇握紧了双拳："这件事不管是谁做的，我都要让他血债血偿！"

这一连串惨剧发生以后，萧宇首先想到拜访的人就是章肃风，发生了这么多的事情，章肃风的心情比他好不到哪里去。

杀害谭自在的凶手一口咬定，所有事情都是章肃风在背后指使，整件事情的发展对章肃风相当不利。萧宇见到章肃风的时候，他正在收看着直播的新闻报道，见到萧宇，他随手用遥控关上了电视。"坐！"章肃风指了指身边的座位。

萧宇说："到现在为止，青龙帮已经死了六名高层人物。"章肃风喝了口苦茶，其中的滋味只有他自己知道："我已经全部知道了……"他停顿了一下又说，"谭自在不是我杀的！"

萧宇有些无奈地说："现在那名杀手一口咬定是你指使，这件事情相当棘手。"

章肃风叹了口气，从沙发上站起身来，在客厅中来回踱了几步，然后转向窗口："青龙帮今晚会召开帮内大会，选出新任帮主，癞五等人的死肯定和这件事有关。"

萧宇说："您的意思是……谁当上帮主就是谁策划了这一系列的谋杀？"

章肃风苦笑了一声："阿宇，我低估了一个人……"

"谁？"萧宇大声问。

"马楚良！嘉南市的市长马楚良！"章肃风的声音充满了无奈，这个失误直接导致了他的全盘失败。

萧宇有些奇怪地问："不是说他也受到了枪击，难道他会找人向自己开枪？"

"这就是他的高明之处，我不得不佩服他的胆识和智慧，没有发生这件事情以前，他已经没有连任的可能性，可是这件事已经将整个局势完全逆转。"

萧宇说："他们并没有足够的证据来指认你，更何况那个杀手还有翻供的可能。"

章肃风摇了摇头："你来以前我刚刚接到了一个电话，那个杀手在警署已经服毒自尽了！"

"那不是更好，死无对证，现在他们更没有理由来指证你！"

章肃风叹了口气："我已经决定退出这次竞选！"

"为什么？"萧宇不明白，章肃风为什么会在占尽优势的情况下主动放弃。

章肃风的语速很慢："嘉北方面已经表态，让我自动退出这次竞选，民安党也不再继续支持我……我继续坚持下去，已经失去了意义！"

章肃风回过头来："知道吗？这件事情的责任必须有人来承担，退出已经是我最好的选择。"

萧宇默然望着章肃风，章肃风所说的并不是全部理由，在各个方面巨大的压力下，他的退出已经成为定局。

章肃风忽然笑了起来："我跟谭自在明争暗斗了这么多年，没想到最后我们都是失败者。"

萧宇说："你准备就这样放弃？"章肃风点点头："谭自在的死让我突然想透了很多，这个世界有很多事情并不是人力所能够掌控的。"

萧宇并不相信章肃风此时的感慨，他之所以在这个时候选择退出，极有可能想保存自己的实力，章肃风的主要势力分布在光雄，嘉南的挫折不会伤到他的元气。

章肃风问："你有什么打算？是跟我去光雄发展，还是继续留在嘉南？"

萧宇说："我在嘉南的事业才刚刚起步，我不想这个时候选择离开。"

章肃风审视着萧宇坚毅的面庞，很久才说："你的选择并不明智。"

萧宇笑了起来："我知道，可是很多时候，人注定是无法逃避的。"

既然这场风暴注定要来临，那么干脆就让它来得更猛烈一些。萧宇必须抓住这个时机，迅速站稳自己的脚跟，一旦马楚良正式连任，那么他一定不会放过萧宇和他刚有起色的金典。

宋老黑在第二天中午醒来，萧宇让其他人暂时回避，和宋老黑单独相处。

宋老黑的嗓音嘶哑而无力："都是龙三……设下的圈套……"萧宇已经猜到了，两个小时前他刚刚接到龙三成为新任青龙帮帮主的消息，这一连串的血案和他都脱不开干系。

"谭爷、瘸五爷都死了！"萧宇低声说。

宋老黑的眼里涌出了泪花，他缠满绷带的手竭力拉住萧宇的臂膀："谭爷……想在大选前干掉灭龙社，这件事交给龙三全盘策划，可是没想到龙三另有打算……"

萧宇轻轻拍了拍宋老黑的手臂："老黑哥！龙三这次肯定是蓄谋已久。"

"我要杀了……龙三这个混蛋……为谭爷和五哥报仇……"宋老黑挣扎着想从床上起来。萧宇扶住他的肩膀："来日方长，你先养好伤再说。"

萧宇虽然奉劝宋老黑暂时忍耐，可是他却清楚地知道很多事情已经不能再等待下去。单凭龙三的力量，他既没有这种实力更没有这种胆量掀起这场足以改变江湖格局的血腥风暴。如果真的如章肃风分析的那样，马楚良和龙三之间一定存在着某种意义上的联盟，或许参与这场阴谋的不仅仅是他们，背后还有更多的人。

临走的时候，马心怡提醒萧宇："你最好去尾巴那里看看，丽娜快被他折磨死了。"

萧宇暗暗责怪自己，这些日子实在是太忙，很难抽出时间去看看尾巴。

他去探视尾巴的时候，在病房门口看到了无声哭泣的丽娜，他轻轻拍了拍丽娜的肩头，丽娜抬起头看到是萧宇，哭得更加伤心起来。

萧宇关切地问："是不是尾巴那个混蛋又欺负你？"丽娜先是点点头，然后又用力摇了摇头，大声哭了起来。

萧宇低声劝了她两句，推门走了进去，还没等他走入房间，就听到尾巴声嘶力竭地大吼着："滚！你给我滚蛋，我不要见到你这个贱女人！"当他看到进来的是萧宇时，猛然停住了大骂，脸上露出极其痛苦的神情。

萧宇反手关上房门，来到尾巴的面前，用力给了他一个耳光。尾巴被他这一巴掌打得有些发蒙，怒气冲冲盯住萧宇："你凭什么打我？"

萧宇压住心头的怒火："你还是不是男人，丽娜对你这么好，你干吗一而再再而三地伤害人家？"

尾巴有些凄惨地笑了笑，然后目光转向一旁："你说得对……我不是男人……我他妈……甚至连一个真正的人都……算不上……"

沉重的内疚感涌上了萧宇的心头，他点燃一支烟递到尾巴的嘴边，尾巴用力吸了一口。

萧宇低声说："对不起……如果不是为了我，你也不会弄成这个样子……"

尾巴笑着摇了摇头："宇哥！该说对不起的人是我……我落到现在这个地步，没有什么好埋怨的，是我自作自受。"他吐出一口烟雾，"我不想伤害丽娜，可是……"尾巴的嘴唇抽搐了起来，他稳定了一下自己的情绪才说，"我的下半身已经完全瘫痪……你知道这意味着什么吗？"

萧宇没有说话，他的内心同样被痛苦煎熬着。

尾巴缓缓地说："丽娜如果再跟着我……她再也享受不了一个正常女人应该拥有的快乐……"泪水沿着尾巴满是胡茬的面孔慢慢滑下，"我不能连累她……"

萧宇紧紧握住尾巴的手，尾巴擦掉了眼泪，露出一个笑容："记得那天我问过你……你还把我当成是兄弟吗？"

热泪涌出了萧宇的眼眶，他哽咽着说："你永远是我的好兄弟！"尾巴重重地点了点头："宇哥，我剩下的半条命仍然是你的！"

四震、马国豪、胡忠武、马心怡、卓可纯每一个人都满面愁云，他们都清楚地认识到章肃风的失败意味着什么。

"马楚良不会忘记我们对他做的一切！"马心怡不无担心地说。

马国豪提议说："既然章肃风都准备退守光雄，我们也不妨考虑一下。"

四震说："龙三只要把帮内的事务摆平，他第一个要对付的恐怕就是我们，凭我们现在的力量恐怕和他无法抗衡。"

萧宇重重在桌子上击了一拳："所以我们绝不能给他机会，趁着他还没有腾出手对付我们之前将他彻底击倒！不过在此之前，我要去拜会一下马楚良！"

见马楚良虽然不是那么容易，可是找到他的儿子马中昊对萧宇来说却是件轻而易举的事情，马中昊对萧宇的仇恨显而易见，如果当初没有萧宇，他现在应该还好好当着金典的董事长。

萧宇的话很直接："马公子，我想你安排一个机会让我和马市长见面。"马中昊不屑地笑了起来："你是不是做梦？我凭什么为你安排？我Daddy为什么要见你？"

萧宇微笑了一下："如果我没记错，马公子应该是个商人，既然是商人，任何事情都能够用一定的价格衡量，你开个价，只要我能够接受，这笔交易就算成交！"

马中昊狠狠地盯住萧宇，他这辈子很少像现在这样恨过别人："我可以明确告诉你，无论你出什么价钱我都不会让你见我Daddy，除非你死，我可以考虑和Daddy一起去参加你的葬礼。"

萧宇呵呵笑了起来："马公子真的不愿意考虑？"

马中昊果断地摇了摇头，萧宇从身上掏出一沓照片扔到马中昊的面前，马中昊看清照片，登时变得面如土色。

"上面的这个孩子，听说是马公子的私生子，这件事恐怕马市长还不知道吧？"萧宇冷笑着对马中昊说。

"你好卑鄙！"马中昊咬牙切齿地说。

"谢谢你的夸奖，我可以明确地告诉你，我已经让人在你儿子所在的幼稚园安放了炸弹，如果今天我见不到马市长，明年今天就是你儿子的周年忌日！"萧宇的目光露出浓重的杀机。

马中昊额头上渗出了冷汗，他迅速拨通了父亲的电话："Daddy……我……我有件事情必须见你，中午在……在明珠大酒店……"

萧宇满意地点点头："这样多好，如果我们一直都配合得这么默契，我们肯定会成为很好的朋友。"马中昊咬牙切齿地说："无论今生还是来世，我永远不会和你这种人做朋友！"

萧宇终于见到了马楚良，只有这种近距离的直接对话，才能让他充分感觉到马楚良的莫测高深。

马楚良见到萧宇居然没有表现出应有的冷漠，他先是礼貌地点了点头，然后向萧宇身边满脸愤怒的儿子说："中昊，你去门外等我！"马中昊尽管十分不情愿，可是仍然听从了父亲的命令。

萧宇为马楚良倒上了香茗："马市长的伤恢复得很快！"

马楚良笑了起来："那个杀手的准星的确太差！"他审视着眼前的年轻人，"如果我没猜错，你是不是又用某些手段要挟了我那个不成器的儿子？"

萧宇毫不掩饰地点了点头："马市长的门槛实在太高，我见马市长的心情又太迫切，所以只好用了这个不太光彩的手段。"

马楚良一语双关地说："手段没有什么光彩和不光彩的分别，只要达到目的就是高明的手段。"他停顿了一下又说，"现在的年轻人懂得利用手段的真是少之又少。"

萧宇坦诚地说："许静茹的事情是我搞出来的！"

马楚良笑着说："我知道，不过今天你应该不是专门来向我道歉的吧？"

"我找马市长是为了要一个机会！"萧宇望向马楚良深不见底的眼睛。

"机会应该靠自己去创造！"

马楚良饶有兴趣地看着萧宇。

萧宇低声说："谭爷的葬礼马市长会不会出席？"马楚良叹了口气："自在毕竟和我是多年的朋友，我又怎么会缺席呢？"

萧宇说："谭爷的底子很复杂，葬礼上可能会出现各种意外，如果我是您，我就会选择留在市府。"

马楚良的眼睛一亮，他听得出萧宇在向他暗示什么。

萧宇喝了口茶："江湖中人都说是龙三杀掉了谭爷，不知道他会不会出现在葬礼上？"

马楚良意味深长地笑了起来："会！他一定会！"


"马楚良会不会出卖我们？"胡忠武忧心忡忡地问。

萧宇摇了摇头："他不会！"

胡忠武说："他既然可以跟龙三联手做掉谭自在，那么他们之间的关系一定非同一般。"

萧宇笑了起来："正是因为这种非同一般，所以龙三知道他的底一定很多，有句话叫'鸟尽弓藏，兔死狗烹'。马楚良连任市长之后，龙三就变成了他的一个隐患，我们干掉龙三，他可以说是求之不得！"

胡忠武问："这件事你打算怎么做？"

萧宇说："谭自在下葬的地点在清云山，马楚良对外宣称他会出席葬礼，所以到时候到场的人肯定不少。龙三作为青龙帮的新任大佬，一定会亲临这里，在市长面前他肯定不敢太过招摇，换句话来说，他的安全措施会打上一个折扣。"

胡忠武点点头，主动请缨说："这件事还是由我来做！"萧宇摇了摇头："杀龙三的人选我已经物色好，你的任务是干掉这名杀手，以免他把事情泄漏出去。"

派去刺杀龙三的人叫霍远，是宋老黑推荐给萧宇的。霍远曾经在海军陆战队中服役三年，是爆破专家，后来因为酒后和人斗殴，致残他人身体而入狱，出狱以后就成为杀手。霍远善于制造炸药，定时爆破和局部爆破都是他的强项。

萧宇这次要对付的人是龙三，他不想波及无辜，在社会上造成恶劣的影响，霍远的定向局部爆破成为了最佳选择。根据他和宋老黑在此之前的商量，杀掉龙三后，就即刻把霍远解决掉，以免再出波折。

第二天黄昏，天空淅淅沥沥地下着小雨，阴郁的天色为葬礼平添了几分悲凉的气氛。因为马楚良确定出席，很多社会名流早早地赶到了墓地，他们来这里的真正目的是能够接触到马楚良，至于吊唁谭自在只是一个借口罢了。

葬礼按照既定的程序进行着，因为谭自在信奉天主教，整个仪式都按照西式葬礼来进行。阴沉的天空让这座家族陵园显得格外压抑，装有铁栅栏的门上安着彩色玻璃，门前是白色的大理石柱子，门的上方砌着白色的意大利大理石，上面刻有家族的姓：谭氏陵园。当护送灵柩的队伍在狭窄的车道上停下时，所有人都无声地站在墓道的两侧。

殡仪人员把灵柩送上一辆四轮车，再把它推到通往陵园的墓道上。花圈立即被卸下，跟着灵柩上了道。

萧宇走进清凉的陵墓时，敞开的门旁高高地堆满鲜花。灵柩正在屋子中央，还放在车上。远处的角落里是一个圣坛，圣坛的上方耶稣正悲哀地俯视着十字架下的灵柩，他自己也在十字架上承受煎熬。

萧宇的目光搜寻到不远处的龙三，他穿着一身黑色西服，戴着墨镜，藏在墨镜后的眼睛充满了微笑。他等了几十年，终于等到了这个千载难逢的好机会，成功坐上了大佬的位置。一切都进行得顺利而圆满，这场政治角逐成就了他。谭自在和章肃风都没有想到自己会突然杀出，龙三想到这里就忍不住想笑。

马楚良的确是个非同凡响的人物，他的这一招借刀杀人栽赃、嫁祸可以说是用得炉火纯青。谭自在如果泉下有知，也一定会输得心服口服。

章肃风已经离开了嘉南，这无疑是个极其明智的举动，马楚良的四年任期内不会让他顺风顺水地生存下去，嘉南的土地已经不适合章肃风。

瘸五、宋老黑那帮能够形成威胁的对手已经是死的死伤的伤，幸免于难的萧宇还没有完全形成气候。现在真正有实力统治这片土地的就是自己，有了马楚良的背后支持，无论做任何事情都会顺利许多。

这时他的手下阿泽走了过来，凑到龙三的耳边小声说：“马市长派他的秘书过来参加葬礼，自己不来了！”

龙三轻轻哦了一声，他不屑地审视了几眼葬礼现场，早知道这样自己也不来了，估计马楚良是害怕别人乱写和谭自在过去的交情而特意躲开避嫌。

葬礼的组织者开始向出席的众人发一朵白玫瑰，龙三拿在手中向胸口戴的时候，一个黑衣人刚巧从他的身后挤过，龙三失手把白玫瑰掉在了地上。

阿泽凶神恶煞地骂了起来："你眼瞎了！"

那人慌忙从地上拣起了白玫瑰，双手捧着递到龙三的面前："对不起，对不起……"龙三这才看清眼前的是个年轻人，二十五六岁的样子，长得有些微胖，五官十分平凡，不过笑起来显得十分随和。

龙三制止住阿泽，自从当上大佬后，他总是刻意在公众面前表现出自己的肚量和涵养。他把玫瑰花戴在胸口的位置，笑着向那年轻人点了点头："没关系！"

神甫对着灵柩迅速地做完圣餐礼和最后的仪式——他的声音在屋子里嗡嗡作响，然后画了个十字便朝后退去。

四个人静静地抬起灵柩，利索地把它放到墙里一个规定的地方。谭自在的亲友开始向他的灵柩上投掷玫瑰花，其他人也开始效仿。

龙三把手落在玫瑰花上，他早就已经对这个仪式不耐烦起来，无意间他看到萧宇站在自己的对面正向他微笑。

龙三有些不屑地扬了扬头，这个乳臭未干的小子，他的好运已经走到了尽头。

所有人都听到了一声爆炸，龙三的身子在爆炸声中四分五裂，现场发出惊恐的尖叫，没有人看清龙三为什么会突然爆炸，即使是站在他身边的阿泽。

萧宇带着冷酷的微笑将手中的白玫瑰轻轻投入了谭自在的灵柩，心中默默地说："谭爷，你安息吧！"

萧宇没有想到霍远的爆炸技术如此高超，他马上意识到留下霍远要比杀掉他更有价值。他迅速拨打胡忠武的电话，对方传来嘟嘟的忙音，看来胡忠武已经开始行动，他做事的时候向来都会事先关机。离开葬礼的现场，萧宇驱车驶向位于东郊的废弃停车场，这是和霍远事先约好的交钱地点，干掉龙三后他除了预先的两百万订金，还能得到三百万。

# 04　士别三日，让人刮目相看

左厚义微笑着望向萧宇，这个他根本没有放在眼里的年轻人，在短短的时间内竟然迅速成长了起来。左厚义看到萧宇平静的表情，他的内心感到一阵阵的悔意，当初就不该给萧宇任何机会，斩草须除根，如今再想对付他，需要付出极大的代价，他并非没有尝试过，那件惨痛的事情他至今记忆犹新。

## 燕京之行

胡忠武终于等到霍远的出现，他没有想到这个外表慈和的人居然是一个冷血杀手，他事先已经确认了龙三被杀的消息。

本来萧宇曾经建议他隐藏在暗处狙击霍远，可是胡忠武不喜欢那样的方式，他仍旧选择了这种面对面的方式，在他的心目中，这种方式无论对别人还是自己都是最公平的。

霍远微笑着走向胡忠武，他的手里拿着一部 DV 机，上面有龙三在现场被炸死的全部录像。胡忠武看了看录像的内容，然后把手中预先准备好的钱箱递了过去。

"谢谢！"霍远打开了箱子，钱的数目十分正确。他满意地合上了箱子，倒退着向汽车走去，可以看出他的警惕性相当高。

胡忠武冷冷地说："霍先生，我想找你要件东西！"

霍远笑了起来："你是不是想杀我灭口？"

胡忠武点了点头，霍远笑了起来，露出一口雪白的牙齿，他看到胡忠武举起了手枪。

"为什么不在我的背后开枪？"霍远没有任何害怕的意思。

"因为你是个值得尊敬的对手，我必须给你一个公平的机会。"

霍远放下了钱箱："可是我的手里并没有枪。"

胡忠武从腰间抽出两柄军刀扔在两人中间的地上："我们用它来解决！"

霍远呵呵大笑起来："我在部队的时候就不擅长格斗，用刀我岂不是必死无疑？"他指了指胡忠武手中的 DV 机，又扬了扬手里一个纽扣大小的遥控器，"所以我从来不给对手公平解决的机会，只要我轻轻一摁这个按钮，你就会像龙三一样四分五裂，不！应该说是碎尸万段，藏在 DV 里面的炸药要三倍于玫瑰花的威力。"

胡忠武的内心猛然沉了下去，他这才知道自己面对的是一个精明的对手。

胡忠武平静地说："我敢保证，我的子弹会先穿透你的心脏！"

霍远晃了晃脑袋："看来我们也许会同归于尽！"

胡忠武冷冷地注视着霍远的一举一动，这时两人同时听到了远处汽车的引擎声。

萧宇满头大汗地出现在两人的面前："住手！"霍远眯起眼睛看着萧宇："我认得你，这件事是你授意他做的吧？"

萧宇有些尴尬地挠了挠头："对不起！霍先生，能给我一个机会解释一下吗？"霍远居然点了点头："只要你不动杀我的念头，解释多久都成！"

胡忠武暗暗捏了一把冷汗，霍远把遥控塞到他的手中："你自己拿好啊，弄爆了可别怪我。"

霍远比萧宇想象得更加坦诚："我考虑到你们有可能对我下手，所以我事先已经在你的车上安装了定时炸弹，只要我被你们杀了，今天晚上你就得到下面陪我！"

萧宇苦笑着说："你怎么知道我是雇主？"

霍远笑了起来："我有个习惯，在替别人的时候一定要搞清楚自己的雇主是谁！况且所有出席葬礼的人中，只有你的目光始终都不离龙三，而且你跟青龙帮的那段恩怨也是江湖皆知，有胆做这件事的整个嘉南没有几个。"

萧宇说："万一我不是幕后的指使者，那么我岂不是死得很冤？"

霍远耸了耸肩："那就没办法了，有道是宁可错杀一千，不能放过一个，我自己都性命不保了，哪里还顾得上你？"

霍远看了看胡忠武："这件事要感谢这位胡先生，要是他真的一枪把我给崩了，恐怕今天我们会在黄泉路上做伴了。"

萧宇和胡忠武都不好意思地笑了起来。

霍远已经看出萧宇有招揽自己的意思，他直接提出："我们最好还是维系这种雇佣关系，如果你有什么需要，可以直接跟我联系，只要给我一个合理的价格，我就可以为你解决问题。"

霍远说："你知不知道我为什么愿意和你继续合作下去？"萧宇摇了摇头。

"因为我一眼就看出你不是普通的人物，以后的江湖恐怕就是你的天下，有了你这个未来的江湖大佬做主顾，我的生意肯定会源源不断。"

萧宇向霍远伸出手去："我会珍惜我们之间的这种关系。"霍远和萧宇握了握手，提醒说："你油箱的下面有个微型炸弹，把蓝线剪掉就能安全拆除了。"他又看了看胡忠武，"DV里没有炸弹，我骗你的，不过那个遥控是个炸弹，别老握着了，有多远把它扔多远！"

胡忠武连忙把那个纽扣遥控扔了出去，却没听到爆炸的声音。霍远呵呵笑了起来："你又上当了，说到交朋友还是你这种人比较可靠！"

龙三的死亡让刚刚稳定的青龙帮重新陷入一片混乱，宋老黑的伤势还没有恢复，瘸五又被人暗杀，曾经的二十四堂纷纷各自为政，青龙帮已经名存实亡。

章肃风在这场风波中不幸再次成为被怀疑的对象，警察开始对他重点进行调查，他不得不将社团的活动降低到最小。他已经隐隐猜测到是萧宇策划了这一切，可是没有确切的证据之前，他并不想和萧宇面谈，在外人的眼中，目前的章肃风已经处于半退休状态。

　　马楚良主动约见了萧宇，这次居然是在他的私人别墅，萧宇对龙三事件的成功处理，让他对这个年轻人欣赏有加，他的政治生涯还有很长的路要走，对于这种人才他必须要加以利用。

　　萧宇见到马楚良的时候，他正在后花园舒舒服服地晒着太阳，看到萧宇他笑了笑。萧宇在他的对面坐下："马市长很会享受啊！"

　　马楚良笑了起来："人一旦到了我这个年纪，就会发现弥足珍贵的就是享受宁静的时光。"

　　萧宇笑着说："看来我打扰了马市长的清修。"

　　马楚良笑着指了指萧宇："你是个有趣的年轻人。"

　　萧宇把话题转入了正轨："我已经准备好了一份授权书，马公子在金典会恢复原来的地位……"他主动向马楚良抛出了橄榄枝。

　　马楚良却摇了摇头："我已经决定让中昊去美国发展，他在嘉南这片土地上只会给我招惹更多的麻烦。"

　　萧宇心想，这你说得没错，马中昊那小子根本就是一个扶不起的阿斗。

　　马楚良说："最近嘉南发生的事情实在太多，接二连三的江湖血案让整个社会动荡不安，人人自危……"他叹了口气，"说起来，我这个市长真是难辞其咎。"

　　萧宇说："马市长是不是打算大力整顿治安？"马楚良点点头："如果任由这些帮会继续争斗下去，嘉南的投资环境会变得更加恶劣，经济会继续下滑。"

　　马楚良眯起眼睛看了看天空："深水港的工程已经停了下来，如果不能按期完工，损失将会很大。"

　　萧宇说："东瀛方面有没有消息？"

马楚良说："日方的签约对象是长盛企业，谭自在死后长盛企业由他的妻子梁惠云继承，梁惠云无意于继续深水港的工程，已经委托银行将深水港的工程代为拍卖。"

他顿了顿又说："听说，东瀛方面有意放弃深水港的工程，他们可能会将手头的合约转让出去。"

萧宇说："深水港的工程实在是太大，嘉南有能力接下这个摊子的并不多。"

马楚良表示同意："我打算由政府出面招标！"他看了看萧宇，"你有没有兴趣投标？"萧宇笑了起来："马市长，我自问没有那样的实力。"

马楚良意味深长地说："有些时候，胆量就是一种实力！"

萧宇眉头一动，他何尝听不出马楚良话后的含义。

"深水港招标的事情会在七月底进行，这三个月的时间应该足够拉取投资！"马楚良说，"香江的方天源你认不认识？"

萧宇点了点头。

"他好像会参加这次深水港的竞标！"

萧宇并不担心资金问题，只要他开口，卓可纯和何天生都会毫不犹豫地提供帮助，他所担心的是深水港这个项目本身。

谭自在就是一个鲜明的例子，拿下深水港工程就意味着站在黑白两道的风口浪尖，全东亚的人都在盯住这块肥肉，马楚良之流不会平白无故地给自己提供便利，他之所以建议自己加入竞标，就是为了从中获得更大的利益。对萧宇而言，马楚良是个极其危险的人物，谭自在和龙三的结局有可能就是自己的明天。和他相处必须要时刻提防，稍有不慎就会永世不得翻身。

不可否认，深水港对萧宇的吸引力是巨大的，只要能搞定这个工程，萧宇便能够一飞冲天，步入离岛的主流社会。

萧宇没有想到的是，他刚刚提出准备竞标的事情，就遭到了所有人一致的反对，就连一向最为支持他的卓可纯也提出了意见："深水港是个深不见底的泥潭，谁陷进去都不容易脱身，况且我们根本就没有接下工程的实力。"

四震说："千万别跟东瀛人合作。"

马国豪当然站在四震这边："东瀛人参与这个工程根本就没安好心，我们没必要去蹚浑水！"

萧宇只好暂时打消了这个念头，这件事还是等和何天生商量了再说。

马心怡想起一件事情："对了，燕京有两家唱片公司主动跟我们联系，想做金典的独家代理。"

萧宇说："这件事情，你看着办就行了。"

马心怡说："我做过调查，中谊娱乐的实力应该比万云公司强一些。"

"那就跟这家公司联系一下！"

马心怡说："中谊娱乐邀请我们旗下的歌手去燕京参加一个歌会，这对我们来说是个宣传造势的好机会。"

萧宇忽然想起自从来到离岛还没有回过燕京，母亲也不止一次地在电话中提出希望自己回去看看，这次正好是个良机。

萧宇说："我会亲自回燕京一趟，权且当给自己放个大假。"

马心怡笑着说："这样最好，老黑还没有出院，我要照顾他，正愁没办法分身呢！"

马国豪主动提出："我跟你去，从小我最大的愿望就是登上长城！"

萧宇乐呵呵地点了点头："不到长城非好汉！"

此次的燕京之行萧宇还有一个目的，就是想在内地挖掘一批有潜力的歌手，他们一行的十五人中除去萧宇和马国豪，还包括七名歌手、一个四人乐队、一名化妆师、一名资深音乐制作人。

除了萧宇这个土生土长的燕京人之外，其他人都是初次来到这里，对这片土地充满了好奇。萧宇从一上飞机就开始向他们介绍燕京的风土人情，路途之中几乎就没有停止过回答他们提出的问题，弄得萧宇是口干舌燥，不过他居然没有感到任何的不耐烦，大概也是即将踏上故乡土地的那种兴奋感在作祟。

经过香江机场的短暂中转，萧宇一行在晚上七点到达了首都机场。

中谊娱乐显然对这次的合作相当重视，萧宇他们刚刚出现在机场大厅就看到对方前来迎接的人员。

因为萧宇事先嘱托过，千万不要惊动京城的媒体。金典虽然在离岛不是一流的唱片公司，可是旗下的不少歌手也拥有一定的知名度，现在的追星族无孔不入，而且对歌手的痴迷让人感到莫名其妙，萧宇生怕遇到那种混乱的追星场面。

中谊娱乐负责接待的是他们的执行经理钱其源，从他的口音中萧宇就能够听出他是江浙一带的南方人。

钱其源属于那种精致的男人，他的身高大概有一米七，戴着金丝边框眼镜，一脸的书卷气，头发梳理得一丝不苟，举手投足间都显得彬彬有礼。

他听到萧宇说得一口标准的京片儿，感到十分惊奇，萧宇解释后他才知道原来这主儿是土生土长的燕京人，说起对燕京的了解他比自己要强得多。

钱其源笑了起来，他指了指不远处两个漂亮的女学生说："公司还专门为萧先生一行安排了两名导游，她们会满足您的一切需要。"

萧宇听出其中的暧昧，呵呵笑了两声："成啊，我的时间紧，没空带他们这帮人转，你让那俩孩子带着他们去各处的风景点看看。"钱其源连连点头答应下来。

中谊娱乐对萧宇一行的招待相当隆重，住宿安排在坐落于市中心的新世纪万怡酒店，这里距紫禁城只有数分钟的路程。

萧宇虽然在燕京长大，可是这间酒店一直都只在外面看过，真正走入富丽堂皇的大堂也是第一次。

他忽然想起自己离开燕京的时候，庄孝远在飞机上对自己说的话：有些人天生不要付出努力，就可以拥有一切。

萧宇的唇角露出一个嘲讽的笑容，如果再次见到庄孝远他会告诉他，没有人可以不经努力就可以拥有一切，你想拥有的东西越多，你需要付出的努力就越大。

等到他们在酒店中安顿下来，已经是晚上十点，萧宇跟马国豪草草交代了几句，问钱其源借了一辆车向家中驶去。

方晓芸和庞贵山的新居距离萧宇下榻的酒店有三十分钟车程，想到马上就能见到自己的亲人，萧宇按捺不住内心的激动，他以最快的速度来到了这座名为水云间的小区。

方晓芸从猫眼中看清站在门外的是儿子时，激动地大声叫了起来，她哆哆嗦嗦地想去开门，可是手怎么都不听自己的使唤，庞贵山听到动静从里面出来，帮着她打开了房门。

方晓芸一把就抱住了萧宇，刚喊了一句"小宇"就泣不成声，萧宇笑了起来："早知道您老见到我这么难过，我就不回来了！"方晓芸边擦眼泪边把萧宇拉到沙发上坐下，庞贵山忙着为萧宇沏茶倒水。

"为什么不提前告诉我一声，我和你庞叔好到机场去接你！"方晓芸责怪萧宇说。

"我回来是跟一家唱片公司谈合作，跟我一起来的有几名歌星，接机的场面混乱，那帮歌迷跟神经病似的，你就是去也跟我说不上话！"萧宇早就想好了理由。

方晓芸点点头，见到儿子就是她最高兴的事儿，对于萧宇的生意她并不关注："哦！你吃饭了没有？"萧宇摇了摇头："我饿着肚子等你的排骨面呢。"方晓芸兴奋地站了起来："你等着啊，马上就来！"

庞贵山和萧宇先聊了起来，萧宇这才知道他已经提前退休，现在闲暇时间多了，经常和方晓芸去各地旅游。

萧宇看得出两人的婚后生活十分幸福，看来母亲的选择是正确的，这对萧宇无疑是最大的安慰。

当晚萧宇就在家里住下，方晓芸一直和儿子聊到深夜两点才离开。

这个夜晚萧宇睡得深沉而香甜，他仿佛又回到了从前的时光，暂时忘记了关于离岛的一切。第二天清晨萧宇醒来的时候，他首先想到的居然是自己要不要去学校。

方晓芸已经为萧宇做好了早点，她昨晚根本没有入睡，每隔半个小时就会溜到儿子的身边看上两眼，然后才满意地回到自己的房间，她一直都沉浸在莫大的幸福中。

萧宇看了看时间已经是上午十点半，他没有想到自己居然睡了这么长时间。庞贵山笑着说："你妈妈怕你休息不够，让我把你的手机给关上了。"

无限温暖涌上萧宇的心头。

吃早点的时候，刚巧唐亮打电话过来，萧宇不在燕京的时候，他们几个经常问候一下方晓芸，看看有没有什么事情需要帮忙。

萧宇从母亲手里拿过电话："你小子又想到我家蹭饭是不是？"

唐亮蒙了似的沉默了下去，过了好一会儿才欢天喜地地叫了起来："你丫的忒不够意思，回到燕京也不言语一声！"

萧宇大笑了起来："我昨晚刚到，没好意思打扰哥儿几个做春梦！"

"呸！你小子惨了，我马上去喊齐三、铁蛋他们，非狠狠修理你一顿不可！"

萧宇乐颠颠地说："得！兄弟我知错了，咱别这么暴力，我认罚还不成吗？"

唐亮愉快地说："你等着啊，我们哥儿几个马上就到。"

萧宇本来想约他们晚上见面，中午还要去参观中谊娱乐，可是看到兄弟们这么激动，自己当然不好意思再说什么。他给马国豪挂了个电话，让马国豪代表自己先去中谊娱乐看看，明天他会亲自去拜访他们的老总。

萧宇放下电话还没有二十分钟，唐亮几个就大呼小叫着冲了进来，几个人轮流在萧宇身上捶了一番，然后兄弟几个才乐呵呵地抱在一起。

齐三说："今天中午都去小福楼，我请客！"

萧宇笑着说："你小子一副土财主的样子，发财了是不是？"

唐亮插口说："三儿自己开了一馆子，离这里没多远，现在是我们里面最大的款爷！"

铁蛋说："我们哥们儿几个把那里当成了自家的食堂。"

齐三笑了起来："我充其量也就算一小资，跟大宇比起来，我还是一穷人。"

萧宇说："你小子甭跟我下套，我现在远来是客，吃定你们几个了。"齐三勾住萧宇的肩膀："今儿，你不想吃都不成，得，时间差不多了，兄弟们准备出发。"

萧宇进屋把给几个人的礼物拿了出来，他送给每人一个最新款的摩托罗拉 PDA 手机。唐亮说："看来你还没忘咱们练摊的时候！"

齐三说："还记不记得你骗猴子的那事儿？"铁蛋用肘捣了捣他，他怕齐三没遮没拦地把尚小悦的事情给勾出来。

齐三不好意思地挠了挠脑袋，这时方晓芸和庞贵山已经换好了衣服，几人一起向他的小福楼走去。

"到底还是二锅头够劲！"萧宇闷了一口，由衷地感叹说。

"今天是你来，要是平时我们过来，这小子就是馒头加咸菜，喝的都是简装的东北高粱酒。"唐亮故意糟践齐三。

齐三毫不脸红地说："你懂个屁，勤俭才是致富之本。"几个人一起大笑起来。


## 怜香惜玉

饭吃到一半，马国豪心急火燎地打了个电话过来："宇哥，出事了！"

"慢慢说！"

马国豪稳定了一下情绪："我们去中谊的路上，被狗仔队跟踪，许静茹受伤了。"

萧宇皱起了眉头，忍不住在心里骂了一句，这帮混账记者，真是无孔不入："她伤得怎么样？"

"倒是没受什么重伤，不过脸被玻璃划破了几处。"

"在哪家医院？我马上就到！"萧宇拿起外套向外面走去。

赶到医院萧宇才放下心来，许静茹只是轻微的划伤，只要处理得当应该不会留下什么疤痕，不过这次的歌会恐怕要受到影响。

许静茹抽抽噎噎地说："我这次会不会毁容？这帮可恶的记者，他们简直就是一帮杀手。"萧宇宽慰了她两句，这时才留意到钱其源正站在靠窗的位置向自己微笑。

"我们公司会负责许小姐的一切费用。"

萧宇淡然笑了笑："谢了！"

钱其源示意萧宇来到外面，不无忧虑地说："歌会的海报已经贴了出去，现在许小姐成了这个样子，恐怕无法出席了，经济上的损失还在其次，我所担心的是公众影响。"

萧宇说："我总不成让她带着一脸的胶布上台演唱吧？"

钱其源小声说："我有一个办法，我们公司有一位新人，身材和样貌都和许小姐有几分神似，明晚我们给她化化妆，让她顶替许小姐出场。"

萧宇不无疑虑地说："不会出什么岔子吧？"

钱其源笑着说："等你见到她就知道了。"

顶替许静茹的女孩名叫时雨朦，是一名音乐学院的在校学生，主修钢琴。中谊娱乐在一次新人选拔赛上发现了她，现在她只是中谊的临时演员，还属于考察期，并没有跟中谊签约，从严格的意义上来说就是一个群众演员。

钱其源给萧宇播放了时雨朦演唱的录像，萧宇第一眼的感觉就是，这女孩要比许静茹漂亮得多，也许是因为她还是在校学生，所以身上少了几分歌手常见的轻浮与世故，多了几分单纯与恬静。

萧宇几乎毫不犹豫地就拍板答应了下来。

许静茹这意外的插曲并没有影响到萧宇一行人的心情，马国豪趁着这个机会在燕京城里好好转了转，当然最先去的地方就是让他向往已久的万里长城。

萧宇多数时间都放在和亲朋好友的相聚上，他暂时忘记了江湖的风风雨雨，尽情地享受这难得的平静。

这种平静对萧宇来说又是如此短暂，当他在酒吧和尚武不期而遇的时候，他立刻就意识到自己的心境注定无法平静下去了。

尚武正和几个小弟在酒吧喝酒，他一眼就看到了和唐亮并肩走入大门的萧宇。

"喂！哥们儿！"尚武向萧宇挥动着大手，萧宇看清对方是尚武的时候，笑呵呵向他走了过去。

"武哥！"萧宇热情地和尚武握了握手。

"什么时候回来的？怎么没打个招呼？"尚武还是那副大大咧咧的样子。萧宇看了看他脖子上拇指粗细的项链，看来这段时间尚武混得还不错。

萧宇笑着解释说："我倒是想挨个把你们蹭一顿，可惜时间不允许。"

尚武爽快地说："今天晚上吃的玩的全部算我的！"

唐亮在萧宇耳边小声说："忘了告诉你，这酒吧就是尚武开的。"难怪说士别三日当刮目相看，接下这间酒吧最少要三百万，没想到一向喜欢打打杀杀的尚武居然还有点经济头脑。

尚武说："你别这样看着我，我没那个头脑，这间酒吧是我未来的妹夫送给我的！"

萧宇不自然地笑了一下，他对尚小悦的那份感情依然无法释怀。

萧宇表面上仍旧装出若无其事的样子："替我恭喜下小悦。对了，记得结婚的时候一定要通知我。"尚武笑着答应下来。

萧宇匆匆喝了两杯，借口有事和唐亮一起离开了酒吧。

"怎么着？心里不痛快？要不咱俩找个地儿再喝两杯？"唐亮小声说。

"少胡说八道，我现在心情别提有多好！"萧宇多少有点打肿脸充胖子的意味。

唐亮叹了口气："哥们儿！不是我说你，人家尚小悦都已经有主了，你何苦自个儿心烦，再说了，你既然仍然对人家有意思，早干吗去了？"

萧宇叹了口气："我也发现自己有点犯贱，老是到关键的时候选择撤退。"

"你这就叫感情上阳痿。"唐亮乐呵呵地说。

萧宇点点头："有这么点意思，我老害怕连累别人。"

唐亮说："我还真不明白你小子究竟在离岛干些什么，不过你换个角度想想，你害怕连累别人，可能别人甘心情愿让你连累呢？别管这么多，人生不过短短几十年，对待女孩子要见一个消灭一个，宁可错杀一千，不可放过一个！你自己的口号都忘了吗？"

萧宇没有说话，他发现自己的冲动和热情已经被周围的环境一点点磨去。也许唐亮说得对，人生不过短短几十年，更何况像自己这种终日在生死边缘过活的人，一种躁动和兴奋开始在他的内心中渐渐苏醒了。

歌会如期举行，中谊娱乐举办这场歌会的初衷是庆祝公司成立五周年，顺便向萧宇展示一下公司的实力。本来只是一场普通的歌迷联谊活动，范围不想扩大，没想到许静茹的影响力还真的不小，当晚到场的歌迷有三千人左右，其中很大一部分都是冲着许静茹来的。

萧宇被安排在贵宾席就座，他旁边就是中谊娱乐的老总邓学伟，邓学伟虽然年纪不大，可是在娱乐圈中摸爬滚打了多年，是京城娱乐圈里的风云人物之一。

通过和他的几次接触，萧宇发现邓学伟不失为一个好的合作伙伴，两人在经营和发展方面的看法有很多相同之处。

邓学伟邀请了不少有头有脸的人士出席，让萧宇感到意外的是，尚小悦居然也在他的邀请之列，更让萧宇不舒服的是，尚小悦今晚是陪着她的未婚夫薛继成一起来的。

邓学伟微笑着将薛继成引见给萧宇："这是我的好朋友，龙翔实业的总裁薛继成，这位美女是他的准夫人尚小悦。"

尚小悦的脸微微红了红，她没有想到会在这种场合遇到萧宇。

萧宇主动伸出手去和薛继成握了握手："久仰久仰！"

薛继成笑着说："听说萧先生去离岛以前，一直都生活在燕京，那么你对燕京应该是相当熟悉了？"

萧宇却摇了摇头，他的眼睛盯着尚小悦说："燕京的变化太快，很多事情我已经不熟悉了……"

尚小悦长长的睫毛忽闪了一下，迅速垂了下去，只有她能够听懂萧宇这句话的真正含义。

萧宇的脸上始终挂着平淡的微笑，看不出他的内心究竟是怎样的。尚小悦忽然发现，即使萧宇留在燕京，他们也许仍然没有结果，她喜欢安宁平淡的生活，而萧宇看似平淡从容的表象下，隐藏着一颗永远不甘于寂寞的心，他们的方向不同，只会越走越远，他们之间注定是这样的结局。

歌会在热烈的气氛下开始，萧宇的目光虽然一直注视着舞台，可是他根本不知道台上究竟在唱些什么，他眼睛的余光望向尚小悦，尚小悦正和薛继成有说有笑地观看着演出，她的情绪似乎没有因为萧宇的存在而受到影响。看得出她目前的生活相当幸福。萧宇的内心忽然感到一种说不出的烦躁，他借口去看看歌手的情况，向后台走去。

萧宇来到后台的时候，正好轮到许静茹出场，当然真正出场的是时雨朦，这是萧宇头一次看到她本人，小丫头略微显得有些怯场，萧宇向她做出一个胜利的手势。时雨朦看着这个鼓励自己的陌生人，咬了咬嘴唇向舞台走去。舞台的灯光暗了下来，这是钱其源事先定下的方案，观众在这种灯光下很难分辨出舞台上到底是不是许静茹本人。

不多时台上响起暴雨般的掌声，音响师按照指示开始播放许静茹的录音，时雨朦要做的事情相当简单，只要张张嘴对对口形就成。

可是当歌曲快要结束的时候，音乐忽然中断，灯光同时变得大亮，原本狂热的场面猛然沉寂了下来。过了一会儿一名歌迷率先大喊了起来："骗子！她不是许静茹！"一个接着一个的声音响起。

满场都是愤怒的声音，时雨朦清纯的脸上露出惊恐的神情，荧光棒雨点般向她的身上头上落来。萧宇第一个反应过来，他冲到已被惊呆在原地的时雨朦身边，用身躯为她挡住雨点般的攻击。

十几名反应过激的歌迷已经冲上台来，向两人靠拢过去，萧宇一脚将一名率先发起攻击的中年人踹下舞台，又有两名歌迷手持铁棍向萧宇砸来。

萧宇这才意识到这几名攻击者绝对不是普通的歌迷，他们全都携带武器，显然事先就有预谋。他将时雨朦护在身后，躲过来棍，就势握住棍子的末端，用力一拧，将铁棍夺了下来，一脚踢在左边一人的裤裆上，那小子痛得跪倒在地上。

这时负责安全的保安才涌了上来，这几个小子看到势头不对，慌忙向舞台下逃去。萧宇瞄准了落在最后的一人，铁棍甩手扔了出去，准确地砸中了他的膝弯，那小子惨叫着摔倒在地上。

谁也没想到事态会演化到这样的境地，一些过激的歌迷开始破坏现场设施，直到辖区的警察来到才将事情慢慢平复下来。

萧宇和时雨朦做完现场的笔录，中谊娱乐方面开车将他们接到公司。时雨朦去会计室领取她应得的薪金，而萧宇则直接来到公司的总部休息室，邓学伟满脸歉意："对不起！这件事都是我没有安排好！"

钱其源主动承担责任说："这个主意是我想出来的，责任应该由我来承担！"

萧宇冷冷看了他一眼："你说得对，责任是该由你来承担，你觉着应该怎么处理你？"钱其源一愣，他尴尬地笑了笑说："我听邓总的安排。"言下之意是还轮不到你萧宇来管我。

萧宇笑了起来："灯光和音响同时出毛病，看来灯光师和调音师事先就串通好了，歌迷闹事还带着铁棍，你真当别人都是傻子，处心积虑地搞这套干什么？"

钱其源额头流下了冷汗："萧先生的想象力真是丰富！"

"我一直都想不透，许静茹就算是有点名气，也没到那种让狗仔队锲而不舍的地步，撞车的事情看来也是你策划的？"

钱其源的脸涨得通红，邓学伟重重地拍了一下桌子："好你个钱其源，你原来是个吃里爬外的东西，谁让你这么干的？"

萧宇说："你甭问，他也不会说，搞这些事情就是为了破坏我们两家的合作，你自己查查有什么竞争对手，应该不难找出幕后到底是谁在策划。"

其实萧宇已经猜出八成是万云公司搞的鬼，只是不便点明，这件事最好还是由邓学伟出面解决。

萧宇在第二天清晨离开燕京，抵达香江后他并没有跟其他人一起马上返回离岛。何天生恰巧在香江看戏，萧宇有很多事情必须和他面谈。

有何天生在的地方，就会有王觉，自从上次在濠江发生了那件不愉快的事情以后，萧宇就开始戒备起他来，他总觉着王觉伪善的笑容下充满了对自己的仇恨。

好在何天生谈话的时候不喜欢外人在场，王觉很乖巧地退到了门外。

"这趟燕京之行怎么样？"何天生问。

萧宇简单地把燕京的情况说了一下。

何天生说："谭自在和龙三一死，章肃风退守光雄，嘉南陷入空前的混乱之中，对你来说可是一个千载难逢的机会。"

萧宇不置可否地笑了笑："谭自在死后，深水港的工程全部停滞在那里，近期会由政府出面招标。"

何天生已经听说了这个消息，他问："你是不是有兴趣接下这个工程？"

萧宇并不掩饰自己对工程的强烈兴趣："深水港这块蛋糕，每个人都会有兴趣，不过我目前并没有足够的实力来接下这个工程。"

何天生笑了起来："你是不是想让我帮你来竞标？"

萧宇并没有直接回答他的问题："听说合记的方天源也准备参加投标。"何天生深深凝视了萧宇一眼："不但是方天源，三禾会的李继祖也准备参加投标，明天他邀请我一起看赌马，如果你有兴趣也一起来吧。"

萧宇本来想第二天一早返回离岛，现在听何天生这么一说，又决定留下来，无论是方天源还是李继祖都是相当强劲的对手，有这样的机会事先了解一下对方，何乐而不为？

萧宇在马场的出现多少让李继祖感到有些意外，他到底是久经沙场的老将，马上一脸笑容地伸出手去："阿宇，什么风又把你吹到香江来了？"

萧宇虽然对李继祖没有什么好感，可是碍于何天生的面子，也装出热情的样子和李继祖握了握手："我从燕京回来，顺便来看看何老爷子。"

何天生在中间的位置坐下，萧宇和李继祖分别坐在他的两边。李继祖让人送来望远镜和茶水饮料，他笑着向何天生说："老爷子今天打算押几号？"一名手下把马和马师的资料递给何天生，何天生摆了摆手："我一向迷信七这个数字，你们帮我在七号马上下七百万香江币。"

李继祖说："难得老爷子这么大的兴致，我就陪老爷子玩玩。"他转身对手下人说："我也买七百万的七号。"何天生笑了起来："这才够意思，一个人玩有什么劲！"他看了看萧宇说："阿宇，你想不想玩？"

萧宇听出他话里还有另一层的含义，看来何天生喊自己来是别有用心。萧宇说："我听老爷子的也买七号，我买七十万香江币。"

何天生大笑了起来："这才对嘛，不过投入太少回报一定不会丰厚，给阿宇也买七百万，钱不够还有我这个老头子啊！"

场内响起一阵铃声，赛马洪水般冲出了栅栏，几乎同时冲上了赛道，整个马场的气氛马上被点燃了，幻想一夜暴富的马民们声嘶力竭地高喊着自己选定的号码。马蹄的尘烟中，人们看到骑手藏在太阳镜后苍白的面孔、抖动的马肩和后腿，以及那些背负他们希望的号码。

萧宇通过望远镜看到了七号，这是一匹褐色毛发的赛马，第一圈过后它的位置处在第四位，萧宇这才想起看了看赔率，这匹马处在倒数第二位，在所有马匹中属于相对冷门的那一种。他仔细观察了赛场的环境，发现赛道每隔二百五十米就设有一根金属杆，上面装有监测用的摄影机，每场比赛结束后，比赛的录像就会被传送到筹委会备查，以防有人暗地做手脚。

何天生自从开赛以后，目光始终没有向赛道看上一眼，也许他关注的根本不是比赛本身。他和李继祖尽扯些无关紧要的话题，仿佛眼前发生的一切都跟他们无关。

赛程还剩一圈的时候，七号还是处在第五的位置，萧宇基本上对它已经丧失了信心，就在这时，跑在最前方的二号马忽然失蹄摔倒在马道上，随后的两匹马躲闪不及被二号绊倒在地，九号和七号趁机超越了过去。

萧宇有些不能置信地站起身来，这一眨眼的工夫，七号已经处在了第二的位置，可是九号的领先优势相当明显，七号想超越它恐怕是难上加难。

李继祖拿起了酒杯，就在这时萧宇看到九号马的前腿膝弯处猛然反折，骑师从马鞍上摔落了下去。

李继祖平静地说："子弹是冰做的，射入以后很快就会融化，所以查不到任何证据……"

何天生也端起了酒杯："想赢一定要事先做足功夫，不给其他对手任何机会。"

何天生提出一个建议，深水港的工程非同小可，无论是任何一家想单独吃下这块蛋糕，恐怕只会重蹈谭自在的复辙，他们三家联合足以和任何一个帮派抗衡。

李继祖告诉萧宇一个极其重要的消息，东瀛的山海组和方天源以及三连帮在私下已经达成了共识，由方天源出面竞标，只要他能成功，东瀛方面将会继续投入资金。

何天生说："听说山海组的内部因为深水港的事情发生了很大的分歧，以黑木广之为代表的温和派主张放弃深水港的工程，另一派是木村龙郎为代表的强硬派，坚持继续把深水港工程搞下去。"

李继祖插口说："山海组的社长渡边本一因为身体的缘故，准备退居幕后，黑木广之和木村龙郎谁当上社长谁的主张就能够得到实行。"

何天生说："我们必须提前跟黑木广之进行联系，只要他当上社长，东瀛人就会从深水港工程中退出去，他们投入的资金我会负责摆平。"

萧宇笑了起来："如果真的让东瀛人退出深水港工程，我们也算是做了一件好事！"

李继祖说："中国人的事情当然要我们自己解决。"

萧宇知道李继祖没有这么高的境界，他之所以旗帜鲜明地反对东瀛人建设深水港，主要是和他自身的利益息息相关，如果真的让东瀛人建成了深水港，他在香江拥有的几个大型码头的收入会直线下降。

眼前他们之间的联合只是建立在共同利益上的临时关系，一旦深水港工程被他们成功拿下，萧宇恐怕首先要面对的就是和李继祖之间的斗争。难怪说江湖上没有永远的敌人，更没有永远的朋友。

萧宇回到嘉南后的第一件事就是把自己的决定向大家宣布："我决定参加深水港工程的竞标！"

每个人都怔怔地看着萧宇，他们知道萧宇的性格，一旦他决定的事情就很难更改。马国豪说："你把一切都考虑清楚了？"

萧宇点点头："何老爷子已经表示会支持我，而且……"萧宇凝视了一眼卓可纯，他慢慢地说："三禾会的李继祖也会和我们联合一起竞标深水港。"

卓可纯的脸色变得苍白，两颗晶莹的泪珠涌出了她的眼眶，她转身向阳台走去。胡忠武向萧宇使了个眼色，萧宇早就考虑到卓可纯的感受，他之所以现在说出来，就是不想卓可纯以后怨他。

萧宇来到卓可纯的身后："可纯……"

卓可纯的肩膀微微抖动着，她的内心痛苦到了极点："为什么……"她的声音有些颤抖，"你……记不记得曾经答应过我什么？"

萧宇掏出手绢递给卓可纯，卓可纯生气地扭过头去。

萧宇说："李继祖和方天源全部都参加竞标，你说我是应该同时对付他们两个，还是应该联合其中的一个对付另外一个？"

卓可纯没有说话。

"我本来并不想加入深水港的竞标，可是嘉南就这么大块地方，我们不去抢，别人也会去争，与其等着李继祖、方天源之流拿下深水港，因此做大，不如我们自己来把握这次机会。"

卓可纯反驳说："我们可以依靠自己的实力，为什么要和李继祖合作？"

萧宇笑了起来："李继祖最忌惮的对手是方天源，我们为什么要放过这个打击方天源的机会？"

萧宇的目光投向浩瀚的星空，他终于理解谭自在为什么要孤注一掷地投入到深水港的建设。谭自在倒下后，非但没有任何人退缩，反而有更多的人蜂拥而上，这一切都是巨大的利益在从中驱使。

何天生无疑是看到了谭自在倒下的真正原因，他利用自身的地位促使萧宇和三禾会之间的联合，他们之间的关系无疑是配比极为合理的，三禾会的加入有效地和方天源相互制约，萧宇在嘉南充分占据了天时、地利、人和，背后还有何天生强大的财力做后盾，他们在竞标中俨然成为最具实力的联盟。

萧宇清醒地认识到，这种联盟只是暂时的，无论竞标成功与否，只要一有结果，他所面临的就是内部的利益纷争，他必须把握这难得的时机，让自身的力量在最短的时间内发展壮大起来，在任何方面都拥有和别人叫板的实力。

卓可纯深深凝视着萧宇的面庞："宇哥，我相信你！"

没有比这句话更让萧宇感动的了，他一字一句地说道："我永远不会辜负你对我的信任！"

深水港工程的竞标，报名参加的虽然人数众多，可是真正拥有竞争实力的只有两支队伍：一支是合记、三连帮的联盟，由方天源挑头报名；另外一支就是萧宇和李继祖、何天生的联盟。

萧宇在报名之后，专门去拜谒了市长马楚良。

萧宇在马楚良的面前表现出十足的诚意，他把自己和李继祖何天生的联盟向马楚良全部说明。

马楚良对萧宇的坦诚也相当欣赏："阿宇！深水港工程关系到我们这届嘉南政府的形象，对这件事的处理一定要慎之又慎。"

他递给萧宇一份文件："这是一家德国建筑公司，曾经接手过不少大型工程，你可以考虑一下让他成为你们的合作伙伴。"

萧宇马上明白了马楚良的意图，他提供的这家建筑公司肯定和马楚良有着直接的利益关系，随后的调查也证明了这一点。这家名为曼海姆的建筑公司的背后老板原来是马中昊，而且更为可笑的是这间公司注册并没有多久，根本就是一个空壳。

马楚良的意思相当明显，只要萧宇拿下深水港的工程，他就要从中分得应得的一份利润，萧宇对此早就有了心理准备，马楚良在这次的竞标中是一个极其重要的环节，他的支持是萧宇能够获胜的关键，马楚良理应得到丰厚的回馈。

距离竞标还有一个月的时候，东瀛突然传来消息，山海组的社长渡边本一因为突然中风而住进了医院，渡边在住院之前宣布要将深水港工程的合同转让，据悉多个华人帮会的头目已经前往东瀛就此事进行磋商。

萧宇和李继祖分别从离岛和香江前往东瀛，他们要全力拿下山海组手中的这个合同。

萧宇知道这趟的东瀛之行仅仅凭自己的实力是远远不够的，他必须面对即将到来的种种危险，为了以防万一，他此行带去了两名同伴——胡忠武和霍远，身体刚刚恢复的宋老黑也打着旅游散心的旗号跟他们一同前往。宋老黑在东瀛有一定的关系，而且他此行还有一个目的——拜会青龙帮的元老之一林祖繁，希望能请他出山，重新把一盘散沙的二十四堂凝聚在一起。

他们刚刚走入关西国际机场的大厅，就看到方天源和一群手下从闸口走出。宋老黑指了指他们的右前方，萧宇这才看到三连帮的左厚义和六名手下正坐在远处的沙发上，方天源他们刚一出现，左厚义就带着手下迎了上去。他们显然事先约好了在这里会合。

方天源也看到了萧宇，他和左厚义握了握手，两人说了几句，同时向萧宇看了过来。

萧宇微笑着向他们挥了挥手，和胡忠武几个向方天源走了过去。

"真是人生何处不相逢！"萧宇主动向方天源伸出手去，方天源热情地和萧宇握了握手："阿宇，没想到在异国他乡我们也会见面！"

萧宇笑着说："就当今天我们把东瀛人的机场给占领了。"两人哈哈大笑了起来，方天源把萧宇介绍给左厚义："这是三连帮的帮主，左老爷子！"

左厚义微笑着望向萧宇，这个他根本没有放在眼里的年轻人，在短短的时间内竟然迅速成长了起来。左厚义看到萧宇平静的表情，他的内心感到一阵阵的悔意，当初就不该给萧宇任何机会，斩草须除根，如今再想对付他，需要付出极大的代价，他并非没有尝试过，那件惨痛的事情他至今记忆犹新。

左厚义依然显得是那样的和善："阿宇，我一直都在找你！"萧宇呵呵笑了起来："老爷子何必这么心急，你尽管放宽心，很快我就会去嘉北找你！"左厚义从心底打了一个冷战，萧宇的潜台词他十分清楚。

一个黑壮的汉子从左厚义的身后站了出来，他充满杀机的目光冷冷盯住萧宇："你就是萧宇？苍山的账我还没跟你算！"

萧宇冷笑着抬起头来："你就是人称暴龙的曾治轩？"

暴龙愤怒地瞪圆了眼睛，萧宇慢慢地说："别怪我没有提醒你，一个人脾气太大，很容易短命。"

暴龙怒吼一声一拳向萧宇打了过去，胡忠武同样的一拳迎向暴龙的攻击，双拳正面相撞，暴龙脸上的肌肉明显抽搐了一下，他手上的骨节被对方坚硬的拳头撞得仿佛就要断裂。胡忠武的表情依然平静如昔，他冷冷地说："再敢出手，我让你死在关西机场！"

暴龙发出一声嘶吼，却被左厚义呵斥住了："混账！你当这里是嘉北？非要把东瀛警察招来你才高兴？"

方天源连忙充当了和事佬的角色："大家都是中国人，何必让外人看笑话，有什么事情回去再解决也不迟。"他早就清楚萧宇和三连帮之间的恩怨，从他的角度来说，这件事跟自己没有任何关系，这次来到唐户主要的目的是接下山海组的合同，其他的事情对他来说都不重要，他不想三连帮因为这件私事影响到整个计划。

萧宇向胡忠武使了个眼色，他们率先取了行李离开了机场。

暴龙恶狠狠地看着萧宇的背影说："我不会让他有命离开东瀛！"

萧宇一行在唐户东方饭店住下，这里距离唐户最有名的歌舞妓町只有不到一公里的距离，刚刚吃完晚饭，霍远就喊他们一起去歌舞妓町玩。

四人一起步行向歌舞妓町走去。

宋老黑见多识广，他介绍说："唐户这两年发展很快，经济的发展促进了各个方面的需求，在北野坡这个地方慢慢形成了一个新的娱乐总汇，这里招收了来自世界各地的歌妓，经过系统化的培训，这里有着国际化的风情。"

霍远羡慕地说："您老人家真是此道中的高手，经您手糟蹋的良家妇女应该不计其数了吧？"

宋老黑呸了一声："我老？老子是正当年，你小子毛长齐了没有，居然说我老！"萧宇笑着说："老黑哥是老而弥坚，马姐被你滋润得越来越婀娜多姿，这不就是证明吗？"

几个人轮番拿着宋老黑开涮，宋老黑哪是他们的对手，到最后干脆装聋作哑，只当什么都没听见。


## 别后重逢


他们说说笑笑地来到北野坡歌舞妓町，街道灯红酒绿，路上不时有艺妓从他们身边经过。因为她们的特征鲜明，所以可以马上把她们从人群中区别出来。她们和服的穿着方式完全不同，与一般人差异最大的是发际，简直有天壤之别。也有人穿着和服打扮得花枝招展去看歌舞伎，但外行人无论怎样注意，发际处的汗毛肯定乱蓬蓬的，鬓角也很刺眼。而艺妓的发际却是无懈可击。

萧宇留意到她们的指甲都很漂亮，涂上淡淡的粉色指甲油，修剪得完美无缺。她们的耳朵漂亮，耳根也漂亮，换句话说，所有男人视线可及之处都被精确地修饰，并使其达到完美境地。

外行的女孩子之所以外行，是因为她们只懂得考虑男人的正面视线所及，只在眼线、唇色上下功夫。但是男人的视线绝不只从正面进攻，他们更狡猾，一点儿不能疏忽。他们会从女人的侧面、背面，甚至倾斜45度角、60度角进行观察，也许比与女孩子正面相对的时间还要长，那可是充满挑剔的目光啊。

一般女孩子尽管对此或许有所察觉，却认为在这些方面花费那么多时间不值得。她们单纯地认为就算被发现缺陷，也可以通过在正面的努力得以弥补。萧宇发自内心地欣赏这些具有职业水准的一流的艺妓们，只要是正常男人，面对着这满街的活色生香，很难保证不为所动。

两名撑着红色纸伞的歌妓款款走过几人的身边，她们在前方转过身来，姿态优美地向他们露出极具媚惑的微笑。

霍远看得两眼发直，大声说："这俩东瀛妞我要定了！"两名歌妓婷婷袅袅地走入了街角一处名为蝶屋的歌舞妓町，还不忘回身向他们招手示意。

萧宇一行跟在两人身后，走入了这间歌舞妓町，室内的陈设是典型的日式庭院风格，门前两名盛装艺妓躬身相迎，挑开门帘走入其中，眼前出现了一个小小的庭院。这就是东瀛最常见的枯山水庭院，就是利用白色细沙堆积扒扫出各种流线形状，再结合大小不一的石岩、石台设计成各种清新亭景，来象征海景、池景，充满了禅宗的味道。

走过庭院，前方是一个用来表演的舞道场，很多游客在那里观看歌舞妓的表演。他们几人对表演没有太多的兴趣，直接来到后方一幢幢单独的酒屋。

负责招待的歌妓用东瀛语说了些什么，他们四个人中只有宋老黑还能懂两句东瀛语，能结结巴巴地跟那个歌妓对上两句。

那歌妓掩住樱桃小口，笑了起来，然后躬身行礼退了出去。

霍远好奇地问："你跟她说了些什么？"

宋老黑笑着说："东瀛语我只会说喝酒和做爱！"

霍远险些被茶水给呛得闭过气去。

不多时从门口走入了六名歌舞妓，其中就有刚刚在街头招揽顾客的两位。宋老黑毕竟不像他们这样荒唐，带走了善于按摩的一位舞妓，去按摩放松。

霍远搂着街头邂逅的那两名歌妓去了内府，胡忠武也带走了两名歌妓。剩下的一名歌舞妓在所有人中长相最为出色，她穿着细纹和服，绾着高高的发髻，皮肤细腻，曲线柔美，美得不可方物。

这名歌妓的腰间悬着一个小小的玉牌，上面写着香织美纱，大概是她的名字。她先向萧宇鞠了一躬，然后罗袖轻挥，举手投足间充满了雅致风情。

香织美纱越舞越急，长裙的下摆已经完全飘起，露出纤长诱人的秀褪，她随着舞步移动到萧宇的面前。

香织美纱充满媚惑的眼神不住向萧宇投来，萧宇正在意乱情迷的时候，忽然感到一股浓重的杀机向自己逼迫而来。

对萧宇来说，纯粹是依靠他与生俱来的本能，身体向后一个倒仰。香织美纱的动作极快，只见刀刃的寒光一闪，她持刀的手护住前胸，刀刃朝外，随时准备割断萧宇的喉咙。当萧宇扬起左臂抵挡她的攻击时，他还看出那刀是海军陆战队使用的 K-BAR 匕首，有着七英寸长的剃刀般锋利的刀刃。

萧宇根本没有料到一个外表柔弱的女子竟然拥有这么大的力量，当他抵挡她的猛刺时，他的前臂碰到她的前臂，他感到对方的力量不在自己之下。香织美纱继续逼近，直朝萧宇的身体扑来，扭动着手臂，企图避开他的抵挡。

紧接着她从另一个方向狠狠刺来一刀，她美丽的眼眸里闪着冰冷的杀机，直盯着萧宇的眼睛。她用力朝前一冲，然后朝后一退，挣脱了萧宇的阻拦，准备第二次击杀。这是近身刀术的老把戏，以对手的身子作为杠杆，身经百战的萧宇不会轻易上当。这一次，她把刀调了一个头，将握着刀柄的手的大拇指伸在前头，准备用传统的刀法从下面发起进攻。

她放慢了速度，在室内有限的空间里左右跳跃着，她跳到侧面，向萧宇的左肋刺去。

萧宇又用左前臂挡住了她的攻击，伸出右手抓住了她的手腕，朝下用力猛按，扭转她的手腕，想迫使她扔下手里武器，但是香织美纱掰开了他的大拇指。

她退后两步，佯装着要退第三步时却转变方向朝右跳去，然后又是一个朝左的假动作，而实际是笔直朝前，曲下双膝，一跃而起。

萧宇看到了从下面反向刺来的刀锋，他将身子朝左边躲闪，再朝右转，犹如斗牛士在表演摆弄披肩的动作。刀刃和他只相差几英寸，萧宇的身躯"砰"的一声，撞在身后的屏风上。

还没等萧宇来得及上前夺刀，香织美纱已经转过身又朝他逼近了，刀仍然紧握在她那雪白的纤手里。萧宇又一次招架住了，这一次他用右手紧紧抓住了她的手腕，用他的左前臂用力推去。

他全力将她的手腕朝墙壁撞去，他能感到香织美纱手臂的挣扎和她因为手臂猛撞在墙壁上而发出的呻吟。刀落了下来，但她仍然在继续顽抗——她的膝盖顶上了萧宇的下体。

当她的膝盖顶上来时，萧宇感到一阵难忍的剧痛，不禁大声喊了起来，但疼痛也让萧宇的愤怒提到了最大，他一拳重重地击打在香织美纱柔软的小腹上。生死关头不能有半点的怜香惜玉，香织美纱被这一拳彻底击垮，她眼前一黑，昏了过去。

萧宇仍然不解恨地在她胸口上狠狠捏了两把，忽然想起宋老黑他们是不是也遇到了危险，连忙拾起地上的匕首向门外冲去。

胡忠武几乎和萧宇同时冲到了庭院，两人对望了一眼，相互微微一笑，这时听到霍远的房间中传来一声轻微的爆炸声，上身赤裸的霍远从冒着浓烟的房间里逃了出来，随后两名被熏得眉眼乌黑的歌舞妓也从里面冲了出来。

三人迅速会合在一处，萧宇大声说："老黑还没有出来，我们去他那里……"他的话音还没落，十多名身穿黑色武士服的艺妓手拿明晃晃的东洋刀从四面向他们包围而来。

霍远苦笑着说："妈的，不就是找俩艺妓放松放松，用得着这么大场面吗？"萧宇说："今天这帮娘儿们压根就是冲我们来的！"

霍远身上的微型炸药已经用完，不得不赤手空拳应对眼前的局面。

三人背靠背向庭院中曲折的长桥移动，占据这里，可以有效地遏制敌人的包围攻击，擅长格斗的萧宇和胡忠武分别守住两侧，霍远站在中间。

两名艺妓挥刀砍向萧宇的头顶，萧宇肩头一沉，手中的匕首划出一道寒芒向右方的东洋刀迎去，左脚踢向左侧艺妓拿刀的手腕。

匕首和东洋刀在空中相撞，萧宇的力量显然占据了上风，刀势被他强大的力量遏制住，左侧的艺妓被他踢退。他利用这一个时机，身体欺近右侧拿刀的艺妓，在这样的距离范围内，匕首的回旋余地要胜过对方的东洋刀。匕首沿着刀锋滑下，发出刺耳的金属摩擦声，艺妓手中的东洋刀一个斜行旋转，妄图摆脱萧宇斩向手臂的一击。

萧宇冷哼一声，左手闪电般握住了她拿刀的手腕，手腕反转，登时将那名艺妓的手腕拧成脱臼，东洋刀刀尖向下栽落在木质桥面上。萧宇一脚踹向这名艺妓的后心，她惨叫一声向同伴的方向扑去。

萧宇充分利用桥面狭窄的空间，对方人数虽然众多，可是在这仅仅能两人并肩站立的桥面上，根本无法形成合围之势。

两名艺妓让过受伤的同伴，挥刀再次向萧宇进击。萧宇将匕首抛给霍远，反手从桥面上抽出东洋刀，双手高举居高临下劈向前方的艺妓。

那名艺妓显然知道萧宇的力量远远强过自己，不敢硬碰硬接下萧宇的这一刀。她的身躯向后微微撤了一步，刚巧挡住了同伴的攻击路线。萧宇刀锋一转，刀背重重砸在她颈部的左侧。他完全可以一刀将这名艺妓砍成两段，可是考虑到这里毕竟是东瀛，杀死对方会招惹不必要的麻烦，况且他们这次的目的是为了拿下山海组的合约，并不是为了招惹是非。

那名艺妓吭都没吭出声来，整个身子向池塘坠落，萧宇已经完全控制住这边的局面。

胡忠武和霍远那边的形势也是一片大好，两人已经将进击的艺妓杀退到长桥的末端。这时远处传来一阵清脆的掌声，所有人都停住厮杀向掌声的方向望去。

鼓掌的是一名四十岁左右的中年美妇，从她的眉眼依稀可以看出年轻时候必然是一位绝代佳人，只是她的面孔苍白到了极点，虽然用浓艳口红和胭脂点缀，却没有增加丝毫的生气。她身穿黑色和服，上面绣了数朵白色的梅花，对比鲜明的图案让她整个人平添了几分诡秘。

香织美纱站在她身后，手中的匕首顶在上身赤裸的宋老黑的颈部动脉。萧宇笑了笑，宋老黑的被擒，意味着他们已经完全处于下风。

香织美纱望向萧宇的目光充满了仇恨和杀机，她的手微微用力，匕首刺破了宋老黑的颈部皮肤，鲜血沿着刀刃缓缓流下。

中年美妇用生硬的国语说："你就是萧宇？"

萧宇点点头，微笑着说："我们中国有句老话，买卖不成仁义在，不知道你们这是什么意思？"

"我叫赤川百惠，是这里的老板，有人出钱让我杀你。"中年美妇谈到杀人仿佛在说着一件平淡无奇的事情。

萧宇笑了起来："你很坦白，可是我可以明确地告诉你，你付出的代价要远远比你得到的多！"

赤川百惠露出一个妩媚的笑容："你会看到你的朋友慢慢死在你的面前！"

香织美纱又将匕首向下压了几分，萧宇紧紧握住了东洋刀："我保证，不会放过你们中的任何一个！"

这时两名歌妓慌慌张张地跑了进来，她们上气不接下气地用东瀛语说着什么，赤川百惠的脸色忽然变得苍白，她示意香织美纱放开宋老黑，其他的歌舞妓也闪开了一条通路。

萧宇有些奇怪地看着她，不知道她葫芦里又在卖什么药。

"对不起！你们可以离开了！"

事情变化得如此突然，萧宇几个人都有些摸不着头脑，生怕这帮歌舞妓再突然改变想法，连忙向门外走去。

离开大门，萧宇看到远方樱花丛中，一个美丽的东瀛女郎身穿白色和服，手持与樱花同色的纸伞静静地伫立在夜色之中，宛如一朵含苞待放的百合花。

萧宇的心跳猛然加速了，一个让他难以忘怀的名字猛然出现在他的脑海之中——渡边美惠子，所有一切变得明了，美惠子的出现化解了他们的危机。

宋老黑有些暧昧地说："我说怎么这么容易放过我们，原来是你老情人来了！"胡忠武和霍远在此之前从来没有见过渡边美惠子，霍远看得几乎愣在那里："要是能跟她……"话还没有说完，嘴巴已经让胡忠武给堵住："你东瀛叔叔找你！"霍远还没反应过来，心说我东瀛没亲戚啊！宋老黑已经狠狠地在他脑袋上敲了一记："少废话，赶紧滚蛋！"

萧宇和渡边美惠子远远地凝视着对方，他们彼此微笑着，直到萧宇确信已经调整好自己的情绪，才慢慢向她走去："没想到我们每次相逢总是在这种暴力的气氛下。"

美惠子甜甜地笑了起来，她轻声说："不同的是，上次是你救了我，而这次是我救了你！"唐户的雨不知什么时候悄然来临，当萧宇意识到雨丝飘落的时候，地上已经落满了绯红色的樱花。

美惠子的纸伞巧妙地将两人的距离拉远，她的声音像她的人一样让萧宇捉摸不定："我知道你一定会来东瀛！"

萧宇笑了起来，他伸手拭去不断飘落在头顶的樱花："山海组这次抛出这么诱人的一块蛋糕，有钱人都会有兴趣。"

美惠子轻轻叹了口气："可是……有胆量的有钱人毕竟还是少数。"

萧宇说："像我这种既没有钱又没有胆量的人更加少见。"

美惠子慢慢停下了脚步："萧宇，东瀛不是离岛，唐户更不是嘉南，你为什么总喜欢把自己放在危险的处境中？"

萧宇深深凝望着美惠子的眼睛："你很关心我？"

美惠子垂下睫毛，躲过萧宇火热的眼神："我是在提醒你！"

萧宇淡淡地笑了笑："我们最好不要讨论跟生意有关的话题，如果你仍然把我当朋友，还是陪我喝杯清酒吧？"

美惠子和萧宇来到街道尽头一间小小的酒肆，酒肆装修的风格极富乡间风情，屋檐用竹子和茅草共同组成，门前飘动的灯笼上用黑笔书写着三个大字"名酒屋"。酒肆的老板是一个和蔼可亲的老人，两人进来之前，老人正在做着美味的料理。

两人除下鞋袜面对面坐在榻榻米上，美惠子要来一壶清酒，两样小菜。老人在桌上摆了一个小小的铜炉，这是用来加热清酒的。

美惠子挽起和服的长袖，露出晶莹细腻的手臂，为萧宇斟满面前的酒杯，萧宇的内心感到一阵温馨，他想起在嘉南时和美惠子相处的难忘时光，一切宛如昨天。

美惠子举起了酒杯："有朋自远方来，不亦乐乎……"她说的正是萧宇迎接她时说过的话。

萧宇微笑着一饮而尽，清酒入口绵甜香软，有些米酒的味道。美惠子轻声说："清酒虽然好喝，可是喝多了也容易醉人。"

萧宇满怀深意地说："我今晚是酒不醉人……人自醉！"美惠子嫣然一笑，腮边露出一抹红霞。她纤长的手指轻轻落在胸前悬挂的匕首上，匕首很小，尾部用白色麻绳系在和服的领口。美惠子轻声说："你知不知道它代表的意义？"

萧宇摇了摇头，美惠子明澈的眼眸笼罩上了一层忧伤："我在渡边芥的灵前发誓，要为他终生守贞，这柄匕首就是我的见证……"她的声音忽然低了下去，萧宇明白她心里想的什么，他们之间始终没有坚守住最后的防线。

美惠子轻声说："我为他报仇以后，就会离开这个世界！"萧宇盯住美惠子的眼睛，直到她逃避萧宇的眼光垂下头去。

萧宇明白美惠子向自己说这一切的目的，她不想萧宇继续提起过去，所有发生过的种种一切就当只是一场梦。

美惠子为萧宇添了些热酒，她将话题转到萧宇此行的任务上面："社团已经决定放弃嘉南深水港的项目。"

萧宇笑着说："这次想得到深水港项目的有很多财团，你们内部到底倾向于哪一家？"美惠子微笑着望向萧宇："你想从我这里打听出消息？"

"凭我们的交情，可以吗？"

美惠子逃避着萧宇热情的目光："这件事并不是我说了算……"

萧宇点点头，他没有继续追问下去："渡边先生的病情如何？"

一提到这件事，美惠子显得忧心忡忡："医生说……他恐怕挨不到这个月底，现在社团内人心惶惶，如果社长真的身故，社团会面临空前的危机。"

　　萧宇说："看来我们这帮人来得并不是时候。"

　　美惠子轻声说："其实你可以选择离开！"

　　萧宇反问她说："如果给你一个选择的机会，你会选择离开吗？"美惠子的睫毛忽闪了一下，她将杯中的清酒喝完，借以掩饰自己内心的波动。

　　萧宇问："今天来杀我的赤川百惠是什么来头？"

　　美惠子说："她是唐户一个杀手组织雪舞姬的首领，其实说起来雪舞姬应该是山海组的一个分支。"

　　萧宇奇怪地说："我跟她们之间好像没有什么纠葛？"

　　美惠子有些嗔怪地瞪了萧宇一眼："如果不是有人色心大发，也不会让人有机可乘。"萧宇心中一荡，从美惠子的语气中他听出，美惠子对自己依然有感觉，她的内心并非像表面那样冷漠。

　　美惠子告诉萧宇："你在香江花炮会的时候曾经得罪了山海组二当家木村龙郎的儿子，这件事就是他授意赤川百惠做的！"

　　萧宇忍不住骂了一句："这个王八，他大爷的，要找老子报仇干吗不当面找我，居然用这种卑鄙的手段！"

　　美惠子为萧宇夹了一块生鱼片："木村是社团中最有实力的家族之一，就是渡边先生也要给他们父子几分面子，你在东瀛期间可能还会遇到他的挑衅。"

　　萧宇笑着说："我还怕他不成，这笔账他不找我，我还要找他算呢！"

　　美惠子说："有道是强龙不压地头蛇，你做事还是小心些，低调一些。"萧宇知道美惠子是出于关心自己才这么说，口头上却丝毫不服软："我自己的事情会自己解决！"

　　美惠子说："不过你放心，雪舞姬不会再找你们的麻烦，赤川百惠跟我的交情非同一般，她看在我的面子上不会再蹚这趟浑水。"

　　老人在店外唱起了一首小调，苍凉的歌声在静夜中显得格外悠远。

美惠子轻声地翻译说："当我重回故乡，已经白发苍苍，一切不是往日模样，我昔日的爱人，我遥远的梦想……"萧宇和美惠子同时沉醉于老人的歌声之中。

李继祖在第二天到达了唐户，他来到这里的第一件事情就是专程拜访了萧宇。两人现在的利益可以说是息息相关，这让两人的关系变得空前融洽。

两人在酒店的咖啡厅见面，李继祖此行带来了三禾会中八名最能打的红棍，其中的大多数人都跟萧宇在香江花炮会的时候交过手，也算是不打不相识。

李继祖先是问了一下嘉南的情况，然后说："渡边本一这次看来真的不行了，木村龙郎和黑木广之都在等着这老家伙咽气。"

萧宇不无忧虑地说："我们现在出现会不会被他们之间的争斗搅和进去？"李继祖笑着说："所以我们事先要做足功夫，两派的人物都要拜访，把宝平均押在两边，无论谁当上社长，深水港的合同都是我们的。"

萧宇说："这样一来我们的投入会加倍！"李继祖点点头："这些跟深水港的工程比起来，根本不值一提。"

萧宇和李继祖拜访的第一个对象就是黑木广之，他是山海组内部温和派的代表，放弃深水港的计划就是他提出来的。

黑木广之，现年四十六岁，擅长柔道搏击，性情内敛，因为曾经就读于早稻田大学，专修东瀛历史，在山海组中有教授的称号。

黑木广之有个众所周知的嗜好，就是喜欢观看相扑运动，自己拥有全唐户最大的相扑道馆——黑泽道。

萧宇和李继祖来到道馆时，六名相扑队员正在捉对训练，"嗨哈"之声不绝于耳。一群体重三四百斤的庞然大物缠抱推搡着，据听说两名相扑高手猛烈相撞产生的合力能够达到800公斤以上。这些壮硕的小伙子浑身赤裸，只用丝带缠住腰部和下身，但头发却梳理得十分整齐。不同款式的发髻高高地盘在头上，显示着各人不同的性格，这是他们作为相扑力士的象征。

## 女体盛宴

这时那六名相扑队员停下训练，晃动着小山一般的身体向他们两人走了过来。李继祖的东瀛语相当流利，他向为首的相扑选手说明了来意。

那名选手居高临下地看了看萧宇，不屑地摇了摇头。他向李继祖叽里呱啦地说了句什么，李继祖连连摆手，他不由分说地推开李继祖向萧宇走了过来。

李继祖在身后说："萧宇，这家伙说你取笑他，要跟你比试一下！"

萧宇看了看那小子的分量，他的体重最少要有三百五十斤，自己跟他根本不是一个级别的。那小子两只肥硕的大脚丫子在地上重重一顿，震得地面都颤动了起来。

萧宇硬着头皮向他做了个手势，他也脱下了外衣，露出一身古铜色的皮肤，他的肌肉相当匀称，充满了力度和美感。

对付这种大块头的家伙，只能智取不能硬拼。萧宇大叫一声，一拳闪电般勾向对手的下颌，那小子头向下一低，拳头落在他胖胖的脸上，萧宇仿佛打在一个充气垫子上。这一拳立刻将对方的怒火点燃了，他挥舞着双臂，不顾一切地向萧宇推来，萧宇向后退了两步，抬脚踢向他的小腹。对方根本没有闪避的意思。

萧宇的脚仿佛踢中一个巨大的棉花团，力量被他腹部厚厚的脂肪层缓冲吸收。这小子肚皮猛然一顶，一股巨大的反弹力传到萧宇身上，萧宇跟跟跄跄向后退了几步，撞在身后两堵厚厚的肉墙上。身后的两名相扑手肚子也是一顶，萧宇又被反弹着冲向前方的对手。

那小子已经挥动着两条白胖的手臂，准备把萧宇推出去。萧宇哪会给他这个机会，他借着对方传来的反冲力，身子腾空而起，右脚踏上了对方的肩膀，左脚向后重重扫在他的后脑上，对手本身就是全力前冲，他根本没想到萧宇能够用这种方式来到他的身后，这等于萧宇在身后推了他一把。

他登时立足不稳，庞大的身躯向两名同伴扑倒过去。这帮相扑选手力量虽然巨大，可是他们的移动却十分不灵便，两人再想躲避，已经来不及了，三人如同三座小山一般轰然倒在了地板上。

萧宇这下好像捅了马蜂窝，六名相扑选手全部向他的身边围拢过来。李继祖用东瀛语拼命地解释，被其中一人一把推了一个踉跄，险些摔倒在地。这时他看到楼上一个身穿武士服的中年东瀛人微笑着向他示意，李继祖认得眼前的这人就是山海组的实权人物之一黑木广之，黑木广之示意他不要打扰场中的打斗，显然这场功夫对相扑的表演引起了他的极大兴趣。

萧宇一边变换着步伐，一边向道场的墙边退去，刚刚被他推倒的对手率先向他发起了进攻。萧宇猛然向墙壁跑去，借着全力的冲刺，他跑上墙壁将近有两米的高度，在空中一个侧向反踢，右脚横扫在对方的下颌。面对六名庞然大物让他下手不敢有任何的留情，这一脚用上了十足的力量，那小子被踢得惨叫一声，鲜血混合着两颗牙齿从嘴中飞了出去。

萧宇采用的是绕墙跑的战术，他的力量虽然不及对方，可是胜在身体灵活，几圈下来，对方一个个累得气喘吁吁。

这帮脑满肠肥的家伙居然不是太傻，他们从六个不同的角度向萧宇围拢过来，慢慢把萧宇逼到了墙角。

萧宇怒吼一声，以同样的方式跑墙，借助墙的支撑力在空中连续踢出三脚，三名对手先后倒地。萧宇身躯刚刚落下，一名对手已经张开双臂将他整个身躯揽在了怀中，巨大的挤压力几乎要让萧宇窒息过去。

李继祖担心地看了看楼上的黑木广之，他仍然没有喊停的意思。

萧宇反手抓住对手的发髻，用力地撕扯下去，那小子惨叫一声，手臂不由自主地松了一下，萧宇抓住这难得的时机，手肘向后重重捣在他的鼻子上。刚刚挣脱他的束缚，另外两名相扑手一左一右夹击过来，妄图用他们肥胖的身躯将萧宇挤成肉饼。萧宇一脚踢中右侧相扑手的下阴，对方痛苦地跪倒在地上。

萧宇的右手闪电般击向最后一人的脸部，他知道这种攻击不会带给对方太大的伤害，便用两根手指抠入了对方的大鼻孔。

那名相扑手的整个脑袋向后仰去，咽喉暴露在萧宇的面前。

萧宇左手一个反切向他的咽喉斩去，这时他听到了楼上的掌声，这个动作也停留在半空之中。

黑木广之慢慢地走到萧宇面前，他欣赏地点点头，然后用东瀛语向李继祖说了句什么。李继祖笑了起来，他用东瀛语回答了一句，然后向萧宇解释："他以为你是我的保镖，我告诉他，你是嘉南的帮会大哥。"

萧宇呵呵笑了起来，黑木广之请两人来到茶室。这间茶室并不大，大概有四叠半榻榻米的面积，小巧雅致，结构紧凑。室内设置壁龛、地炉和各式木窗，右侧有水间。床间中挂着几幅水墨字画，旁边悬挂着竹制的花瓶，瓶中点缀着这个季节常见的花朵。

东瀛人相当注重形式，茶道就是其中最为典型的一种体现。茶道讲究典雅、礼仪，使用的工具也是精挑细选，品茶时更配以甜品。茶道已超脱了品茶的范围，东瀛人视之为一种培养情操的方式。

进入茶室后黑木广之率先向两人鞠躬敬礼，萧宇依样画葫芦，跟着李继祖回敬了一个躬。黑木广之和萧宇对面而坐，李继祖因为是主客坐在黑木广之的上手。

一名瘦小的中年女茶师端着一个托盘，上面放着风炉、茶釜、水注、白炭走了进来，她在屋角的铜盆中洗净双手，然后用白色绵巾擦干，同样的形式重复了三次，才跪在榻榻米上生火煮水。她从香盒中拿出少许的香在香炉中点燃，然后重新洗净双手，为他们奉上甜品。萧宇多少懂一些饮茶的知识，知道这是为了避免空腹饮茶伤胃。

这时水开了，女茶师开始泡茶。用来饮茶的茶具十分精致，有点类似中国的景泰蓝。

黑木广之左手托碗，右手五指持碗边，跪地后举起茶碗，高度与自己的眉毛相齐，然后将茶碗递到李继祖的面前，李继祖恭恭敬敬地接过茶碗，饮了一口，然后传给萧宇。

萧宇心中忍不住骂："真小气，喝茶还要这么多人喝一碗！"其实这是茶道中的一个规矩，代表对客人的尊敬。

黑木广之和李继祖开始用东瀛语交谈，萧宇不懂东瀛语，根本不知道他们在谈论什么，不过从两人不断的笑声中可以看出，他们交谈得十分融洽。

萧宇在无聊的等待中度过了整整两个小时，好不容易等李继祖和黑木广之结束了谈话，一走出道馆的大门，萧宇就迫不及待地问："你们究竟在谈什么？"

李继祖笑了起来："都是些东瀛的文化风俗！"

萧宇目瞪口呆地说："你没跟他说深水港的事情？"

李继祖摇摇头说："东瀛茶道讲究用心体会，最忌讳谈论金钱这些世俗话题，生意就更加不能提了。"

萧宇叹了口气："早知道这个样子我压根就不会来。"

李继祖说："你难道没看出来，黑木广之相当欣赏你，一个良好的印象等于一个成功的开端。"

经过渡边美惠子的安排，萧宇前往位于唐户市中心的劳灾医院，探望了正在那里养病的渡边本一。

萧宇没有想到眼前这个奄奄一息的老人就是那个叱咤风云的枭雄，渡边坐在窗前的轮椅上，目光呆滞地望向窗外，他花白的头颅因为虚弱无力而歪向右肩。他原来的身材应该很高大，可现在只剩下皱褶的皮肤包裹着粗大的骨节。

他也许正沉浸在自己的世界里，对身外的一切都已经没有感觉。萧宇将鲜花插在他床头的花瓶中，渡边本一的嘴角流出一丝浓痰，曾经在东瀛呼风唤雨的他，竟然沦落到无法控制一口痰的地步。

萧宇的内心感到一阵悲凉，这种结局对渡边本一这样的枭雄来说无疑是最为残酷的。

一名护士走了进来，从鼻饲管中打入乳状的食物，渡边的眼睛忽然亮了一下，然后重新归于黯淡。

美惠子充满忧伤地说："已经整整三个月了，渡边先生的病情非但没有好转，反而越来越重，院方已经通知我们为他准备身后事。"

萧宇叹了口气："如果我将来有一天变成这个样子，我情愿死掉。"
美惠子的娇躯一震，她的美眸中露出无比关切的神情，可是刚一接触到
萧宇的目光，她马上又垂下头去。

美惠子说："今晚山海组专门为你们准备了洗尘宴会，你会出席吗？"
萧宇点点头。美惠子提醒他说："你要注意木村父子，他们对你始终不怀
好意。"

萧宇小声说："你依然很关心我！"

美惠子轻声说："我会关心我的任何一个朋友……"

因为渡边本一目前的状况，晚宴由黑木广之和木村龙郎共同主持。

萧宇和李继祖等人踏入晚宴会场时，眼前的景象让萧宇瞠目结舌。
宴席设在和式的建筑物中，室内布置简洁，一幅古画，一盆观叶植物，
还有古瓷花瓶等古玩，以显示古朴、高雅。室内十分凉爽，围绕正中的
植物，十名赤身的少女呈花瓣状排开，这就是举世闻名的女体盛。室内
要求凉爽，旨在防止出汗。她们所有的人都采用仰卧位，整个人宛如一
只洁白的瓷盘。

这时候，黑木广之和另外一名穿着褐色和服的中年男子向他们迎了
过来，李继祖和萧宇笑着向他们走去。

这是萧宇第二次见到木村龙郎，他大约五十岁左右，身材魁梧，面
部的线条像大理石一样硬朗，方型的面孔，小平头，黑色头发如同板刷
一样直立。胡须刮得干干净净，显得轮廓分明。他眉毛又黑又直，双目
锐利而冷酷。他的两片嘴唇合成薄薄的一条线，整个人越发显得孤傲，
不易接近。

李继祖用东瀛语和他们打了个招呼，黑木广之在道馆已经见过萧宇，
他主动和萧宇握了握手，木村龙郎则冷冷盯了萧宇一眼。因为美惠子的
事先提醒，萧宇对他的态度早就有了准备。

众人在主办方的安排下逐一进入自己的位置，霍远的目光自始至终
都停滞在这些少女的身上。

在黑木广之致欢迎词以后，助工从厨房里端来一大盘各种寿司，熟练而快捷地摆放在女体盛的身上，一刻也不得耽误，因为东瀛人认为寿司只有在刚做好的时候最有味。

在"女体盛"身上摆放寿司十分有讲究，根据每种寿司的滋补作用摆放在女体盛身体的特定部位。蛙鱼会给人以力量，放在心脏部；旗鱼有助消化，放在腹部……如今这种讲究逐渐淡化了。寿司摆放的数量不能太多，否则女体盛的身体将全被盖住，影响食客欣赏"美器"。经寿司装饰的女体盛，犹如一件精美的工艺品。

众人开始下筷品评，萧宇注意到左厚义坐在自己的对面，暴龙一双充满怒火的眼睛始终在盯着自己，他对萧宇的仇恨从来不加以掩饰。

萧宇故意向他举起了酒杯，悠然自得地一口饮尽，这更加激起了暴龙的愤怒，如果不是隔着这么远的距离，他早就冲上来扼住萧宇的喉咙。

萧宇淡然地笑了起来，他从来都看不起暴龙这种头脑简单的家伙，他的愤怒只会给自己的主人造成不便。

左厚义显然看出了暴龙的愤怒，他向暴龙使了个眼色，让暴龙压制住怒火，如果他在这个时候发作起来，会让左厚义异常尴尬。

晚宴快要结束的时候，木村茂从主人席中站了起来，他径直向萧宇走来。萧宇冷静地看着他，这次他肯定是来者不善。

木村茂用东瀛语说："听说你一个人就打败了六名相扑手，还说我们山海组没有真正的高手？"李继祖把这句话翻译给萧宇，萧宇暗骂木村茂故意挑起争端，他这句话不但让黑木广之的面子上难看，还让在场的所有山海组成员义愤填膺，所有的焦点一下子都集中在自己的身上。

萧宇淡淡地笑了笑："这就是你们东瀛人的待客之道？"李继祖为他翻译了过去。

木村茂冷笑了起来："我们东瀛人只会善待有诚意的客人，对于你这种人我们是不会把你当成客人的。"

李继祖原封不动地将木村的话翻译了过去，萧宇站起身来："这是你的意思，还是山海组的意思？"

"我的意思就是山海组的意思！"木村茂的态度相当强硬。

可这句话却引起了旁观者的极大反感，黑木广之无疑是反对最为强烈的一个。他大声说："萧先生是我请来的朋友，也就是山海组的朋友，你不会不给我这个长辈一点面子吧？"

木村茂就是再嚣张，在黑木广之的面前他也不敢太过放肆。

木村龙郎大笑了起来，他的笑声异常刺耳："黑木兄何必跟小孩子一般见识，他只是看到你的相扑手被别人击败，想替你找回面子！"

黑木广之的一张脸气得铁青，这父子俩故意一唱一和，在众人面前奚落自己。

木村茂左手指向萧宇："我跟你单对单地打上一场，看看是你们中国功夫厉害还是我们东瀛国术威风！"

胡忠武也看出这小子在故意挑衅，他站起来对萧宇说："阿宇，我跟他打！"萧宇见识过木村茂的真正实力，香江花炮会的时候木村茂曾经败在朱侯的手下。胡忠武的真实水平和朱侯在同一档次，由他来对付木村茂应该稳操胜券。

可是木村茂今晚的矛头直接指向自己，如果让胡忠武顶替，恐怕会被这帮东瀛人看不起。除此之外萧宇还有一个想法，木村家族和黑木广之之间的矛盾就是瞎子都能看出来，如果他打败了木村茂，等于当着众人灭掉了木村家的气焰，为黑木广之讨回了颜面，和黑木广之的关系肯定会更进一层。

萧宇点了点头："你想怎么打，我会奉陪到底！"

在场的华人帮会的大佬全都露出欣赏的眼光，即使是和萧宇站在对立面的方天源和左厚义也不例外，毕竟他们的内心深处也不想看到东瀛人如此嚣张。当然如果萧宇击败了木村茂，对他们来说更是好事，萧宇会跟木村家族的梁子越结越深，他们拿下合约的可能性又增加了几分。

场中的女体盛逐一离开了餐台，服务生将整个餐台收拾整洁。木村茂除下鞋子，光着脚板跳到餐台上面。

餐台长约十米，宽约四米，面积在四十平方米左右。胡忠武低声说：

"他的下盘很稳，看来腿功不错，你要多留心。"萧宇笑了起来："你放心，打东瀛人，我从来不用动员！"

萧宇也像木村茂一样脱下鞋子，跳上餐台。出席晚宴的所有人都围拢在餐台周围，他们都知道这场比赛不仅仅是为了私人恩怨，更重要的是木村茂想借这次事端挑起和华人帮会的矛盾。

两人依照礼节，向对方深深鞠了一躬，木村茂不等萧宇抬起头来，一拳已经勾向萧宇的下颌。萧宇早就知道这小子不会讲什么规矩，左手一个向外的推挡，格住他的来拳，右腿向他的小腹踢来。木村茂身体微微侧旋，护住裆下要害，右腿迎向萧宇的腿部全力踢出，俨然一副硬碰硬的架势。

胡忠武曾经专门交代过，木村茂的下盘功夫了得，萧宇对此已经有了心理准备，他的腿部在碰上对手之前，有一个明显的向后缓冲的动作，木村茂的攻击力顿时被他卸去了七分。萧宇抓住时机膝盖一弯，向木村茂的腿部关节顶去。木村茂怒吼一声，右脚回收，狠狠踏在餐台之上，足足有一寸厚的桌面被他一脚踏得从中间折成两段。

这半边餐台登时向中间坍塌，萧宇立足的桌面变成了倾斜向下，在这种情况下萧宇的身体已经无法保持平衡，一个前冲向木村茂的方向而去。木村茂踏断桌面之前早就有了心理准备，他的身躯沿着倾斜的桌面全速冲下，一拳击向萧宇的咽喉。

萧宇在仓促之间用双手握住了木村茂的来拳，木村茂空出的左手闪电般击打在萧宇的小腹上，萧宇的身躯被他这全力一击打得向后飞了出去，重重压在餐台之上。木村茂怪叫一声，冲向萧宇跌落的地方，身躯腾空飞起，双脚狠狠向萧宇的腰腹间踏去。

萧宇强忍疼痛一个向后翻滚，躲过这致命的一击。木村茂落下的地方，桌面裂出一道深痕，这还是他看到无法击中对手后收回了大部分的力量，他腿部的力量可见一斑。

萧宇慢慢地站起身来，他深深吸了一口气，以减轻疼痛对自己身体的刺激。

木村茂冷笑着摇了摇手指，示意萧宇根本不是自己的对手。

萧宇笑着揉了揉鼻子，向木村茂做了个放马过来的手势。这时胡忠武在下面大声喊道："萧宇！注意他的肩头，他出脚的时候，对侧的肩头有一个习惯的后缩动作！"

木村茂这时又习惯性地缩了一下左肩，萧宇的身体同时向右移动，果然不出胡忠武所料，他这次出的是右脚。萧宇的移动让木村茂右脚的攻击落空，无论是谁攻击的时候都是防守最为薄弱的时候，萧宇抓住时机，一拳重击在他的左侧肋下。他这一拳的伤害性要比木村茂打他的那拳大得多。

木村茂痛得惨叫一声，身体向后退了几步，在萧宇全力的攻击下他仍然能站立不倒，可见他的下盘本领实在是出众。

木村龙郎的脸上露出一丝担忧，他也是空手道高手，一眼就看出萧宇已经走出开始的颓势，儿子的弱点已经被对手识破，如果继续打下去，胜利的可能性已经很小。他看了看站在台下高喊的胡忠武，这个人显然是一个潜藏的高手，他虽然不懂他在喊什么，不过他每次的大喊都让萧宇的攻击变得更加犀利有效。

在场的每一个人都看出了木村茂已经落在了下风，黑木广之微笑着看向木村龙郎，他的意思很明显，你不是说我的手下都是废物吗？你儿子也不见得强到哪里去。

木村茂的脸上又挨了萧宇一拳，他最具威胁的腿现在根本发挥不出威力。萧宇笑着向他摇了摇手指。

木村茂气得双目血红，大吼一声，也不顾什么招式和套路，扑向萧宇，他绝不能在社团这么多人面前失败，这次拼着挨上萧宇两记，也要把对手置于死地。

胡忠武大声喊道："斩他喉头！"萧宇犹豫了一下，如果真的出手，木村茂这次不死也要重伤，可是如果手下留情，他整个人就如同疯狗一样，拼着同归于尽也要和自己见个输赢。

形势紧急，已经不容萧宇多想，他身躯微向前冲，一拳向木村茂的咽喉处击去。

木村龙郎的脸色猛然失去了血色，他距离餐台太远，想做出反应已经来不及了。

李继祖已经做好了离开的准备，如果萧宇打死了木村茂，这次别说是拿下合约，恐怕想活着离开东瀛都难。

萧宇的拳头距离木村茂的咽喉仅仅剩下一寸不到的距离时，黑木广之忽然出现在他们的身边，他的膝盖轻轻顶在两人立足的餐台下："你们玩累了就下来歇歇！"

餐台从中折断，拱起的台面让两人的身体都向后仰去，瞬间拉远了两人的距离。整个大厅变得鸦雀无声，每个人都知道黑木广之在关键的时候出手，将即将发生的惨剧全部化解。要知道从下面折断餐台，要比从上方难很多。黑木广之看起来毫不费力地做到了这一点，在场所有人中，有这种能力的只有胡忠武和木村龙郎。

黑木广之这一手漂亮到了极点，既保全了山海组的颜面，又给了木村父子一个教训，无形之间他在社团内部的威信又提高了一层。

萧宇擦了擦额头的汗水，向黑木广之友善地笑了笑，刚才如果不是他，自己还真的不好收场。木村茂脸色铁青，一言不发地来到父亲身后，惭愧地垂下头去。

黑木广之笑着说："萧先生和木村茂不分胜负，再比下去也没有什么意义，晚上我们社团还为各位贵客安排了其他节目，大家一定要尽兴而归……"

经过刚才的那场风波，萧宇对其他的节目自然没有什么兴趣，他和宋老黑、胡忠武直接返回了酒店，只有爱凑热闹的霍远还跟着其他人一起去潇洒玩乐。

# 05　充满血腥味的黎明

萧宇一边躲避着翻飞呼啸的子弹，一边寻找着最佳的藏身位置，惨叫声在他的身边不断响起，整个游艇顿时成为人间炼狱。又有十名黑衣人成功降落在甲板上，武器的优势让他们完全占据了上风。

## 忍者决杀

刚刚回到酒店，萧宇就接到了渡边美惠子的电话："你没事吧？"

"受了点轻伤！"萧宇本来想说自己没事，可是想了想还是说自己受伤好。

美惠子果然关切地问："你伤得重不重？"

萧宇说："如果你真的想知道，为什么不直接来看我？"

美惠子沉默了下去，许久才低声说："晚安……"

萧宇知道美惠子仍然打不开内心深处的结，也许他们的故事只能就此结束。

所有前来的竞争者都把自己整理的资料递了上去，剩下的事情就是等待，其实每个人都知道，这一切都是形式问题，山海组在转让合约之前肯定会对所有的竞争者经过一番彻彻底底的调查。

接下来一周的时间里，萧宇和李继祖不停地拜会山海组中的实权人物，通过渡边美惠子在一旁点拨，他们的办事效率要远远高于方天源的阵营。现在剩下的最大障碍就是木村父子，只要黑木广之成为山海组的新任当家，深水港的合约就稳稳地落在了他们手上。

萧宇和宋老黑抽空前往唐户附近的六甲山拜会青龙帮的元老之一林祖繁，通过宋老黑的介绍，萧宇知道林祖繁是目前青龙帮辈分最高的元老，他的另外一个身份是上任青龙帮帮主林祖盛的弟弟，即便是谭自在也要尊称他一声三叔。

林祖盛死后，本来最有资格继承帮主这个位置的是林祖繁，可是他居然主动放弃了，所以帮主之位才落到谭自在手中。

他们见到林祖繁的时候，林祖繁正在住所后的竹林中品茶看书。萧宇本以为林祖繁会是一个年逾花甲的老者，可是没想到眼前出现的竟是一个四十多岁的中年人，他的身材十分瘦小，身穿灰色和服，神情祥和，毫无暴戾之气，从他的外表根本看不出他是青龙帮辈分最高的元老。

宋老黑恭恭敬敬地向他鞠了一躬："三叔！"林祖繁抬了抬头，表情平淡如常，萧宇也尊敬地称呼了一声。

林祖繁指了指自己对面的竹椅，两人规规矩矩坐了下来。

宋老黑说："三叔！这次我来……"

林祖繁不等他说完就打断了他的话："如果你是来找我聊天喝酒，我绝对欢迎；如果你想和我谈青龙帮的事情，那么你最好现在就回去！"

宋老黑有些尴尬地咳嗽了一声："三叔……"

林祖繁离开竹椅站起身来，宋老黑猛然跪倒在地上："三叔！青龙帮已经成了一盘散沙，兄弟们人心涣散，难道你就眼睁睁地看着林先生一手建立起来的事业毁于一旦？"

林祖繁停住了脚步，他叹了口气："老黑！你先起来。"宋老黑大声说："你不答应跟我回离岛，我就永远跪在这里！"

林祖繁说："你难道还不明白，现在的江湖已经跟原来不同，即使我去了离岛对青龙帮也不会有太大的帮助！"

"不！你在兄弟们心目中的威信仍然很高，如果当年不是你主动放弃了帮主的位置，那么现在领导我们的仍然是你！"宋老黑激动地说。

林祖繁淡然笑了一声，他来到宋老黑的面前扶起了他："如果想跪也要等陪我吃完这顿饭以后。"

饭菜很简单，一碟泡菜、一碟辣椒，此外就是四个清淡的素菜，林祖繁笑着说："你们不要说我刻薄，我这里离市区比较远，你们又是突然到访，这些已经是我能准备的最丰盛的午餐。"

虽然没有什么好菜，可是酒却是上好的茅台，林祖繁解释说："我已经很少喝酒，这些酒是七年前一个朋友送给我的，一共六瓶，到现在还原封不动地放在屋里。"

宋老黑把萧宇介绍给林祖繁，林祖繁本来以为萧宇也是青龙帮的人，通过宋老黑的介绍才知道，萧宇早就已经脱离青龙帮自立门户。

时而有鸟鸣声从林中传来，清风吹过通体舒泰。林祖繁一边饮茶一边说："我从十一岁起就跟在大哥身边闯荡江湖，从那时候起我的内心就再也没有得到过一天的安宁。"

宋老黑知道他这句话的含义："三叔！你忘了当年威风八面、豪情万丈的样子……"

林祖繁笑了起来："威风八面？江湖上越是威风的人，他内心的恐惧感就越强，没有人会例外！"他看了看萧宇，"如果我可以从头来过，如果我现在还像你一样年轻，我绝对不会踏足江湖半步！"

宋老黑心有不甘地说："为了林先生你也该考虑一下！"

林祖繁的目光中流露出一丝感伤："你们知不知道是谁劝我离开了江湖这个是非之地？"宋老黑没有说话。

林祖繁缓缓说出了答案："就是我死去的大哥，我永远记得他对我说过的话，离开离岛，离开江湖，不要在乎任何名利，去过一种能够把握自己命运的生活……"

萧宇和宋老黑同时沉默了下去，他们都已经明白，林祖繁不会回去……

送他们离开的时候，林祖繁送给他们一句话："青龙帮已经不存在了，忘了青龙帮，忘了我！"

汽车缓慢地行驶在盘山公路上，宋老黑自从离开后，始终一言不发，萧宇能够体会到他此刻恶劣的心情。他打开了车顶的天窗，让阳光和山风透入车内的空间。

萧宇忽然留意到前方的路段上有两棵竹子倒在路的中心，他踩住了刹车，向宋老黑说："我去把竹子移开！"

萧宇来到竹子前，忽然一种不祥的感觉出现在心头，萧宇抬头望去，只见一张巨大的渔网从天而降，没等他做出反应，整个身体就被渔网困在里面。两名蓝衣蒙面的忍者从路两旁的竹子上迅速滑下，他们手中分别扯着两根和渔网相连的绳索，萧宇在他们的牵扯下被高高悬挂在半空。

宋老黑根本没来得及做出反应，一名忍者就向汽车上掷出一枚烟幕弹，白烟笼罩在汽车的周围，宋老黑的视野变得一片模糊。

他听到汽车声从身前驶过，浓烟中一定含有催泪弹的成分，宋老黑用手捂住了口鼻，仍然被呛得鼻涕眼泪直流。

等到烟雾散去，那两名忍者和萧宇全都不知所踪，宋老黑慌忙掏出手机，联系了所有能够帮忙的人。

萧宇清醒过来的时候，他的双臂被人结结实实地捆住，眼睛也被人用黑布蒙住，两名陌生人一左一右坐在他的两侧，从身体传来的感觉萧宇知道，这两名绑架者是女人。

"你们想要什么？"萧宇说，他马上意识到这是徒劳的，对方根本听不懂自己说的话。汽车在高速行进，萧宇心中暗暗盘算着行进的时间，过了四十分钟左右，汽车终于停了下来。

两名绑架者押着萧宇走下车去，他听到生锈铁门开合发出刺耳的声音，然后他被推着走入了一个阴冷空旷的通道，走了大概二百步左右，他们开始下楼梯。一股刺鼻的霉味传来，萧宇估计这可能是一所废弃的地下设施。

下到最底层，他们又推着萧宇走了一百步，其中一人打开了一扇铁门，另外一个人将萧宇推了进去，解开了蒙在他眼睛上的黑布。透过屋内昏黄的灯光，萧宇看出绑架自己的两名忍者都是女性，身材高挑的那名忍者说了句什么，然后两人锁上房门离开了这里。

一种莫名的孤寂笼罩住萧宇的内心，他甚至不知道对方是谁、绑架自己的真正目的是什么。

借着灯光萧宇看到这是一间不足八平方米的小屋，由于处在地底，整个空间中充满了霉味，墙角放着一张小床，上面连被褥都没有。

萧宇慢慢走到床边，躺了下去，现在的他除了休息和等待，没有任何的办法可以脱离眼前的困境。

这是一个漫长的夜晚，萧宇不但要忍受寒冷和饥渴，还要时时防备着到处穿梭的老鼠。萧宇将一个个可能绑架自己的人分析了一遍，最后他把最大的嫌疑放在了木村父子的身上。可是有一点他还是想不通，如果真的是木村父子做的，他们大可以一枪杀了自己，何必要把自己关押在这个不见天日的地方，难道他们想慢慢折磨自己？恐惧占据了萧宇的内心，难道自己注定要死在这个没人知道的地方？

铁门开启的声音将刚刚睡过去的萧宇惊醒，他向门外望去，一名蒙面的忍者从铁栅栏的空隙放了两碗饭在地上。萧宇大声说："我被绑着怎么吃啊！"他一边说一边摆动着被捆绑的手臂。那名忍者向他招了招手，示意他来到门前转过身去，然后从腰间掏出短刀，割断了萧宇身上的绳索。

萧宇端起地上的饭菜，狼吞虎咽地吃了起来，饭菜居然还不错，看来这帮忍者并没打算折磨自己。

"Water！"萧宇用英语要求着，那名忍者为他倒了一杯水，萧宇大口喝了起来。可能是喝得太急，他忽然被呛住了，剧烈地咳嗽了起来，整个面孔都涨得通红，他拼命挥舞着手臂倒了下去，食物沿着他的嘴角流了出来，他的身体开始痛苦地抽搐起来。

那名忍者慌忙打开了房门，试图按住萧宇的身体，萧宇忽然微笑着说："我现在还没有打算死。"然后他突然行动了，飞起左脚踢在忍者的小腹。忍者痛得惨叫一声，他的应变相当快捷，倒退的同时已经拔出了短刀，在稳定了身形之后，一个突然的反冲，一刀向萧宇的胸口刺来。

萧宇准确地抓住了他的手腕，空出的那只手一拳击打在忍者的下颌。忍者被他的这下重击打得昏迷了过去。

萧宇把他拖到床上，自言自语地说："让你尝尝和老鼠做伴的感觉！"

他扒下那忍者的衣服，换在自己身上，然后跨出牢门，将门拉上锁好，取下钥匙。

萧宇小心翼翼地走过外门，黑漆漆的过道上找不到一个人影，于是他锁上门，沿着过道来到螺旋形扶梯前，飞快地爬了上去。因为不清楚外面的情形，萧宇加倍小心，不时地停下来，听听是否有什么动静。他知道这帮行动有素的忍者是经过特殊训练的，而且他们的人数不详，单凭自己一个人的力量很难应付。

他来到了最上层的通道，水滴沿着上面的水泥缝隙不断滴落在地上，就像一片荒原，他一路上没有遇到一个人影，直到来到通道的出口处，才看到外面有一名蓝衣忍者在不远处巡视。萧宇蒙上蓝色面罩，向外大步走去，那名忍者听到动静，向他大声说了些什么，萧宇笑着来到那人的面前，他突然出手，那名忍者被打了个措手不及。

在这种时候来不及思索，说时迟，那时快，萧宇的胳膊已经扼住他的脖子，这名忍者丢下了军刀，想用手抓萧宇的胳膊，但是萧宇已经先下了手，左臂从身后扼住他的脖子，右拳击打在他的颈侧。感到忍者瞬时瘫软在自己身上了，萧宇才抓起地上的军刀，向铁门飞奔而去。

这时大门的前方出现了五名忍者的身影，中间的一人身穿黑色和服，肌肤白皙如雪，长发在脑后挽了一个云髻，美丽的俏脸上充满了阴冷的杀机。萧宇笑了起来，这东瀛女郎正是曾经刺杀过他的香织美纱，绑架自己的人终于浮出水面，看来是雪舞姬策划了这次绑架。

香织美纱将手中的东洋刀缓缓举起，上次萧宇对她的羞辱她仍旧记忆犹新，其余四名忍者分别散向四周，守住萧宇可能退走的任何一个角度。

萧宇笑着说："怎么？是不是想跟我单挑？"目光却落在香织美纱高耸的胸部，香织美纱似乎意识到了萧宇在想什么，俏脸红了起来，她娇叱一声，双手举刀向萧宇冲了上去。

萧宇对香织美纱的身手已经十分了解，他丝毫不敢大意，手中军刀迎向对方，双刀在空中相撞，尖锐的金属摩擦声不时响起。

香织美纱招数十分精巧，攻守有度，萧宇对刀术本来就没有什么太深的研究，在对方精妙的刀法面前渐渐显得力不从心。好在香织美纱并没有对萧宇痛下杀手，几次能够刺伤萧宇的时机都因为她的犹豫而错过了。

萧宇已经看出对方并没有伤害自己的意思，他利用对方的这一心理，干脆放弃了防守，每一招都拼着同归于尽的打法向对方进攻。

香织美纱毕竟是女流之辈，在力量上稍稍逊于萧宇，连续几次激烈的撞击让她开始气喘吁吁。她挡住萧宇的刀锋就势向下一滑，刀尖朝萧宇握刀的右手刺去。她已经看出如果不刺伤对手，很难将他擒获。

谁想到萧宇的身子向右倾斜了一下，这下变成了刀尖朝向他的心口。萧宇也是走了一个险招，香织美纱果然一惊，已经刺到中途的刀尖猛然向后回收。萧宇抓住这难得的时机，弃去手中的军刀，双手准确地抓住了香织美纱握刀的手腕。

他全力一拉，将香织美纱的娇躯拉入了自己的怀中，左手就势夺过香织美纱的东洋刀，反转刀刃，刀锋紧紧贴在香织美纱细嫩的颈部，森冷的刀气让她白嫩的皮肤泛起了一层鸡皮疙瘩。

萧宇险中求胜，成功俘获了香织美纱，有她在手，那帮忍者投鼠忌器，全部不敢上前。萧宇大声说："给我一辆加满油的汽车，否则我就一刀杀了她！"他正想用英语说一遍，没想到香织美纱用生硬的国语说道："你不会得逞的！"

萧宇笑了起来，刀锋在她的颈部轻轻动了动："如果你不信，可以跟我赌一次！"他怒吼起来，"快把我的意思告诉他们！"

香织美纱叹了口气，用东瀛语对那几名忍者说了些什么，一名忍者向车库的方向走去，没多久他开着一辆黑色丰田来到萧宇面前。萧宇押着香织美纱来到车内，一把扯下她和服上的腰带，香织美纱惊恐地大叫起来。

萧宇笑着说："别误会，我只是借用一下。"他用腰带将香织美纱的双手反绑，用安全带将她固定在副驾驶的位置上，然后检查了一下油表，确认油已经加满，才启动了汽车。

萧宇成功地逃出生天，心情十分愉快，他得意地哼起了小曲。香织美纱狠狠地瞪着萧宇："放了我！"萧宇呵呵笑了起来："你头脑这么简单？我被你平白无故地关了一天，就这么容易跟你算了？"

香织美纱气愤地说："你究竟想怎么样？"萧宇边开车边说："乖乖把幕后的指使人供出来，否则……"萧宇做出一副色迷迷的样子。香织美纱的目光中露出恐惧的神情，她坚决地说："没有人指使我，这件事是我一人策划的！"

萧宇一手抓住方向盘，一手揪住她的耳朵恶狠狠地说："小心我把你先奸后杀，然后抛尸荒野！"香织美纱紧紧闭上了眼睛，两颗晶莹的泪水沿着她的面孔缓缓滑落。萧宇看到已经把她吓哭了，也没有再继续恶搞下去。汽车在山间公路上回旋行驶，天色渐渐暗了下来，路旁的交通标志显示距离下山进入主干道还有十多公里。

这时香织美纱忽然剧烈地喘息起来，脸色变得有些青紫，萧宇开始还以为她是故意装出来的，可是看到她的口唇也变成了紫色，才慌张了起来。

香织美纱竭尽全力的说："我……我的怀里……有哮喘药……"萧宇连忙伸出左手探入她的怀中，不经意又触及香织美纱的诱人双峰，却没有找到她说的哮喘药。

他忽然看到香织美纱露出狡黠的神情，马上意识到自己犯了一个低级错误，香织美纱充满力度的膝盖重重顶在萧宇的小腹，萧宇痛得弯下身去。汽车顿时失去了控制，向路旁的高崖下冲去，香织美纱显然没有充分考虑到这个后果，死亡的恐惧布满了她的每一根神经。

汽车在空中翻腾下坠，两人的身体彼此挤压到了一起。萧宇也惊恐地大叫了起来，车身忽然剧烈地震动了一下，然后晃动了起来，过了很久才平稳住。透过车子的前窗，萧宇看到一根巨大的枝丫伸展在汽车的前方，他倒吸了口冷气，如果没有这株生长在高崖上的松树，他们此刻肯定已经粉身碎骨。

香织美纱双手被缚，整个身子都靠在萧宇的肩头，萧宇尝试着打开车门，可是两扇车门由于挤压全部变形，萧宇不敢用全力去推门，生恐自己的动作会引起汽车剧烈的晃动而坠落下去。香织美纱小声提醒说："天窗！"萧宇按下了天窗的控制键，幸运的是天窗并没有因为撞击而损坏，在沙沙声中天窗缓缓开启。

萧宇先解开了绑在香织美纱身上的腰带，然后伸手抓住天窗上的树枝，确信这根树枝足以承受自己的重量，才放心地攀爬上去。爬上树枝，萧宇看清了周围的环境，他用双腿攀住树枝，做出一个后仰的动作，手臂伸入了车内。香织美纱探出手去，可就在这时，车下的树枝发出一声清脆的断裂声，车身突然倾斜。

萧宇和香织美纱同时发出一声惊呼，香织美纱的身体失去了平衡重重撞在车门上，车门被她的身体撞开，她尖叫着向下落去，双手在身体完全掉出汽车以前抓住了安全带。

萧宇也被吓出了一身冷汗，他迅速解下腰带，向香织美纱的头顶垂了下去。"抓住它！"萧宇大声地喊。

香织美纱尝试了好多次，才抓住了皮带的末梢，萧宇用尽全力将她的身体一点点拉出了汽车。

车身又是一震，车底的树枝终于承受不住它的重量，完全断裂开来，汽车向山下坠落，香织美纱的身体悬挂在半空。

过了很久山下升起火光，传来隆隆的爆炸声。萧宇的头上满是汗水，他一边向上拉着香织美纱，一边说着轻松的话题，以分散香织美纱的恐惧。他的手终于握住了香织美纱的手腕。


## 海上惊魂


香织美纱凭借着他的力量，用腿部勾住了树枝，她的秀腿晶莹而修长，在月色中泛出美玉般的光泽。两人终于爬到了松树的主干上，从这里可以看清，松树在悬崖扎根的地方有一个大约两平方米的狭长石台，两人慢慢向石台爬了过去，香织美纱显然经过这方面的训练，很轻易地就来到了石台上面。

萧宇就困难得多，他一点点挪了过去，足足耗费了五分钟的时间。两人惊魂未定地面对面站立，由于空间过于狭小，他们的身体几乎紧贴在一起。萧宇现在的模样多少有点狼狈，腰带在刚才不小心落下，裤子也滑下了小半截，香织美纱性感的娇躯，偏偏又撩起了他潜在的欲望。

香织美纱敏锐地觉察到了萧宇身体的变化，她的俏脸变得通红，好在自己的羞态在夜色中并不明显。萧宇的呼吸声清晰可见，他笑着说："没想到我们成了落难鸳鸯。"香织美纱咬了咬嘴唇："你不是好人……"她的语气却十分温柔。萧宇的身躯又向她挤压了过去："你怎么知道？"香织美纱的体温在不断上升，她在这狭窄的空间里，根本无处逃避。

萧宇的手毫不客气地放在她充满弹性的秀腿上，香织美纱的娇躯一阵战栗，萧宇用力把她的娇躯揽入怀中，香织美纱发出轻声的呻吟。这时山顶传来尖锐的笛声，香织美纱从短暂的迷乱中清醒了过来，她也从腰间拿出一支铜制的短笛，应和着吹了起来。

萧宇猜出一定是香织美纱的同伴追踪到了这里，香织美纱整理好衣服和发髻，依依不舍地看了萧宇一眼："我的人来了！"萧宇点点头，这时高崖上垂下一条绳索，香织美纱率先向上攀爬而去。

萧宇爬到崖顶，六名手持武士刀的蓝衣忍者将他团团围住，萧宇的目光转向香织美纱。香织美纱咬了咬下唇，用东瀛语说了一句什么，那几名忍者放下了武器，转身向前方车子的方向走去。

香织美纱将其中一辆车的钥匙扔给萧宇："这里离唐户并不远，你应该能赶上今天中午的会议。"萧宇笑了起来，他的嘴唇做了一个亲吻的动作，香织美纱的面孔红了起来，她小声地用国语说："我会再来找你算账！"说完转身飞也似的向远方逃去。萧宇大声地在她身后喊道："你还没有告诉我，究竟是谁让你绑架我的？"香织美纱向身后挥了挥手，和手下迅速驾车离开了这里。

萧宇出现在宋老黑他们面前的时候，每个人都不敢相信自己的眼睛，宋老黑连蹦带跳地来到萧宇身边："我还以为你小子这次是壮士一去不复返了呢！"

萧宇笑着说："我福大命大，就凭那几个忍者能把我怎么样？"

胡忠武说："这两天我们可急坏了，但凡能够帮上忙的人我们都找过了。"宋老黑说："就差报警了，如果今天你再不回来，我就打算去警局。"萧宇留意到霍远并不在这里，有些奇怪地问："霍远呢？"

"他去了山海组那边问问有没有你的消息。"胡忠武回答说。

萧宇点点头，把这次的经过简单向两人讲了一下，然后又打电话通知李继祖自己平安无事。李继祖知道后也松了一口气，要知道今天中午就会公布最后的结果，他马上就来这里接萧宇一起前去。

萧宇匆匆忙忙洗澡换衣，等他忙完这一切的时候，李继祖的车也已经到了酒店的楼下。这次的会议选定在唐户近海的一艘大型游轮上。

李继祖的神情显得十分轻松，看来他对这次拿下合约已经是胜券在握："黑木广之在山海组内部的支持率很高，看来新任社长非他莫属。"只要黑木广之成为社长，合约就等于到了李继祖的手中。

萧宇皱了皱眉头，他可没有李继祖这么乐观，木村父子不会轻易放弃对权力的追逐，在这次的合约上，他们可能还会大做文章。

来到这艘名为东丸号的游轮前，这艘游轮是渡边本一的私人游艇，外表庄严典雅，同时具有欧亚融合的风格，舒适宜人，吸收了最新的科技成果。它拥有宽阔的楼梯、宽敞的甲板、现代风格的餐厅以及面积巨大的公共场所。船的传统的外轮廓与时髦的内部风格交相辉映，陆地上可以享受的娱乐项目在这里几乎应有尽有。最大的一个餐厅可供两百多人同时就餐，三层的游客活动空间，从船头到船尾，设两组电梯，并配有步行楼梯。

山海组方面的十几名骨干成员已经在那里等待，方天源和左厚义也已经抵达，萧宇他们竟然是最后到达的团队。

所有人到齐之后，游轮缓缓启动，山海组专门安排厨师制作了丰盛的菜肴，客人们开始在甲板上喝酒聊天，整个会议的气氛十分轻松，就像一个欢乐的派对。

萧宇从人群中搜寻着美惠子的倩影，然而最终还是失望了。游艇向公海的方向行进，木村茂端着酒杯来到萧宇的对面，他的目光中充满了挑衅的味道。萧宇笑着骂："看什么看，小心老子把你给阉了！"木村茂听不懂中国话，李继祖翻译说："萧先生说希望你们能成为朋友！"

木村茂恶狠狠地说了句东瀛语，转身向他父亲走去。李继祖望着他的背影摇了摇头："如果在香江，他恐怕不知要死上多少回了。"萧宇颇有同感地点点头。

这时黑木广之走上主席台发言，他先是对在场的客人表示欢迎，然后把话题转到合约的转让问题上，所有人的目光都集中在他手中一个大大的信封上，里面就是合约最终归属的答案。

萧宇的目光忽然被远方所吸引，在西方的天际，出现了大约三十个小黑点，排着整齐的队列向游轮的方向飞速靠近。萧宇最初的时候还以为那些是某种海鸟，可是随着那些黑点逐渐变大，他才发现那是一队控制着滑翔伞翼的黑衣人。

萧宇拿出随身携带的望远镜，向远方看去。

他们都是一身黑色的跳伞服、跳伞靴、黑手套、黑色防护帽、氧气面罩和防护镜以及形形色色的武器，包括 AK47、突袭自动步枪和斯酷比轻型自动枪，其中有几个人还携带着小型榴弹炮。

悬挂滑翔飞行器的机翼在空中如同一对大鸟的翅膀，飞行员在它的帮助下不断用身体做出各种动作，队形在不断地变换着，每个成员的动作协调一致，然后，以松散的队形朝下面的游艇滑翔。他们悬挂着的躯体在稀薄的空气中似乎纹丝不动。

游艇的雷达早就发现了这群空中的不速之客，本来他们以为是些鸟类，可是当目标越来越大的时候，他们才开始向上面提出警示。

在游艇上方大约五百英尺处，三组人都把他们的悬挂滑翔飞行器摆成了攻击队形。两个装备有榴弹发射器的人正好朝着游轮的尾部，他们被悬挂皮带吊着，腾出双手操作武器。两颗榴弹成弓形射出，一颗飞向游艇的舰桥，另一颗在上层甲板爆炸，炸开了一个大洞。

舰桥上的爆炸像突然喷出的一团白热的火球，上面负责警戒的两名枪手顿时丧了命，他们的尸体被气浪掀向空中，然后重重地落在甲板上。

在上层甲板上负责警戒的一名枪手，简直不相信他的眼睛和耳朵。他听到了两声爆炸，然后感到脚下的甲板在剧烈摇晃，接着，看到前方一个像史前大鸟一样的怪物在迅速逼近船首，从他们身上喷出迅猛的火力，他看到甲板上负责保安的人遭到霰弹猛击，像一窝耗子似的四散逃窜。他几乎本能地紧扣勃朗宁自动步枪的扳机，当他看到那个逼近的鸟样的怪物被自己的枪弹炸成碎片时，他的脑子里掠过一丝恐惧。

两个严格按照预定计划发射榴弹、率先发动反攻的人也受到了挫折。他们成功地攻击了上层甲板后，两人都将沉重的发射器扔下大海，然后迅速从胸前解下斯酷比轻型自动枪。眨眼间，他们两人在空中改变方向，向东丸号的尾部飞去，他们控制着滑翔飞行器的角度以便平缓着陆，解开皮带时，他们的胶底靴也刚好触到了甲板。在他们离着陆点才50英尺不到时，在上层结构的另一边，发出一声短促的爆炸，一颗榴弹将其中一人的右腿炸飞。他的身体垂在皮带里，发出大声惨叫，失去控制的滑翔翼开始倾斜，在空中滑出歪歪斜斜的一段轨迹，撞在他同伴的滑翔飞行器上。

第二个人被撞到一边，失去了知觉，整个滑翔翼在空中反转了过来，盘旋着失去了控制，高速冲向游艇的尾部，在游轮船尾的金属壁上被撞得粉碎。

还不到两分钟，这最初的震惊便消失了。在底层甲板和遭到打击的上层结构上，负责安全的枪手们开始判断眼前的形势，进行着一系列的反击。黑木广之和李继祖等人在枪手的保护下，开始有序地撤退。

几个悬挂滑翔飞行器在船的上空盘旋，喷射着火焰和死亡，他们一面找寻着主甲板上便于着陆的地方，一面极力保持高度。两个人从右舷俯冲下来，边俯冲边打掉了一组枪手，并躲避着从上层结构发出的火力。有四个人已经在船尾安全着陆，从腰带上解下榴弹，寻找着掩护物，向上层结构逼近。又有三个人在左舷降落时被打死了。

前甲板上的两组枪手都被打瘫痪了，随着火焰逐渐熄灭，另一对黑衣人控制着悬挂滑翔飞行器降落在甲板上。他们向甲板上投掷着手雷，爆炸声中，几名仍然在反抗的枪手被掀到了半空。

榴弹的硝烟掩护了三个在前甲板着陆的人，另外四个从船尾用榴弹和冲锋枪发动攻击的人已经占了上风，在上层结构上找到了立足点。战斗持续了将近半个小时，在这个充满血腥味的黎明，游轮上躺满了被榴弹炸死的尸体。

萧宇一边躲避着翻飞呼啸的子弹，一边寻找着最佳的藏身位置，惨叫声在他的身边不断响起，整个游艇几乎瞬间成为人间炼狱。又有十名黑衣人成功降落在甲板上，武器的优势让他们完全占据了上风。

木村茂冲入游艇的驾驶室中，大声命令船长将动力提升到最大。船长还没来得及做出反应，一颗榴弹回旋呼啸着射入驾驶舱内，木村茂被气浪掀了出去，首当其冲的船长被榴弹炸得四分五裂，游艇的操纵系统也变得一片狼藉。

木村龙郎怒吼着冲向儿子的方向，他一边奔跑，一边用手枪不断地向天空还击。子弹准确击中了一名正想降落的黑衣人，那名黑衣人的尸体盘旋着向甲板跌落。

萧宇看准时机，全速冲到那名黑衣人的面前，他从黑衣人的身上取下了斯酷比轻型自动步枪，这时又有两名黑衣人从空中向他的方向俯冲下来。

两人在空中就开始向萧宇开火，萧宇一个侧向翻滚躲到金属侧向板的后面，子弹在他的身后甲板上射出一连串的弹孔。

李继祖和其他人已经在枪手的保护下，向两艘救生艇的方向撤退，对方凶猛的火力将萧宇和救生艇分隔开来，萧宇尝试了几次，始终无法越过这道火力织成的屏障。

这时远处的海面出现了十艘高速行进的摩托艇，海浪在摩托艇的尾后拖出长长的白色水线，从空中俯视仿佛在大海中盛开了一朵白色的花朵。每辆摩托艇上都是两人配合，一个负责驾驶，后面的那个肩扛小型火箭炮。他们从不同的角度，高速向游艇靠拢，在距离游艇大约有二百米的时候，同时启动攻击。

火箭炮喷出十道白色的尾烟，十枚小型火箭弹呼啸着射向游艇的主体，他们显然没有顾及已经从空中登上游艇的同伴。

爆炸在萧宇的脚下响起，剧烈的震动让他的身体重重地摔倒在甲板上，刚刚得到的武器也失手飞了出去。

那些还没来得及降落的黑衣人，看到势头不妙，慌忙调转方向离开了同伴的火力范围。第二波的攻击又开始发动，小型火箭再次击中已经受创的船体，部分船体的甲板已经被完全击穿，海水迅速涌入了底舱。

逃入救生艇的人已经启动了引擎，两艘救生艇从不同的方向向包围圈外全速冲了过去。由于救生艇目标很小，转向灵活，火箭炮很难准确地击中救生艇。除了两艘留下继续开火的摩托艇外，其他的敌人已经全部驾艇去追击逃逸的救生艇。

萧宇已经感觉到游艇在不断地下沉，他竭力稳定住自己的情绪，在这种情况下，任何的慌乱只会干扰自己的思维。船上没有来得及逃跑的人呼号着向四处逃窜，空中盘旋的黑衣人不断向下面的目标倾泻着子弹。

萧宇这时才留意到甲板上死去的黑衣人身上背着氧气瓶，原来他们事先就穿好了潜水服，来应付海上可能发生的突然变化，刚才由于只顾着躲避子弹，忽略了这一点。

他拖住那黑衣人的脚踝，把他的尸体拖到对方火力无法达到的地方，然后迅速扒下了对方的潜水服穿在了自己的身上，萧宇从对方的背囊中还发现了一枝猎鲨枪。

船体已经开始倾斜，如果不抢在游艇沉入海面以前离开，那么船体完全没入水面时引起的漩涡，会将周围的一切卷入海底的深渊。萧宇带上氧气面罩从距离海面最近的位置，背身向后落了下去。

潜水服的防水性相当好，水温虽然很冷，但是仍然在人体可以承受的范围内。萧宇迅速向远离游艇的方向游去，他的目标是位于游艇尾部的摩托艇，只有夺下摩托艇，自己才有一线生机，单凭人力，根本没有办法游离这片海域。

萧宇利用潜泳向前方的摩托艇不断靠拢，他必须在不被对方发现的前提下来到他们面前。萧宇在水下大约五米的地方，这里的海水虽然很清澈，可是他并不担心对方能够发现自己，目前他们的注意力应该集中在正在沉没的游轮上。

萧宇在水下安装好了猎鲨枪，他绕行到摩托艇后方大约五米的地方开始上浮。这辆摩托艇距离他的同伴大约有一百米左右，萧宇要在不惊动其同伴的情况下干掉这两名敌人。

萧宇慢慢浮出了水面，海浪声掩饰了他出水的动静，他瞄准后面手持火箭发射器的蛙人扣动了扳机。一道银色的闪光从猎鲨枪中弹射而出，闪电般射入了那名蛙人的体内，箭矢似乎没有受到他肉体的过多阻碍，透过他的身体后又穿入了前面驾驶摩托艇的蛙人的后心。

萧宇没有想到猎鲨枪的威力会如此强大，两名蛙人登时被射穿，连声音都没来得及发出就落入了海中，鲜血随着翻滚的浪花染红了海面。

萧宇又惊又喜，原本以为要费上一番周折的事情竟然这么容易就办到了。

他第一时间爬到了摩托艇上，与此同时，那边的敌人已经发现了这里的变化，他们开始调转摩托艇的方向，向萧宇追击而来。

萧宇将马力开到最大，摩托艇拖出一道长长的水线，向正东方向全速驶去。

身后那辆摩托艇上的敌人弃去了手中的火箭发射器，端起脖子上悬挂的轻型冲锋枪开始射击，萧宇不断地扭动着方向，摩托艇在海面上蛇行前进。

这种前进方式有效地躲过了对手密集的火力，危险往往能激发一个人最大的潜能，萧宇初次驾驶摩托艇就已经表现出极强的控制能力。

熟悉摩托艇的操纵之后，他开始在海面上围绕一个巨大的圆圈行进，这种方式让他和对方的位置成为相互追逐。

枪声忽然停歇，敌人刚才的一通火力宣泄已经用完了枪内的子弹，他开始更换弹夹。

萧宇抓住这难得的时机，调转摩托艇的方向全速向对方冲去，两名蛙人被萧宇这同归于尽的举动吓得目瞪口呆，他们知道两辆摩托艇相撞会产生怎样的后果。

距离在飞速地缩小，十五米……十米……五米……萧宇将速度加到最大，他用尽全身的力量向上牵引摩托艇的方向把，这是他跟四震在摩托车上学到的技术。摩托艇腾空而起，在空中划出一道弧线，前方坚硬的金属尖端重重撞在两名蛙人的身体上。

两人连声音都没发出，就飞入了五米开外的海水中。萧宇好不容易才控制住晃动的艇身，没等他来得及喘息，空中两个驾驶滑翔飞行器的黑衣人就迅速向他靠近。

萧宇驾驶着摩托艇向海岸的方向行进，根据仪表上的显示，摩托艇上的燃油应该足够他回到岸上。

两名黑衣人仍然没有放弃对萧宇的亡命追逐，枪声在身后不断响起，萧宇摆脱目前困境的唯一方法就是依靠摩托艇的速度甩开对方。

滑翔飞行器要依靠风速和风向来控制，萧宇尽量选择逆风前进，这样可以有效地减慢对方的速度。

突然间他的右腿内侧仿佛被蚊虫叮咬了一下，然后一种异常灼热的感觉沿着他的神经末梢传遍了全身。

萧宇马上意识到自己中枪了，好在两名黑衣人已经被他远远地甩在身后。萧宇低头看了看腿上的伤势，子弹应该从大腿的内侧穿过，并没有伤到他的骨骼。

萧宇正在暗暗庆幸的时候，忽然听到引擎发出一声闷响，摩托艇的前方冒起了白烟，刚才的那颗子弹穿过自己大腿之后又射入了摩托艇的内部。一股浓重的油味散布在空气中，萧宇已经别无选择，他迅速从摩托艇上跃入了水中，刚刚沉入水下就听到一声沉闷的爆炸声，头顶的水面燃起了一片熊熊大火。

萧宇屏住呼吸，将氧气面罩重新戴在口鼻上，由于担心敌人追踪到这里，他在失火的水面下足足停留了十多分钟，才慢慢浮上海面。

此时的海面已经变得异常空旷，只有空气中还没有完全散尽的硝烟暗示着这里刚刚发生过的一切。

萧宇确信敌人全部离开后，这才放心地随波漂浮在海面上。

伤口经过海水的浸泡，疼痛开始变得越来越剧烈，萧宇划水的动作也因此而变得越来越缓慢，阳光毫无遮拦地洒落在身上，他的口唇开始变得干裂，难挨的饥渴反复折磨着他的意志。

萧宇的四肢开始变得酸麻起来，他知道自己的体力已经不能支持太长的时间。

根据他的初步估计，现在所处的位置距离最近的海岸至少要有二十海里，即使是他身体状态最好的时候也很难游回去，更何况现在他的右腿又受了枪伤。

萧宇绝望地发出两声大笑，连他自己都不相信幸运会再次降临在他的头上。

晚霞将整个海面染红，在萧宇的眼中那是鲜血的色彩，他不知道黑木广之和李继祖等人是不是已经成功逃离，这片广阔的海域仿佛只剩下他自己。

萧宇的体力已经达到了极限，全凭借着坚强的意志在苦苦支撑，不到他生命的最后一刻他绝不会放弃。

疲倦让他的思维渐渐开始混乱，过去的很多事情在他的脑海中一幕幕重现，他甚至没有力量继续睁开双眼，他的身体开始慢慢向下沉去。

"我不能死！"一个声音在萧宇的内心中拼命提醒着他，他的右手竭尽全力地摁在自己的伤口上，疼痛的刺激让他重新清醒了过来，他用力挥舞着手臂，以免自己沉入水底。

天色越来越暗，缺少日光照耀的海水迅速变冷，萧宇的嘴唇像他的脸色一样苍白，他的眼睛终于慢慢闭上，身体好像飘浮在云端，疲惫已经彻底摧垮了他所有的坚持和努力，如果未来是一场梦，那么他宁愿就此长眠不醒……

就在萧宇即将放弃的时候，忽然听到海风中隐隐传来轮船的汽笛声，开始他还以为一切都是自己的幻觉，直到聚光灯投射在附近的海面上，萧宇才知道，的确有一艘渔船来到了附近。

可是那艘渔船在他的附近来回搜寻了一阵子，又向远方的海域开去，萧宇残存的意识告诉自己，对方没有发现他。可他现在甚至连挥动手臂的力量都失去了，这可能是他最后的机会。

萧宇的手无力地垂了下去，这时他才留意到后腰的防水口袋中插有一根笔状的长筒，他从腰间抽出长筒，信号弹！激动到极点的萧宇差点晕了过去。

他竭力让自己的情绪恢复平静，用残存的那点力量拉开了信号弹的引信，一道强光射向空中，然后黄色的狼烟升腾而起，在空中不断地扩散变大。

萧宇不知道对方能不能看到这黄色的信号烟，他的手臂竟然无法继续高举在空中，终于无力地垂了下去，他的眼前也变得一片黑暗，记忆从这时开始停滞……

参与这次会议的三百五十六人中，只有二十一人成功脱困，幸运的是包括李继祖、方天源在内的华人帮会首领没有一人遇难。

黑木广之脸色铁青地从救生艇上跳了下来，他的手中仍然握着那个没有来得及揭晓答案的信封。

木村龙郎抱着儿子的尸体仍旧呆呆地坐在救生艇上，他依然无法相信这个无情的事实。海风早就吹干了他脸上的泪痕，向来坚忍冷酷的他第一次显得那样凄凉与无助。

共同的困境让李继祖和方天源这些昔日的对手站到了一起。

"我们必须马上离开东瀛！"方天源低声建议说。

李继祖点点头，他的目光仍旧盯着黑木广之手中的信封，就是这信封里面的秘密将他们这些人带入了这个可怕的陷阱。

木村龙郎这时忽然发出一声撕心裂肺的哀号，即使是他的敌对者，也对他现在的境遇表示深深的同情。他慢慢放下了儿子的尸体，颤巍巍地走到黑木广之的面前："为什么？为什么？你想对付我可以直接来找我，为什么要杀死我的儿子？"

黑木广之的脸上浮现出一丝无奈："这件事根本不是我做的，我也是受害者之一……"

他忽然想起手中的这个信封，他连忙撕开信封，从里面抽出一份文件，当他看清上面写的是什么的时候，嘴唇剧烈地颤动了起来。

木村龙郎凑了过去，文件上密密麻麻的全是人名，有黑木广之，有自己，还有他们的家属，相同的一点是所有的名字上都用红笔打了一个大大的叉。

无论是谁都知道这个符号所代表的意义，当他们的目光落到最后一行时，木村龙郎和黑木广之对望了一眼，同时恐怖地说出："社长……"

渡边本一死于凌晨两点三十分，对他来说死亡其实是一种幸福的归宿。山海组的七名课长见证了他的死亡，他的遗嘱早在两年前就已经拟定好——山海组的一切，全部无条件地交由渡边美惠子继承。

这份遗嘱让社团的每一个人都感到非常意外，未来的社长不是温和派的黑木广之，更不是强硬派的木村龙郎，而是一个弱质女流。

宣读这份遗嘱的时候，黑木广之和木村龙郎等人还在唐户的海滩上，与此同时，山海组的七名课长正跪在渡边美惠子的面前向她宣誓效忠。

渡边美惠子身穿黑色和服，坐在静室的中央，七名课长跪坐在她的周围。

"你们是不是很不情愿让我坐在这个位置上？"渡边美惠子的声音冷酷无情。

"不敢！"所有人同时垂下了头。

渡边美惠子冷冷地扫视了众人一眼："你们不说我也知道，山海组从建立以来，从来没有一个女流之辈能够坐在这个位置上。我也不怕实话告诉你们，我对社长的位置没有任何兴趣，渡边先生之所以让我来继承他的事业，主要是怕在他去世后，有些人为了争夺权力和地位，让整个山海组陷入混战之中！"

负责山海组武力部门的课长大川直泰大声说："我和我手下的两千名

成员会无条件服从渡边社长的领导！"

他率先表态之后，剩下的课长纷纷表示会效忠渡边美惠子，效忠社团。

美惠子淡淡笑了笑，将一份文件扔到他们的面前："可惜并不是每一个人都像你们这样忠于社团，经过调查，这次组织的内部有人趁着深水港工程转让的时机，大肆谋取私利，甚至不惜损害组织的利益，证据确凿，不容置疑！"

所有人的额头都渗出了冷汗，他们不知道这次美惠子的目标所指究竟是谁。

负责社团经济运作的课长三浦原崇将事先准备好的资料一一发到了几位课长手中："黑木广之和木村龙郎两位课长在这次的深水港合同转让中，都有谋取巨额私利的行为。上面的证据可以表明，黑木广之曾经收受三禾会李继祖、离岛萧宇价值达七亿东瀛币的贿赂，直至今日，他始终没有对这笔收入的来源向社团有过任何交代。"

"木村龙郎和他的儿子木村茂跟香江合记及离岛三连帮私下达成协议，如果合记能成功拿下合约，木村父子会在深水港工程中抽取百分之二十的纯利。"

在场的人都发出了一声惊呼，同时也深深松了一口气，这些人没有一个底子是干净的，确信这件事跟自己无关才放下心来。

渡边美惠子说："社长病倒之前，故意放出要转让深水港工程的消息，其实他是想让这两个暗藏祸心的人露出真正的嘴脸。"

她停顿了一下又说："深水港工程对山海组至关重要，试问我们又怎么会轻言放弃。"她慢慢站起身来，俯视众人，"在渡边先生的葬礼之前，我一定要看到这两名叛徒的首级！"

所有人离开以后，大川直泰单独留了下来："社长，我已经让人将黑木和木村的家属与骨干手下全部控制住！"渡边美惠子点了点头。

大川直泰小心地说："幸存的那些人已经在赶往唐户的途中，我们要不要趁现在的机会将他们一网打尽？"

渡边美惠子慢慢摇了摇头："公海发生的事情，已经引起了警视厅的注意，我们现在绝不能轻举妄动！"

"这次是我们一举干掉那些头目的大好机会！"大川直泰激动地说。

渡边美惠子冷冷看了大川直泰一眼："你以为杀掉几个帮会头目，就能够彻底消灭掉他的组织？幼稚！"大川直泰的脸红了起来。

"在我们没有将组织内部稳定以前，最好还是不要去碰那些帮会！"渡边美惠子姿态优雅地来到窗前，她犹豫了一下终于问道，"有没有萧宇的消息？"

大川直泰摇了摇头："根据刚才的消息，逃出的人中并没有萧宇……"他停顿了一下又说，"有件事情，我不知当说不当说！"

"说！"

"这次公海的行动本来雪舞姬也应该参与，可是不知出于什么样的目的，她们拒绝了。"

渡边美惠子猛然转过身来："你为什么不早告诉我？"

大川直泰吓得垂下头去："这种小事我想没必要劳烦社长亲自费心！"

渡边美惠子的眼中闪过一丝无可名状的忧伤，她沉默了很久才说："这件事就此结束，我不希望有任何人再提起！"

这时房门被轻轻叩响，三浦原崇有些紧张地说："社长，市警视厅的反町俊驰前来调查情况！"

大川直泰低声提醒说："社长，这个反町俊驰是近期涌现出来的警界明星，手腕极度强硬，年纪轻轻就已经升任唐户警视厅总探长，听说他是下届警视厅厅长最热门的人选，可见他的能力非同一般。"

美惠子淡然一笑："既然是贵客登门，我们就没理由怠慢！"

反町俊驰属于那种让人过目不忘的男性，今年三十二岁，身材魁梧，浓眉大眼，全身都洋溢着男性的气质，他的表情始终都相当冷酷，让人不敢轻易接近。

美惠子把他引到静室中，两人的目光接触在一起，眼中同时泛起了泪光。

"哥哥！"美惠子流着泪水扑到反町俊驰的怀中，她居然和身为警察的反町俊驰是兄妹关系。反町俊驰轻轻拍了拍她的头顶，怜爱地说："美惠子，你受苦了！"

两人来到榻榻米上坐下，美惠子用纸巾擦净了脸上的泪痕："公海的事情并没有达到预先的目的，木村龙郎和黑木广之都从游艇上逃脱了。"

反町俊驰点了点头："木村龙郎的儿子死了，以他的性格，一定会来组织讨还公道，据可靠的消息，他已经在赶往唐户的路途中，黑木广之比他要难对付得多，现在根本找不到他的踪影。"

美惠子叹了口气说："我需要怎么做？"

"先把木村龙郎干掉，黑木广之的事情暂时先放一放，等到他放松警惕，主动露面的时候，再把他干掉！"

反町俊驰又嘱咐说："我们的关系不能让任何人知道，赤川婶母那里最好让她闭嘴！"

美惠子不由得打了一个冷战："可是……她应该不会出卖我们……"

反町俊驰冷笑了一声："这个世界上没有任何人可以信任……"

萧宇醒来的时候，发现自己躺在一艘渔船的船舱内，橘黄色的灯光暖暖地洒落在他身上，他的身上盖了一层厚厚的毛毯，寒冷的感觉已经渐渐褪去，取而代之的是深深的疲惫。

萧宇坚持着坐了起来，后背靠在舱板上，这个动作让毛毯从他的身上滑落下来，他这才发现自己的身体完全赤裸，连忙又把毛毯裹在身上。

这时舱门一动，香织美纱身穿黑色紧身衣从外面走入，她身体的诱人曲线在灯下显得格外玲珑有致，惹人遐思。萧宇笑了起来，他知道香织美纱的出现绝不是偶然。

香织美纱红着脸狠狠瞪了他一眼："你笑什么？"

萧宇说："我以为谁这么大胆子，居然敢脱我的衣服！"香织美纱轻轻咬了咬嘴唇，跪在萧宇面前，将水碗递到他的嘴边。

萧宇早就饥渴到了极点，几口就将水喝了个一干二净。

香织美纱小声说："我再去给你倒水！"

萧宇摸了摸肚子："顺便给我弄点饭吃，我饿得就只剩下半条命了。"

香织美纱笑着离开了船舱，回来的时候为萧宇端来了一条烧好的海鱼，一大碗米饭。萧宇狼吞虎咽地把饭菜一扫而光，又喝了两大碗清水，这才感觉恢复了一些体力。

他一脸坏笑地看着香织美纱："知道我现在最想干什么？"香织美纱猜到他准没有好事，于是反手抽出匕首，架在他的脖子上："这次你休想再欺负我！"

萧宇笑了起来："我只是想去方便一下，你至于拿刀动枪的吗？再说了，以我现在的体力，就是你想，我也未必能应付得来！"

香织美纱也是故意吓唬萧宇，她收回匕首，指了指舱尾的一角："你去那里！"

萧宇披着毯子晃晃悠悠地来到舱尾，香织美纱转过身去，不多时就听到"哗哗"的水声，她的俏脸忍不住又红了起来。

萧宇感叹说："这帮混蛋真他妈够狠的，子弹再往上来一寸，我就成太监了！"香织美纱显然知道太监的含义，忍不住咯咯笑了起来。

萧宇点燃了一支香烟，吐出一口浓重的烟雾："如果没有你，我现在恐怕已经成了鲨鱼的甜点！"

香织美纱的娇躯慢慢转向了一旁，过了很久才说："有人出了很大的价格，让我来绑架你……"

萧宇实在想不出自己对谁还有这样的价值，他的目光充满询问地望向香织美纱。

香织美纱轻声说："直到现在我才知道她绑架你的真正用意，她想让你躲过昨天的那场劫难。"

萧宇面部的肌肉明显抽搐了一下，他马上猜出幕后的策划者究竟是谁，美惠子温柔可人的笑容浮现在他的脑海中，他竭力想否认自己的这个想法，可香织美纱接下来的话语马上摧毁了他的一切逃避："如果不是亲眼看到她的痛苦，我也不会想到这件事从头到尾就是一个圈套！"

萧宇忽然从内心深处感到一阵寒冷，如果一切都是美惠子在从中策划，那么自己应该从来没有真正了解过她……

一夜的细雨，浸透了唐户的每一寸土地，在木村龙郎的眼中，眼前的每一滴雨水仿佛都是为他爱子流下的眼泪。一向以强者自居的木村龙郎终于体会到绝望的感受，他之所以不顾安危出现在葬礼的现场，因为他要弄清整件事情的真相，他必须为死去的儿子讨回公道。

同时抵达唐户的李继祖和方天源一行并没有打算去参加葬礼，在事态变得越来越复杂的时候，他们最明智的选择就是尽早离开东瀛。深水港的工程虽然重要，但是比起自己的性命来，根本就微不足道。

如果说他们选择离开是为了避免不必要的麻烦，黑木广之的缺席则令人费解，身为山海组二号人物的他，居然也没有去葬礼的现场，在他离开海滩以后就不知所踪，甚至连他的那些得力手下也一并消失了。

葬礼在静川斋场举行，礼厅用白色雏菊扎成一面花墙，渡边本一的巨幅遗像就安放在花墙的正中。

渡边生前信佛，葬礼按照佛教的传统礼仪进行。专门从大昭寺请来的高僧在低声诵经，为死者超度亡灵。

渡边的独子渡边芥已经死于和住吉会的战斗中，渡边美惠子作为他的儿媳，也是唯一的亲人，在渡边的遗体旁守灵。

渡边的遗体事先经过化妆和防腐处理，安放在水晶灵柩中，遗体的周围摆满了美丽的鲜花。他的神情显得十分安详，仿佛正在熟睡，甚至比他生前的样子还精神许多。

山海组中的五十多名骨干成员，全部身穿黑色和服，胸前佩戴白色菊花，跪在灵堂的外面。在斋场外的庭院中还跪着三百多名组织内部的大小头目。

木村龙郎身穿白色和服，这让他在整个黑色的人群中显得格外醒目，他一步一步地走向灵堂，目光自始至终没有离开渡边本一的遗像。照片中的渡边保持着始终如一的微笑，他仿佛早就看透了世上的一切。

木村的眼神充满了悲愤，在这短短的一天之中，所有的一切都发生了变化，他的地位、他的儿子，全部离他远去，这一连串的打击几乎要将他的精神完全摧垮。

负责葬礼的人将燃香递到他的面前，木村龙郎粗暴地将他推到一边，大步来到灵柩面前。

渡边美惠子充满忧伤地躬下身去，木村龙郎的目光盯住渡边本一的遗体，直到确信他已经完全没有呼吸，才怒吼道："社长怎么死的？"

美惠子黯然说："突发性心肌梗塞，病历和医院的死亡证明都在三浦课长的手中，您可以随时去查看。"

木村龙郎重重地哼了一声，这时一身黑衣的大川直泰来到他的身边，提醒说："渡边先生临终前已经指定渡边小姐成为我们的新任社长，组织内部也已经一致通过……"

木村龙郎的嘴角浮现出一丝不屑的笑容："好像我和黑木并没有对这件事表态！"

大川直泰低声说："遗嘱还放在斋室的二楼，德川律师可以证明遗嘱的真实性，木村课长可以亲自去看。"

木村冷冷盯住大川直泰，直到对方把目光逃避开来，他才大声说："有件事我很不明白，究竟是什么人这么大的胆子，敢在公海上伏击我们？"

大川直泰叹了口气："我们已经动员了帮会所有的力量去调查这件事！"

木村冷笑着说："我和家里所有的联系都已经中断，不知道这件事是不是和组织有关？"

大川直泰说："那是组织出于保护木村课长家人的原因……"

木村龙郎怒视大川直泰，他大声吼叫道："你算个什么东西，你有什么资格在我面前说话？"

大川直泰被他的威势所吓倒，不由自主地向后退了一步。


## 反戈一击

渡边美惠子在这时轻轻叹了口气："木村课长为什么不懂得尊重一下死者？"木村龙郎双目如同喷火一般注视着美惠子："尊重死者？呵呵！"他发出一声歇斯底里的狂笑，"我的儿子在昨天的战斗中死去，有没有人尊重过我？"

美惠子冷冷地说："想获得别人的尊重，必须要自己行得正坐得直！"

木村龙郎开始重新审视眼前的这个女人，一个从来没有被他放在眼里的女流之辈。大川直泰将一摞厚厚的文件扔到了他面前："木村课长，如果您还没有老糊涂，自己做的事情应该还记得吧？"

木村龙郎看也不看文件一眼："欲加之罪，何患无辞！"

他终于明白所有事情的真正起因，权力和地位才是他儿子被杀的真正原因。他这才感觉到自己的可笑，一直以来他都把黑木广之视为自己最大的对手，可是万万没有想到真正的对手竟然是一副楚楚可怜模样的渡边美惠子。

他开始后悔出现在斋室的现场，黑木广之比自己要明白得多，大势已去！当大川直泰拿出他所谓的罪证的时候，木村龙郎马上清楚了这一点，渡边美惠子不会放自己离开。

四名黑衣武士从外面关上了斋室的大门，斋室内的五十名骨干成员迅速起身，将木村龙郎包围在核心。

从人群中走出八名男子，他们的手上全部拿着一尺左右长度的短刀。木村呵呵狂笑了起来，他的目光搜寻到人群中的渡边美惠子："原来一切都是你搞出来的！"

他说话的时候，身体的每一块肌肉开始紧绷，从和服边缘的曲线就能够看出他的力量被愤怒提升到了最大。

大川直泰恶狠狠地说："木村龙郎背叛组织，谋取私利，罪无可恕！"八名男子几乎同时挥刀向木村龙郎砍了过去。他们行动的瞬间，木村已经率先冲向面对自己的刀手，他右拳闪电般击中了对方的小腹，左手将短刀轻轻夺了下来，回身反切，挡住几个不同方向的来刀，整个动作一气呵成，毫无停滞。

渡边美惠子早就料到木村龙郎会拼死一战，她向大川直泰使了个眼色，大川直泰向前拦住正要突出重围的木村龙郎。

身为山海组武力组织头目的大川直泰，武功不在木村龙郎之下，而且他胜在年轻，体力和反应都要强过木村龙郎。木村龙郎的长处是他的经验，可是在丧失爱子之后，他的精神状态和身体状态都大打折扣，更何况在对方的多人夹击下。

几个回合过后，木村龙郎的身上已经被对方砍中三刀，虽然没有伤及要害，可是他的动作大受影响。

大川直泰看准时机，一拳击落在木村的软肋之上，木村龙郎清楚地听到自己肋骨断裂的声音。

木村龙郎怒吼一声，手中短刀凶猛地插入右侧一名刀手的胸口，对方的鲜血喷射到他的脸上，触目惊心。与此同时，两柄短刀从身后插入了木村龙郎的后心，他强忍剧痛用力拔出短刀一个横向挥舞，刀锋划过其中一人的咽喉，又是一团血雾喷射而出。他全身沾满了鲜血，对方的刀锋仍旧不停地砍在他的身体要害上。

大川直泰擎刀在手，全力挥下，将木村握刀的手臂齐根斩断。

木村龙郎晃了晃遍布创痕的身躯，他已经失去了还手的力量，五柄短刀同时插入了他的腰腹。木村龙郎凄惨地笑了笑，他的双膝终于跪倒在了地上，他的左手颤巍巍摸到了仍然插在身上的短刀，用力从身体中拔了出来，然后做了一个切腹动作，他的生命只能由自己来掌握……

在场的人目睹木村龙郎的惨状，在触目惊心的同时无不哀叹万分，一代枭雄就这样凄惨地倒在斋场之中。

渡边美惠子用手帕轻轻掩住口鼻，眼前的血腥让她感到有些恶心，她轻声叹了口气："把木村课长厚葬了！"木村龙郎虽然已经解决，可是黑木广之至今仍然不知下落，他始终都是一个隐患。渡边美惠子知道两人在组织内部的影响非同小可，如果想坐稳社长这个位置，必须将他们的力量全部清除。

黑木广之并没有离开唐户，对现在的他来说，以静制动未必不是一个好办法，组织内部接二连三的死讯传入他的耳中，他开始变得麻木起来，即使是木村龙郎的死讯也没让他有太大的感触。

江湖就是这样，不是你死就是我亡。木村龙郎的死亡只能证明，他已经不适合这个江湖。渡边美惠子的突然杀出，的确让黑木广之感到措手不及，可是他马上从这最初的慌乱中镇静下来。

他不会轻易放弃社长这个位置，美惠子虽然取得了暂时性的胜利，可是组织内的人未必都服从她。

黑木广之相信自己在组织内多年的根基并不是美惠子能够轻易动摇的，他现在需要的就是冷静和时间，只要对手放松警惕，他就会发动致命的一击。

现在最大的麻烦就是他的家人已经全部被监控起来。

萧宇和香织美纱回到唐户的时候，渡边美惠子成为山海组新任当家的消息已经路人皆知。直到现在，萧宇才意识到美惠子的野心远远超乎自己的想象，无论是一开始对自己的绑架还是海上的血案，全部都在她的计划下一步一步进行。

深水港的转让只是她抛出的一个诱饵，就是这个诱饵让这些江湖大佬一个个进入了她设好的圈套之中。

萧宇的平安归来也让宋老黑几个把一直悬着的心放了下来，他们已经收拾好了行装，等萧宇一到就即刻返回离岛。

"我现在还不想离开东瀛！"萧宇的话让几个人都吃了一惊。

宋老黑大声说："现在山海组乱成一团，我们留在这里已经没有任何意义！再说其他帮会的人都害怕卷进麻烦中，全部离开了东瀛，深水港的合同虽然重要，可是比起性命来根本不值一提。"

萧宇有些疲惫地坐在沙发上："你们可以先离开，我必须留下！"

霍远狡黠地笑了笑："你是不是舍不得你的东瀛情人？"

萧宇看了看他，反问说："你们觉得美惠子能成功控制住整个山海组吗？"

三人对望了一眼，同时摇了摇头。胡忠武说："美惠子虽然杀掉了木村龙郎和组织的一部分骨干成员，可是黑木广之仍然在逃，他的势力不是轻易就能铲除的。再说美惠子这次的行动必然遭到组织内很多人的反对，即使她登上了组织老大的位置，一旦这些力量喘息过来，联合对她进行反扑，那么她刚刚得到的地位恐怕会保不住！"

萧宇点了点头："我最担心的就是这一点，照我的估计，黑木广之一定在暗处策划进行反扑，美惠子杀掉木村龙郎表面上除掉了一个强劲的对手，但这件事非但起不到震慑作用，反而会让组织内的很多元老寒心，他们会担心自己早晚也会落到同样的下场。"

宋老黑说："可是你没必要为了一个东瀛女人把自己置于危险的境地！"

萧宇已经下定了决心，毅然说："我必须留下！"

宋老黑知道自己无法改变萧宇的决定，无奈地叹了口气。

胡忠武说："我也留下！"

霍远笑眯眯地说："我还没玩够，打算再待两天！"

宋老黑骂了一句："妈的！说到讲义气，老子不比你们差！"

萧宇激动地点了点头。

当天的下午萧宇前往斋场，一来是为了拜祭死去的渡边本一，二来是想和美惠子当面深谈。

美惠子看到萧宇平安地出现在自己面前，深深地松了一口气，她的面容虽然竭力保持着平静，可是眼中的喜悦之情，仍然没能逃过萧宇敏锐的目光。

美惠子陪着萧宇来到斋场的静室中，两人对面而坐。萧宇深深端详着眼前的这个女人，直到现在萧宇才知道，自己对她的了解实在是太少太少。

美惠子温婉地笑了笑："看到你能够没事，我真的很高兴……"

萧宇淡淡笑了笑，心中涌出一股难言的滋味："恭喜你……"

美惠子的目光闪动了一下，她忽然发现，只有在萧宇的身边，她才能感觉到自己仍然是一个女人。可是自从登上组织老大的位置后，他们之间的距离已经越来越远了，这种失落感要比得到权力的满足感大得多。

萧宇提醒她说："木村龙郎的死，也许是一个错招。"

美惠子轻轻咬了咬下唇："你在暗示我？"

"以你的聪明才智，应该考虑到木村事件对组织内部的影响！"萧宇

167

停顿了一下又说，"木村和黑木在组织内部的根基很深，任何人在短时期内都很难将他们的影响全部剔除！"

美惠子不屑地笑了笑："谢谢你的提醒，可是在当今这个时代，没有什么是金钱办不到的，我既然能够登上这个位置，我就有足够的能力坐稳它！"

萧宇看着渐行渐远的美惠子，他再也无法将现在的她和过去那温柔的印象联系在一起。

美惠子似有感触地低声说："如果我是你……就会离开东瀛，忘记曾经发生的一切……"

萧宇没有听从美惠子的劝告，他决定的事情从来没有改变过，他预感到一个巨大的危机正不断向美惠子逼近。

她的地位和权力膨胀得太快，任何人在这种时候都无法保持头脑的冷静，即使聪颖如美惠子也不会例外。

可萧宇没有想到的是，权力可以如此轻易改变一个人，当他获悉赤川百惠和她的雪舞姬遭到血洗的时候，才真正体会到美惠子的冷酷和无情。

"我一定要杀了她！"香织美纱看着躺在病床上的赤川百惠，已经是泪流满面，她自小就跟随在赤川百惠的身边，早就将她看作自己的亲生母亲。

刚刚赶到医院的萧宇默默掏出纸巾递到香织美纱的手中，雪舞姬的二十四名成员，除了不在现场的香织美纱以外，死二十人重伤三人，这个残酷的数字会让任何人都感到震惊。

赤川百惠失去血色的唇角轻轻牵动了一下，她似乎想说什么。

香织美纱凑到她的唇边。

"不要去……复仇，离开……东瀛，离开……"

泪水沿着香织美纱曲线柔美的脸颊不停滑落，她用力抿了抿嘴唇，忽然转身向门外冲去。

萧宇立刻跟了上去，在病房的走廊抓住了她的肩膀。

"放开我！"香织美纱试图甩开萧宇的阻拦。

萧宇不由分说地将她的娇躯抱起，用力挤压在身后的墙壁上："你冷静一些，现在并不能证明这件事就是美惠子做的！"

香织美纱愤怒地盯住萧宇；"你当然会维护她！"

萧宇无奈地叹了口气："美纱，我是担心你，就凭你一个人的力量，实在是太弱小了，恐怕还没等你靠近她的身边，就被山海组的杀手乱刀砍死了。"

香织美纱的目光终于软化下来，这时走廊的尽头响起一阵优雅的脚步声。两人循声望去，渡边美惠子表情冷淡地走了过来，她的目光中充满了淡淡的忧伤，不知道是不是因为看到眼前情景的缘故。

香织美纱的美目几乎要燃起火焰，萧宇从她紧张的肌肉已经猜出她的意图，他用力抓住香织美纱的手臂，以免她不顾一切地冲向美惠子。

美惠子的手中拿着一束粉红色的康乃馨，她的目光自始至终都盯在萧宇的脸上。萧宇有些尴尬地笑了笑，他也不知道如何向美惠子解释刚才的一幕。

美惠子平静地看了看香织美纱："姊母的事情不是我做的。"

"你撒谎！"香织美纱愤怒地大喊。

"我没有撒谎的必要，这件事我会彻查到底，一定会给你一个满意的交代！"

美惠子似乎不愿在这里多做停留，她将鲜花递到萧宇的手中："替我转交给她……"说完便转身离去。

萧宇目送着美惠子的倩影消失在远处，他的目光变得迷惘起来。看来这件事真的跟美惠子没有关系，如果是她策划了这次惨案，那么今天就没有前来探视的必要。

香织美纱用力夺下萧宇手中的鲜花，狠狠掷到身边的垃圾筒中："她是个恶魔！"

萧宇轻轻拍了拍她的肩头："无论这件事是谁做的，他们绝对不会放过幸存下来的你，所以你最好还是听从赤川百惠的建议！"

香织美纱双眼中泪光盈盈，现在她的内心深处只剩下彷徨和无助。

和美惠子的这次见面后，萧宇终于下定了决心，尽快离开东瀛，离开这片动荡的土地。他不想因为自己的感情连累到自己的朋友和兄弟。

　　香织美纱在萧宇的劝说下，终于决定和他一起前往离岛，暂时离开这片动荡的土地躲避风头。无论是宋老黑还是胡忠武和霍远，都对萧宇的决定雀跃不已，毕竟谁都不想做毫无意义的冒险。

　　去机场的路上，萧宇却接到了美惠子的电话。

　　"阿宇！"

　　萧宇愣了愣，他没有想到这个时候，美惠子会主动打电话给自己。

　　"你好！"萧宇的表情尽量显得平静，他不想让任何人看出自己的变化。

　　美惠子沉默了下去，很久才说："我想见你！今晚七点在箬山茶苑。"她说完就挂了电话，萧宇慢慢地合上了手机，他漫无目的地望向远方。

　　"有事吗？"宋老黑关切地问。

　　萧宇摇了摇头。

　　他们一行顺利地登上了飞机，萧宇将随身的皮包递给香织美纱："我去打个电话！"他转身向电话的地方走去。

　　香织美纱仍旧没能从悲痛中恢复过来，浑浑噩噩地点了点头。宋老黑和霍远三个人在前排正兴高采烈地品评着空姐的身材和容貌。

　　直到飞机开始启动，萧宇仍然没有回到座位上，香织美纱这才感觉到事情不对，她连忙喊来空姐询问："刚才那位去打电话的先生到哪里去了？"

　　空姐笑吟吟地说："刚才的那位先生因为有急事已经下机！"

　　"你为什么不拦住他？"香织美纱急得就快哭了出来。

　　"因为我们的舱门没到关闭的时间，所以没有理由拒绝旅客的正常要求！"

　　宋老黑三人同时站了起来。

　　香织美纱流着眼泪向舱门冲去："我要下去找他！"

　　霍远和胡忠武同时抓住了她的两臂，飞机已经升空，他们必须要保持理智。

　　宋老黑郑重地说："你放心，飞机一到嘉南，我们就可以坐上返程

170

的航班……"

萧宇之所以选择留在东瀛，是因为他感觉到现在是美惠子最需要他帮助的时候，不然她绝不会打电话给自己。

箬山茶苑樱花飞舞，身穿黄色和服的美惠子一脸憔悴地坐在草亭中，看到萧宇她的脸上露出一丝温婉的笑容，她仿佛又变回了那个温柔深情的女人。

美惠子伸出皓腕为萧宇面前的茶盏倒入茶水，水色微微发碧，两片竹叶漂浮在上面。

"这是松鹤山上盛产的青竹嫩芽，有清心明目的效果。"美惠子温柔的声音娓娓道来。

萧宇苦笑了一下，他呷了一口青竹茶，的确是唇齿留香，可是他却没有体会到所谓的清心明目。现在他的内心矛盾到了极点，眼前的美惠子已经让他捉摸不透。

萧宇仍然保持着沉默。

美惠子凄迷的眼神凝视着萧宇，许久才轻声说："我很累……"她叹了口气才说，"我一向把美纱当作自己的亲妹妹一样看待，她和赤川婶母是我在世上不多的亲人，不论什么时候我都不会伤害她们……"

"你是不是想告诉我，这次雪舞姬的事情并不是你做的？"萧宇平静地说。

美惠子点了点头，从萧宇的眼神她就已经判断出，他仍然相信自己。

萧宇放下茶盏："你能保证这件事和山海组无关吗？"

美惠子摇了摇头："这件事的确是山海组的人做的，但是他们根本没有经过我的同意。"她的脸上流露出内疚和痛苦的神情。

萧宇终于明白了美惠子开始所说的累是什么意思，她虽然登上了山海组最高的位置，却不代表她拥有控制全局的能力。

美惠子说："这件事真正的策划者是三浦原崇和大川直泰，我一向以为他们对我俯首帖耳，没想到他们背着我搞出这么多的事情，而且开始不断向我施加压力。"

萧宇皱了皱眉头，他对于山海组的内幕并不清楚，可是美惠子现在的处境让他深深担忧。萧宇开口问道："告诉我，公海上的血案究竟是谁策划的？"

美惠子黑长的睫毛垂了下去："我承认在这件事情上，我受了大川的蛊惑……"

萧宇审视着美惠子，他忽然开口说："你邀请我今晚见面的真正目的是什么？"

美惠子抬起双目，眼眶中已经满是泪水，她的鼻翼轻轻翕动，看得出她很伤心："你以为……我会有什么目的？"

萧宇摇了摇头："我不知道，可是我清楚自己的价值远远无法和权力相提并论！"

美惠子用力咬着嘴唇，她在竭力抑制自己的泪水。

萧宇的一通发泄让他多日以来的郁闷一扫而光，看到美惠子委屈的表情，他忽然有种内疚的感觉，也许自己刚才的话对她来说实在太重。

美惠子起身向远方走去，萧宇终于下定决心追了上去，从身后紧紧拥住美惠子被夜风吹得有些发冷的娇躯。

他感觉到美惠子身上传来的战栗，萧宇强硬地扳过美惠子的面颊，近乎粗野地吻在美惠子满是泪痕的唇上。美惠子竭力想要挣脱他的拥抱，可是在萧宇的面前，她的力量显得是那样微不足道。

美惠子的矜持与保留终于败溃在萧宇强有力的拥抱和热吻下，她紧紧拥抱着萧宇："我发誓……我从来都没有想过去伤害你……"萧宇亲吻着她的俏脸："我相信！"美惠子大声哭了起来，这些日子以来，她第一次这样酣畅淋漓地哭泣。

夜风舞动樱花飘荡在他们的身边，将他们的身影融入到这美丽的月光中……

## 樱花大战

萧宇忽然感到一阵冰冷的杀机向自己迫近，美惠子显然也觉察到了这一点。眼前的樱花忽然飞速地旋转起来，两道寒光闪烁的刀锋同时从樱花中闪电般刺向美惠子的胸腹。

萧宇拥住美惠子向后连退两步，躲过对方势在必得的攻击。樱花幻化成人形，两名穿着与樱花同色的忍者出现在两人面前。

萧宇在被绑架的时候已经见识过这些忍者的厉害，知道他们会借用不同的地形环境来巧妙地隐藏自己，其实就是所谓的障眼法，如果真的面对面交锋，自己并不惧怕他们。

美惠子从腰间掏出一把银色袖珍手枪，瞄准了两名忍者，子弹射向目标，却升腾起两团粉色樱花，两名忍者在瞬间便已经消失不见。

"走！"萧宇拉住美惠子的左手迅速向停车场跑去。两团花雾猛然收缩，钻入身后的土地。

刀锋在月光下闪烁出寒芒，沿着脚下的土地飞速向两人靠近。

美惠子再次射出两发子弹，她和萧宇已经来到停车场的入口处。两名忍者再次现身，这次他们衣服的颜色已经变为深蓝色。

萧宇抄起停车指示牌大吼一声向两人冲去，两名忍者双手握刀向萧宇砍来。东洋刀和指示牌的金属长杆相撞，发出刺耳的鸣响。萧宇的臂力远远胜过两名忍者，他握住金属长杆的尾端向两人拦腰横扫了过去。

两名忍者的弹跳力十分惊人，刀在金属长杆上一搭，身体便高高地飞跃而起，落脚处已经是萧宇的身后。他们使出剑术中常用的反身刺，不回身就挥刀刺向萧宇的身体。

萧宇在这么短的时间内根本来不及转身，将手中的指示牌反身扔了出去，身体随即一个前冲，勉强躲过两人的致命一击。

美惠子抓住这难得的时间启动了她的那辆黄色保时捷跑车，她一个快速的倒车，方向盘急速转动，在短距离将车头调转过来，全速向两名忍者冲去。

她左手控制方向，右手中微型冲锋枪发射出愤怒的子弹，两名忍者忽然隐入一团紫色的烟雾之中。

萧宇快步来到车前，趁着减速的瞬间跳到美惠子身边的坐椅上。美惠子关切地说："你有没有受伤？"萧宇呵呵笑了一声："就凭那俩孙子？差太远了！"

美惠子莞尔一笑，将手中的冲锋枪递到萧宇面前："他们一定不会就此罢休！"萧宇接过冲锋枪，做了一个瞄准的姿势："兵来将挡，水来土掩，看看是他们猖狂，还是我们厉害！"

两人相视一笑，虽然他们的表面平静，可是彼此都明白，今晚的危机对他们来说还远远没有过去。

美惠子轻声说："这帮忍者极有可能是大川直泰的手下……"萧宇反问说："你为什么不怀疑是黑木广之？"

美惠子摇了摇头："黑木广之比任何人都清楚，用这样的方式杀死我并不能达到他的目的，他要在组织的骨干面前揭穿我，用组织内部的方式来处决我，只有这样他才能重新夺回他失去的一切。"

萧宇不置可否地点了点头。

"大川直泰却不同，他和三浦原崇就算揭穿我是一切的主谋，仍然逃脱不了组织的制裁，只有杀掉我，获得山海组最高的权力，他们才能立于不败之地。"美惠子不无悔意地叹了口气，"我原本以为他们会压抑一段时间，没想到他们这么快就沉不住气了，其实在雪舞姬被袭击之后，我就应该想到这一点。"

萧宇冷静地分析说："就是因为雪舞姬被袭击以后，他们担心自己的锋芒太露，你会出手对付他们，才产生了先下手为强的想法。"

美惠子深情地看了萧宇一眼："对不起……"

萧宇笑了起来："现在对我说这句话是不是有些太晚了？"他停顿了一下，才说，"我从飞机上下来的那一刻，就已经决定无论形势发展到怎样的地步，我都会和你在一起！"

没有什么能比这句话更能勾起美惠子内心的柔情，她的眼泪无可抑制地流了下来。

萧宇轻轻抚摩着她被风吹散的长发："你怕不怕？"

美惠子用力摇了摇头，温暖充斥着她的心房，她甚至想抛开所有的一切和萧宇永远相守在一起。

前方就是明石大桥，投射在大桥上的照明灯发出柔和的光芒，整座大桥在恰到好处的照明下，犹如一串长长的珍珠项链悬挂在海天之间，这让它拥有了"珍珠大桥"的美称。

可惜萧宇和美惠子根本无心欣赏这大桥的美景，夺命的危机接踵而来。前方的直行车道忽然出现六道黑影，沿着大桥钢结构上垂下的六道钢丝飞速下降。他们全部携带机械弓弩，在空中就向跑车连续射出爆裂箭，这是一种前头装有炸药的箭矢，它的威力比通常的子弹更大。

美惠子全力操纵着跑车躲过对方的攻击，炸药在跑车的两旁连续爆炸，掀起的灼热气浪让车身颠簸起来。

萧宇瞄准空中的敌人扣动扳机，子弹在夜空中划出一道亮丽的火线。一名忍者躲避不及胸口中弹，惨叫一声从高空中跌落下来，身体重重摔落在前方的道路上。

美惠子发出一声娇呼，前方二十米的桥面忽然树立起两面长宽各约两米的不锈钢钉板，正好挡住了前进的道路。美惠子一个原地急转弯，保时捷的轮胎与地面摩擦出两道白烟，车身在撞上钉板之前调过头来。

她刚要重新加速，后方五十米处也立起了两面钢板。从两块钢板中间冲出八名忍者，他们手中的机械弓弩已经弯如满月，八支爆裂箭同时对准了这辆保时捷。

萧宇和美惠子对望了一眼，他大声喊道："海！"美惠子用力咬了一下唇，保时捷全速向明石大桥的护栏冲去。八支爆裂箭同时射向跑车的尾部，这是生命与速度的较量。

美惠子事先关闭了安全气囊，以免车身撞击护栏引起它的自动弹出，而将他们挤压在座位上。萧宇枪膛内所有的子弹全都倾泻在即将撞击的护栏处。车头重重撞击在大桥的护栏上，被打得千疮百孔的护栏根本经不起这剧烈的冲撞，保时捷在空中划出一道弧线，与此同时八支爆裂箭同时射中了车尾的部位。

一团绚丽的火光升腾在夜空之中，这火光宛如流星般向海面飞速坠落下去，当它没入海面，那团光亮瞬间便被黑暗所吞噬。

萧宇和美惠子在汽车冲出桥面的刹那，已经双手紧握着从敞篷跑车中跳出。

"我永远爱你！"爆炸声响起的同时，美惠子大声地说，她的美目中充满了幸福的泪光。萧宇深深地凝视着美惠子，没等他来得及说话，两人便听到了水浪的巨响，他们的身躯被汽车坠落时形成的漩涡席卷进去，冰冷的海水淹没了他们的头顶。

明石大桥到水面至少有百米的距离，从这么高的地方落下，即使是平静的水面也会对人体产生巨大的伤害，萧宇清楚地感到了身体和水面撞击引起的剧痛。他紧紧握住美惠子的纤手，生怕稍一放松就会永远失去她。

美惠子在刚才落下的时候，被水面强大的冲击力撞得昏迷了过去，和服浸透水以后，更加沉重，她的身体不住地向下沉去，萧宇竭力支撑着两人的重量。他的手摸索到美惠子的胸前，想找到那柄她用来保卫贞操的匕首割去她和服的腰围。

不承想却触摸到她颈前的一串贝壳项链，萧宇的内心猛然颤抖了一下，这就是他送给美惠子的那串项链，她没有忘记，她从来没有忘记过两人的那段感情，萧宇紧紧拥抱住美惠子冰冷的身体，大声说："我不会放弃！"

冰冷的海水刺激着萧宇的神经，他顺着潮水的方向向最近的海滩游去，渡过最为艰难的三十分钟后，他终于成功将美惠子带到了沙滩上。

美惠子仍然昏迷不醒，萧宇俯下身子，为她做人工呼吸，然后又捶打她的胸膛，所有他能想到的抢救方法都用到了，可是美惠子仍然昏迷不醒。

萧宇痛苦得就快哭出声来，远方响起急促的警笛声，显然明石大桥上的激烈枪战引起了警方的注意。美惠子终于剧烈地咳嗽起来，呛出好几口海水，萧宇用力拥住她的娇躯，生怕她会从自己的身边溜走。

美惠子紧紧偎依在萧宇宽阔的胸前，她找到了那种久违的安全感，两人看着远处不停闪烁的警灯，唐户的这个夜晚显得格外的不同寻常。

"这里不能久留，那帮忍者不会放弃对你的追杀！"萧宇在关键时候总是表现出超人一等的理性。

美惠子点点头，她轻声说："我有位祖母……住在六甲山，我们可以暂时到那里落脚……"由于寒冷，她的声音不断地发颤。

萧宇怜惜地吻了一下她青紫的嘴唇："好，我们马上动身！"

萧宇对六甲山并不陌生，上次他陪宋老黑拜会青龙帮的元老林祖繁曾经去过那里。两人在附近拦了一辆的士，按照美惠子所指的路线向六甲山而去。

司机八成把两人看成了一对偷情的恋人，不住地向两人推荐着便宜的汽车旅馆，美惠子偎依在萧宇的怀中，不时露出羞涩的笑容。

通过美惠子的介绍，萧宇知道，这个她口中的祖母原来是她家里的总管，后来因为上了年纪就选择了在六甲山养老。

两人来到目的地的时候，仍旧是繁星满天，萧宇看了看时间刚好是凌晨一点。两人付完车资，沿着山间小路向深处走去，耳边不时传来野兽的叫声。

美惠子对这里的一草一木显得十分熟悉，她介绍说："武藤祖母住在距离这儿两公里左右的山谷里，由于山路崎岖，汽车很难到达。"经过一段时间的恢复，她的身体状况显然好了许多。

萧宇对她所说的一切早就有了心理准备，笑着说："我就搞不明白，这么一老太太干吗找个这么偏僻的地方居住？"

美惠子温婉地笑了起来："武藤祖母年轻时是有名的美人，她因为爱上了我的祖父，所以甘心来到我家里做总管。"

"打住！我猜猜啊，肯定是你祖父已经有了家室，没办法安置她！"

美惠子轻声叹了口气，美丽的脸庞笼罩上一层淡淡的忧伤："祖父是个很传统的人，他忠于家庭，忠于爱情，一直到死都没向武藤祖母表露过半分感情，他死后就葬在六甲山……"

萧宇也沉默了下去，他已经猜到美惠子下面说的是什么。

"武藤祖母从那时候起，就在祖父的坟前建起了几间茅舍，按照她的话来说，她的生命无论过去还是以后都因为祖父而存在。"

萧宇轻轻拥住美惠子盈盈一握的纤腰："如果给你一个选择，你会选择权力还是爱情？"美惠子没有说话，这个问题对她来说实在是难以回答。

半个小时后，两人来到武藤祖母在六甲山静世谷的茅舍，月光无声地照在这幽静的山谷中，五间简陋的茅舍依傍着一条从山顶流下的小溪而建，溪水反射着月色的光华，银色的水纹将周围装饰得异常美丽。

美惠子牵住萧宇的手来到茅舍的前方，静夜中忽然传出两声犬吠，正中的那间茅舍亮起了灯光，熟睡的主人被深夜的访客惊醒。

美惠子亲切地喊了一声："武藤祖母！"

"美惠子！"一个惊喜的女声喊道，没多久就听到房门开合的声音，一个穿棉布睡袍的老人出现在两人面前。

武藤祖母激动地张开双臂把美惠子搂在怀中："孩子……我每天都在想着你……"美惠子的双目中荡漾着泪光："我也是……"

萧宇微笑着看着眼前的一幕，他忽然想到了自己远在燕京的母亲，亲情的确是抚平内心疲惫最好的良药。

两人用东瀛语交谈着，美惠子很久才想起来一旁的萧宇，连忙把萧宇介绍给武藤祖母，老人微笑着把两人引到了房间中。

房间的装饰都是典型的传统民间风格，以木质结构为主。

美惠子在内室换完和服后，和萧宇一起跟着武藤祖母在榻榻米上闲聊。萧宇多数时间都是充当陪衬的角色，两人的交谈都是在用东瀛语进行。

她们两人终于意识到萧宇的存在，武藤祖母将萧宇带到靠近小溪的茅舍暂时居住。

萧宇经过刚才的死里逃生，早就疲惫不堪，稍事洗漱后，就在榻榻米上沉沉睡了过去。睡梦中感觉到鼻翼处微微发痒，萧宇的唇角露出一丝微笑，拦腰将用头发撩拨自己的美惠子揽入怀中，一个翻身，将美惠子诱人的娇躯压在身下。

美惠子俏脸通红，双目发亮，她的呼吸变得异常急促。萧宇在她的红唇上轻轻点了一下："你难道不清楚我禁不起引诱？"

美惠子修长的玉腿盘结在萧宇的身躯上："一直都是你在引诱我……"

萧宇的大手温柔地抚摸在美惠子的脖颈上，他的嘴唇跟随在手的轨迹后面，夜色融化在两人彼此纠缠的热情中……

萧宇醒来的第一件事就是推开靠溪的窗口，清新的空气扑面而来。迷蒙的晨雾仍旧萦绕在山谷中没有散去，山风吹过，晨雾顺着风向飘荡在小溪上，水面上升腾起蒙蒙烟雾，水云之间，美惠子身穿白色亚麻的和服，在溪边优雅地梳理着她的满头长发，远远望去，宛如云中仙子，美丽不可方物。

萧宇悄悄来到美惠子身后，伸手捉住美惠子拿着木梳的纤手："我帮你！"

美惠子面色微红，娇羞无限。萧宇轻轻抚摸着美惠子的长发，为她慢慢梳理，美惠子陶醉地闭上了双目，但愿时间永远停留在这一刻。

武藤祖母在远处微笑着看着这对情意绵绵的年轻人，每个人都有年轻的时候，但未必每个人都能感受到爱的喜悦，他们现在无疑是幸福的。

可幸福往往又是短暂的，萧宇和美惠子都明白这个道理，无论是他们那次在荒岛，还是现在在这里，只是暂时地逃避现实中的残酷，一旦离开这里，他们的感情必然受到现实的制约。

武藤祖母去山下为他们买来了最新的报纸，关于美惠子的下落报纸上已经开始重重猜测，山海组的内战仍然没有结束，警视厅已经开始介入。

"你打算什么时候离开这里？"萧宇低声问。

美惠子在盘好的发髻上插上一根玉簪："大川直泰之流不足为惧，即便是我不出手对付他们，黑木广之也不会放过这个机会！"

萧宇心中一怔，美惠子仍然没有忘记她在山海组的一切，她早就估计到自己的失踪会让隐藏在暗处的黑木广之重新现身。他会在这个最为混乱的时候出现，对他来说，这无疑是最合适的时机。一种不祥的预感出现在萧宇的心头，这看似合理的一连串危机的背后究竟潜藏着怎样的真相？

一向效忠于美惠子的大川直泰为什么会突然背叛？造成今天这种混乱局面的始作俑者究竟是谁？

那天晚上在明石大桥的刺杀肯定是想置两人于死地，这帮忍者如果是大川直泰派出，那么一切就没有任何可疑的地方，如果他们的幕后另有其人，那么这次的刺杀会不会是一个意外的插曲？萧宇甚至不愿再想下去，他情愿相信美惠子一如往常般温柔纯洁。

美惠子仿佛觉察到萧宇的变化，她柔声说："如果一切能够重来，你会不会陪我留在那个岛上？"

萧宇沉默了一下，很久才回答说："你相信一切可以重来吗？"

果然没有出美惠子的所料，黑木广之在当天的下午就出现在山海组的总部，他是和山海组四名元老一起同时出现的，这些日子的低调潜伏，他一直在积蓄着能量，只要时机成熟他就会重新回到山海组。

大川直泰等人对黑木广之的出现都表现出异乎寻常的热情，任何人都知道美惠子大势已去，黑木广之才是山海组未来的主宰。

黑木广之是山海组内部温和派的代表，即使是经历了海上喋血这一系列的暗杀事件，他仍然没有表现出丝毫的愤怒。这也是他高人一筹的地方，木村龙郎就是因为太沉不住气才惨死在美惠子的手中，他不会重蹈覆辙。

派去警视厅查看消息的人已经回来了，警方仍然没有在明石大桥附近的海面找到美惠子的尸首。

"也许社长的尸首被鲨鱼给吃了！"大川直泰分析说。

黑木广之的唇角露出一丝嘲讽的笑容，只要稍有常识的人都会知道明石附近的海域根本没有鲨鱼的活动。对方马上看出了他的蔑视，红着面孔垂下头去。

黑木广之慢慢地翻阅着文件，这就是美惠子所谓的他和木村龙郎的罪状，三浦原崇毕恭毕敬地站在他身后。

黑木广之早就知道他们在这场风波中所扮演的角色，可是他并没准备对付他们，至少现在是这样。杀戮并不是最好的办法，目前的山海组到处都弥漫着浓烈的血腥，如果他采取以杀止杀的办法，只会让更多的帮众心生寒意，他试图凝聚整个帮会的目的会受到更多的阻碍。

一切都像他预想的那样，只要除掉美惠子，整个组织的领导权就会重新回到他的手中，毕竟他的威信和影响不是一个弱质女流轻易能够清除的，想到这里，黑木广之不免有些得意。

他目前最重要的就是确认美惠子的死讯，只要能够证实这一点他就可以顺其自然地成为组织的新任当家，在美惠子下落不明以前，他必须要等待下去。

山海组的主要部门的课长全部到齐，黑木广之扫视了一下众人开始了他的训话："这次渡边社长被人伏击，是对我们整个山海组的挑战，无论这个敌人是谁，我们都不会放过他！"

所有的人都吃了一惊，任何人都没有想到黑木广之并没有把目标指向渡边美惠子，他甚至都没有提及海上喋血的事情，他的脑袋里究竟在打什么主意？

黑木广之流露出悲愤的神情："我们的组织面临着从未有过的危机和挑战，海上的血案，两任社长的离奇死亡和失踪，组织的骨干力量接二连三地被人伏击，如果让这种情况继续下去，我们的组织将面临崩溃的危机……"

他故意停顿了一下，直到所有人的目光都聚集在他的身上，他才开口说："在渡边社长没有找到之前，作为组织内的元老之一，我有责任负担起挽救组织的重任。从今天起，组织内绝不允许再有内部仇杀和火并事件的发生，如有违背，格杀勿论！"

三浦原崇和大川直泰脸上都露出胆怯的表情，黑木广之果然非同凡响，他处理问题避重就轻，将之前的一切全都轻轻带过，真正的用心是先登上社长的宝座。一旦他巩固了自己的位置，他肯定会逐一对付那些曾经背叛过他的人。

集会解散之后，黑木广之将他最得力的手下玉置重三留下。

玉置重三显然并不明白黑木广之为什么不揭穿美惠子设下的一连串阴谋。黑木广之笑着说："美惠子从现在起在我们的字典里已经成为一个死人，再去追究她的过错又有什么意义？"

"课长的意思是……"

黑木广之的目光闪过阴冷的杀机："无论美惠子死没死在明石的阻击中，我都要看到她的尸首。"

玉置重三点点头："这件事我会全力去办！"他又问道，"大川直泰和三浦原崇在一系列的杀戮中充当了重要的角色，课长难道就这样放过他们？"

黑木广之笑了起来："如果我没猜错，他们现在的心情比任何人都要不安，这种恐惧的滋味比死亡要可怕许多，他们绝对等不到我对他们下手！"

玉置重三恍然大悟地点点头，两人同时发出一声大笑。

萧宇从美惠子越来越忧郁的眼神已经猜测到局势正在向不利的方向发展，美惠子多次背着他偷偷地和外界通话，萧宇知道距离他们告别平静的时间不远了。

三天后的黄昏，美惠子和萧宇一起来到她祖父的墓前，美惠子跪在墓前的草地上，默默祈祷着什么。

祈祷一直进行了半个小时左右，美惠子才站起身来，她轻声说："我的祖父曾经是一个警官，他死在帮会的暗杀中。我的父母为了替祖父报仇，一样不明不白地死去……"

美惠子的眼圈有些发红，她的嘴唇在微微地颤抖："如果我没有遇到渡边芥，恐怕我根本活不到今天……"

她稳定了一下情绪，笑了笑："也许我是个不祥的人，总会给身边的亲人带来不幸，在我嫁给渡边芥后不久，他也被住吉会的人暗杀，就连渡边社长也没能逃过噩运。"

美惠子抽泣起来，萧宇怜惜地将她揽入怀中。

美惠子轻轻吻了吻萧宇的嘴唇："我那天之所以约你去箬山茶苑，是因为我发现自己根本无法放下你……尽管我清楚这是一个错误……"她大声地哭泣起来。

萧宇用力拥抱住她颤抖的娇躯："我一样无法忘记你！"

美惠子却摇了摇头："我们之间的一切注定是一个错误，如果再让这个错误继续下去，只会伤害到你……"

萧宇双手捧住她的俏脸："我从来没有认为这是个错误，只要你愿意，我马上就带你离开，去世界的任何一个地方生活！"

泪水模糊了美惠子的双目，她紧紧地抱住萧宇的身躯："阿宇！我爱你……"

萧宇吻住她冰冷的唇，美惠子却扬起手掌，用力击打在他的颈后，萧宇眼前一黑昏倒在地上。美惠子流着泪水抱住他的身躯，将他慢慢放在草地上："离开我……离开东瀛……"她在萧宇的唇上深情地亲吻了一下，哭着向远方跑去……

当萧宇醒来的时候，美惠子早已经不知去向，他沿着来时的道路向武藤祖母的茅舍走去，当他来到山谷中的时候，眼前的一切让他惊呆在那里。

六间茅舍早已变成了一片灰烬，烈火烧过的废墟上，仍旧荡漾着淡淡的轻烟。萧宇不顾一切地跑了过去，他发疯似的呼喊着美惠子的名字，他用双手在灰烬和废墟中搜寻，直到搜遍废墟的每一个角落，他手上的皮肤已经被废墟磨出血泡。茅舍中只有一具焦黑的尸体，尸体的颈部仍然有一串被熏得乌黑的贝壳项链。

萧宇的泪水无可抑制地流了下来，直到现在他才发现自己最爱的人是美惠子，他抱起那具焦黑的尸体大声悲号起来。

天空忽然下起了暴雨，雨水可以洗净贝壳上的灰烬，却无法洗掉萧宇内心深深的悲痛……

反町俊驰将手中的烟蒂远远弹了出去："黑木广之已经知道了你的死讯，今晚他会亲自到警视厅认尸！"

美惠子心神恍惚地应了一声，反町俊驰皱了皱眉头："你还在想着那个中国人？"美惠子摇了摇头，她的眼神却早已经暴露了她的内心。

"为什么你那天会突然约他在箬山茶苑相见？"

美惠子有些愤怒地盯住哥哥："他既然已经要离开东瀛了，你为什么要让人在机场狙击他？"

反町俊驰不自然地笑了一下："我说怎么那名狙击手会突然死去……"

"若要人不知，除非己莫为！"美惠子生气地转过脸去。

反町俊驰叹了口气："我的一位救命恩人，让我还他一个人情，我也是不得已而为之……"

"谁？"

反町俊驰没有回答，启动了汽车："成败全在今晚，只要除去黑木广之，我们就能控制整个山海组。"

"渡边美惠子的尸体已经被运往警视厅的殓房，消息绝对可靠！"玉置重三兴奋地对黑木广之说。

黑木广之习惯性地眯起双眼："我要亲自去认尸。"

玉置重三点头说："社长放心，我已经安排好了一切。"他将称呼巧妙地改成了社长，黑木广之听在耳中，说不出的舒服受用。

黑木广之交代说："为我准备一杯清酒，我要对着这个贱人的尸首痛快地喝上一杯！"

萧宇将贝壳项链和美惠子的尸首一起埋在她祖父的坟边，他的脸上已经分不清究竟是雨水还是泪水，他亲吻坟上的泥土："美惠子，无论谁杀害了你，我都要让他死无葬身之地……"

雨丝忽然改变了原有的轨迹，冷风夹杂着雨丝钻入萧宇的衣领，让他不寒而栗，一支闪耀着寒光的羽箭从密林中射向萧宇的后心。

萧宇的身体发自本能的一个侧移，镞尖擦破他的右侧衣袖，深深射入新坟之中。萧宇怒吼一声，全速向左侧的竹林中冲去。

两支羽箭从不同的方向穿越层层雨丝，向萧宇逃逸的方向射去。

萧宇距离竹林还有三米的距离，他这次没有那么幸运，左侧的那支羽箭从他的左肩射入，箭杆上传来的巨大冲力让萧宇的身躯一个踉跄，险些倒在前方。

萧宇强忍疼痛，在对手发动第三次攻击前冲入了竹林之中。他用手折断了插在肩头的镞尖，咬住牙关将羽箭抽了出来，使用这种原始武器的肯定是东瀛忍者，可能就是这帮人害死了美惠子，萧宇的斗志被怒火和仇恨点燃。

　　竹林的上方传来一声尖锐的呼哨，一名黑衣忍者反身沿着光滑的竹竿飞速滑下，他手中的东洋刀透射出阴冷的寒光。

　　在距离地面还有四米左右时，他的身体忽然脱离了竹竿，双手握刀腾空劈向萧宇的头顶。

　　萧宇向后连退了三步才躲过这名忍者威力无比的一击。他利用竹林的地理环境，来躲避忍者一连串凶猛的攻击。

　　五六根青竹被忍者连续劈断，萧宇看准时机，抄起倒在面前的青竹，尖端向前刺向忍者的小腹。

　　那名忍者冷哼一声，一刀将青竹的前端斩断。雨越来越大，渗入萧宇肩头的伤口火辣辣地疼痛。

　　萧宇手中的竹竿在被连削五刀后，仅仅剩下了不到一米的长度，忍者狞笑着向萧宇一刀刺来。

　　萧宇出乎意料地做了一个前冲的动作，他手中的竹竿准确地套中了忍者手中的长刀，与此同时他的右膝狠狠顶中了对方的下阴。

　　那名忍者发出声嘶力竭的惨叫，没等他做出反应，萧宇的左拳又砸中了他的咽喉。忍者的身躯向后踉跄了两步，摔倒在地上，刚才削断的青竹残端刚巧插中他的后背，竹子的尖端从他的前心透了出来，鲜血从他身下汩汩流出。

　　萧宇厌恶地吐了口唾沫，从他的手中捡起东洋刀。他清醒地知道对方并不是独自一人，他的同伴很快就会赶到这里。

　　夜幕已经完全降临，他要在夜色的掩护下离开这片山区。

# 06　先礼后兵，逐个击破

萧宇事先和宋老黑商量了一下，两人定下"先礼后兵，逐个击破"的策略，他们的首选目标锁定在瘸五留下的地盘上。自从瘸五爷死后，他打理的安南区就陷入群龙无首的境地，他的副手钢炮并没有服众的能力，对待手下十分残暴，弄得手下人怨声载道，很多人都已经改投到宋老黑的门下。

## 利益之争

晚上九点三十分，黑木广之一行到达警视厅殓房，资料显示美惠子没有亲人，身为社团重量级人物的他，负担起了这个认尸的重任。其实他完全没有必要亲自来到这里，只是到了这个时候，即便是一向沉稳的他，仍旧迫不及待地想亲自确认美惠子的死讯。

验尸官拉开冰柜，一具女性的尸体出现在黑木广之的面前，他用力揉了揉眼睛，这具尸首根本不是渡边美惠子。他愤怒地盯住验尸官，近乎咆哮似的大吼道："你有没有搞错？"

那名验尸官看了看尸体的编号："没错，死者的确是叫渡边美惠子！"

"混账！"黑木广之恶狠狠地骂了一句，转身向殓房的外面走去，这时不知是谁拉下了电闸，整个殓房陷入一片黑暗。

恐惧瞬间占据了黑木广之的整个内心，他迅速从腰间掏出了手枪。

没等他完成这个动作，他就听到了子弹通过消声器的声音，然后他的身躯重重地撞在冷藏箱的金属外壁上，冰冷的感觉顺着他的后背传遍了全身。

黑木广之发出一声近乎疯狂的怒吼，可是他的声音一样没能继续下去，子弹马上穿透了他的喉头，他的躯体在黑暗中不断地抽搐。

反町俊驰和美惠子并肩站在唐户港塔的最顶层，从这里俯瞰整个城市，仿佛一切都在他们的脚下。

美惠子的眼神依旧凄迷不定，萧宇的模样始终在她的脑海中挥之不去。

反町俊驰的目光充满了兴奋和期待，黑木广之的死仅仅是今晚战斗的开端，他慢慢计算着时间，东南方向升腾起一团火焰。反町俊驰的眼睛变得发亮，今晚对他们兄妹来说，是称霸整个东瀛地下社会的开始……

萧宇出现在林祖繁面前的时候，对方险些没能认出他来，直到萧宇大声地喊出"林先生"，他才认清眼前的年轻人是萧宇。

林祖繁连忙把萧宇扶入房间，失血和寒冷让萧宇的脸色变得苍白。

林祖繁为他清理包扎完伤口，又拿来干净的衣物让他换上。

"谢谢！"萧宇终于缓过劲来，林祖繁微笑着向他点点头："是不是遇到麻烦了？"

萧宇叹了口气，却没有说话。

林祖繁一边打开房间内的电视，一边说："宋老黑打电话过来，让我留意你的下落，没想到你自己跑来了。"

萧宇的目光被电视中的新闻画面吸引了过去，他虽然听不懂东瀛语，可是上面的东瀛字多少能猜出几个，林祖繁一旁翻译说："山海组的元老级人物黑木广之，不明不白地被人在警视厅殓尸房枪杀了！"

萧宇的眼前却浮现出美惠子那姣美的容颜，他这才明白美惠子并没有在大火中死去，这件事从头到尾都是一个圈套。美惠子所做的一切，就是想一步步把这个最大的敌人引出来。

萧宇的内心有种难言的苦楚，美惠子再次戏弄了自己，他已经分辨不出究竟她对自己是怎样的感情。

林祖繁似乎看穿了萧宇的内心："宋老黑他们已经回到了唐户，要不要给他们打个电话？"

一种难以名状的温暖瞬间充满了萧宇全身，他开始反省自己所做的一切，正是因为自己感情的一时冲动，让这帮朋友再次来到了充满危机的唐户。

林祖繁语重心长地说："阿宇，现在的唐户并不是旅游的最好季节……"

萧宇一身疲倦地出现在朋友面前，他却意外地没有看到香织美纱的倩影。宋老黑和胡忠武一左一右压住了他的肩膀，刚巧碰到萧宇受伤的左肩，萧宇痛得忍不住叫了起来。宋老黑一副幸灾乐祸的样子："你小子活该这样，居然敢背着我们吃独食。"

萧宇尴尬地笑了笑："美纱呢？"

宋老黑不自然地咧了咧嘴："回到唐户她就已经失踪了，估计她不愿意见你……"

萧宇沉默了下去。

霍远手拿机票乐呵呵地跑了过来："我还真担心你被弄死了，这么多差旅费我找谁报去？"

萧宇忍不住骂了一句："老子这次就赖账了，你能怎么着？"

"这可不是你萧老大的风格，是不是这两天不爽，欲火攻心啊？"霍远不放过任何一个揶揄萧宇的机会。

胡忠武提醒说："马上就登机了，我们进去吧！"

这时萧宇的目光却凝滞在正前方。

渡边美惠子身穿黑色和服静静伫立在机场的入口处，她的双目凝视着萧宇，整个世界在瞬间寂静了下来，两人的眼中只有彼此的存在。

萧宇慢慢向她走了过去："你好……"他生硬的话语在提醒美惠子彼此间无法弥合的距离。

美惠子的笑容显得凄楚而牵强，她不知道自己究竟得到的多还是失去的更多："要走了？"

萧宇反问说："这里还有让我留下的理由吗？"

美惠子的目光颤抖了一下，她竭力抑制住自己的泪水，这个时候，她更需要表现出自己的坚强："一路顺风！"美惠子向萧宇伸出纤手。

萧宇犹豫了一下，终于握住了她的纤手，她的手掌很凉，不知道她的内心是不是一样。

"再见！"萧宇毅然走过美惠子的身边。

"萧宇！"美惠子又喊住他，她转身将一个文件袋塞入萧宇的手中，飞快地向远方跑去。

萧宇没有回头，他生怕回头会控制不住自己的感情。

客机飞翔在云层中，萧宇的目光始终注视着舷窗的外面，他拆开了文件袋，抽出里面的文件，这是两份合同，关于转让嘉南深水港的合同！萧宇用力抿住嘴唇，美惠子已经在上面签好了名字，只要他签上自己的大名，深水港工程就落在他的手中。萧宇在内心默默地说："再见了美惠子，永别了我的爱……"

萧宇刚刚回到嘉南，李继祖、何老爷子的电话接踵而来，甚至连位高权重的马楚良也亲自打电话前来问候，萧宇清楚这些人问候是假，想得到深水港的具体消息是真。萧宇暂时不想将这个信息透露出去，对每个人都客客气气地敷衍过去。

拿到了美惠子的转让书，萧宇已经在深水港的工程中立于不败之地。他开始考虑自己未来的走向，马楚良是至关重要的人物，深水港工程如果想顺利地进行下去，就必须得到他的支持。

何天生的财力是另外一个重要的支持，美惠子将深水港转让并不是无条件的，三千亿东瀛币的转让费用对目前的萧宇来说实在是一个天文数字。

只要把握住这两个强有力的靠山，李继祖无疑已经成为鸡肋，萧宇不可能再让他从中分一杯羹。但在这个时候将李继祖抛在一边，无异于向他和三禾会公开宣战，李继祖绝不会默默承受被人抛弃的命运。考虑再三，萧宇决定先探听一下何天生的意思。

竞标之前，萧宇将明生码头也完全关闭，他利用关系重新注册了一个新的公司——世纪船务，公司的地址选定在嘉南市中心的千禧大厦，借着开业的机会，他让卓可纯亲自前往濠江邀请何老先生前来剪彩。

欢迎酒会定在第二天，在千禧大厦七十八层的空中花园举行，萧宇正在和马心怡商量酒会的布置情况，却看到何天生在芬妮和王觉的陪伴下坐着轮椅向他们走了过来。

正在和别人谈话的萧宇连忙迎了上来："老爷子不是说明天剪彩才到吗？怎么今天就来了？"何天生哈哈笑着说："我倒是想晚一天来，可是有人不愿意！"

萧宇这才想起他身后的芬妮，一段时间不见，芬妮出落得越发楚楚动人，也许今天是公众场合的缘故，她比以前显得矜持了许多。

王觉仍旧是一副能够滴出蜜的面孔，萧宇对他实在是提不起多大的好感，草草招呼了一句，陪着何老爷子来到自己位于七十七层的办公室。

何天生饶有兴趣地看着整间办公室的装修，笑着说："没想到我迷信七这个数字居然把你也传染了！"萧宇笑了起来："我是想借您老人家一点运气，千万别介意啊！"

对何天生萧宇并不想有保留，他将深水港工程的转让文件拿出："老爷子，有件东西你一定会很感兴趣。"

何天生仔细地浏览完文件的每一个细则，他的唇角露出一丝满意的微笑："价钱很合理，我本以为他们会出到五千亿东瀛币。"

萧宇笑着说："资金方面，还要老爷子多多费心！"他停顿了一下又说，"我拿下转让书的事情除了老爷子以外没有任何人知道，李继祖也不例外！"

何天生深邃的眼神闪烁了一下，他轻易就听出了萧宇的潜台词，他移动了一下轮椅，来到靠窗的位置，从这里可以俯瞰整个嘉南的景色，他满怀深意地说："从这里看，嘉南实在是太小，如果人口继续增长下去，这个城市早晚会面临爆炸的危险！"

萧宇来到他的身后："有句老话：请神容易，送神难。"

何天生笑了起来，他用手指点了点萧宇的胸口："既然意识到困难，就应该在他还没有完全做出准备的时候，想好一切应对之策。"他指了指远处的港湾，"深水港建成后，受到冲击最大的就是香江的航运，这件事情你早晚都要考虑。"

萧宇不无担心地说："我之所以一直没有公开转让书在我的手中，就是因为害怕这件事会导致其他帮会之间的联合。"

何天生提醒他说："你想没想到过谁会成为你的顾客？"

萧宇的眼前一亮，他一直都在考虑拥有港口的三禾会、合记之流，却从来没有正式想过自己未来的顾客，货比三家这个道理在任何时候都通用，深水港一旦建成，自己首先面临的就是和其他的对手争夺客源。而这些所谓的顾客，完全可以被他发展成为一条战线上的盟友。

何天生意味深长地说："抛出一部分的利益给我们未来的客户，深水港将成为凝聚江湖实力的核心，你拥有的顾客越多，你自身的实力越大。"

世纪航运开业的当天，各路枭雄悉数登场，任何人都看出萧宇蓬勃发展的实力。

中午的剪彩仪式简直成为一个地下巨擘的聚会，有何天生在暗中主持，一切都在顺利中进行。

李继祖显然不知道自己已经被萧宇和何天生排除在同盟之外，仍旧乐呵呵地向萧宇恭贺，萧宇自然是不露声色，无论李继祖怎么询问，他对于东瀛发生的一切都是只字不提。

章肃风虽然没有亲来，但是派引擎前来道贺，幸好今天四震去医院照顾艾咪没有出席酒会，否则两人相见说不定又搞出什么事情来。

文山天地盟的韩望江和他的手下薛正东也出席了这次酒会，萧宇跟他只是一面之缘，这次他主要是看在何天生的面子上才来。

本来萧宇准备请马楚良和何老爷子一同剪彩，后来考虑到今天前来的江湖人物众多，马楚良毕竟是要员，公众形象十分重要，最后还是放弃了这个念头。

酒会在热烈的气氛中开始，萧宇本来打算邀请卓可纯作为自己的女伴，本来她也已经答应，可是临到酒会开幕之前，她却打消了主意，借口身体不适，不愿出席这个酒会，八成是因为李继祖列席的缘故。

萧宇致辞结束的时候，芬妮穿着红色礼服，笑眯眯地来到他身边。萧宇皱了皱眉头："笑得这么诡秘，又打什么鬼主意？"芬妮居然伸手挽住了萧宇的胳膊。

"别价！让人看到影响多不好！"萧宇想甩开她的胳膊。

芬妮却死死拽住不放："看到你一个人形单影只，我可怜你，临时充当你的女朋友！"

萧宇哭笑不得："你有空还是去陪陪你家老爷子，在我这儿添什么乱呢？"

"他太闷，不如你有趣！"

萧宇无可奈何地点点头，这时天地盟的大佬韩望江和薛正东向自己走来，萧宇的脸上连忙堆起客套的笑容。

韩望江大笑着说："萧先生真是令人羡慕啊，目空一切的芬妮小姐居然被你泡上了。"萧宇对他没有太多好感，这人说话不但直白而且没有水准。

薛正东有些尴尬地笑了笑，他也感觉到老大说话的水平太差。

"我们是普通朋友！"萧宇笑着解释说。

韩望江的眼神暧昧地打量了芬妮一下，然后说："情人总是从普通朋友开始的！"萧宇心里忍不住骂了一句，嘴上却说："韩先生真是幽默！"韩望江根本听不出萧宇对他的讽刺，举杯跟萧宇碰了一下，然后说："以后嘉南看来就是萧先生的天下了，我的生意还请多多照顾！"

萧宇知道他是靠贩卖军火起家，如果深水港建成，他肯定少不了麻烦自己，对于这种未来的大客户，还是尽量少得罪，更何况他跟何天生的关系非同一般。萧宇客气地应付了两句，这才找了个借口离开。

引擎主动来到萧宇面前，他看着萧宇的眼神多少显得有些不满，萧宇马上意识到是因为身边多了芬妮。

"晴晴最近会回来，有没有想过给她打电话？"

萧宇有些不自然地笑了笑："我前些日子去了东瀛，刚刚回来。"

"不会忙得连打电话的时间都没有了吧？"引擎狠狠瞪了芬妮一眼，"是不是光顾着陪何天生的孙女了？"

芬妮再也压不住心头的怒火："你混蛋！凭什么用这种口气对阿宇说话！"她这一喊，把所有客人的注意力都吸引到这边来。

引擎冷笑一声："我不跟你这种女人一般见识！"芬妮气得想拿酒去泼他，被萧宇捉住手腕，酒水洒了萧宇一身。

韩望江看到这边的情形也走了过来，引擎毕竟是他的同胞兄弟，他拉了引擎一把："阿山，你醉了！"

引擎一把将韩望江推开："我清醒得很！"他用手指着萧宇恶狠狠地骂了一句，"晴晴真是看错了你，忘恩负义的东西！"他全然不顾满场错愕的眼光，转身向外走去。

韩望江呵呵笑了起来："诸位继续啊，刚才是我弟弟喝多了，千万别影响了大家的雅兴。"音乐继续响起。

经过刚才引擎这么一闹，客人大都没有了兴致，没多久就各自散去了，萧宇有些郁闷地向外走去，芬妮还跟在他的身后。

来到电梯中，萧宇忍不住大声喊了起来："你有病是不是，整天跟我添什么乱？"芬妮居然毫不生气地笑了起来。

"有什么好笑的？"

"中国有句俗话：打是亲，骂是爱。证明你开始爱上我了！"芬妮的话险些没把萧宇气得吐血。

当晚萧宇亲自去拜会了市长马楚良，竞标临近，他必须和马楚良事先将一切策划妥当。

萧宇深知要想跟马楚良这种级数的对手合作必须以诚相待，他将在东瀛的一切详细告知了马楚良。马楚良知道萧宇已经拿到日方转让合同的消息也是大喜过望，拿下深水港的工程已经没有任何障碍，剩下的事情就是表面上尽量做得没有破绽，避免落人口舌。

"方天源和三连帮那里好办，只要把他们的背景揭露出来，他们就自然丧失了竞标的资格。"萧宇提议说。

马楚良点点头："这件事越早越好，舆论声势尽量做到最大，把深水港工程树立为爱国主义的体现，山海组的退出，本身就是一个正面宣传的契机。"

萧宇笑了起来，马楚良和他的想法不谋而合。

马楚良嘱咐说："阿宇，一旦拿下深水港工程，你会面临空前巨大的压力，一定要做好心理准备！"

"马市长请放心，我会做好一切准备！"

萧宇拿出一份申请书："这是关于将明生、东兴两处码头改建为高级住宅区的申请，还望马市长给予关注！"

马楚良欣赏地点点头："我果然没有看错你，年轻人中已经很少有人能有你这样的远见和眼光。"

自从谭自在死后，青龙帮已经成为一盘散沙，每个堂主都自立山头，这次的东瀛之行让宋老黑彻底死心，他将人马和萧宇合并。

通过这次合并，萧宇的实力有了长足的进步，他们将目标锁定在青龙帮原有的地盘上，按照何老爷子的话，这块地盘你不去争取，还有别人想去吞并。

萧宇事先和宋老黑商量了一下，两人定下"先礼后兵，逐个击破"的策略，他们的首选目标锁定在瘌五留下的地盘上。自从瘌五爷死后，他打理的安南区就陷入群龙无首的境地，他的副手钢炮并没有服众的能力，对待手下十分残暴，弄得手下人怨声载道，很多人都已经改投到宋老黑的门下。

宋老黑以青龙帮元老的身份，主动找钢炮进行了谈判，没想到这小子是又臭又硬，还没谈上两句就跟宋老黑拍桌子砸板凳，弄得宋老黑大动肝火。

"钢炮真是给脸不要脸！"宋老黑气得脸色铁青，出师未捷搞得他很没有面子，更何况临去谈判之前他还信誓旦旦地向萧宇说，这次一定马到成功。

## 联手共赢

四震笑着说："你老人家别动气，为了这种小角色气坏了身体那多划不来！"

胡忠武说："干脆找俩人做掉这个王八。"

一直没说话的萧宇反对说："这件事我们还是不方便出面。"

马国豪有些奇怪地说："如果连一个小小的钢炮都拿不下来，我们还谈什么一统青龙帮？"

萧宇笑了起来："过些日子就会开始竞标，我不想因为这件小事影响了我们世纪船务的形象。"他停顿了一下说，"这件事还是黑哥来办，钢炮这种人根本无法服众，你在青龙帮多年，跟瘸五爷的手下应该很熟，他们自己内部的事情最好由自己解决，至于有什么需要，你帮着解决不就成了！"

所有人的都是眼前一亮，萧宇的见解的确比他们高上一筹。

萧宇说："竞标的事情迫在眉睫，一旦我们竞标成功，势必会引起很多同仁的仇视，在此之前，我们必须未雨绸缪，先下一番苦功。我和何老爷子事先已经谈过，在竞标前我会重点拜会一些利益相关的帮会，以获得他们的支持，所以青龙帮的事情要交由老黑哥和国豪负责！"

宋老黑对这样的安排当然没有什么异议，点点头说："我会尽量解决！"

萧宇补充说："尽量不要使用暴力，避免流血事件的发生。"他又对四震说，"赌球的事情你暂且放一放，政府已经批准了我将明生、东兴两处码头改为高级住宅区的提案，这件事你和心怡姐、可纯三人负责！"

四震笑了起来："我是一粗人，对建筑可是一窍不通。"

在场的人都笑了起来，萧宇说："我也没打算让你负责具体事务，你跟着跑跑腿、打打杂，负责下治安就行。"

四震提议说："昨天我去看过尾巴，他的精神状态还不错，跟丽娜两人也和好了，是不是考虑一下把赌球的事情交给他？"

萧宇点点头："成！这件事你跟他说吧！"他把所有的事情安排完之后说，"明天我和忠武哥去香江，拜会一下那里的帮会头目，估计要待一段时间，这边如果有什么事情，你们多跟老黑哥商量。"

萧宇选择的第一站却不是香江，离开之前他首先来到了光雄，去那里拜会了久未谋面的章肃风。因为上次引擎的事情，萧宇格外留了一个心眼，提前打了个电话过去，让他意外的是，章肃风丝毫没有表现出不高兴，反而热情地邀请他过去。

在章肃风位于光雄坤子头的望海别墅，萧宇终于见到了这位处于休养状态的人物。一段时间不见，章肃风显得老了很多，萧宇仔细观察才发现，他的容貌并没有什么变化，真正苍老的是他的内心。竞选失败、谭自在的突然死亡对他来说都是无比巨大的打击。

两人在别墅的望海平台上喝茶，午后的阳光暖暖地洒落在两人的身上，让人舒服得想立刻就进入睡眠状态。

萧宇要了一杯冰水提神，章肃风看出了他的意思，脸上绽放出一个笑容："看来最近你很得意！"

萧宇在他的面前始终显得很尊敬："最近一切都很顺利。"

章肃风点点头："龙三是你干掉的？"

萧宇没有回答，章肃风继续说："你不说我也知道，这件事做得很漂亮，在那种情况下任何人都不会怀疑你……"他停顿了一下又说，"警署一直到现在都在调查我跟这件事有没有关系，我是哑巴吃黄连——有苦自己知。"

萧宇有些尴尬地笑了笑，这件事情上，章肃风的确为他背了黑锅。

章肃风却没有丝毫生气的样子，他笑着说："如果我没猜错，你跟马楚良之间一定达成了某种共识！"

萧宇张嘴想要解释，却被章肃风伸手制止："你不用解释，我没有任何责怪你的意思，胜者为王，永远都是这个道理，我始终相信你的人品，在我竞选期间，你始终站在我的一边。"

"谢谢！"萧宇由衷地说，章肃风的确相当了解自己。

章肃风的目光投向远方风平浪静的海面："谭自在死后，很多事情我都想透了，我这一生争来斗去，始终都是为了复仇，现在想想根本没有什么太大的意义，这段时间，我正在慢慢结束帮会的生意，一旦时机成熟，我会彻底退出这个江湖。"

萧宇有些不敢相信地看着章肃风，这就是那个曾经叱咤风云的江湖大佬，记得当初就是他亲口对自己说过"一入江湖，身不由己"，究竟是什么改变了他。

章肃风终于把话题转到女儿身上："嘉南的事情引擎已经全部对我说了。"

萧宇解释说："我和芬妮只是普通朋友。"

章肃风笑了起来："这和我有什么关系吗？"

萧宇有些听不明白章肃风到底是什么意思。

章肃风坦率地说："我在竞选的时候，曾经想让你和晴晴走到一起，现在回想起来，那是我自私的想法。"

萧宇静静看着章肃风。

章肃风一字一句地说："你和晴晴根本不是一个世界的人，我了解你现在所处世界的险恶和残酷，所以我不会把女儿交给你这样一个人，我不希望我的不幸延续到晴晴身上，你能明白吗？"

萧宇默默点了点头，作为一个父亲，章肃风是称职的。

"阿宇！远离我女儿的生活，好吗？"

萧宇露出一个笑容："祝你们永远幸福……"

萧宇前往香江表面上是去拜会三禾会的大佬李继祖，真正的目的却是探一下其他帮会的口风，其中最为关键的一个环节就是去拜访新益安的大佬秦正。

卓镇海当年留下的那张光盘现在终于派上了用场，萧宇决定用这张光盘挑起李继祖和方天源的争斗。只有让他们陷入彼此的纠缠中，才能有效地牵制住他们的力量，自己才能全心投入深水港的工程之中。

李继祖还以为萧宇这次是专门找自己商谈深水港竞标事宜的，亲自前往机场迎接。同行的还有宏兴新任的大佬李继民，他是李继祖的胞弟，毕业于哈佛大学经济管理专业，李继祖这一点倒有些举贤不避亲。

不到最后一刻，萧宇当然不能将自己的底牌暴露给李继祖。他和李继祖虚与委蛇地谈了一番未来深水港的架构，李继祖对东瀛发生的一切始终都抱有浓烈的兴趣，几次想询问萧宇，都被萧宇搪塞了过去。

萧宇当晚就居住在李继祖安排的海景酒店，等到李继祖兄弟告辞离开，已经是晚上十一点，萧宇却没有感到丝毫的困意，他用新购入的手机拨通了新益安大佬秦正的电话。

萧宇之所以选择秦正作为突破口，完全是因为卓镇海的那张光盘。根据光盘的记录，秦正跟卓镇海之间曾经达成协议，他借用三禾会的码头上货，每次会从所得的利润中抽取百分之一交给三禾会。他之所以能用这么低的价格搞定航线，是因为在暗地中，秦正和卓镇海另有交易，他直接返给卓镇海个人百分之五的利润。

卓镇海死后，李继祖接任三禾会大佬，上任的第一件事就是将原来百分之一的分成提高到百分之二十。这不仅仅是为了三禾会的利益，更重要的是李继祖和秦正有一段恩怨，他的大哥李继添据说就是死在秦正的手中。

秦正当然不会平白无故地咽下这口气，除了三禾会，在香江拥有航线的只有合记，而新益安跟合记之间仇隙更深，他不可能主动低头向方天源求和，所以他唯有铤而走险，用走私船贩运毒品，短短的半年间已经被警方截获了三次，可谓是损失惨重。想跟别人做朋友，首先要了解他的需要，萧宇开始逐渐了解这句话的重要性。

秦正收到萧宇电话的时候显得十分惊讶，他跟萧宇并没有什么交情，唯一的那次相逢，就是在花炮会上，说起来仇恨的成分应该居多一些。

萧宇的事情秦正知道得很多，凭借他多年的江湖经验，他敏锐地感觉到对方找他一定和深水港的事情有关。这就让秦正更加无法想透，江湖上早就传言李继祖和萧宇、何天生达成了攻守同盟，这个时候萧宇来找自己究竟有什么目的？

人往往都是这样，越是想不透的东西，就越想尽快知道他的真相，秦正也不例外。

萧宇约他晚上在海景酒店外的海滩相见，他毫不犹豫地就答应了下来。

午夜零点，秦正准时到达了萧宇约定的海滩，他应该带了保镖随行，可是看到萧宇一个人在海滩漫步，他也独自走了过去。

萧宇仔细打量着这个未来的盟友，秦正五十岁左右，身材偏矮，再加上中年发福的缘故，让他整个人看起来有些臃肿肥胖。他穿着白色西装，领口敞开，走路有些罗圈腿，从他的身上丝毫看不出一个江湖大佬应该有的气质。

萧宇点燃了香烟，火光照亮了他英俊的面孔。秦正也在打量着他，这个年轻人究竟在打什么主意？

两人向对方同时微笑了一下，萧宇向秦正伸出手去："我知道秦先生一定会来！"

秦正笑的时候嘴角有些向左歪斜，让他整个人看起来平添了一分狡诈："何以见得？"

"秦先生是个善于把握机会的人！"

秦正大声笑了起来："也许应该说我是个好奇心很重的人。"

萧宇沿着海滩向西走去，秦正和他并肩而行，他很奇怪自己居然在一个年轻人面前表现出足够的耐性，也许是听说了关于萧宇太多传奇的故事。

"我找秦先生是为了跟你谈谈合作的事情！"萧宇直截了当地说出了自己的目的。

秦正停下脚步："如果我没记错，萧先生好像正在和别人合作竞标嘉南的深水港工程。"萧宇深知要取得这种人的信任，必须出奇制胜。

"据我所知，秦先生的生意最近好像不太顺利……"

"谢谢关心，我和兄弟们还吃得上饭！"秦正对萧宇的直接有些反感。

萧宇笑了起来："这半年间秦先生的货被警方截获了三次，保守估计损失应该在两亿香江币左右……"他停顿了一下，意味深长地说，"您手下的弟兄们已经很久没吃过鲍鱼了吧？"

秦正没有想到萧宇对自己的事情了解得这么清楚，他有些尴尬地笑了笑："萧先生打算怎样和我合作？"

"实不相瞒，嘉南深水港工程已经在我的把握之中！"萧宇不失时机地抛出这个巨大的诱饵。

秦正并没有表现出应有的激动，他也点燃了一支香烟："嘉南离香江好像有很长的距离……"

萧宇点点头："以秦先生的生意额度，一般吨级的货轮很难符合您的要求，可是香江能够停靠这种货轮的码头基本上都掌握在三禾会跟合记的手中。"

秦正的目光中闪过一丝无奈，这是他心中永远的痛。

萧宇知道他已经开始动心："更何况秦先生的生意伙伴大都在东亚地区，香江市场的份额仅仅占到五分之一左右，如果您愿意，深水港完全可以成为您剩下生意的中转站。"

秦正的内心怦然一动，多年以来他一直立足于香江本地，将香江作为他生意的中转场所，可是没有码头的窘境始终在困扰着他，如果萧宇真的能提供给他一个码头，那么他的生意无疑会迈向一个新台阶。

天下没有免费的午餐，秦正深谙这个道理，萧宇不会只为了拉一个客户就邀请自己加入。他弹了弹烟灰："萧先生，你和我合作究竟有什么目的？"

萧宇微笑着说："秦先生的航运费仅仅是我的目的之一，我真正的目的是想对付两个人！"

"谁？"秦正警觉地问道。

"李继祖和方天源！"

秦正倒吸了一口冷气，他比任何人都清楚这两个名字所代表的意义，这两个名字意味着香江地下社会中最有权势的人物。秦正静静地看着萧宇，他在等待着对方的答案。

"同行是冤家，深水港建成后，即使我不去对付他们，他们也会主动来对付我！"萧宇的解释合情合理。

秦正满意地点点头，他完全明白了萧宇找到自己的原因，放眼整个香江，能有实力和这两人抗衡的只有自己，更何况他和两人之间有着解不开的恩怨，如果能顺利除掉他们，自己获得的利益将无可估量，成为傲视香江的霸主也未必可知。

秦正主动向萧宇伸出手去："如果我帮你成功对付了这两个人，你会给我怎样的优惠条件？"

萧宇握住秦正的手，微笑了起来："很多香江人都迷信八这个数字，深水港的八号码头会永远免费向秦先生开放……"

卓镇海留下的光盘现在发挥了巨大的作用，有道是警匪一家，李继祖和方天源全都没有免俗，他们联系的目标集中在香江反毒署高级督察丘子华身上。

秦正的几次大笔交易也正是断送在丘子华手上，萧宇一提他的名字，秦正恨得牙根都发痒："这个王八蛋，老子要把他碎尸万段！"

萧宇说："据我所知，卓镇海生前和丘子华联系十分密切，这个丘子华的底子肯定不会干净。"其实光盘上已经记录了卓镇海多次向丘子华行贿的事实，只不过萧宇并不想让秦正了解太深的内幕。

秦正深有同感地点点头："这个人相当不简单，我早就听说他跟合记、三禾会都有关系，可是每年他缴获的毒品在整个警界中又名列前茅！"

萧宇笑着说："他是弃卒保帅，保证合记三禾会利益的前提下，牺牲其他帮派的利益，以换取他在警界高人一等的地位。"

"你想怎么做？"秦正知道萧宇肯定有了什么想法。

"你最好让手下把丘子华的情况查清楚，近期我争取和他见一面。"

秦正笑着说："这不成问题，他的手下中有我的内线！"

萧宇提醒说："这件事千万不要泄露出去，你的手下也不能够完全信任。"

萧宇离开嘉南不久，宋老黑和马国豪开始对癞五的手下进行策反。宋老黑说动了癞五的旧部阿其，他带着帮内大约有一半的弟兄投入了宋老黑的门下。

宋老黑暂时安排阿其负责光复街的地盘，他万万没有想到的是，有勇无谋的钢炮居然带人砸了香榭丽舍的场子。

"妈的！"宋老黑看着满眼的狼藉，抓起身边的一把椅子狠狠地向远方扔去。

阿其愤怒地说："黑哥，要不要做了钢炮那个混蛋？"

宋老黑咬牙切齿地说："是可忍孰不可忍！今天老子不废了这王八，以后我宋老黑还能在江湖上立足吗？"

马国豪想起萧宇临走前的叮嘱，连忙提醒说："黑哥，这件事你最好不要参与进去。"

宋老黑恶狠狠瞪了他一眼："你懂个屁！"

马国豪红着脸分辩说："宇哥说过我们最好不要动武……"

"阿宇还说让你们都听我的呢！"宋老黑咆哮起来。

马国豪见他根本听不进去，只好住口。

宋老黑带着两百多名手下将蓝蝎子夜总会团团包围的时候，钢炮还在口沫齐飞地向手下吹着昨晚的壮举。

"炮……炮哥，不……不好了……"一名手下慌慌张张地冲了进来。

钢炮骂了一句："什么事，把你吓成这个熊样？"

"宋……宋老黑带人杀……杀进来了……"

钢炮心中一惊，连忙抄起身边的开山刀，这个时候宋老黑已经带着手下封锁住了夜总会的各个入口。

宋老黑大声说："今天我是来找钢炮的，大家都是青龙帮的弟兄，只要不动手的，老子全部既往不咎，谁要是不怕死，就跟这王八站在一边！"

他的话刚刚说完，钢炮那边已经有几名弟兄把手中的刀扔在了地上，谁都看出继续抵抗只有死路一条，更何况为钢炮这种人卖命根本不值。

宋老黑一步一步走到钢炮的面前："老子已经很久没有动气了，你算个什么东西，给脸不要脸到这种地步！"

钢炮恐惧地咽了口唾沫，拿刀的手微微有些颤抖。

"砍我！不然你连一点活命的机会都没有了。"宋老黑冷冷地说。

钢炮鼓足勇气，发出一声大喊，一刀向宋老黑的颈部砍来。宋老黑单手就架住了他的攻击："妈的，你也配叫钢炮，改名叫阳痿得了！"

钢炮用尽全身的力量再次向宋老黑的颈部砍来，宋老黑一个向右闪躲，钢炮的攻击顿时落空。宋老黑反手一刀砍在钢炮握刀的手臂上，钢炮一声惨叫，开山刀掉在了地上。

宋老黑身体微微蹲下，连续两刀砍在他的足踝后，钢炮的两条跟腱被刀锋劈断，他的身体再也支撑不住，痛苦地倒在了地上。

宋老黑将带血的开山刀扔在钢炮的身边："看在五哥的分儿上，我不杀他的手下，你给我远远地滚出嘉南，从今以后，只要让我看到你在我面前出现，我就把你给阉了！"

在宋老黑砍钢炮的同时，马国豪正赶去工地的路上，萧宇不在嘉南，只有马心怡能够制住宋老黑，他不想因为宋老黑的鲁莽坏了萧宇的大计。

汽车经过和平路的时候，他忽然看到了路边一个熟悉的身影——吴阿四！马国豪猛然踩下了刹车，他就是化成灰自己也能够认得，如果不是因为这个老千，自己早就拿到了博士毕业证书。

愤怒在马国豪的内心燃烧，他从来没有像这样恨过一个人。吴阿四手里拿着一个酒瓶，一边唱着小曲，一边摇摇晃晃地走入了前方的小巷。

马国豪停下汽车，他悄悄尾随在吴阿四的身后。吴阿四显然没有意识到有人在跟踪自己，嘴里还在哼哼唧唧地唱着小调。

马国豪快步冲了上去，右手重重拍在他的肩头。吴阿四吓得哆嗦了一下，回头看了看马国豪，有些迷惑地说："你认识我吗？"

马国豪一拳重重地打在他的下颌，吴阿四被他击打得向后退好几步，撞在了墙上。

"为什么害我！"马国豪冲到他的面前，又一拳击中了他的小腹。吴阿四痛苦地叫了两声："你……你到底是谁……"

马国豪在他身上狠狠地踢了一脚："你不认识我？可我永远也不会忘了你！"

吴阿四终于认出眼前的人是谁，他惊恐地缩成一团。马国豪仍然没有解恨，他的拳脚雨点一样落在吴阿四的身上。

吴阿四忽然抓起了地上的酒瓶狠狠地砸在马国豪的头顶，鲜血沿着马国豪的头顶慢慢滑落下来，愤怒让马国豪失去了理智，他扑到吴阿四的身上，死命地扼住他的咽喉。

吴阿四被扼得几乎就要窒息，他竭力挣开马国豪的手臂："饶……饶了我，是……是别人让我这么做……的……"

马国豪在他的胸口重重打了一拳："你放屁！"

吴阿四几乎哭了起来："真的，是……是萧宇给我钱，是他让我这么做的！"

马国豪仿佛被一个霹雳击中，他傻呆呆地停在那里："不可能……不可能……"他绝不相信在最危难的时候帮助自己的萧宇，一手策划了这场阴谋。

吴阿四趁着这个时候，一脚踹中马国豪的小腹，向小巷的深处跑去。马国豪抓起地上的半截酒瓶，几步就冲到了他的身后，全力将玻璃残端插入了吴阿四的颈部。马国豪疯狂地挥动着酒瓶一下下扎在吴阿四的身上："你骗我……你骗我……"直到吴阿四的身体完全停止了动静，马国豪才意识到对方已经死了。

他惊恐万分地从吴阿四的身上爬起来，扔掉满是血迹的酒瓶，跌跌撞撞地向汽车跑去。从汽车的反光镜中他看到自己满是鲜血的面孔，忍不住吓得叫了起来，泪水沿着他的面庞缓缓流下，真相为什么永远都是如此残酷。

马国豪迅速开动了汽车，将车速提升到了最大，不知怎么，他总觉得吴阿四在身后盯着自己，这种想法让他恐惧到了极点。

## 难填之恨

一个女人的身影忽然出现在他的前方，马国豪大叫一声，将紧急制动踩到了最底部，他已经不敢再去看前方发生了什么，短短的时间内，自己亲手夺去了两条人命。

等他回过神来，那个女人已经在愤怒地敲击着他的车窗，马国豪转过脸去，他万万没有想到这女人居然是许静茹。

许静茹借着路灯的光亮也看清了他，远处两名巡警正向他们的方向走来。马国豪迅速打开了车门："进来再说！"

许静茹犹豫了一下，还是来到车上坐在了马国豪的旁边。马国豪迅速启动了汽车，他已经从最初的混乱中平静了下来，汽车平稳地驶过两名警察的身边，好在没有引起他们太多的注意。

许静茹惊魂未定地说："你吓死我了，是不是想谋杀啊……"她这才看清马国豪满身的鲜血，吓得尖叫起来。

马国豪沾满鲜血的大手用力捂住了她的嘴巴："闭嘴！"

许静茹露出惊恐的目光，马国豪身上浓烈的血腥气息几乎熏得她晕过去。

马国豪忽然放开了许静茹，踩下了刹车，大声哭了起来，过了好久，他才无力地躺倒在坐椅上："你走吧……我杀了人……要去自首……"

许静茹有些同情地看着眼前的这个男子，她和马国豪的接触并不多，一直以为这是个有些迂腐的书呆子，无论如何也想不到他能和杀人这种事情联系在一起。

"我家就在附近，如果你愿意，可以去喝杯东西，冷静一下再说！"许静茹轻声地建议说。马国豪看了看许静茹，他的嘴唇仍然在颤抖，看得出仍然没有从恐惧中走出来，他感激地点了点头。

许静茹的公寓就在距离这里五百米左右的地方，她住的是小型别墅，再加上又是晚上，一身是血的马国豪并没有引起别人太多的关注。

许静茹将马国豪带到洗澡间，为他找来了一身替换衣服，这座别墅是当初马中昊为她买下的，自然留下了不少衣物。

热水慢慢冲去了马国豪一身的血迹，头顶的伤口在水的刺激下，一阵阵疼痛，这疼痛让马国豪无法淡忘刚才发生的一切。他用香皂在身上涂抹了一遍又一遍，直到身上再也找不到任何血迹，他才如释重负地舒了一口气。

马国豪换好衣服出来的时候，许静茹已经冲好了咖啡，在客厅中等他。她的内心并不相信马国豪会杀人，大概这个手无缚鸡之力的书呆子不知道在哪里挨了一顿打，一时间接受不了，有点精神错乱。

马国豪在她的身边坐下，拿起咖啡喝了一大口，滚烫的咖啡烫得他险些吐了出来，可是他居然坚持咽了下去。

许静茹忽然觉着他很有趣，至少在她见过的男人中马国豪算得上是独树一帜的一个。

"我……杀了人……"马国豪稳定了一下情绪慢慢地说。

许静茹咯咯笑了起来，她的笑声让马国豪有种被侮辱的愤怒。

许静茹留意到马国豪的额角仍然有鲜血渗出，她站起身来，向客厅西边的壁橱走去。马国豪意识到那里是电话的方向，她还是终于决定报警了，马国豪暗暗地叹了口气。

他没想到的是许静茹拿了一个药箱走了回来："我帮你处理一下伤口，不然可能会感染的！"许静茹用药棉小心地为马国豪擦拭伤口，从她的身上传来淡淡的体香，马国豪的目光正好落在她丰满的胸部，他的面孔顿时红了起来。

许静茹为他处理好伤口，然后坐在他的身边："好了，别胡闹了，说说到底怎么回事？"

"我杀了人！"马国豪的情绪彻底稳定了下来。许静茹从他变得理性的目光中仿佛读到了什么，不由自主地向后退了两步，拉开了两人之间的距离。

马国豪咬了咬嘴唇，他将所有的一切原原本本告诉了许静茹，许静茹从开始的完全不信，变成了将信将疑，最后已经完全相信马国豪所说的一切。

马国豪也从许静茹的眼神中看出了她的恐惧，他淡淡地笑了笑："你不用害怕，我不会伤害你，我马上就会去自首。"他站起身来。

许静茹却拉住了他的手臂："不要！"

马国豪不解地看着她。

"马国豪，你知不知道去自首的结果是什么？"许静茹轻声问。

马国豪黯然地垂下头去。

"杀人罪有可能会被判处终身监禁！"

"我知道……"

许静茹说："为什么你要去为这种人坐牢，真正害死他的并不是你，而是萧宇！"

马国豪的身躯一震，他的眼前浮现出萧宇的模样，如果不是他，自己根本不可能走入这个腥风血雨的江湖，如果不是他，自己又怎么会杀掉吴阿四？

他无力地坐在沙发上："可是我已经杀了人……"

"有没有人看到你杀人？嘉南街头每天有多少流浪汉被杀，真正侦破的又有几个？"许静茹连自己都不明白为什么会如此关心马国豪。

马国豪重重地点了点头，他发现自己并不想去坐牢，他不想自己的生活就此结束，如果他有幸逃过这场劫难，他将重新面对自己的生活，他将拿回自己失去的一切。

萧宇在香江的行程十分顺利，通过秦正的介绍，他认识了一些香江的毒枭和军火商，对李继祖方面，他并没有做任何隐藏，毕竟深水港竞标在即，多结交朋友，多联系生意伙伴，无论对现在还是将来都有好处。

在秦正的安排下，萧宇终于在一个慈善晚会上见到了高级督察丘子华。丘子华远远要比萧宇想象的更年轻，从他的外表你无论如何也不会猜测到这是一个四十岁的人，丘子华的名气不单单因为他拥有着傲人的业绩，他的明星女友白芸也使他成为众人瞩目的焦点。

在这种场合，一旦丘子华成为众人争相拉拢的核心，白芸自然就成了相对寂寞的人。萧宇善于把握这种机会，他拿着酒杯微笑着向白芸走去："白芸小姐！"

白芸礼貌地向他笑了笑，萧宇本身就是一个极有魅力的男性，加上今晚他经过刻意的修饰，更加显得卓尔不群，气质出众。

"我叫萧宇，来自离岛！白芸小姐不记得我了？"萧宇用简短的开场白把自己介绍给了对方。

白芸矜持地笑了笑："我们好像没有见过？"

萧宇点点头："白小姐的话说对了一半……"他适时的停顿把白芸全部的注意力都吸引到了自己身上。

"白芸小姐虽然没有见过我，可是我早就从媒体上认识了你，说句冒昧的话，我一直都很仰慕白小姐的风采。"

白芸咯咯笑了起来，萧宇的确是个很会讨女孩子欢心的人。

"萧先生做什么生意的？"

"我在离岛做唱片业，金典娱乐不知道白小姐听说过没有？"

白芸点了点头，她是选美出身，现在刚刚在电影界崭露头角，唱歌的事情还从未接触过。

"如果白小姐愿意，我随时都愿意签下您这位歌手。"

白芸饶有兴趣地说："可是我根本不会唱歌啊！"

萧宇笑着说："白小姐的声音很好，我有理由相信白小姐绝对有成为巨星的潜质。"

丘子华显然注意到了这边的情况，看着女友和一位帅哥谈笑风生，他有些沉不住气了，草草地和周围人应付了几句，马上向他们走来。

萧宇眼角的余光早就看到了丘子华的出现，却仍旧装出一副旁若无人的样子和白芸热烈地谈着。

丘子华来到白芸的身边，故意咳嗽了一声。白芸看到男友，笑盈盈地挽住他的手臂："子华，这位萧先生也是做娱乐生意的。"

丘子华有些勉强地向萧宇笑了笑，萧宇主动向他伸出手去："丘督察，久仰久仰。"丘子华和他应付似的握了握手，萧宇看得出他对自己的冷淡。

"如果我没记错，我和丘先生原来应该见过！"萧宇始终是一脸笑容。

丘子华在心里已经把萧宇当成一个想和自己攀上关系的商人，他不屑地笑了笑："我的记忆力好得很，在此之前我从未见过萧先生。"

"前年三月份我们一起在沙田雯妮莎餐厅吃过意大利菜，七月一起乘坐梦舟号游轮出海钓鱼，去年五月……"

丘子华的目光由冷淡变成惊疑，由惊疑又变成一种深深的恐惧。他马上打断了萧宇："萧先生，你真以为我记不起来了？呵呵，我是逗你的！"

萧宇内心深处忍不住骂了一句：这混蛋变脸变得真快！要知道他刚才所说的都是当初卓镇海对丘子华行贿的日期，这种秘密的事情在丘子华听来真可算得上是胆战心惊。

白芸也看出了他在瞬息间的变化，丘子华指了指前方的平台："萧先生，这么长时间不见，我们还是单独谈谈。"

萧宇点了点头，向白芸礼貌地笑了笑，和丘子华来到前方的平台。

丘子华把杯中的酒一饮而尽，从他闪烁不定的目光足以感觉到他内心的慌张。他确信四周没有其他人，才冷冷地盯住萧宇："说！你找我到底有什么事情？"

萧宇微笑着将酒杯放在平台上："我只是想跟丘督察交个朋友。"

丘子华冷笑了一声，他才不会相信萧宇仅仅是来交朋友这么简单。他把酒杯跟萧宇的并排放在一起："有种人我永远不会和他成为朋友！"

"比如说……"

"比如像萧先生这种，自以为抓住别人把柄来要挟别人的人！"

萧宇由衷地笑了起来，他拿起酒杯碰了碰丘子华的杯子："丘督察显然对我缺乏了解，我可以保证自己是一个值得信任的伙伴，而且……"他把杯中的酒一口喝完，"我从来不打没有把握的仗！"说完萧宇就向大厅的方向走去。

丘子华呆呆地看着萧宇的背影，狠狠地将两个并排的空杯拂落在地上。

萧宇在当晚就接到了白芸的电话，他对此没有感到任何的意外，丘子华绝不是个笨蛋，他比任何人都懂得权衡利弊，在没有摸清自己的底细之前，他不敢贸然对自己出手。

"萧先生，你好！"白芸娇滴滴的声音从听筒那边传来，萧宇关小了电视的音量，装出十分惊奇的样子："白小姐？"

"你怎么知道是我？"

"像白小姐这么有女人味的声音，整个香江也找不出第二个！"

"呵呵！"白芸被萧宇逗得忍不住笑了起来，她马上把谈话转入了正题，"明天下午三点我和子华去湾仔体育馆打壁球，萧先生如果有空一起过来啊！"

萧宇笑着说："我还是不去了，省得到时候看着你们两个卿卿我我，弄得我心里难受。"白芸又笑了起来："你放心，明天我带位美女一起来。"

"一言为定，我准时赶到！"

萧宇在第二天三点准时出现在湾仔体育馆壁球馆的门口，让他意外的是并没有看到白芸，只看到丘子华一个人在里面用力地挥舞着球拍。

萧宇对这项运动可以说是一无所知，他来这里的目的也不在于打球。丘子华看到萧宇，他停下动作，用毛巾擦了擦额头上的汗水，示意萧宇走进来。

萧宇拾起门前的球拍走近壁球房，丘子华笑着说："有没有兴趣玩两局？"萧宇摇了摇头："算了，我压根就是一球盲！"

丘子华却已经开始发球："我这人最大的爱好就是以己之长，博人之短！"球弹射在墙壁上，又向他的身边反射回来。丘子华全力挥动球拍，壁球呼啸着向前方墙壁撞去，没等萧宇反应过来，壁球已经像出膛的炮弹一样向他的小腹射来。

萧宇慌忙想用球拍接球，可是已经来不及了，壁球高速撞在他的小腹上，无异于一记重拳，萧宇痛得险些跌倒在地上。没等他缓过气来，丘子华第二次的攻击又来到面前，萧宇转过身去，用后背承受了这比第一球还有力的一击。

这时一名美丽的女郎向壁球室走来，正是丘子华的女友白芸，她的及时出现替萧宇化解了眼前的窘境。丘子华放下球拍，向萧宇挤了挤眼睛："喝点东西！"萧宇虽然吃了暗亏，可是表面上仍旧装出一副若无其事的样子："好啊！"

白芸笑盈盈地向萧宇说："希望我没有打扰到你们的好事。"

丘子华和萧宇同时笑了起来。

丘子华递给萧宇一听饮料："萧先生有没有兴趣再玩一局？"萧宇刚才已经吃了苦头，哪还能再上他的当，连忙摇头说："这里还有没有其他运动？"

白芸介绍说："很多啊，网球、射击、跆拳道……"丘子华提议说："射击怎么样？"

萧宇看出来了，今天丘子华摆明了要给自己难看，跟警察玩射击？我不是找死吗？网球自己也不怎么在行，以己之长，搏人之短！老子今天就让你见识见识什么叫真正的长处。

萧宇一副冥思苦想的样子，好半天才说："要不，我讨教一下丘督察的拳脚功夫……"丘子华曾经得过警署跆拳道比赛的冠军，萧宇要比跆拳道，他真是求之不得。

三人来到跆拳道馆，萧宇和丘子华先去更衣室换衣服。两人都清楚对方的目的，彼此却心照不宣。

丘子华看到萧宇被壁球撞得青紫的后背，有些幸灾乐祸地说："萧先生的后背还疼吗？"

萧宇笑着说："运动中受点轻伤总是难免的，丘 Sir 没有这样的经历吗？"

"如果跟萧先生在一起运动，我想受伤的也许总是你！"丘子华一语双关地说。

他马上就开始知道这句话是错误的，他和萧宇刚交手两招，就发现对方的实力要比自己高出一个档次，萧宇经过这几年的锤炼，无论是力量还是技巧都有了长足的进步。

丘子华的头部被萧宇接连踢中了两脚，他晃了晃有些发蒙的脑袋，看着萧宇变幻的脚步，忍不住说："你使的并不完全是跆拳道！"

萧宇笑了起来："有分别吗？我这个人只在乎结果，从来不考虑手段。"他说话的时候一个空手道的侧踢，丘子华用双臂挡住萧宇的一击，向后退了两步才完全卸去萧宇这一脚的力量。

丘子华大吼一声，右拳向萧宇的左面颊击落，萧宇的身体一个向右侧移，他的灵活性远远胜过了丘子华。丘子华的身体有些前冲，只有这样他才能保证这拳的力量，可萧宇恰恰把握到了这一点，他的右肘狠狠击打在丘子华的后背。

丘子华立足不稳，向前跟跄了几步，差点冲出场地的边缘。好在萧宇并没有继续追击，白芸的喝彩让丘子华的面子有些挂不住。

萧宇走向场外："不玩了，当着大美女，我们拳打脚踢的简直是大煞风景。"丘子华自然是趁机下台，两人冲完凉，换上了干净衣服，来到场外休息。

丘子华喝了口饮料，审视着萧宇，低声说："能告诉我你真正的目的吗？"

萧宇点点头："卓镇海的死你应该很清楚！"

丘子华皱了皱眉头："警方一直都在调查，可是现在仍然没有什么眉目。"

"他儿子的事情你知道吗？"

"那件案子早就已经完结了，是暹罗的罪恶天使干的，凶犯也已经被击毙……"

萧宇打断了丘子华的话："卓天养的死没有这么简单，我可以告诉你，卓镇海活着的时候曾经把他的秘密成了一张光碟，这张光碟才是卓天养的真正死因！"

冷汗沿着丘子华的额头簌簌而下，他比任何人都清楚这张光碟所代表的意义。

萧宇低声说："光碟上提到的人全都有杀害卓天养的嫌疑……"

丘子华又喝了一口饮料，借以掩饰内心的慌张："可是并不是所有人都知道这张光碟的存在！"

"我怀疑两个人！"

212

"谁？"丘子华紧张地问。

"李继祖和方天源！"萧宇停顿了一下又补充说，"卓镇海死后，他们所获得的利益最大，有些事情一旦暴露出来，他们在帮会的地位肯定会受到影响，换句话来说他们才是最紧张光盘记录的人！"

丘子华长舒了一口气，他轻轻敲了敲桌子："据我所知，你和李继祖现在是合作关系。"看来他来此之前对萧宇也进行了一番调查。

萧宇的唇角露出一丝微笑："此一时，彼一时，李继祖的为人丘 Sir 应该比我更清楚。"

"你想利用我来对付李继祖？"丘子华的目光充满了迷惑。

萧宇摇了摇头："我所看中的是丘 Sir 的智慧，其实以您的头脑，很多事情根本不需要亲自出手！"

丘子华笑了起来："听说萧先生正在忙于竞标深水港的工程，选择这个时候来到香江，多少有点未雨绸缪的意思吧？"他已经看出萧宇真正的目的是让李继祖陷于困境之中，无暇顾及深水港的竞标。

萧宇点点头："丘 Sir 果然是明白人，我希望你会成为我在香江最好的朋友！"

丘子华凝视着萧宇，两人从彼此的眼神中都找到了答案。

"周四听说会有台风！"丘子华看似漫不经心地说。

"在哪里登陆呢？"萧宇听出来他的言外之意。

丘子华从怀中拿出一张纸条递到了萧宇的手中："希望台风最好绕过香江，省得波及无辜的市民。"

萧宇微笑着点了点头。

丘子华喝完杯中的啤酒："我忽然发现，你是个很好的伙伴！"

丘子华透露给萧宇的是李继祖黑市交易的时间和地点，萧宇和秦正针对这件事做了周密的策划。

两人决定在公海洗劫这批货物，然后转销东瀛。秦正提出十分绝妙的想法，洗劫货物的行动会联合合记的红棍之一恐龙，这小子本来就是秦正安插在合记的一颗棋子，洗劫成功之后把他一起干掉，将整件事情全部推到合记的身上，李继祖和方天源之间的这场战争将无可避免地爆发。

萧宇在策划完整件事以后直接回了嘉南，对他来说，剩下的只有等待。

李继祖在这次的洗劫中共计损失了价值五亿香江币的货，他的十二名手下全部被歼灭，现场除了这十二具尸首外还有三具浮尸，合记的恐龙就是其中之一。

这突然的噩耗几乎让李继祖发狂，他实在想不明白，策划周详的整件事情到底在哪个环节出了问题。

恐龙的出现只能说明一个问题，合记在这场洗劫中扮演了不光彩的角色。

"妈的！老子旧账还没跟他算，现在居然主动来黑吃黑！"李继祖一脚把身边的座椅踢了出去。

他的胞弟李继民皱了皱眉头："二哥，单凭现场的几具尸首根本说明不了问题，再说，我们的当务之急并不是找方天源报复，找回失去的货物才是最主要的事情。"

"找回来？谈何容易？这件事肯定是方天源干的，他最善于干这种欲盖弥彰的事情，上次卓镇海的儿子就是他用这种方法干掉的！"李继祖的双目中几乎就要冒出火来。

李继民说："你打算怎么办？"

李继祖冷笑了一声："他做初一，我做十五，香江就这么大点地方，有他没我，有我没他！"

李继祖和方天源的争斗全方位展开了，与此同时他收到了何天生让他退出深水港工程的消息，何天生的理由相当的充分，不希望他个人的恩怨影响到深水港工程的竞标。

李继祖对此的态度是无奈多于愤怒，眼前的景况让他根本无暇顾及香江以外的事情，何天生既然已经发话，李继祖也不好继续参与进去，他主动向萧宇提出从深水港工程中抽身。

萧宇是这件事的策划者，不费一兵一卒就达到了他预想的目的，深水港工程的所有障碍已经全部扫清，剩下的就是等待结果。

在马楚良的全力支持下，萧宇毫无悬念地取得了深水港工程的拥有权，工地剪彩当天，何天生、秦正等人专门来到深水港工地的现场道贺。

由于来道贺的人很多，秦正直到午饭过后才找到和萧宇单独相处的机会。

"正哥最近的气色不错啊！"萧宇一语双关地说。

秦正笑了起来："李继祖和方天源现在是狗咬狗两嘴毛，我看着都解气！"两人齐声笑了起来。秦正交给萧宇一张支票："这是两亿香江币，就当我给你深水港工程的红包！"

萧宇也不客气，他把支票收好："那我就却之不恭了！"他知道秦正从上次的事件中至少获得了五亿香江币的好处，这些钱也是他应得的。

秦正十分关心工程的进程："港口什么时候可以对外开放？"

萧宇说："半年内我会开放八个深水码头，一边进行营运，一边进行建设。"秦正点了点头："我会把交易重心转移到这里来！"

这时马国豪和宋老黑向他们走了过来，萧宇停下谈话微笑着向他们打了个招呼。宋老黑显得有些沮丧："妈的！不知道哪个混蛋在背后撑腰，钢炮居然报警指证我！"

萧宇知道是他上次挑断钢炮脚筋的事情，他向秦正歉然地笑了笑，和宋老黑、马国豪来到工地的办公室。

"宇哥！要不要把钢炮给做了？"马国豪建议说。

萧宇笑了起来，一向最反对使用暴力的书呆子现在也喊起打打杀杀来了。

宋老黑叹了口气："妈的，钢炮已经被警察保护起来了，这次看来我是难逃此劫。"

"黑哥！你当初既然选择碰钢炮，就不该给他留有余地！"萧宇对宋老黑的处理方法并不认同。

宋老黑有些懊悔地垂下头去。

"事到如今，还是少生枝节……"萧宇停顿了一下，"找个弟兄来扛，我会给他准备一笔丰厚的安家费。"

"那……我岂不是显得没有义气！"宋老黑大声说。

萧宇皱了皱眉头："黑哥，我不希望这件事情继续下去，也不想你出事，这件事只能这么解决！"马国豪拉了拉宋老黑的衣服："宇哥说得对！"

宋老黑叹了口气，有些郁闷地在沙发上坐下。

萧宇说："我和秦正已经正式合作，近期我会和他一起前往暹罗谈生意，你们准备一下跟我一起去，顺便避避风头。"

马国豪诧异地说："宇哥，你想碰白粉？"

萧宇摇了摇头："那种东西我永远都不会去碰，我只是去看看，如果有可能的话，我会和春猜将军谈一些生意上的事情。"

他站起身来："离岛的白粉业控制在三连帮和灭龙社手里，自从章肃风逐渐淡出江湖以后，三连帮成为岛内最大的毒贩子，想对付他，必须先剪除他的经济来源！"

宋老黑和马国豪对望了一眼，他们都明白，萧宇已经要着手对付生平最大的敌人——三连帮，他要为死去的父亲讨还公道。

"准备什么时候出发？"马国豪问。

"下个月，走之前我打算去办一件事……"萧宇的目光显得有些凄迷，下周二就是他父亲三周年祭的日子。


## 初到贵地


萧宇是一个人去的嘉北，不知道是季节的原因还是冥冥之中有着某种巧合，他来到嘉北的时候天空又飘起了细雨，他已经整整三年没有踏足这片土地。

父亲的墓修整得十分洁净，看得出有人始终在默默地照顾着这里。萧宇将百合花放在墓前，恭恭敬敬地跪了下来。

往事在萧宇的脑海中一幕幕浮现，他终于发现自己和父亲是如此相像，虽然他从未见过自己的父亲，但他走到今天的一步应该全部是父亲对他的影响。

萧宇望着父亲的遗像微笑了起来，他已经拥有了和三连帮叫板的实力，从今天起，他要向左厚义之流正式宣战，他不会放过任何一个伤害过自己的人。

"我知道你一定会回来！"一个温柔的女声在他的身后响起，萧宇慢慢转过身去，他看到一身黑色长裙的苏玉琴慢慢向自己走来。

三年未见，苏玉琴憔悴了许多，她本就苍白的脸色在黑色衣裙的衬托下，显得越发没有血色，她静静地把手中的白色雏菊放在墓碑前，眼中闪烁着泪光。

细雨绵绵飘洒在两人的头上、身上。他们彼此都在沉默。

静默了许久，萧宇才站起身来，他撑开雨伞为苏玉琴挡住细密的雨丝。

苏玉琴用手绢擦了擦眼角的泪水："谢谢！"

萧宇顽皮地笑了笑："也许该说这句话的是我……"

苏玉琴久久凝视着萧鼎汉的遗像："鼎汉如果泉下有知，一定会为你感到欣慰。"

萧宇颇有感触地点了点头，这几年的变化真的很大，自己从一无所有的底层混混儿打拼到目前的地位，所有的一切应该说全都拜苏玉琴所赐，如果没有她在关键时候不遗余力地相助，自己恐怕早就死在了左厚义那帮人的手下。

有个问题已经压在萧宇的内心中很多年，直到今天他才敢问："我爸爸是怎么死的？"

苏玉琴的唇角抽搐了一下，她用手绢捂住了嘴唇，过了许久才说："鼎汉死前曾经去暹罗和春猜将军谈判，回离岛的当天他就被人枪击，送往医院的途中就……"苏玉琴无声地啜泣起来。

萧宇愤怒地握紧了拳头："知不知道是谁干的？"

苏玉琴摇了摇头："我不知道，当时和鼎汉一起去暹罗的还有左厚义，鼎汉的具体行程只有他清楚。"

萧宇问："爸爸和春猜谈的到底是什么生意？"苏玉琴咬了咬嘴唇：

"春猜和你的父亲是多年的合作关系，可是左厚义背着他跟南甸的阮向日达成了协议，这件事引起了春猜的极度不满，鼎汉去暹罗主要是向他解释这件事情。"

萧宇分析说："这样说来，左厚义和阮向日都有杀害我父亲的嫌疑？"

苏玉琴摇了摇头："奇怪的是鼎汉死后，左厚义并没有像大家认为的那样跟阮向日合作，他很长一段时间都不再碰白粉生意，直到近期才和春猜重新建立合作关系。"

萧宇问："春猜除了我父亲以外还有什么合作伙伴？"

"我不知道，根据我的调查，杀害你父亲的真凶，就是取代他成为春猜贸易伙伴的人。"

和苏玉琴的对话，更加坚定了萧宇暹罗之行的决心，只要见到春猜将军，查到父亲那笔交易的真正受益者，背后的真凶自然就大白于天下。

苏玉琴轻声说："今晚有一个晚宴，如果你不急着离开，我可以为你介绍几位社会名流。"

晚宴在七点钟举行，萧宇到达地点的时候才知道晚宴的举办地原来是苏玉琴的府邸，今晚苏玉琴是以女主人的身份出席的。他第一次见到了苏玉琴现在的丈夫嘉北警署的负责人刘恩中，在苏玉琴的介绍下，萧宇认识了不少嘉北商界名流和政界要员。

苏玉琴和萧宇白天所见到的那个简直是判若两人，她和每位客人都谈笑风生，游刃有余。从表面上看，她和丈夫的感情相当好，萧宇不由自主地想起自己的父亲，他和苏玉琴之间到底是一种怎样的关系。

晚宴开始之前，苏玉琴和刘恩中笑盈盈地来到主席台上："谢谢大家的光临，今晚是我和恩中结婚十周年的纪念日！"所有人齐声鼓起掌来。

"还有一件喜事，我和恩中今晚准备认干女儿！"

萧宇也随着大家鼓起掌来，他也充满了好奇，不知道苏玉琴的干女儿是什么样的女孩。

苏玉琴的手向搂上招了招，音乐声缓缓响起，一位美丽的白衣少女从楼梯上婷婷走了下来。萧宇的眼睛忽然睁大了，林诗诗！他没想到苏玉琴的干女儿竟然是林诗诗！

　　林诗诗显然没有留意到萧宇的存在，她微笑着来到苏玉琴的身边，苏玉琴和刘恩中送上红包和礼物。

　　热烈的掌声响了起来，萧宇呆呆地站在人群中，这个世界实在是太过狭小，本来以为早就忘记的却偏偏让他再次遇到。

　　苏玉琴拉着林诗诗向萧宇走来，林诗诗这才看到了萧宇，她的笑容顿时消失了，从她闪烁的眼神，萧宇知道她的内心和自己一样复杂难言。

　　"阿宇，这是我的干女儿诗诗！"苏玉琴笑着向萧宇介绍，她应该不知道两人之间的关系。萧宇微笑着点了点头，向林诗诗伸出手去："很荣幸认识你！"

　　林诗诗犹豫了一下，还是伸出了手去，她的小手冰冷得几乎没有温度。

　　"你们先聊着，我去招呼客人！"苏玉琴找了个借口走开了。

　　萧宇有些尴尬地向林诗诗笑了笑，林诗诗把目光投向远处，过了这么长时间，她仍然不敢面对萧宇的目光。

　　"去外面走走。"萧宇小声建议说。

　　林诗诗没有说话，却跟着萧宇向外面的草坪走去。

　　雨已经停息，草地经过细雨的浸润散发出一种清新的香气。两人的步伐很慢，一前一后地走着。

　　萧宇忽然停下脚步，一直埋头前进的林诗诗猝不及防地撞在了他的后背上，林诗诗的面孔有些发红。

　　"真没想到会在这里碰到你！"萧宇感叹说。

　　"我也没有想到！"

　　"最近过得怎么样？"萧宇发现自己面对林诗诗的时候只会说这些不疼不痒的话。

　　林诗诗终于抬起头接触到萧宇的目光，这段时间不见，萧宇变得深沉内敛了许多，她甚至开始怀念起原来那个冲动热情的萧宇。萧宇越是在她面前表现出理性和冷静，她的内心就越是有难以名状的痛苦。她本以为远离嘉南可以让自己彻彻底底忘记萧宇，可是当她真正面对萧宇的时候才发现，有一种感情，永远无法用时间和距离来冲淡。

萧宇深深呼吸了一口清冷的空气："我忽然发现自己始终都活在黑暗中……"

林诗诗的内心没来由地一阵颤动，她从萧宇的目光中读到那份深深的痛苦，她不由自主地想到，如果萧宇不是社团中人，自己会不会毫不犹豫地扑入他的怀抱？她马上就找到了答案，会！一定会！

萧宇向前走了两步，拉远了他们彼此间的距离。

林诗诗清晰地感觉到了萧宇的痛苦，可悲的是她对此竟然无能为力。

"替我向你干妈道别！"萧宇大步向远处走去。

两行晶莹的泪水顺着林诗诗的面颊流下，她甚至想不顾一切地冲上前去抱住萧宇的身躯，然而她的理智最终制止了自己，他们之间的一切只能终止于此，她期望阳光灿烂的生活，而萧宇永远活在黑暗之中……

萧宇回到嘉南后安排好一切，就带着宋老黑和马国豪取道香江前往暹罗。他到香江不仅仅是为了和秦正会合，更重要的是他要面见丘子华。

挑起李继祖和方天源的争斗，丘子华可谓是居功至伟，如果单单是那张光盘的威慑力，丘子华不会如此地尽心，他开始欣赏萧宇的做事手法，从萧宇的身上他有可能获得更大的利益。

在香江停留的当晚，萧宇专门邀请丘子华和白芸共进晚餐。

他们一行来到餐厅的时候，萧宇早就在那里等候，丘子华大笑着走了过来："萧先生上次不辞而别，我还以为有什么地方得罪你了呢！"

萧宇笑呵呵地跟他握了握手："上次走得匆忙，没来得及向各位辞行，这次萧宇专程从离岛赶来向各位赔罪。"

萧宇连忙邀请他们入席，丘子华这些日子始终关注着萧宇在嘉南的动向，对深水港工程可谓是了解甚深，萧宇和他的话题大多都围绕在工程上面。

白芸对他们谈论的事情没有太大的兴趣，她借口上洗手间离开了餐台。

萧宇将一盒香烟推到丘子华的面前："上次的事情多亏了丘Sir帮忙！"

丘子华漫不经心地装好了烟盒，带着两分自嘲说："不知道这次会不会记录在案？"萧宇笑了起来，烟盒里面装的是一张瑞士银行的信用卡，他已经在上面预先打入了五百万美元。

萧宇喝了一口酒："我有一个习惯，喜欢记录别人的生日！"丘子华心领神会地点了点头。对他来说现在最放心的就是收受萧宇的贿赂，既然已经有把柄握在对方的手中，与其被他要挟，不如痛痛快快地合作。

白芸从远处走了回来，这短短的时间内萧宇和丘子华已经完成了他们的交易。

丘子华说："三禾会跟合记最近闹得很凶，这个月已经有七人死亡，总署已经下令要全力制止帮派械斗。"

萧宇点点头："是该如此，只有社会安定，我们这些正当生意人才能安心地经商挣钱。"白芸说："萧先生，听说亚洲最大的深水港工程就是你操作的？"

萧宇笑了起来："我只是一个小股东！"

白芸咯咯笑着说："你很谦虚啊，香江的财经上面已经登过好多次你的事情，在我们面前哭穷不是怕请客吧？"

几个人同时笑了起来。

丘子华提出邀请说："明天有没有空，一起去海上钓鱼！"

萧宇摇了摇头："明天我要去暹罗，机票都已经订好了。"

丘子华问："几点的飞机？"

"上午十点！"

萧宇和秦正一行登上了前往暹罗曼谷的飞机，秦正已经事先和春猜将军约好在曼谷见面。秦正这次一共带去了六名得力手下，萧宇这边还有宋老黑和马国豪，一行共计十人。

飞机在曼谷降落之后，萧宇和秦正一行先离开了机场，秦正在曼谷的关系很广，他们刚刚走出机场的大门，就有三辆宝马轿车等待在那里。

秦正和萧宇上了第一辆车，车内的空调很好，从炎热的外面走入车内，感觉到通体舒泰，秦正忍不住骂了一句："曼谷真热！"前座的司机接口说：“明天会有降雨，温度会降低不少。”

萧宇是第一次来曼城，对这里的风物感到十分新奇。秦正介绍说：“反正后天才和春猜见面，你这两天正好可以到处转转。”

他们入住在东方酒店，萧宇安顿好之后和马国豪一起出门欣赏曼城的风光，两人在门口拦了一辆三轮摩托，用英语将地址告诉了车夫，顺便询问吃饭的地方，车夫介绍他们去附近的夜市。曼城是世界上一流的旅游城市，这里的人们基本上都通晓简单的英文对话。车夫轻易就弄懂了萧宇的意思，开动摩托车，灵活地在市区穿行。

夜幕渐渐降临，天气变得凉爽起来。这里的夜特别的迷人。这是一个晴朗凉爽的星夜，大街头小巷尾，出现了无数处饮食档，露天啤酒座、音乐聚餐、大排档、小食肆，鸡鸭鱼肉、海鲜蔬果、美酒佳肴，应有尽有，加上彩灯闪烁、音乐悠扬，劳碌一天的人们，三五约聚，舒心品尝，这是当地人的最爱，也实在是一种极乐的人生享受。

这里的人讨厌炎热，同样，也讨厌空调，向往大自然的清新空气。于是在一年之中难得的三两个月凉季里，精明的饮食业人士绞尽脑汁策划着夜晚的生意，摆布着夜晚的曼城，曼城因此变成不夜城。

宏伟的世界贸易中心前的宽阔广场上，夜幕下七彩灯如繁星点点，餐桌餐椅星罗棋布，啤酒座、海鲜座随意而轻松，吸引了不少上班族和观光客，到处都洋溢着欢乐的气氛。

在拉车达披色路的耀汉（YANHAN）大型百货公司前面，也用木材搭架搭台，露天餐厅灯光流彩，爵士乐队助兴起劲，供应辛辣的菜肴和烧烤海鲜，并有推广啤酒坐镇，包场供应。这里每晚座无虚席，商场里酒家的生意，必然被外面拉跑很多。

现在已经过了下班的高峰期，素坤逸路塞车的高潮已经消退，可是当萧宇来到 38 巷口才发现，这里又涌起了大排档的热潮。暹罗人叫这种食档“栏阿寒临它轮”（即街边食摊），它和中国人开的大排档异曲同工。

萧宇付了二百暹币的车资，和马国豪顺着人流向夜市内走去。

只见这不大的巷口，街道两边摆开几十档食摊，一家紧挨一家，拉上光管，摆开台凳，简陋极了，却香味诱人，卫生实在令人不敢恭维，但价钱的确低廉。每个摊子都有自己的风格，绕了一圈，几十家食档竟没有品种重复的，有猪脚饭、果条、云吞面、宋丹、甜品、烧烤海鲜、潮州粥、芒果糯米饭等。

两人路经一家云吞面馆，看到云吞面的档主胖胖的，亲自掌勺，他敲打、抛洒软面条团的动作，很有点旋律美，于是决定去帮衬他的云吞面。金黄色的云吞面端上来了，配上薄薄的叉烧肉片和青菜，热气香气扑鼻，一试果然好味道。

两人吃完小吃，萧宇抢先把账结了，马国豪笑着说："本来说好了我请客的，又被你抢了先！"他指了指前方的一间 PUB："我请你跳舞，这次要我来结账！"

两人购票后走入这间 PUB，这是一个大约两千平方米的地下室，充满动感节奏的音乐响彻整个空间。

萧宇和马国豪找了个靠吧台的位置坐下，向侍者要来了两杯啤酒。周围许多穿着大胆、皮肤白皙并有着一头长发的暹罗辣妹，不停地向萧宇抛着媚眼。

萧宇小声对马国豪说："不知道这帮暹罗女郎是男的还是女的。"马国豪哈哈大笑起来："男的比女的还要漂亮，你不妨换换口味，我保证不把你的事情说出去。"

这时偏偏有一位暹罗女郎来到萧宇的身边，轻轻拍了拍他的肩膀，用生涩的英语说："先生，想找人聊天跳舞吗？"

"没想到我在暹罗这么受欢迎！"萧宇乐呵呵地说，他牵着那女郎的手来到舞池中，随着音乐舞动了起来。萧宇也暂时忘记了离岛的一切，专心享受全场热情的气氛。

DJ 放的舞曲风格很杂，但是也和离岛一般 DISCOPUB 当红的舞曲差不多，经典必放的西洋经典，另外则是一些相当不错的暹罗歌曲或是电子舞曲。

萧宇真正感受到了属于曼城的夜疯狂，男男女女随着音乐扭腰摆臀，时而摆手、时而摇头，桌子和场子上到处都有辣妹疯狂地舞动，喝醉酒的男人拼命地拍打着手掌，干杯的声音此起彼伏。

萧宇并不擅长跳舞，多数时间都是在重复着同一个动作，不过难得放松，当晚他和马国豪玩得都很开心。

两人离开 PUB 的时候已经是晚上十一点，萧宇要了辆人力三轮，将他们送回酒店。

曼城的夜晚虽然比不上香江的繁华，可是热闹和喧嚣的场景随处可见，三轮车不时被拥挤的人潮阻碍，车主露出一脸憨厚的笑容，他已经习惯这里的一切。距离皇宫大酒店还有五百米左右的三岔路口，两名卖花的小女孩拦住了车子，她们说着萧宇听不懂的暹罗语，手中的花环送到了萧宇的面前。

萧宇连忙拿出一些暹币分别给了她们，女孩双手合十，向他深深鞠了一躬，飞快地向街角跑去。

"好可爱的孩子！"马国豪感叹说，萧宇笑着点点头，随手将花环扔给了马国豪。马国豪瞪大了眼睛："我是男的！"

"我知道！"

这时他听到三轮车夫发出一声惊恐的大叫，萧宇顺着他的目光看去，却见左侧路面距离他们大约二百米的地方，一辆黑色大众全速向三轮车开来。

萧宇第一时间做出了反应，他拍了拍马国豪的手臂，迅速跳下了车子，两人的身体向前扑倒在坚硬的水泥路面上。

与此同时，大众车重重地撞在人力三轮上面，那三轮车夫惨叫了一声，身体在空中远远地飞了出去，摔落在十余米外的马路上，三轮车在汽车巨大的冲力下变得四分五裂。

萧宇强忍疼痛拉起了马国豪，他马上觉察到这并不是一场意外，大众车迅速调转了方向，向他们冲来。

两人没命地向人群中跑去，汽车的疯狂举动将现场的人们吓得惊慌失措，四散向街道的两旁跑去。马国豪在刚刚跳车的时候扭到了足踝，每走一步就痛苦地皱一下眉头，萧宇扶住他的臂膀帮他尽快逃离，只有藏入人群才能躲过汽车的疯狂追击。

这时六辆机动三轮出现在前方的路口，它们呈扇形分布向萧宇他们包围过来，处于边缘的两辆摩托直接驶上了人行道，萧宇已经看到车内的人手中都拿着明晃晃的钢刀。

萧宇转身向右侧的窄巷中冲去，窄巷的宽度制约了汽车的追击，可是机动三轮灵活地尾随而至。

"别管我！"马国豪大声说，萧宇向他露出一个坚毅的笑容。摩托的引擎声越来越近，他们单凭两条腿的奔跑根本无法甩脱全速追踪的三轮摩托。

萧宇忽然留意到身旁的围墙并不算高："爬上去！"他指了指上面，马国豪马上明白了他的意思，只有爬到高处，才能躲过三轮摩托的追击。

在萧宇的帮助下马国豪忍痛爬上了围墙，萧宇随后也爬了上来，六辆三轮摩托全部停在了巷口中，车上下来大约二十多个携带钢刀的流氓，从围墙的不同地方向上爬来。

萧宇先跳了下去，然后接住马国豪。这是一家餐厅的后院，两人慌不择路地向前逃去。

他们的突然出现让餐厅陷入一片混乱，当两人冲出大门，才发现这个餐厅建在水边，河水缓缓地从前方流过，门前就是一个小型的码头。

萧宇跳上了一条细窄的独木舟，然后把马国豪接了过去。负责看守码头的两名侍者凶巴巴地拿着木棍向萧宇冲来。

"快解开缆绳！"萧宇大声说，他一个灵敏的闪避，一脚已经将先攻击自己的那名侍者踢入了水中。

马国豪飞快地解开了缆绳，这时追击他们的二十多名暹罗流氓已经来到岸边。

萧宇迅速地拉动了引擎，独木舟破浪向前方冲去。

清冷的夜风混合着浓郁的花香扑面而来，萧宇这才注意到他们驾驶的独木舟上放满了各色的鲜花，看来他们误打误撞地上了一艘卖花人的船。

危机显然并没有过去，那帮人也纷纷从码头上解开独木舟向萧宇追来。

独木舟是暹罗最常见的水上工具，由于舟身狭长，在水中受到的阻力很小，速度要比寻常的船只快上许多。

萧宇渐渐摸清了独木舟的驾驶方法，这条河道大约有五米的宽度，行进了一千米左右，河道忽然变窄，上方出现了一座石拱桥，萧宇减慢了独木舟前进的速度，力求平稳地渡过桥下。

这时两艘独木舟已经迫近了他的船尾，其中一艘独木舟加速向他们的船尾撞来，马国豪发出一声尖叫。

就在船头即将撞上船尾的时候，萧宇猛然一个加速，独木舟如同离弦的箭矢一样向前冲了出去。后面的独木舟忽然失去了目标，再想减速已经来不及了，船上的打手纷纷跳入河中，失去控制的船身斜向撞在石拱桥上，巨响声中，独木舟从中间断成两截。

萧宇发出一声愉悦的大叫，水面宽阔起来，身后四条独木舟又阴魂不散地跟了上来。前方一百米左右的地方出现了一个转弯，萧宇大声提醒马国豪："抓稳船舷，我要拐弯了！"

马国豪紧张地抓紧船舷，萧宇灵巧地拐过了前方的弯道。眼前出现了一个十字交叉的水道，两艘首尾相距不到两米的独木舟刚巧从正前方的河道经过，拦住了萧宇前进的道路。追兵马上就到眼前，形势已经不由得萧宇多做考虑。

他非但没有减速，反而加快了行进的速度。马国豪吓得闭上了眼睛，前方两艘独木舟上的船夫也吓得慌了手脚。

冷汗从萧宇的额角缓缓流下，独木舟从两船之间不到两米的缝隙中惊险地穿了过去。萧宇连自己都不敢相信已经冲过的事实，直到听到马国豪惊恐的大叫，他才大梦初醒一样舒了一口气。

追击的两艘独木舟也不顾一切地冲了上来，他们强大的冲力，将正在通过河面的独木舟从中间顶断，其中一艘独木舟因为突然受阻，船头向下栽了进去，船尾高高翘起，上面的打手全都掉到了河水中。

另外一艘独木舟则顺利地冲过了障碍，萧宇有些无奈地摇了摇头：

"妈的！这帮暹罗仔从哪儿冒出来的？"他的确想不通，自己在暹罗并没有敌人，可这帮人分明是针对自己来的。

追击的独木舟现在只剩下了三只，前方出现了三条水域的分支，萧宇向正中的河道驶去。那三只独木舟显然对这里的地形十分熟悉，他们分别从三条河道上向萧宇包绕而来。

萧宇看到水道的出口时，就已经明白这三条水道又在前方汇合。

对方的两艘独木舟已经冲在了自己的前面，在出口的地方并排堵住了河道。萧宇如果要强行相撞，免不了船毁人亡。他下意识地看了看后方，身后的独木舟已经开始减速，他们大概以为萧宇已经成为瓮中之鳖。

萧宇的目光在搜寻着可能通过的缝隙，两条独木舟一前一后将通路挡住。虽然两端仍有一米左右的缝隙，可是对于独木舟狭长的舟身来说，这样的缝隙根本无法有效地将角度调整过去。

对方用钢刀敲击着船舷，发出疯狂的喊叫，距离一点点地拉近。萧宇低身握起了独木舟上的船篙，小声对马国豪说："我用船篙顶开他们，你要配合我全力加速！"马国豪惊魂未定地点了点头。

船篙长约五米，萧宇握住船篙的尾部站在船头，对方马上意识到了萧宇想干什么，他们也慌忙拿起船篙，可是萧宇已经先用船篙抵上了对方的船头，马国豪同时开始加速，由于船篙传来的反作用力，他们乘坐的独木舟也发生了角度的偏移。

萧宇大声喊道："向右转舵！"

船身擦着对方的船头硬生生地从缝隙中挤了过去，对方的两条船篙一上一下向萧宇的身上扫来。萧宇用船篙隔开对方的攻击，高速行进的独木舟马上将对方甩开了很远的距离。

萧宇擦了擦头上的冷汗，接替马国豪驾驭独木舟。绕过两个弯道，他将独木舟驶入了市中心的河心花市，确信敌人已经被他们彻底摆脱，这才把独木舟慢慢靠岸。

这时一辆人力三轮驶到两人的身边，车夫用英语说："两位要不要坐车？"萧宇和马国豪相对苦笑，他们同时摆了摆手，这次是无论如何也不敢坐人力三轮车了。

虽然经历了昨晚的惊魂追杀，却丝毫没有影响到萧宇的兴致，他本打算游览一下珊瑚岛，可是出发前却突然收到了一个电话。

"宇哥！"电话那端一个女声大喊着。萧宇愣了愣，马上想起对方是谁："静而！"

红粉虎在电话那头笑了起来："看来你总算没把老朋友给忘了！"她自从上次在香江出事后，一直在暹罗做事。

红粉虎的口气马上变得严肃起来："宇哥，我收到消息，有人要对你不利，如果你有空今天中午我想和你面谈！"萧宇的表情也变得凝重起来，昨天晚上的事情已经充分说明了一切。

他和红粉虎约好了见面的时间和地点，这才挂了电话。

萧宇准时来到了和红粉虎约定的茶楼，红粉虎和黑煞虎早早地来到了那里，他们看到萧宇都表现出异常的惊喜。

三人简短地诉说了一下离情，马上就把谈话转向了主题。

"我们收到消息，有人重金买你的性命，曼城的水蛇帮已经接下这桩买卖！"红粉虎显得十分担心。

萧宇奇怪地说："我来暹罗的事情很少人知道，而且我在暹罗也没有什么仇家……"

黑煞虎说："根据我们掌握的情况，买你性命的可能是离岛的一个帮会。"萧宇狠狠地攥紧了拳头，他第一个想到的就是三连帮，是不是左厚义知道自己的暹罗之行，主要的目的就是为了调查父亲的真正死因，他生恐自己知悉了整件事情的真相，先下手为强。

红粉虎叹了口气："契爹也知道了你来暹罗的消息，他好像对你很有成见……"萧宇淡然地笑了一下，自从自己拿下深水港的工程，方天源对自己的仇恨是与日俱增。

黑煞虎说："你和秦正一起来暹罗的消息已经传遍了香江，大佬认为你是想联手秦正买断春猜的货源！"

萧宇没有想到这消息传得这么快，这件事他本来以为应该进行得相当隐秘，没想到现在搞得路人皆知，到底是谁走漏了消息？难道是秦正？不可能，他把消息张扬出去对他自己也没有任何的好处。萧宇怀疑的目标集中在秦正的手下人身上，他必须要引起足够的重视，这件事如果处理不当，有可能引起离岛和香江地下社会的恐慌。

萧宇平静地说："你们可以向方先生解释一下，我和春猜将军的接触并不是为了买断所有的货源，而且我也从未想过去碰毒品。"

红粉虎点了点头，她对萧宇始终是无条件地相信。

"我主要是想调查一下我父亲生前和春猜将军之间的交易，看看能不能查到他的真正死因。"萧宇对真心的朋友向来都是真诚的。

黑煞虎不无忧虑地说："就算我们相信，其他人未必都这么想。"

红粉虎说："水蛇帮在曼城的实力相当强大，他们决定对付的人，肯定没有命离开。"

萧宇的表情仍然很轻松："昨天晚上我已经和他们交过手了，不知道我这条命值多少钱呢？"

"一百万美元！"黑煞虎说出了一个让萧宇瞠目结舌的数字。

"居然有人愿意付出这么大的代价杀我？"萧宇有点受宠若惊。

红粉虎点了点头："我们在曼城已经有一段时间，和水蛇帮也有过多次接触，你这件事我们会替你扛下来，不过在此之前，我想你最好亲自去见一下水蛇帮的老大笙妍夫人。"

黑煞虎补充说："替水蛇帮接下这票生意的是他们的二号人物图牙，现在唯一制止他的方法就是让笙妍出面调停。"

红粉虎拿出了一个精巧的木盒："笙妍醉心于佛学，这里是我专门托人从外国带来的玉佛，只要她愿意发话，你的危机就会化解。"

萧宇笑了起来，他们为自己想得的确周到："好，我就亲自去会一会这位水蛇帮的老大。"

笙妍的庄园位于曼城的东郊，这是一所充满佛教味道的庄园，红粉虎驾车驶入庄园的时候，首先看到的就是位于庄园中心的释迦牟尼像。红粉虎将汽车停在入口处的停车场中，和萧宇三人步行向庄园的中心走来。

凡是来拜访笙妍的客人，必须要步行一百零八个台阶，参拜佛祖，然后才能绕行到位于后方的别墅区。

三人恭恭敬敬地上香后，然后一路向远处的白色小楼走去。萧宇小声说："笙妍的庄园好大！"

黑煞虎说："暹罗的地下社会，除了贩毒的春猜将军，就数笙妍最为富有，她掌握了曼谷绝大多数的色情和赌博业。"

萧宇笑着说："这种人居然也信佛，不知道佛祖会不会收她？"

红粉虎说："笙妍每年都要捐给佛寺一大笔钱，她的另一个身份是有名的社会慈善家。"萧宇吐了吐舌头，看来金钱的确能改变一切。

前方的草地上一名驯兽师正在训练两头大象，萧宇饶有兴趣地看着他的举动："笙妍还有养大象的爱好？"红粉虎点了点头："她驯养的大象有十几头，这是其中的两只。"

来到别墅的大门，两名身穿白衣的仆人礼貌地鞠了一躬，然后用暹罗语向黑煞虎说了什么，黑煞虎也用暹罗语回答，红粉虎一旁解释说："我们事先已经和笙妍约好！"

其中一名仆人带领着他们向别墅的正门走去，整个地面都用白色的大理石铺成，萧宇留意到两旁的廊柱上全都精心雕刻着各式的佛像，看来这位笙妍夫人的确对佛学到了痴迷的地步。

走入象牙镶嵌的大门，眼前出现一个西式风格的大厅，一阵悦耳的钢琴声传来，萧宇顺着琴声望去，大厅的东侧，一位面目慈和的中年妇人正在优雅地弹奏着钢琴，显然她就是笙妍夫人。红粉虎向萧宇使了个眼色，三人都站在原地，静静地倾听着琴声。

直到一曲终了，笙妍夫人才停下弹奏，慢慢地合上了钢琴，她的目光向三人的方向看来，最后落在了萧宇的身上。她应该是华裔，暹罗的本地人很少有像她这样洁白的肤色，萧宇从她的眼神中敏锐地捕捉到了一丝忧伤，难道她的生活并不幸福？

笙妍夫人站起身来，她来到沙发前坐下，然后示意萧宇他们坐在自己对侧的沙发上。

"夫人！我是香江合记的关静而。"红粉虎自我介绍说。

笙妍夫人温婉地笑了起来："我记得你，上次方先生来的时候你们两个跟他一起，是不是？"她居然说得一口标准的国语，这让萧宇多少感到有些意外。

笙妍夫人看了看萧宇。

"夫人，我的这位朋友遇到了一点麻烦，和贵帮之间发生了一些误会……"红粉虎悄悄用手臂捣了一下萧宇，萧宇心领神会地把佛像敬献到笙妍夫人的面前。

笙妍夫人看都没看佛像一眼："帮会的事情，我已经很久不去过问了，你们如果在这方面碰到了麻烦，可以直接去找图牙！"

红粉虎咬了咬嘴唇，她没想到笙妍夫人竟然这样干脆利索地回绝了他们的请求。

"夫人，图牙已经对我的这位朋友下了格杀令，我们愿意出双倍的价钱买他的平安！"红粉虎急切地说。

笙妍夫人淡然笑了一下："图牙的决定就代表水蛇帮的决定，况且他已经答应了别人，就算你们出十倍的价钱，我们水蛇帮也不会失信，真的非常遗憾。"

"可是……"红粉虎还要说些什么。

笙妍夫人冷冷地说："送客！"

从门外走入了六名彪形大汉，他们全都是身经百战的高手。

萧宇拉起红粉虎，他也清楚再说下去已经没有任何意义，黑煞虎也站起身来拉住红粉虎，三人向门前走去。

红粉虎忽然挣脱了他们的臂膀，跪在了笙妍夫人的面前："夫人，求求你，放过我朋友，他并没有什么得罪你们帮会的地方，你放过他吧！"

笙妍夫人使了个眼色，六名拳手向红粉虎围拢过来，萧宇愤怒地大吼一声："谁敢过来，静而，不必求她，我们走！"

红粉虎怆然泣下："萧宇，我不能眼睁睁看着你死在曼城！"

笙妍夫人的脸上忽然露出了极为吃惊的神情："你说什么，他叫什么？"

萧宇从地上拉起红粉虎愤怒地说："这跟你有什么关系？"

笙妍夫人忽然从沙发上站了起来："你……你是萧鼎汉的什么人？"萧宇没有想到她居然一口就喊出了父亲的名字，他怔怔地看着笙妍夫人。

"你认识我的父亲？"

"你……是萧宇！"笙妍夫人一字一句地喊出了他的名字，然后轻轻挥了挥手，六名拳手知趣地退出了门外。

笙妍夫人默默端详着萧宇的面孔，很久才说："有些事情我必须对你说……"

红粉虎和黑煞虎都没有想到事情会发生这样的变化，内心中隐隐觉得萧宇和她之间的关系肯定不简单。

笙妍夫人向客厅右侧的门前走去："萧宇……你跟我过来！"

萧宇犹豫了一下，还是跟着她走了过去，笙妍夫人打开了这扇房门，房间简单而朴素，最醒目的就是挂在东墙正中一幅画像，萧宇立刻就认出那是他的父亲——萧鼎汉。萧宇诧异地望向笙妍夫人，他已经猜测到她和父亲之间过去的种种。

笙妍夫人近乎凄惨地笑了起来："你的父亲是这世界上最绝情的人……"

萧宇没有说话，他更清楚自己没有对父亲生活发言的资格。

笙妍夫人用力咬了咬嘴唇："我曾经答应过他，无论现在以后还是将来，我永远都不会对不起他……"她的眼圈有些发红，萧宇看得出她在竭力掩饰自己的眼泪。

"我永远会信守我的承诺……"笙妍夫人紧紧闭上了眼睛，泪水沿着她洁白的面庞缓缓流下。

萧宇默默地在父亲的遗像面前鞠了三躬，然后他来到笙妍夫人的面前："我只想知道，父亲真正的死因！"

笙妍夫人的目光中闪过一丝难言的痛苦："我真的不知道，鼎汉和春猜之间的交易是我一手促成的……"

萧宇用力点了点头，他慢慢地向门外走去，他早就已经下定了决心，无论过去到底发生了什么，他会不惜任何代价找出父亲的真正死因。

笙妍夫人一直送萧宇他们来到门口，红粉虎和黑煞虎已经从她的眼神中知道，萧宇在曼城的事情，笙妍夫人肯定会一手解决。

　　天空忽然变得阴郁起来，接二连三的霹雳炸响在空中，萧宇临上车的时候，笙妍夫人又喊住他："萧宇……"萧宇慢慢地转过身来。

　　"我不希望你步你父亲的后尘！"笙妍夫人语重心长地说。

　　萧宇淡然地笑了笑，不知为什么，他的内心和父亲靠得越来越近，沿着这条父亲曾经走过的道路，他仿佛看到了前方。

　　雨越下越大，车内的广播不断报道着曼城的天气形势，萧宇的内心始终起伏不定。他对于父亲和春猜之间发生的一切充满了疑虑，他一定要找出这双幕后的黑手，一定要为死去的父亲讨回公道。

　　前方的椰子树在狂风中忽然折断，重重地倒在前方的道路上，黑煞虎忍不住骂了一声："妈的，怎么会有这么大的台风？"萧宇重新回到现实。

　　广播中的报道变成了一种警告，以英文和暹罗语轮番播出："各位游客，你们好，太平洋热带风暴突然来袭，这股风暴有不断加强的趋势，请大家退守到安全地带，风暴可能波及的地区有云沙……"萧宇的神情忽然变得凝重起来，远方的道路因为暴雨渐渐变得模糊。

　　由于台风的影响春猜将军并没有按照约定出现在曼城，他在电话中改变了见面的地点。秦正有些烦躁地看了看地图："美塞？春猜到底在搞什么？居然让我们去边境的这个破镇子跟他见面。"

　　萧宇也饶有兴趣地看了看地图："也不错啊，我们刚好去他的基地看看！"

　　秦正说："明天中午见面，台风搞得到处都是交通堵塞，看来我们要租架直升飞机去了。"萧宇笑着说："这件事我来办吧！"

　　在暹罗租直升飞机并不困难，由于驾驶舱的限制，萧宇只带了马国豪随行，秦正挑选了两名亲信。一行人在第二天的上午出发，从飞机上俯视大地，台风过后，很多地方都变成了水乡泽国。

　　秦正在旅程中谈起了他们即将拜访的春猜将军："春猜将军是混血儿，

他原来是暹罗正规军的一员，后来因为违反军纪被判入狱，在监狱中度过了七年的时光。出狱后，他自己组织了一个游击队，在边境从事毒品买卖。由于他本身受过良好的训练，军事素养相当高，很快就从金三角的几十支队伍中脱颖而出，短短的三年工夫就完成了从买卖到生产的转变，又花费了十年的时间把其他的贩毒队伍收编。"

"看来春猜将军很不简单啊！"萧宇感叹说。

"那是当然，暹罗政府一向把他视为眼中钉、肉中刺，多次派部队对他进行围剿，可是每一次都以失败告终。春猜不但拥有战斗力很强的军队，更重要的是，他在金三角一带的威信很高，经常给当地的居民捐款捐物，还修建了不少学校。"

马国豪插口说："他这就是收买人心。"

秦正点点头："这正是他高明的地方！"

中午的时候，他们已经飞行到美塞镇的上方，这里是暹罗最北方的小镇。与它隔着美赛河相对的，是南甸的大其力集镇。一座桥横架河上，连接着两个市镇，也连接着两个邻邦，被称为"友谊桥"。

乡村、田园、河流、远山，他们的眼前一派平和静寂，美丽的暹北山区风光迷人，谁会想到这看似宁静的背后隐藏着亚洲最大的毒品基地。

直升飞机缓缓降落在小镇的广场上，这里临时充当了停机坪，两辆军用吉普车停在远处，看来他们在那里已经等了一段时间。

四名身材高大的军人微笑着向飞机走来，秦正低声说："左边第二个就是春猜将军最得力的助手普信。"

萧宇特地留意了这个叫普信的年轻人，他大约二十七八岁的年纪，身高在一米九十左右，因为长期丛林生活的缘故，他的皮肤呈现出一种健康的古铜色，从他充满力度和节奏的步伐，萧宇马上判断出，他肯定是位搏击高手。

普信和秦正曾经多次接触过，两人友好地握了握手，秦正将身边的萧宇介绍给他。普信的中文带着浓浓的异国口音，可是正常的交谈应该没有问题。

"久仰久仰！"普信看来听说过萧宇的名字，他指了指身后的吉普车，"将军让我带各位直接前往基地，请吧！"

吉普车穿行在暹北山区中，两旁郁郁葱葱的大树遮天蔽日，普信一边驾驶着吉普车，一边向客人介绍着这里的地理情况。

一个小时后，吉普车停在山区一个不知名的山谷中，一群暹罗儿童看到汽车到来，欢笑着跑了过来。

普信用暹罗语说了些什么，然后从车厢内拿出糖果分给他们，他向萧宇解释说："这些孩子都是将军收养的孤儿。"

萧宇暗暗地好笑，春猜一方面摆出慈善家的面孔，一方面又做着制毒贩毒的生意，不知道这些孩子中有没有谁的父母死在春猜手下。

前方黄色警告标志上写着禁区的字样，两支二十人的武装小队不停地在基地周围巡视，来到大门前，普信向负责警卫的士兵出示了通行证，大门缓缓开启。

他们这里的一切都是军事化管理，任何人都没有特权，即使是普信也要按照规定出示通行证。走入基地首先看到的是广场中正在巡视的四辆坦克，马国豪小声对萧宇说："这里简直是一个毒品王国。"

普信听到了马国豪的话，他微笑着指着前方的工厂："我们的设备全部是世界最先进的，将军确保从我们这里销出去的货物全部是顶级的产品。"

萧宇初步计算了一下，单单是用于毒品加工的车间就有把八所之多，保安措施相当严密，每个车间的前方都有持枪的士兵牵着狼犬来回巡视。

春猜将军的办公室位于整个基地的正中，如果不是普信介绍，萧宇还以为这里是一座花园。整个建筑的格局都是典型的暹罗风格，三栋竹楼并肩耸立在游泳池的后方，周围种满了各式的热带植物，游泳池的旁边还有一个小型的鱼池，里面游荡着不知名的小鱼。

普信提醒说："小心一些，鱼池里面全部都是从亚马逊进口来的食人鲳，要是不小心掉下去，保证你马上变成一堆白骨。"

马国豪吐了吐舌头，小心绕过鱼池。

一行人上了竹楼，竹楼内只有一位军人躺在吊床上看书，他年纪大约四十多岁的样子，因为脱发的缘故，让他看上去比实际年龄更大一些。他中等身高，身体有些偏瘦，鼻梁上架着的高度近视镜让他更像一个教书先生，难道这就是被很多暹罗人奉为神话的春猜将军？

普信来到春猜将军的面前敬了一个军礼："将军，香江的秦先生和离岛的萧先生来了。"春猜放下书本，他慢慢地从吊床上下来，整理了一下军服，才向秦正他们走了过去。

秦正一脸的笑容，恭敬地喊道："春猜将军。"春猜点了点头，他的目光停留在萧宇的身上："听说你拿下了离岛最大的深水港工程？"他对于商业和利益有着敏锐的嗅觉。

"是的，正在建设中！"

"年轻有为啊！"春猜感叹了一句，然后来到阳台的藤桌前坐下，他向秦正和萧宇挥了挥手，"来，到这里谈！"

秦正和萧宇分别坐在他旁边的藤椅上，普信以标准的军姿站在春猜将军的身后。

"香江最近的环境不太好啊！"春猜一边喝着咖啡，一边慢慢说。

秦正和萧宇都明白，春猜显然指的是三禾会跟合记最近愈演愈烈的斗争。秦正说："帮派之间为了利益硝烟四起，最近流血事件层出不穷。"

春猜叹了口气："我就搞不明白，难道你们不知道和气生财这个道理？"他放下咖啡，拿出一支香烟，普信为他点燃。

春猜吐出一团烟雾："有钱大家赚嘛！李继祖跟方天源斗得越凶，他们自身的利益就会受到越大的损害……"他满怀深意地看着秦正，"老秦，你最近赚了不少吧？"

秦正嘿嘿干笑了两声："将军，其实我这次来是想跟你谈买断香江市场的事情。"

春猜皱了皱眉头，秦正有多大能量，他清楚得很，秦正肯定没有吞掉整个香江市场的实力，他的目的何在？

秦正说："不瞒您说，现在的香江是三禾会、合记跟我们新益安共同做这块市场，这就决定我们之间会因此而不断地斗争下去。"

春猜点了点头。

"三禾会跟合记的斗争已经把整个香江的毒品市场搞得一片混乱，现在已经引起了警方的高度重视，如果听任他们这样下去，只会影响到更多人的利益。"

秦正说："如果将军同意我成为香江的唯一买家，我可以保证在最短的时间内，让整个香江的市场回归到有序而稳定的轨道上去。"

春猜笑了起来："你说得很好，可是如果我答应了你的请求，等于最少失去了两个大的买家，话说回来，别人拿着钱来提货，我有什么理由不卖给他们？"

"将军！我计算过他们每年的进货量，我完全可以做到不减数量，而且我每年都会增加百分之十的进货量。"秦正信誓旦旦地保证说。

春猜沉默了下去，秦正的条件对他来说相当的具有诱惑力，他早就对香江市场的混乱无序十分地头痛，几家帮派相互斗争，表面上可以炒高价格，可是因为他们的争斗而吸引了警方更多的注意，这几年的出货量却在不断下滑，改变目前情况的唯一办法就是在香江扶植一个唯一的代理。

可是春猜从来没有考虑过秦正，在他的内心中，更倾向于三禾会，毕竟三禾会的实力有目共睹。

秦正说："萧先生会在深水港专门为我提供一个码头。"

春猜总算明白秦正为什么会有如此大的胃口，占据了离岛深水港的优势，他完全可以向东瀛和青川发展，别说是目前的进货量，就是再增加一倍，他也应该能够吃得下，难怪他敢提出每年增加百分之十进货量的请求。

春猜点了点头："你可以买断，但是我有一个附加条件。"他停顿了一下才说，"垄断会让你获得更大的利益，我要求你在原有的价格上给我增加百分之十五。"

秦正吸了一口冷气，春猜果然不放过任何一个加价的机会。

春猜说："这百分之十五，你不必付给我现金，听说你一直在做着军火生意，我会定期给你一份详单，你用军火来代替。"

秦正马上表示同意，毕竟用军火代替现金可以省下他一大笔钱。

萧宇说："春猜将军，我有一个请求。"

春猜看了看他："说！希望我能够办到！"

"三年前离岛三连帮的萧鼎汉曾经和您谈过一笔生意，可最后因为他的死而使生意中途夭折，根据我的了解，这批货最后还是流向了离岛，请问和您交易的对象究竟是谁？"

春猜哈哈大笑了起来："如果不是我事先就知道你的身份，我会以为你是警察！"他眯起眼睛上下打量着萧宇，"你是萧鼎汉的儿子，想为他报仇？"

萧宇毫不掩饰地点点头。

春猜说："我对生意以外的事情没有任何兴趣，这个世界上任何事情都需要代价，你能够给我什么好处？"

"将军需要什么？"

"让你帮我杀一个人！"

"谁？"

"左厚义！"

"他好像是将军的最大买家！"

春猜冷笑了一声："他不止买我春猜的货，现在我在离岛所占的份额不到百分之四十，其他的全部是阮向日的货。"

春猜意味深长地说："对我来说失去一个买家根本无所谓，死了一个还会有两个甚至十个买家来主动提货，但是这种吃里爬外的小人，我必须要除掉。"

"我答应你！"萧宇痛快地答应了春猜的条件，左厚义本身就是害死父亲的凶手之一。

春猜说："普信会带你们查看三年前的资料，不过我把那张光碟的密码忘了。"

萧宇笑了起来，他的身边还有马国豪，什么样的密码都不会难住他。

马国豪熟练地敲击着键盘，春猜设计的密码并不复杂，他不到两分钟就破解了。普信欣赏地看着马国豪的一举一动，萧宇真不简单，他的手下居然有这么出色的电脑高手。

马国豪迅速搜寻到了萧宇关心的那笔生意的记录，他的眼睛睁得很大，萧宇比他表现得更加吃惊，父亲的那笔生意最后的接手人竟是章肃风。

尽管他对此早就有了心理准备，可是这无情的结果仍然如同晴天霹雳一般让他震惊。他忽然明白，为什么章肃风始终在阻止自己和晴晴交往，他应该清楚一切的内幕，父亲的死和他有着无法脱开的干系。

马国豪同情地看着萧宇，他的内心却并没有像他表现出的那样，萧宇的痛苦竟然让他感到些许的快意，他在心中默默地说："你萧宇不会永远都走运，我会让你尝到被别人毁去生活的滋味。"

萧宇有些无力地来到外面，马国豪做出十分关心的样子来到他的身边："阿宇，交易记录并不能说明什么问题！"萧宇苦笑了一下，他的目光投向远方，很久才缓缓地说："这件事千万不要传出去。"马国豪点点头："你放心，我会替你保守这个秘密。"

傍晚的时候普信驱车将他们送往美塞镇，萧宇自从知道三年前的这桩交易，就开始变得忧心忡忡，他不知道自己该如何去对付章肃风，如果自己杀掉了章肃风，又怎么去面对章晴晴呢？

回到曼城已经是华灯初上，秦正因为顺利谈成了这笔生意而变得异常兴奋，他在东方酒店包下了最豪华的房间摆酒庆贺。

晚宴刚刚开始，萧宇就收到了红粉虎的电话："宇哥！笙妍夫人想见你！"萧宇问明了见面的地点，向秦正解释了一下，离席而去。

笙妍夫人选择的见面地点在湄南河上，萧宇来到的时候，她正坐在一艘画舫上品尝着瓜果。萧宇乘坐岸边准备好的独木舟登上了画舫，笙妍夫人微笑着向他点了点头，示意他在自己的对面坐下。

一名白衣少女用葫芦丝吹奏起婉转的暹罗民乐，另外一位少女为萧宇倒上了竹筒盛放的美酒。

"听说你去拜会了春猜将军？"笙妍夫人的消息相当灵通。

萧宇点了点头，对此他并没有隐瞒的必要。

"春猜这个人相当狡猾，你跟他做交易一定要加倍小心。"笙妍夫人对萧宇表现出相当的关心。

"我对毒品的兴趣并不大，和春猜之间应该不会有利益上的冲突。"

"我已经交代过图牙，他和水蛇帮不会再找你的麻烦！"

"谢谢！"

"你应该感谢你的父亲。"提到萧鼎汉，笙妍夫人的眼圈微微有些发红，她轻轻拢了拢被风吹乱的长发，"你这次来暹罗是不是为了调查你父亲的真正死因？"

萧宇沉默了下去，这在笙妍夫人的眼中无疑是一种默认。

"你很像你的父亲，可是你和他之间又有着本质上的不同。"

萧宇望向笙妍夫人，他在期待着后续。

"萧鼎汉是个没有感情的人，他在这个世界上从来没有对任何人投入过感情……"笙妍夫人的胸口微微起伏，回忆让她的情绪有些激动。

"一切都应该告一段落，即使你调查出幕后的真凶又怎么样？你难道打算去为你的父亲报仇，去将害他的仇家一个个杀死？"笙妍夫人缓缓地摇了摇头，"如果你真的那样做了，你就会重新走上和你父亲一样的老路，你会失去朋友、失去爱人，直到这个世界上只剩下一个孤独的自己……"

萧宇的内心没来由地颤抖了一下，他用力攥紧了拳头，命运把他一步步推到现在的境地，他不会让父亲就这么不明不白地死去。

"想不想知道我对你父亲的评价？"

萧宇点了点头。

"他是这个世界上最没有感情、最冷血的人，他无论做任何事都以自己为中心，他的每一个行动都会事先考虑好退路……"

"够了！"萧宇愤怒地大吼道。

笙妍夫人淡然笑了一下："这个世界上敢对我这么没有礼貌的人已经

很少了，在这一点上，你们父子真的很像！"

萧宇平复了一下自己的情绪："对不起！"

笙妍毫不介意地笑了笑："作为一个儿子，你当然听不得别人在你面前侮辱你的父亲，换作我也会有一样的反应。"

她站起身来，慢慢拉开左臂的袖口，她晶莹的臂膀上一条寸许长的刀疤清晰可见："这就是你父亲留给我的唯一礼物！"

萧宇睁大了眼睛，他不能置信地摇了摇头。

"这个世界上如果有一个人最有资格杀掉你父亲的话，那个人就应该是我！"笙妍夫人眼中荡漾着泪光。

"我认识他的时候，他被离岛黑帮追杀，走投无路来到暹罗，是我帮他在暹罗立足，帮他东山再起，而他带给了我什么？"笙妍夫人大声喊道。

对于父亲的过去，萧宇的确没有发言的资格。

笙妍夫人凄惨地笑了笑："我曾经以为，你的父亲是真心爱我，可是我万万没有想到，他走的每一步都有计划和预谋。"

她用纸巾擦了擦眼角的泪痕："你会不会出卖自己的女人？"

萧宇摇了摇头。

"他会！"笙妍夫人的泪水止不住地流了下来，"自从他死后，我以为早就忘记了和他之间的恩怨，可是我始终还是做不到！"

萧宇轻轻拍了拍她的肩头表示安慰，笙妍低声说："我无意在你的面前诋毁你的父亲，可是我真的不愿意让你活在他的阴影下，我不想再看到他的子女一个个逃脱不了悲惨的命运。"

萧宇的内心一惊，笙妍夫人的言外之意显然说明父亲在这个世界上并不是只有自己这一个后代，他低声问："夫人……你是说，我还有兄弟姐妹？"

笙妍捂着嘴啜泣起来。

"他在哪里？"

笙妍好不容易才平复了自己的情绪："你跟我来。"

241

# 07　来自内部的背叛

李继祖欣赏地看着马国豪，他也想到了这个解决问题的方法，可是话说得容易，萧宇跟何天生相互牵扯的利益太深，破坏他们的联盟并不是容易的事情。马国豪冷冷地说道："何天生如果倒下，那么他们之间的联盟就不复存在！"李继祖身躯一震，他和马国豪对视了良久，然后深深地点了点头："这也许是解决问题最好的办法……"

## 暗藏祸心

萧宇前往濠江的当天，马国豪前往光雄拜谒了在那里深居简出的章肃风。章肃风显然对他没有太多的印象，直到马国豪提到萧宇，章肃风才想起这是萧宇最信任的助手之一。

马国豪热情地向章肃风伸出手去，章肃风只是淡淡笑了笑，并没有和他握手的意思，在他的概念中，从来不和比自己低等级的人握手。马国豪有些尴尬地放下手来，他自嘲地笑了笑，在章肃风的对面坐下："谢谢章先生能给我这个单独谈话的机会。"

"阿宇为什么没来？"章肃风有些奇怪地问。

马国豪笑着说："他去了濠江探望何老先生的病情。"

章肃风微微皱了皱眉头，听马国豪话里的意思，这次他是以私人的身份来拜会自己的，他究竟有什么目的，自己和他应该没有什么事情好谈。

马国豪直接挑明了自己的来意："我和萧宇刚刚从暹罗回来。"

章肃风的眼神明显的闪烁了一下，他审视着对面的马国豪，却仍然没有说话。

"萧宇这次的目的是调查他父亲和春猜将军之间的交易记录……"他停顿了一下，加重了语气说，"他父亲死前的最后一笔记录！"

章肃风不自然地笑了笑："这和我有什么关系？"

"萧鼎汉死后，那笔交易的继任者好像是您，换句话来说您是他死亡的最大受益者。"马国豪冷笑着道破了其中的关键所在。

章肃风的唇角抽动了一下，他充满杀机地盯住马国豪："你来到光雄就是为了告诉我这些？"

马国豪点了点头："我对你没有任何恶意，你应该把我的话看作一种善意的提醒！"

"善意？"章肃风不屑地说道，他已经猜测出马国豪真正的目的。

"你应该比我更清楚萧宇的为人，他绝不会放过任何一个杀害他父亲的凶手！"马国豪注视着章肃风的眼睛。

章肃风的眼神中明显流露出一丝畏惧，他并不是出于对萧宇的害怕，有些事情，他越是想逃避，偏偏越是无法躲开，这笔陈年旧账终于再次摆在他的面前。

"深水港的资金出现了问题，萧宇已经决定上市集资！"

章肃风的眉头一动，他敏锐地觉察到马国豪对自己的提醒。

"我是这次上市计划的总负责人。"马国豪知道自己已经完全占据了主动。

"说说你的条件！"章肃风重新恢复成原来莫测高深的样子。

马国豪伸出三根手指："我要三亿，预付一亿，事成之后把余款付清。"

章肃风大笑了起来："你的胃口真的不小，这么大的数目恐怕你根本消化不了。"

马国豪微笑着说："章先生不必担心，那是我自己的事情。"

章肃风点了点头：“直到今天我才发现萧宇的身边居然有一个这么可怕的人，他的结局会很不幸……”

萧宇去濠江不仅仅是为了探视何老先生的病情，他去濠江之前和母亲通了一个电话，约她到濠江见面，他有太多太多的事情想问母亲，自从离开暹罗，笙妍夫人对他说的一切始终在折磨着他。他的父亲究竟是一个怎样的人，现在的他该何去何从？

何天生的病情并没有外界报道的那样严重，萧宇来到病房的时候，他正和芬妮有说有笑地谈着什么，萧宇的出现让芬妮欣喜若狂，她冲上来搂住了萧宇的脖子：“阿宇，真没想到你会来！”萧宇有些尴尬地干咳了两声，芬妮不分场合的热情让他有些难以消受。

萧宇拉开她的臂膀，将鲜花插入何天生床头的花瓶中。

何天生笑着说：“你好像并不是很开心？”

萧宇苦笑了一声：“深水港的资金出现了困难，我哪还能笑得出来！”

何天生呵呵笑了起来：“你在埋怨我这个老头子。”

“不敢！”

何天生拿起身边的报纸递给了萧宇，头版的标题上写着“香江、濠江联手肃清黑金，濠江赌王首当其冲”。

萧宇诧异地望向何天生。

“现在政界都在盯住我的生意，我的很多资产因为审查而被暂时冻结。”何天生的确有难言的苦衷。

萧宇点了点头：“何老先生，这次我来见你的另一个目的，就是谈关于深水港工程上市的事情。”

何天生深深凝视了萧宇一眼，在目前的形势下，上市不失为集资的最好手段，可是如果深水港工程上市，那么自己在深水港中的投资份额难免会被摊薄，自己的利益肯定会受到影响。

萧宇说：“我正在着手进行上市的计划，如果一切顺利，利好的消息不但能吸纳社会上的资金，而且会让我们手中的原始股份成倍地增长。”他压低声音说，“您老人家和我会各自持有深水港百分之三十的原始股份。”

何天生满意地点点头，深水港工程就像一个等待开掘的金矿，它的上市势必会引起社会各界的抢购热潮。

任何人都看到深水港上市即将带来的巨额利益，萧宇在濠江探视何老先生的时候，马国豪借口拜会各方的经济专家，往返于香江和离岛之间。

他的第二个争取对象就是李继祖，他要利用一切可行的手段给予萧宇最重的一击。他和李继祖见面的目的只有一个，那就是除掉萧宇最强有力的靠山何天生。

李继祖最近的运气的确很坏，先是跟合记之间斗得难解难分，然后又被萧宇和何天生从深水港工程中踢了出来，现在又收到暹罗方面的消息，春猜以后在香江的唯一联系对象就是新益安，他几乎陷入了绝境。

马国豪的出现让他又看到了光明。

当马国豪将秦正和春猜之间交易的内幕向李继祖交代之后，李继祖才明白整件事的起因，他之所以有今天的局面，完全是萧宇和何老头子一手策划的，只有将自己陷于江湖争斗的泥潭，他们才能把自己从深水港的工程中舍弃。

马国豪将一份计划书放在李继祖的面前："深水港成功上市的话，最保守的估计，应该可以吸纳 50 亿美元的投资，萧宇和何天生获得的利润将不可想象，深水港的资金问题会全部解决，而且深水港工程建成以后，他们会迎来第二个上升高潮。"

李继祖不无疑虑地说："如果我没理解错的话，萧宇和何天生应该总共持有百分之六十的股份，剩下的这百分之四十就算我能够全部买入，我一样无法跟他们两人抗衡。"

马国豪笑了起来，他的眼镜中露出一丝杀机："李先生，如果你真的想入主深水港工程，有一个办法就是破毁萧宇和何天生之间的联盟。"

李继祖欣赏地看着马国豪，他也想到了这个解决问题的方法，可是话说得容易，萧宇跟何天生相互牵扯的利益太深，破坏他们的联盟并不是容易的事情。马国豪冷冷地说道："何天生如果倒下，那么他们之间的联盟就不复存在！"李继祖身躯一震，他和马国豪对视了良久，然后深深地点了点头："这也许是解决问题最好的办法……"


　　方晓芸和萧宇在同一天抵达了濠江，当晚他们母子在濠江的明珠酒店共进晚餐。

　　"你瘦了！"方晓芸心疼地看着儿子，萧宇笑了起来："最近我一直都在减肥！"萧宇岔开话题说："庞叔怎么没一起来？"

　　"他母亲病了，最近一直都在医院照顾。"方晓芸叹了口气。

　　萧宇默默地喝了口酒，他清晰地感觉到自己的改变。

　　"这么急把我喊到濠江，到底有什么事情？"方晓芸关切地问。

　　萧宇犹豫了一下，终于鼓足了勇气："妈！你能不能告诉我，爸爸究竟是怎样的人？"

　　方晓芸的身躯明显颤抖了一下，她迅速把目光转向别处，逃避着萧宇充满疑问的眼神，直到她确信自己已经调整好了情绪，才重新转过脸来："为什么忽然想起问这些？"

　　萧宇抿了抿嘴唇："我刚刚知道，除了我以外，爸爸在暹罗还有一个女儿……"

　　方晓芸的眼睛忽然睁大了，泪水涌出了她的眼睛，她拿起纸巾迅速将眼泪擦去，然后向萧宇露出一个极为勉强的笑容："我不了解他……"

　　萧宇不明白母亲说这句话的真正含义。

　　"他是一个善于隐藏自己想法的人，我虽然和他共同生活过，可是……我从来都不知道他的心里在想些什么，也许他从来都没有真正地爱过，我……"方晓芸的眼泪又流了下来。

　　"小宇！知不知道当你去离岛的那一刻，我从心里感到恐惧，我害怕会永远失去你，害怕你的父亲会将你从我的身边夺走……"

　　萧宇没有继续追问下去，他已经失去了问下去的勇气，父亲带给母亲的伤害无疑是巨大的，直到现在母亲仍然没有从那种痛苦中完全解脱出来，也许只有忘记过去才是最好的选择。

　　自从上次杀掉吴阿四以后，马国豪就患上了失眠的毛病，每到这个时候，他总喜欢去找许静茹倾诉，只有在她的身边他才会感到安心、踏实。

"又睡不着？"许静茹已经习惯了马国豪的深夜来访，马国豪点了点头，他来到沙发前坐下，许静茹为他倒了一杯红酒："事情已经过去了这么长时间，而且警局方面早就有了定案，把他的死归于一场意外，你又何必总是放不下呢？"

马国豪喝了口酒，他接过许静茹手中的毛巾擦了擦额头的冷汗："你能不能帮我约见一下马中昊？"

许静茹诧异地睁大了双眼："他不是已经去了国外了吗？"

"我收到消息，昨天他刚刚返回嘉南！"

马国豪说："凭你和他的关系，约他出来应该不难。"

"我和他有什么关系？"许静茹莫名其妙地愤怒了起来，马国豪也没想到这句话会激起她这么大的反应，有些发呆地看着她。

许静茹的眼圈红了起来："你们这些男人都一样，在你们的内心深处始终把我当成是一个卑贱的女人，一件利用的工具！"

"我没有！"马国豪大声地分辩说。

许静茹含着泪水说："你凭什么把我推向马中昊的身边？你有没有考虑过我的感受，你有没有想过我也是一个有思想有感情的女人，你知不知道我一直都在……爱着你……"

马国豪的身躯明显颤动了一下，他不可思议地望向许静茹："静茹……"

许静茹用力擦去了脸上的泪水："我知道，我配不上你，我比不上周小姐的纯洁……"

马国豪忽然把她用力拉入怀中，充满激情地吻了下去。许静茹意乱情迷地呻吟着："骗子……你这个骗子……"

因为深水港工程上市已经迫在眉睫，萧宇在濠江停留了一天后，即刻就返回了嘉南。

马国豪从香江请来了两位操盘专家，其中一位还是他高中时候的同学，上市的计划书已经做好，就等着萧宇拍板定案。

萧宇将所有人召集在一起商量马国豪的提案。

马国豪将方案分发给大家，这次的会议在他的主持下进行，他请来的两位操盘专家陈子善和张力被特别邀请列席。

马国豪说："经过我们调查分析，如果重新申请上市，必须通过一连串的审查，最快也要半年的时间，可是深水港工程的资金需要在最短的时间内得到解决。要是按照正常的程序，显然解决不了我们的问题。"

所有人都点了点头，马国豪继续说："最快的办法只有一个，那就是买壳上市！"他解释说，"我们可以吃下已经上市的公司，只要我们在其中注入资金，并且把深水港工程的事情宣布出去，这两项利好的消息肯定能够刺激股票疯涨！"

萧宇点了点头，这的确是目前最好的解决办法，他提出疑问说："可是买壳需要相当大的资金，我们现在最缺乏的恰恰又是资金。"

马国豪笑了起来："这就需要一定的胆识和魄力。"

他从桌上拿起一份计划书放在展板上："我和子善、阿力通过分析找出了两家可能性最大的公司。"

他用笔指向衡达公司："衡达以做物流起家，他们三年前上市的时候每股的价钱是九块八，现在已经跌到了三块四毛，买壳的价钱大概在七十亿离岛币左右。"

他又指向另外的一家名叫通源的公司："通源一直都在经营航运，他们上市已经有七年，从当初的每股十五块九跌到现在的四块七，而且他的主人最近遇到了经济危机，急于转卖套现，买壳的价钱估计在一百五十亿离岛币左右。"

四震插口说："既然都是上市，当然要选择便宜的了，衡达的壳要便宜一半，干脆就选衡达！"

马国豪却摇了摇头："通源虽然价格要比衡达高上一倍，但是物有所值，况且他的主人急于用钱，现在我们可以趁机压价。"

马心怡插口说："现在就算我们把公司所有的资金全部抽调出来，也拿不出一百五十亿离岛币，我们根本没有能力吃下通源。"

马国豪点了点头："这就是问题的关键所在，我们想获得如此巨额的资金只有一个办法，就是向银行申请抵押贷款。"

所有人都沉默了下去，这无疑是一个极具风险的解决方案，过了很久宋老黑第一个提出反对意见："不行，风险太大，如果我们买壳上市后，没有达到预想的价位，那么我们会血本无归！"

马国豪说："这一点我已经和子善他们多次分析过，只要我们能够成功上市，深水港工程足以吸引港台大众的资金，对此我们深有信心。"

"可是……"宋老黑还想反驳。

"我同意国豪的想法！"萧宇大声说，他拿起计划书，"何老爷子的资金一时间无法顺利到位，而深水港的工程已经是刻不容缓，我们已经别无选择。我对深水港充满了信心，只要我们能够成功上市，一定可以吸纳足够的资金，抵押的风险会降低到最小。"

萧宇站起身来："今天的会就开到这里，通源那边最好马上联系，我会找马市长帮忙搞定抵押贷款的事情。"

散会以后，马国豪特地留了下来，他提醒萧宇说："宇哥，马楚良这个人不能够信任，找他帮忙搞定贷款，他会不会趁机向你提出条件，在关键的时候拿捏我们一把？"

萧宇皱了皱眉头，马国豪说得很有道理，可是目前的情况下，自己也没有更好的选择。

马国豪建议说："我们的资金情况最好不要让马楚良知道，我咨询过金融专家，我们用深水港工程的合约做抵押就可以贷到需要的款项。"

萧宇沉吟了片刻："这件事我还要考虑一下，合约如果抵押给银行，等于把我们的前途和命运全部当做赌注，稍有不慎，我们会全盘皆输。"

马国豪深有感触地点了点头："我明白！"

萧宇拍了拍他的肩膀："国豪，最近辛苦你了，等我们把深水港的资金问题解决后，你可以好好享受一个长假，跟周蔷一起出去玩玩。"

马国豪有些尴尬地笑了笑："我已经很长时间没有见过她了，不知道为什么，两人相处的时间越久，越没有感觉！"他这次说的倒是肺腑之言。

萧宇点了点头："对了！明天我和四震尾巴他们去看秀雯，你约周蔷一起来吧，感情这个东西，越放越冷，适当的时候还是需要加加温。"

马国豪愉快地答应了下来。

秀雯自从上次的事情后，精神始终恍恍惚惚，现在仍然在医院治疗，四震和尾巴他们经常去医院看她。

萧宇这些日子一直四处奔波，真正留在嘉南的时间很少，有些事情还是通过他们的介绍才了解到。

"我们这些人注定没有好下场！"四震一边开车一边说，尾巴叹了口气，他就是一个现实的例子，萧宇看了看身后，幸好马国豪跟周蔷乘坐的是另外一辆车，否则让他们听到，不知道会怎么想。

"艾咪最近怎么样？"萧宇低声问，四震有些凄凉地笑了笑："好了些，人醒了，手脚也能活动了，可是不认识人，也不会说话……"

丽娜抱紧了尾巴的身子，她小声在尾巴的耳边说："我爱你。"尾巴紧紧握住了她的小手，他明白丽娜现在说这句话的良苦用心。

萧宇向四震使了个眼色，生怕他继续说下去，勾起尾巴内心的痛苦。

尾巴在身后说："艾咪会好的，我相信我们这些人会一天天好起来，上天对我已经很不错了，如果我没有受伤，我就不会知道丽娜是这样爱我，也不会知道我的朋友始终都在关心我。"

四震和萧宇感动地点点头，尾巴贫嘴的本性又暴露了出来："告诉兄弟们一个秘密，最近我身体呈不断好转的趋势……"他一脸得意地看了看丽娜："我身体的一部分机能慢慢恢复了！"

丽娜满脸通红，在尾巴的身上狠拧了一把："不要脸的东西，什么都往外说！"

萧宇和四震笑得几乎直不起腰来，四震还不依不饶地问："哪部分的机能……说详细点……"

萧宇连忙提醒他："小心驾驶！小心驾驶！"

他们在病房中并没有见到秀雯，问过护士才知道，有人已经陪着秀雯去医院的草地上散步，萧宇有些奇怪地说："除了我们秀雯在嘉南还有什么朋友？"

丽娜和尾巴对望了一眼，丽娜支支吾吾地说："可能是……章肃风……"萧宇惊奇地睁大了眼睛："章肃风？他怎么会在这里出现？"

他们来到草地前果然看到秀雯和章肃风在前方散步，萧宇满腹疑问地望向丽娜，这些日子以来都是她来负责照顾秀雯。

丽娜有些不自然地笑了笑："我一直没有来得及告诉你，自从秀雯在这里接收治疗，章肃风几乎每隔几天就会来探望她……而且，秀雯好像对他有特别的好感……特别喜欢和他在一起……"

"够了！"萧宇愤怒地大喊了一声，丽娜委屈地闭上了嘴。萧宇用力摇了摇头："秀雯是一个病人，她根本就不知道自己在做什么，我答应过豹哥，要好好地照顾秀雯！"

尾巴分辩说："章肃风对秀雯应该没有什么恶意！"

"你给我闭嘴！"萧宇愤怒地喊道，"他是什么样的人，我比任何人都清楚，我不会让他接近秀雯！"

萧宇大步向秀雯的方向走去，章肃风也注意到了萧宇的出现，他的表情仍然显得轻松自然："阿宇，很久不见！"

萧宇向他点了点头："章先生，可以把我的朋友交还给我吗？"章肃风淡淡地笑了笑，他放开秀雯向后退了两步。

秀雯的目光却始终盯在章肃风的脸上："你要走了吗？"她的声音显得十分失落。

章肃风点了点头，他看了看萧宇，满怀深意地说："看来有些人并不欢迎我来看你……"萧宇望着这个一手造成父亲死亡的敌人，他竭力掩饰着自己的仇恨，只有站在章肃风的面前他才能清楚地感觉到，无论他怎么逃避，都无法抑制内心复仇的欲望，他的身体里流淌着父亲的血液。

"章先生，秀雯是个很可怜的女孩子，我不希望任何人再给她带来伤害！"萧宇一字一句地说。

章肃风敏锐地觉察到萧宇对他的仇恨，从萧宇的眼神中他知道，萧宇不会忘记他父亲的死，这段恩怨总会有结算的一天。

秀雯忽然冲了上去，拉住章肃风的手："你不要走，不要留下我一个人……我好怕……"章肃风轻轻拍了拍她的小手，他的目光中充满了温柔。

萧宇注视着他们仿佛明白了什么，他对丽娜说："把秀雯带回去！"

"可是……"

"快点！"萧宇大声说，丽娜和周蔷拉开了秀雯，搀扶着她向病房走去。

章肃风临走前意味深长地对萧宇说："我可以理解为这是一种报复吗？"萧宇淡然笑着说："章先生，我为什么要报复你呢？"

章肃风呵呵笑了起来，他慢慢地向远方走去。

马国豪来到萧宇的身边，轻轻拍了拍萧宇的肩膀："宇哥！你是不是有些冲动？你今天这样只会引起他的警觉！"

萧宇叹了口气："我控制不住我自己，我不能看着秀雯再被他欺骗。"

马国豪望着走远的章肃风："我倒觉得他对秀雯是真真正正的关心，难道他爱上了秀雯……"

四震也插口说："怎么说他也是你未来老岳丈，你管得也忒宽了点。"

萧宇狠狠瞪了他俩一眼："别怪我没有警告你们，以后少在我面前放屁！"

在反复的考虑下，萧宇终于决定把深水港的合约抵押给银行，贷出三百亿的资金。马国豪和通源之间的谈判相当成功，把价钱由原来的一百五十亿压缩到一百亿。在正式签约后萧宇总算深深松了一口气，所有的问题即将解决，只要周一上市时股价能顺利上涨，他眼前的危机就不复存在。

马国豪将一切考虑得相当周到，从现在开始已经在各大媒体上宣传深水港即将上市的消息，一时间他们入主通源成为各大经济报道的热点。

上市之前萧宇专门去探视了傻豹，一向避而不见的傻豹这次居然同意和他见面。半年的牢狱时光让傻豹消瘦了很多，萧宇激动地喊了一声："豹哥！"

傻豹憨厚地笑着，他的眼里闪烁着泪花："阿宇……你还好吗？"

萧宇重重地点了点头。

"秀雯她……还好吗？"

"她很好……"萧宇的鼻子微微有些发酸，只有在傻豹的面前，他才能感觉到自己还是原来那个热血青年，才能找回原来的自己。

"兄……兄弟们都好吗？"

"嗯！"

"阿宇！你……你瘦了，做事不要……不要这么拼命。"傻豹关切地说。

萧宇点点头。

"最近感情上……上的事处理得怎么样了？"傻豹笑着问。

萧宇淡淡笑了笑：" 我暂时不会去考虑这方面的问题！"他压低了声音，"我终于找到杀害我父亲的真正凶手。"

傻豹吃惊地瞪大了眼睛："谁？"

"章肃风！"

傻豹面部的肌肉明显抽搐了一下，没有人会比他更了解萧宇内心的仇恨，他的父亲也是死在章肃风的手中。

傻豹沉默了很长时间才低声问："你……你打算怎么办？"

"我要报仇！"萧宇果断地说。

傻豹叹了口气，世事难料，谁会想到当初一力劝阻自己去杀章肃风的萧宇，如今会和章肃风势不两立。

"阿宇！章肃风也……也杀害了我的父亲,我当……初想报仇的心……心情和你一样，可是这半年来，我……我想通了很多，就算我……杀死了章肃风，难道我……就能够得……得到解脱吗？"

傻豹用力摇了摇头："不……事情绝不会到此结束，章肃风……是你的杀父仇人，你如果杀死了他，你……你又会成为晴晴的杀父仇人，冤冤相报，仇恨会不停地……重复……复下去，难道你真的期望这……这种结局吗？"

傻豹说的道理萧宇全都明白，可是他清醒地知道自己根本无法放开这段仇恨，他有些无力地靠在座椅上："也许我来到这个世上就是为了了却这段恩仇，我真的无法放开，无法说服我自己。"

## 股海浮沉

通源在周一刚刚开盘就开始疯狂地上涨，深水港的巨大利润吸引着投资者疯狂地投入资金，周三收盘的时候股价已经被拉升到三十二块，萧宇和他的弟兄们沉浸在巨大的喜悦中。

收盘后，萧宇在香榭丽舍举办了一个小型的庆祝仪式，在弟兄们的欢呼声中，萧宇打开了香槟。

"祝我们宇哥前程似锦，财源滚滚！"四震举着香槟大声喊着。

萧宇笑着说："这次我们能够成功上市，全靠国豪，功劳簿上要给国豪记上一等功！"大家同时鼓起掌来。

马国豪谦虚地拱了拱手："我没做什么，深水港工程牵涉到我们每一个兄弟的切身利益，如果我不尽力，那不是跟自己过不去吗？"

所有人齐声笑了起来，宋老黑上来搂住马国豪的肩膀："说实话，我原来最看不顺眼的就是你这个书呆子，现在我宋老黑是真的服了你了。"

马心怡在他身上拍了一记："你以为都像你，头脑简单，四肢发达。"

四震嬉皮笑脸地帮衬说："心怡姐你这可是大错特错，我们黑哥头脑简单不假，可他是五肢发达！"大家齐声哄笑起来。

马心怡红着脸骂道："你这个兔崽子，连大姐的玩笑也敢开！"

宋老黑居然厚着脸皮说："知我者四震也，老子就这点强项，都被他知道了。"

也许是因为不习惯这种粗俗的玩笑方式，周蔷红着脸离开了人群，马国豪有些不满地看了看她的背影，然后笑着对萧宇说："宇哥！股市有涨就有跌，我们是不是在现在形势大好的时候稍微放出一部分股票套现？"

萧宇点点头，马国豪的提议的确可行，这时负责具体操盘的陈子善走了进来，萧宇笑着招呼他说："刚才还在找你，大家正庆祝呢！"

陈子善一脸凝重地说："宇哥！先别忙庆祝！"

萧宇看出他显然有什么事情："什么事情？"

"我刚刚查到我们股票最大买家有两个人！"

"谁？"

"章肃风和李继祖！照我们的初步计算，他们两人应该总共掌握了通源百分之二十五左右的股份，而且估计明天开盘的时候他们还会继续扫货！"

马国豪皱了皱眉头："难道他们想收购通源？"

"不排除这种可能，如果他们两人联手的话，应该可以买到百分之三十以上的股份，如果那样，他们就可以直接向宇哥叫板！"

萧宇笑了起来："我和何老爷子总共拥有百分之六十的股份，他们搞不出什么花样。"

马国豪提醒说："不怕一万就怕万一，看来我们套现的计划必须暂停！"

萧宇点头表示同意。

这时他的电话响了，萧宇接通电话，他的脸色忽然变得无比苍白，等他挂了电话，有些无力地坐在椅子上，好半天才说："何老爷子的病情忽然加重，已经连夜召回了他的子女，恐怕挨不了多长时间了。"

所有人都沉默了下去，任何人都知道这消息意味着什么。如果何天生真的去世了，那么他所占的股份势必会被分摊，萧宇和他之间的联盟不攻自破，仅仅凭借着现在手中的百分之三十的股份，还无法保证拥有公司的绝对控制权。

萧宇用力咬了咬嘴唇，他在瞬间下定了决心："国豪，子善，你们马上计算一下公司还有多少可供流动的资金，明天一开盘，我们吃进通源的股票！"

马国豪说："宇哥！现在的价位太高，我们如果吃进的话，会冒很大的风险！"

萧宇大声说："我绝不会把公司的控制权双手奉送给章肃风之流！"

这晚的夜空特别的阴郁，看不到任何星光，萧宇一个人静静地坐在天台上，他从内心深处感到一种孤独。

卓可纯悄悄来到他的身后，为他披上一件外套，萧宇转过身向她微笑了一下："还没回去？"

卓可纯点点头："回去也睡不着，还不如在这里陪你聊聊天。"

"你是不是想劝我？"萧宇猜到了卓可纯的真正目的。

卓可纯温婉地笑了起来，她坐在萧宇的旁边："大家让我来劝你，如果明天开盘就把手头的股票套现，那么我们不会蒙受什么损失。"

萧宇的目光投向远方："你知不知道，如果我那么做的话，等于把深水港的所有权双手奉送了出去！"

卓可纯点点头。

"你自己怎么想？"萧宇问。

卓可纯淡淡地笑了笑："对我来说，钱根本没有什么特殊的意义，如果可能的话，我会用所有的钱来换取亲人的生命。"她的眼中噙着泪光，"可惜，这永远都不可能实现了。"

萧宇怜惜地拥住了她的肩头，卓可纯说："我会永远支持你。"

马国豪也睡不着，他和许静茹一起在客厅饮酒。

许静茹偎依在他的胸前："我真的不明白……你为什么要劝萧宇套现？如果他真的套现，那么你之前付出的这么多努力不是白费了吗？"

马国豪冷笑了起来："他不可能套现！深水港对他来说是他的前途，是他未来的命运，他为此已经付出了巨大的努力，他绝不会轻易放弃深水港……"

许静茹有些迷茫地说："如果他明天扫货的话，深水港的所有权仍然会在他的手中！"

马国豪点点头："他已经骑虎难下，明明资金紧张，却又不舍得放弃深水港这块到手的肥肉，最后他的结局只会是一无所有！"

许静茹若有所思地点点头。

马国豪摇晃着酒杯："好酒不是一天两天能够酿成的，有些事情你要慢慢地观看结果！"

第二天刚一开盘，萧宇就命令手下用现有的资金大笔地吃进，章肃风、李继祖和萧宇之间展开了激烈的竞争，股票的价格节节攀升，到上午收盘的时候已经达到了惊人的五十六块。萧宇成功买到百分之五的股份，这就意味着即便是李继祖和章肃风将市面上所有的股票全都吃进，也无法动摇萧宇对深水港的控制地位。

萧宇终于长长舒了一口气，一切都在朝着有利于自己的方向发展，下午的时候股价仍然在上涨，看来章肃风和李继祖的联手狙击，非但没有对自己造成损害，反而帮助提升了通源的股价。

可是开盘不久，李继祖和章肃风开始大量向外抛售股票，通源的股价开始小幅地下滑。萧宇一边看着荧光屏，一边喝着咖啡，对于股价的下滑他并不担心，大量的抛售势必会带来股价的下滑，看来章肃风和李继祖已经放弃了对通源的收购。

马国豪带着一份报纸慌慌张张地走了进来："宇哥！你看！"萧宇接过报纸，上面的一个大标题让他不由得吃了一惊——深水港财政窟窿深不见底，濠江赌王何天生命在旦夕！上面不但指出何天生是深水港的大股东，还揭露萧宇和何天生资金被政府暂时冻结的事情，指出萧宇的经济出现空前的危机。

"妈的！一定是他们干的！"萧宇愤怒地把报纸摔到桌上。

马国豪担心地说："现在岛内的几家大型报纸都在转载这件事，舆论对我们很不利，而且从下午开盘以来章肃风和李继祖就在不停地抛售股票，通源的价格在持续走低！"

萧宇狠狠地拍了拍桌子："我们还有多少钱？"

"大概……二十亿现金！"

"你帮我联系一下银行，看看我们还能不能再贷出款来。"

马国豪一脸迷惑地问："宇哥的意思是……"

"我们要继续扫货，有多少要多少，他们越是想把通源的股价拉低，我越要不惜一切把股价拖高！"

"宇哥！风险太大了！"马国豪言不由衷地说。

"只要我们能够顺利渡过这场风暴，深水港的利益回报就在眼前！"

马国豪叹着气走出门去，卓可纯和马心怡刚巧进来，萧宇向她们点了点头，把目光重新投向荧光屏。

股价仍然在不断下跌，卓可纯为萧宇重新冲了一杯咖啡放在他的面前。

马心怡忍不住说："现在放货应该可以减轻一些损失！"

萧宇倔强地摇了摇头："这是章肃风和李继祖联手设下的局，如果我现在放货，他们会转手吃进，我们的损失会更大。"

卓可纯充满疑惑地说："奇怪……这次他们的步调怎么会如此一致，我们的每一步都被他们计算得一清二楚！"

萧宇叹了口气："李继祖本来就清楚我和何老爷子之间合作的内情，章肃风的势力根深蒂固，这件事归根结底都是我的失误，没有对他们足够重视。"

收盘的时候通源每股已经跌到了二十三块，萧宇深深松了一口气，他擦了擦额头上的汗水，这个结果比预想的还要好得多，只要能维持在十五块以上的价位，通源就会成功挺过这场风暴。

马国豪很快打来了电话："宇哥！银行不同意继续给我们贷款！"

"什么？"萧宇猛然从椅子上站了起来。

"他们怀疑我们的偿还能力！"马国豪的情绪显得十分低落。

萧宇无力地挂了电话，如果银行不同意继续贷款，那么他们就没有资金继续买入拖高，也就意味着他对章肃风和李继祖的甩卖抛空没有任何的反击之力。

萧宇穿上衣服，马上驱车赶往银行，他在那里见到了银行的总负责人。

"我们已经用深水港工程做出抵押，为什么你们停止对我们的贷款！"萧宇愤怒地质问道。

行长微笑着说："萧先生，现在有消息说您在深水港的工程中，动用了濠江方面的不明资金，这件事是不是真的？"

"谣言！"萧宇断然否认说。

"可是我们已经掌握了一定的证据，濠江方面已经怀疑你和多起洗黑钱的事件有关！"行长停顿了一下，"鉴于你经济上出现的违规行为，我们不会继续给你贷款，而且考虑到你的偿还能力，我们希望你在两周内可以还清原来的所有贷款！"

萧宇愤怒地说："什么？两周内？我们的合同是三年！"

行长笑了起来："你不要忘了，合约的附加条款上说明，一旦客户没有偿还能力，银行可以迅速做出反应！"

萧宇冷笑说："我有没有偿还能力，那不是由你们说了算！"

"很抱歉，这是我们综合分析的结果。"

行长继续说："我事先必须提醒你，如果两周内你无法偿还所有的贷款，我们银行有权对你的抵押物进行拍卖！"

萧宇在心中狠狠骂了他一句，转身向门外走去，没想到正碰到走进房门的马中昊。

马中昊充满得意地看了萧宇一眼："萧董事长！这么巧？来存款的吧？"

萧宇冷冷看了他一眼，仿佛明白了什么，马中昊故意大声说："听说深水港工程将被重新拍卖，不知道是真的还是假的？"

马国豪愤怒地骂了一句："混蛋！"他握紧拳头，一副要跟马中昊拼命的架势，中途被萧宇一把拦住："走！"

萧宇打消了去见马楚良的念头，如果没有他的授意，银行不会做出这样落井下石的事情，为薛继成洗钱的事情已经暴露，马楚良为了自己的政治前途肯定要和自己撇开关系，他的做法无可厚非。

一个前所未有的难题摆在了萧宇面前，回去的路上，萧宇和马国豪都没有说话，通源的前景不容乐观。

每个人都觉察到形势已经发展到极度恶劣的地步，如果股价继续跌下去，他们将面临被停牌的危险。

萧宇主动给秦正打了一个电话，尽管他知道这种时候，秦正也不会对自己施以援手，他还是本着尽人事的原则向秦正提出借款的要求。

秦正显然已经对萧宇的窘境有所耳闻，他礼节性地安慰了几句后，把话题转到借款的方面："阿宇，我目前真的没有多余的资金，你也清楚，我刚刚从春猜将军的手中接过了一大笔货……"

萧宇笑了笑："我知道，既然这样，我再想别的办法。"

挂了电话，萧宇有些无奈地笑了起来，他还能有什么办法？何天生突然病倒，将整个摊子已经全部甩到了自己的肩上，自己已经没有这么多资金来扛这个巨大的工程。也许自己真的不适合在股市中打滚，接二连三的挫折让他越来越力不从心。

电话又响了起来，萧宇看了看号码，是濠江的来电，他的内心涌现出一丝希望，也许何天生的病情会奇迹般好转。

"萧先生，您好！我是何老先生的律师！"

一种不祥的预感充斥着萧宇的内心。

"何老先生一直处于昏迷状态，根据他子女的共同愿望，我们将会把深水港现有的股份全部上市转让……"

下面的话萧宇已经完全听不清楚，他感到自己的眼前一片黑暗。

何天生手头百分之三十的股份转让！萧宇感到自己已经被逼到了绝境，只要明天何天生撤出的消息暴露出来，通源的股价会持续下跌，他已经没有任何翻身的机会。

萧宇默默地点燃了一支香烟，他决定不再去做任何事，因为他知道自己的任何努力都已经失去了意义，一切都已经失去了控制，他剩下的只有无奈。

终于迎来了开盘的时刻，何天生撤出的消息被登在了各大报章的头版头条，章肃风和李继祖继续把手头的股票抛空，股价持续下跌。

萧宇干脆关上了电脑，一脸焦急的马国豪冲了进来："宇哥！怎么办？何天生的百分之三十已经全部抛出，现在股票的价格已经跌到了十块三！"

萧宇淡然笑了笑："是不是已经到了谷底？章肃风他们是不是要大量吃进了？"马国豪摇了摇头："他们已经从中获取了巨额的利润，好像并没有准备吃进的意思！"

马国豪分析说："他们一定在等着股票继续下跌。我们怎么办？一旦他们开始收购，我们根本就无力反击！"

萧宇指了指对面的沙发："坐下，陪我喝茶。"

"这个时候，你还有心情喝茶？"马国豪不解地问。

萧宇笑着说："有什么办法？股票还会下跌，现在我如果卖出，只会加速股价的下跌，对解决我们眼前的危机没有半点帮助，听没听说过一句老话？"

马国豪抬起头来。

"虱多不痒，债多不愁！与其为了已经成为定局的事情发愁，不如趁着现在多享受一下生活……"萧宇的表情虽然依旧轻松，可是他清楚自己已经没有任何的办法。

马国豪也不得不佩服萧宇的冷静，他知道萧宇在等待着奇迹，可奇迹还会发生吗？

萧宇没有想到的是，章肃风在收盘的时候来到了他的办公室，他的脸上并没有出现太多骄傲的表情，尽管他已经取得了这场战斗的胜利。

章肃风开门见山地说："我来是想跟你谈一谈深水港的问题。"

萧宇淡淡地笑了笑："我们之间有交谈的必要吗？"

章肃风说："股价仍然在下跌，如果没有猜错，你的手头已经没有了流动资金，你根本没有拉动股价上涨的能力。"

萧宇的内心感到一阵愤怒："这好像轮不到你来关心！"

章肃风点点头："我已经调查过，银行会在两周后对深水港工程重新拍卖，何天生生死不明，你根本没有退路！"他拿出一张合同，扔到萧宇的面前。

"这是什么？"萧宇不解地问。

"这是关于你转让手头所有股票的转让书，你看清楚，我会以每股二十五的价格收购你的股票！这是目前市场价格的三倍！"章肃风停顿了一下，"银行还贷的问题，我会搞定。只要你在上面签字，你目前的困境就会全部化解！"

萧宇呵呵笑了起来："也就是说，我失去深水港的所有权！"

章肃风冷笑着说："你难道还没有意识到，你已经失去深水港的所有权了吗？"

"对不起，我不会答应你！"萧宇斩钉截铁地答道。

"先别忙着下结论。"章肃风站起身来，拉开房门他又回过身来，"我知道你的内心在想些什么，可是你最好静下心，想想你的朋友、你的兄弟，你难道忍心让他们陪着你一起倾家荡产？"

萧宇的身躯猛然震动了一下，章肃风离开后的很长一段时间里，他都没有回过神儿来，他到底该何去何从。

章肃风的做法同样让马国豪百思不得其解，明明可以趁着这次机会将萧宇置于死地，可临到最后关头他却突然要放萧宇一马。

"难道章肃风是为了他的女儿？"许静茹猜测说。

马国豪用力摇了摇头："不会，章肃风既然反对他女儿和萧宇相处，就不会为了章晴晴放过萧宇！"

许静茹皱了皱眉头："难道他会突然发善心，连性情都改变了不成？"

马国豪眼睛一亮，他大声说："说得对，章肃风之所以这样做，就是因为他自己发生了改变，他不想将仇恨延续下去！"

"萧宇答应他没有？"

"没有，不过他一定会答应，萧宇是个重情义的人，他不会眼睁睁地看着卓可纯她们的资金跟着自己一起血本无归！"马国豪分析说。

许静茹叹了口气："其实萧宇这次已经是损失惨重了，深水港的工程也丢了，听说政府方面还要对他洗钱的事情进行调查。"

马国豪冷笑了一声："损失惨重？他仍然好好地活在这个世界上，只要眼前的危机化解，他马上就会耀武扬威，威风八面！"

许静茹有些恐惧地看着马国豪。

马国豪咬牙切齿地说："我已经骑虎难下，章肃风今天可以放过萧宇，明天就可能把我给卖出来，在这件事的处理上，任何的心慈手软都会让我万劫不复，永不翻身。"

章肃风痛苦的时候，已经习惯去找秀雯倾诉，尽管秀雯听不懂他到底在说些什么。

"我曾经做错过事，这件事不断地让我付出代价！"章肃风握着秀雯的小手，只有在她的面前自己才毫无保留。

秀雯迷惘地看着他："做错事，可以改啊，只要你改，你就仍然还是

262

一个好人……”

　　章肃风笑了起来，他的笑容看起来是说不出的苍凉：“有些事情是没有办法弥补的，我开始相信这个世界真的有天理循环，仇恨始终都在延续……”

　　秀雯把头靠在章肃风的肩膀上：“你是不是很难过？”

　　章肃风点点头。

　　秀雯柔声说：“我会帮助你，不管遇到什么困难，我都会帮助你！”

　　泪水涌出了章肃风的眼眶，他紧紧地拥住秀雯，他已经不记得自己有多久没有流泪，今天却在秀雯的面前毫无保留地宣泄出来。

　　秀雯轻轻抚摸着他的胸口：“乖！不哭！我会陪着你……”

　　萧宇终于做出了决定，放弃深水港，放弃他为之努力的一切。这选择对他来说是极为痛苦的，正当他打算通知章肃风正式签约的时候，一件意想不到的事情发生了——秀雯忽然从医院失踪。

　　萧宇和四震他们放下了手头的一切事情，全力去寻找秀雯。

　　跟他们同样焦急的还有一个人，那就是章肃风，他动用了所有的力量。然而两天过去，秀雯仿佛如同人间蒸发一样，没有任何消息。

　　第三天的傍晚，章肃风收到了一个陌生的电话：“章先生，我想跟你谈谈深水港的事情！”章肃风现在根本没有任何心境来谈这件事，他不耐烦地说：“我没有时间！”他正要挂了电话，却听到电话中传来一个女孩的大叫，章肃风的面孔变得苍白，他马上明白到底发生了什么。

　　对方得意地说：“不知道章先生现在有没有时间？”

　　“卑鄙！”章肃风发出一声怒吼。

　　绑匪冷冷地说：“在这一点上我们俩惊人的相似。”

　　章肃风强忍怒火，压低声音说：“你到底想干什么？”

　　“你放心，我对这个疯女人没有任何兴趣，我只是想跟你谈谈合作的问题！我让你做的第一件事就是放弃对萧宇股权的收购！”他说完就挂了电话。

　　章肃风总算明白，对方是想置萧宇于死地。

　　章肃风的反悔并没有带给萧宇太多的震动，他现在最关心的就是秀雯的安危，其他的事情都变得不是那么重要。

章肃风取消和萧宇的协议之后，很快就收到了一个神秘的电话："一个小时后在清云山墓地，我会把她交给你，记住要一个人来，不然的话，你就等着收尸吧！我会让人全程跟踪你！"

清云山？章肃风马上想起那是谭自在的埋身之所，对方选择那个地方究竟有什么目的？难道他是谭自在曾经的手下？

章肃风来到清云山的时候，已经是晚上九点，整个墓园显得空旷而冷清。他泊好车，从汽车的抽屉里拿出一把手枪，在腰间藏好，然后才大步向墓园走去。他一直都在留意身后，应该没有人跟踪自己。对方相当狡猾，章肃风找遍了整个墓园也没有发现秀雯的影子。

就在这时他的电话又响了，对方微笑着说："章先生果然信守合约，怎么样？选没选好自己埋身的位置？"

"王八蛋！"章肃风被彻底激怒了。

绑匪猖狂地笑了起来："开个玩笑，何必这么着急？你从墓园往回开，大约五公里的地方有一座桥梁，她就在涵洞里！"

章肃风向汽车走去，他迅速启动了汽车，只要顺利救回秀雯，他绝对不会放过绑架秀雯的混蛋。

章肃风在桥梁的前方把车停下，他顺着河堤走了下去。"秀雯！"他大声喊着，除了水流和风声，听不到任何回应。

他拔出了手枪，慢慢向涵洞中靠去，借着打火机的亮光，果然看到秀雯卷曲在涵洞的中间。章肃风惊喜地爬了上去，秀雯的双手双脚都被绳子捆住，她看来已经昏了过去。章肃风探了探她的鼻息，她的呼吸仍然均匀，章肃风这才放下心来。

他用随身的刀具割断了绑在秀雯身上的绳索，然后抱起秀雯的娇躯向外走去。

这时外面忽然传来细微的脚步声，章肃风警觉地停住步伐，将秀雯放下，重新从腰间掏出手枪，外面有几个黑影向涵洞的方向走来。

这时他听到一声响亮的枪声，子弹射在涵洞的顶部，章肃风把身子贴在涵洞的墙壁上，他向黑影的方向扣动了扳机，子弹应该击中了其中的一个，一声凄惨的大叫在黑夜中传了出去。

那几个黑影迅速趴伏了下去，他们全都携带着武器，向涵洞的方向开始还击。章肃风愤怒地骂了一句，他重新换上弹夹。

这时他忽然感到后心被重重地撞击了一下，他下意识地回头看了看身后，从远处一颗子弹划出一道亮丽的直线准确地从他的额头射入，章肃风的双膝慢慢跪了下去，鲜血一滴一滴地流淌在秀雯的身上。"秀雯……"他用仅存的力量在呼喊，他用身躯护住了身下的秀雯。

"不要开枪！"萧宇大声喊道，他也看到了从远处射来的那道亮光，不但涵洞中有人，在河的对岸显然还潜伏着狙击手。

宋老黑的胸口被子弹射中，鲜血不断地从伤口中涌出来，马国豪用力捂住他的伤口，可是仍然无济于事。"宇哥！老黑哥不行了！"马国豪带着哭腔大喊，但他的内心却在大笑，看着自己导演的一幕完美上演，这是多么的精彩，多么的让人激动。

四震和胡忠武已经靠近了涵洞，当他们看清涵洞中的一切时，惊恐地大喊了起来："宇哥！快来！死的是章肃风！"


## 爱恨情仇


萧宇仿佛被霹雳击中，他甚至不知道自己是怎么来到章肃风面前的，章肃风死得很惨，真正的致命伤是在他的额头，他在事先做好了防备，穿上了避弹衣。

"我们中计了……"萧宇的表情无比严峻，他的内心充满了悲哀，自己甚至连对手究竟是谁都不知道，就已经被对方完全击败，而且败得是如此彻底，没有任何还手的余地。

远方响起了警笛声，胡忠武大声说："警察来了！我们快走！"萧宇平静地摇了摇头："你们先走吧！"

四震疯狂地抓住萧宇的胳膊："宇哥！再不走就来不及了，难道你想背着杀人犯的罪名在牢里待一辈子？"

萧宇淡淡地笑了笑："如果我没猜错，一定是陷害我们的那个人报的警，我们之中必须有一个人留下做个交代！"

"宇哥！老黑不行了！"马国豪在桥下焦急地大喊着。

"快走！带黑哥离开，再迟疑的话，我们谁都走不掉！"萧宇大声命令说。

胡忠武和四震用力咬了咬牙，他们转身向桥下逃去。

萧宇微笑着看着他们远去，他用手帕擦净了身上的血迹，然后静静等待着警察的到来。

宋老黑还是没能逃脱死亡的命运，章肃风的那一枪射在他的左胸，左心室的位置被射出了一个大洞，他在路途中就已经死去。

萧宇看着四面包围而来的警车，脸上露出了一丝微笑，四名荷枪实弹的警察上来，用枪对准了萧宇。

齐邦达慢慢地向萧宇的方向走来："我们又见面了，没想到今天我会亲手为你戴上手铐！"他用冰冷的手铐铐住了萧宇的双手。

"有什么话说？"

萧宇摇了摇头："如果我说这是一个巧合，你会相信吗？"齐邦达点了点头："我相信，可是法官一定不会相信。"

萧宇被捕两个小时后，马国豪、胡忠武带着律师来到了警局。萧宇从他们脸上的悲伤，就已经知道发生了什么。

胡忠武红着眼圈说："黑哥死了！"

泪水涌出了萧宇的眼眶，他攥紧了双拳，狠狠地砸在桌子上："是……我害了他……"

马国豪说："四震因为帮助心怡姐为老黑办后事，暂时不能过来。这是我们为你聘请的律师徐正达。"

徐正达年纪大约在四十岁左右，他是通过卓可纯的介绍才接手萧宇的案子的。他礼貌地向萧宇点了点头，然后向胡忠武和四震说："有些事情我想单独和萧先生谈一下，两位可不可以……"

胡忠武和马国豪站起身来："我们到外面等您！"

徐正达从皮包中拿出一个录音笔，打开后礼貌地向萧宇说："可以开始吗？"

萧宇点了点头。

"可不可以告诉我，你为什么会出现在凶案的现场？"

"我的朋友被别人劫持，当晚我接到一个电话，有人告诉我秀雯的藏身地点，我马上就赶了过去！"

"据警方的调查说，现场有枪战的痕迹，应该还有其他人在现场出现！"

萧宇淡淡地笑了笑："让其他人牵涉进来，还有什么意义吗？"

徐正达欣赏地点了点头："的确没有什么意义，不过作为你的代理律师，我必须了解事情的全部。"

萧宇说："现场很混乱，我感觉到，除了我们和章肃风以外肯定还有其他人在开枪。"

徐正达说："法医的初步鉴定结果已经出来了，射中章肃风头颅内的子弹是狙击步枪，跟你携带的枪械不同，可是现在最大的问题就是，没有证据能够证明在暗处射击的人不是你的同伙。"

"的确没有办法证明。"萧宇平静地说。

徐正达有些奇怪地问："听说你是主动留在现场？"

萧宇点了点头："就目前的情况而言，你认为我无罪开释的希望有多大？"

徐正达叹了口气："除非找到那个藏在暗处的狙击手，否则你的官司胜面很小！"他实事求是地说，"现在警方打算以杀人罪来起诉你，而且他们拒绝保释！"

萧宇的被捕让通源的股价雪上加霜，事情正向着对他越来越不利的方向发展。

萧宇被捕的第二天，卓可纯来看他，看得出这突然的噩耗，让她憔悴了许多。

"我会和徐大律师一起为你辩护！"卓可纯轻声说。

萧宇有些抱歉地笑了笑："可纯，对不起，这次恐怕我让你蒙受了很大的损失。"卓可纯温婉地笑了起来："你还记不记得我说过的话？钱对我来说根本没有任何意义，只要你能够平安无事，我愿意付出任何代价……"

萧宇感动地握住了卓可纯的小手，卓可纯从来没有向自己表露过感情，这段时间以来，她一直默默在自己身边支持和关心自己，他实在亏欠她太多。

卓可纯羞涩地垂下头去，她想起一件事："我听四震说，你当时明明有机会逃走，为什么还要留下来？"

萧宇压低了声音："我们之中有内奸！"

卓可纯惊恐地睁大了眼睛。

萧宇说："我如果选择逃走，那么只会牵连更多的人进来，我能够感觉到，这个人针对的是我，他要让我陷入万劫不复的深渊。"

"他是谁？"

萧宇缓缓地摇了摇头："我不知道，不过我相信他离露出狐狸尾巴的一天已经不远！"他交代说，"这件事不要让任何人知道，你也不要去调查。"

卓可纯郑重地点了点头，萧宇说："章肃风显然也是去救秀雯的，我们全部都中了别人的圈套！"

卓可纯咬了咬嘴唇："章晴晴今天下午会抵达嘉南……"

萧宇露出一丝苦笑："她一定会把我当成她的杀父仇人，灭龙社那边有什么反应？"

"他们正在准备章肃风的后事，其他的事情到没有听说，恐怕是要等章晴晴来到再做决定。"

萧宇说："你回去后帮助心怡姐把黑哥的后事给办好，让兄弟们一定要保持冷静，黑哥虽然死于章肃风的枪下，可是纯属误杀，这件事千万不要让四震他们张扬出去。"萧宇最担心的就是因为宋老黑和章肃风的先后死亡，挑起灭龙社跟手下弟兄之间的火拼。

章晴晴下午到达了嘉南，一下飞机，引擎和手下就把她接往家中，她始终不能相信父亲已经死亡的事实，直到看到鲜花丛中的遗像，她才大声地哭泣起来。

　　一切对她来说实在是太过残酷，自己最爱的人杀死了自己的父亲，无论她能否接受，事实已经摆在了她的面前。

　　"晴晴！你放心，我一定会为你爸爸报仇！"引擎信誓旦旦地说。章晴晴一边擦拭着眼泪，一边说："现在最重要的是好好安葬我的父亲！"

　　引擎怜惜地看着章晴晴，他能够清晰地感受到她的痛苦，一夜之间她失去了所有的亲人，更残酷的是她的父亲死在萧宇的手中。

　　齐邦达是萧宇这件案子的具体负责人，他将厚厚的卷宗放在了桌子上："看来，我们两个的确很有缘分！"

　　萧宇点点头："能给我一支烟吗？"

　　齐邦达从怀中掏出香烟和火机推到萧宇的面前，萧宇熟练地点燃了香烟，用力吸了一口，舒服地靠在了桌椅上："谢谢！"

　　齐邦达拿出了两张鉴定报告："根据现场调查的结果，那天晚上肯定还有其他人在场，而且发现了其他人的血迹，我已经查出血迹是你的手下宋老黑的！"

　　萧宇弹了弹烟灰："齐 Sir，对于一个已经去世的人，我不想再说什么，你也不会问出任何结果。"

　　"你是不是已经打算把整件事自己全部扛下来？"

　　萧宇反问说："事到如今，我还有选择吗？"

　　"前两天章肃风是不是要收购你手头的股份？"

　　"有这么回事，不过他后来又反悔了。"

　　"你就因此而忌恨他，绑架了秀雯，设下圈套把章肃风引到拱桥的下面杀害？"齐邦达大声说。

　　"我不得不佩服你的想象力，你可不可以告诉我，警方为什么会在这么短的时间内赶到现场？"

　　"因为我们接到了一个神秘的报警电话！"

萧宇笑了起来：“我可以告诉你，章肃风、警局还有我，全部都中了别人的圈套！”

“你有证据吗？”

萧宇摇了摇头。

齐邦达合上了卷宗：“最严重的结果，你会面临终身监禁。”

萧宇的公审日定在七天后，巧合的是，这恰恰跟银行拍卖深水港工程是同一天。

萧宇来到法庭的时候已经是座无虚席，警方对他案子的初步定性是仇杀，他一眼就看到了旁听席上的卓可纯。一看到萧宇，她的美目中就涌出了泪花，她用手指了指自己的心口然后又指向萧宇，萧宇明白她的意思，她的心会永远和自己在一起。

卓可纯和徐正达一起来到萧宇的身边坐下，他们两人将为萧宇辩护。徐正达小声说：“记住，一定要稳住情绪。”

主控律师开始他的发言，在罗列完萧宇的罪行后，他向陪审员分发了一份调查报告：“各位陪审员请看，被告人的经济出现了严重的危机，在章先生死前的一周，两人曾经就股权的转让问题达成了一份协议，而后来章先生出于自身利益的考虑又取消了这份合同，从而招致了被告人的怨恨！”

徐正达站了起来：“法官大人！我反对控方律师全凭臆测的言论！”

法官点了点头。

徐正达说：“请陪审员注意，章肃风死前的确和我的委托人见过面，但那次是章肃风主动提出买下我委托人的股票，而且我的委托人并没有答应章肃风的要求，既然没有答应，主控方关于合同的说法根本不成立！至于后来章肃风取消了合同，那是他自身的原因，我的委托人自始至终都没有对这份合同表示过同意。所以说主控方指控我委托人产生怨恨的看法，根本就是无稽之谈！”

主控律师说：“法官大人，我有两个问题想问被告。”

法官表示同意。

他来到萧宇的面前："被告，请问你和章肃风是不是有过节？"

萧宇摇了摇头："没有！"

主控律师笑了起来，他拿出了一份记录："大概一个月以前，你在仁爱医院曾经和章肃风发生过一次激烈的争吵，那次是因为这个叫陈秀雯的女子。在你买下通源公司上市以后，章肃风对你公司的股票进行大规模的收购，而后又大量抛出，让你蒙受了巨大的损失，这是不是事实？"

萧宇没有回答。

主控律师继续说："你恨章肃风，所以你绑架了陈秀雯来要挟他，进而谋杀了他！"

"我反对！"徐正达大声说。

主控律师说："法官大人，我想传召证人来证明我所说的全部都是事实！"

警方的代表齐邦达来到证人席，主控律师走了过去："齐警官，你是现场的目击证人之一，可否把现场的情况向大家介绍一下？"

齐邦达点了点头："我们警方接到一个匿名报警电话后迅速赶到了现场，我们到达后，枪战已经结束，现场还剩下三个人，被告人手中有枪，那名叫陈秀雯的女子昏迷在现场，章肃风当场已经死亡。通过我们在现场的勘察，真正让章肃风致命的子弹，和被告人手枪的型号并不相符。"他拿出一份报告，"这颗子弹来自于雷明顿 M24 狙击步枪，在距离拱桥大约三百米的高地，我们找到了弹壳。"

现场一片哗然。

主控律师问："齐警官的意思是不是可以理解为，被告人并没有直接造成章肃风的死亡，但他有可能是章肃风死亡的直接策划者？"

"我反对！"徐正达大声说，"控方律师在误导证人！"

齐邦达老老实实地承认说："根据我们警方目前收集的证据，被告人是这场凶杀案的最大嫌疑人，但是现场没有人可以证实这件事，陈秀雯精神有问题，她对那晚发生的事一无所知。"

主控律师微笑着说："我想传召我的第二位证人，章肃风的雇员孟水根。"

萧宇对这个名字根本没有太多的印象，直到见到孟水根出现，他才想起这是章肃风的手下大眼。

大眼充满仇恨地瞪了萧宇一眼，然后来到证人席。

主控律师开始提问："你跟章肃风一起工作过多少年了？"

"十五年！"

"那你想告诉大家什么呢？"

大眼伸手指向萧宇："他的父亲是萧鼎汉，三连帮的前任大佬，他一直都在怀疑他父亲的死和我们老大有关！"

全场一片哗然，这场凶杀案因为大眼的出现性质忽然改变，居然演变成了一场有预谋的仇杀。

"大哥肯定是他杀的，他要为他的父亲报仇！"

萧宇的内心猛然沉了下去，大眼显然清楚其中的内情，他不惜揭露章肃风的背景来指证自己肯定有他的目的。

法官敲了一下法槌："肃静，证人全凭猜测的证词可以不作考虑，陪审员可以跳过这一节！"大眼的证词虽然不被考虑，但是他的话无疑会对每个陪审员造成影响，审判虽然没有结束，可是每个人都已经知道了结果。

法官宣布暂时休庭十五分钟，卓可纯显然已经预计到了审判的结果，她的情绪显得异常低落，萧宇笑了起来："又不是什么世界末日，干吗哭丧着脸，就算砍头也不过碗大个疤，二十年后老子还是一条好汉！"

卓可纯忍不住哭了起来，徐正达也叹了口气："看来我们只好收集资料，等待上诉了！"其实他们都已经清楚，根本找不到任何对萧宇有利的证据，即使上诉，等待他们的仍然是失败的结果。

宣判的时候终于来到："本席宣判！被告人萧宇谋杀罪名成立，鉴于被告人同时犯有绑架罪行，根据刑法第一百二十七条，判处被告人终身监禁……"

萧宇的表情依然平静，身后的警察为他戴上了手铐，他听到身后有人在低声地啜泣，萧宇的目光始终没有向后方看去，他猜到那人是卓可纯。在这一刻，在所有人面前，他更要表现出自己的坚强，就算是败，也要败得风光，他不要别人看低自己。

萧宇被押了出去，他在六名武装特警的押解下登上了早就等在那里的囚车。当局肯定考虑到了他的背景，这次押送他的警力是寻常的三倍。

六辆警车围护着囚车鸣叫着向港口的方向驶去，从那里萧宇会登上轮船前往绿岛监狱。

天空下起了蒙蒙细雨，嘉南在萧宇的眼中忽然变得有些陌生，他忽然注意到人群中身穿黑衣的章晴晴在冷冷注视着自己的方向，她眼神中的那种漠然让萧宇的内心没来由地感到一阵战栗。

半个小时后，押送的队伍到达了港口，雨还在不停地下着，无孔不入的雨丝转眼间就浸透了萧宇的衣服，他用衣袖擦了擦脸上的雨水，下意识地回过头去，深深地凝望这曾经给他留下痛苦和欢乐的土地。

身后的警察粗暴地推了他一把："看什么看？赶快走！"

萧宇不屑地看了他一眼，大步向轮渡的方向走去。

马国豪如释重负地松了一口气，他伸手打开了车内的CD，悦耳的音乐声响彻在整个车厢内。许静茹搂住他的胳膊，把头枕在他的肩膀上："国豪，萧宇已经入狱了，为什么你还是不开心？"

马国豪露出一个勉强的笑容："我很开心啊！"他停顿了一下，才说，"不知道怎么回事，我总是担心他会跑掉。"

许静茹笑了起来，她搂紧马国豪的臂膀："傻瓜，这么多警察在他身边，他就是插上翅膀也飞不出去。"

马国豪点了点头："也许我的担心是多余的……"

轮船向绿岛的方向行进，再有五十海里就能够到达目的地。临近傍晚，天空变得益发阴沉，大块大块的乌云把天空压得很低很低，像随时都可能塌下来，狂风夹杂着暴雨飞舞在海面上，能见度变得很低。

驾驶舱中负责航行的船长和大副正在紧张地查阅着天气和台风预报，根据气象台的讯息，这场风暴应该不会太大。

"船长！"大副伸手指向前方的海面，在距离他们大约不到一百米的地方，两艘渔船正加速向轮船的方向驶来。

船长迅速拉响了警报，船上负责这次押运的二十名警察全副武装地来到了甲板上。

左边的那艘渔船明显减慢了速度，可右边的那艘渔船全速向押解船的船头撞来。船长惊恐全力转动着船舵，试图躲避开对方的攻击。

两名警察开始向那艘疯狂行进的渔船发射榴弹，榴弹准确地击中了渔船，那艘渔船轰然燃烧了起来，船身迅速被全部燃着，渔船如同一个巨大的火球在海面上前进，海风将火焰向后扯起，远远望去，好像一颗行进在海面上的流星。

着火的渔船重重撞在了押解船的船头，剧烈的震动让许多立足不稳的警察跌到在甲板上，有两名没来得及做出反应的警员惨叫着跌入了冰冷的海面。

冲撞并没有对押解船造成太大的伤害，这时另外一艘渔船上射出两道笔直的白烟，在距离押解船十米左右的地方猛然闪出耀眼的白光，闪光弹！甲板上的警员下意识地闭上了眼睛。

萧宇被船身剧烈的震动惊醒，他下意识地睁开眼睛，负责看守他的警员用冰冷的枪口指住他的头："老实待在这里，否则我一枪打穿你的头！"萧宇透过舷窗望去，交火集中在押送船的另一侧，从他这一侧只能看到警员在紧张地来回穿梭。

# 08  亡命天涯，生死一线

　　黎明的时候，武装舰船终于靠岸，这是一个小型的军事港口。萧宇、胡忠武、霍远三人被他们用绳索反绑，因为搜身的缘故，他们的身上只剩下单薄的衬衣衬裤，根本无法抵御刺骨的寒风。他们颤抖的身子紧紧偎依在一起，用自己的体温温暖着彼此，萧宇头上的伤口已经凝结，应该没有什么大碍，霍远却因为过度的寒冷而发起烧来，他的身体不住地打着冷战，额头烫得吓人。

## 惊险逃亡

　　空中响起直升飞机的轰鸣声，一架小型民用直升飞机出现在押解船的上方，霍远一边驾驶着飞机，一边发出大声的怪叫，胡忠武从空中向下投掷了数枚烟幕弹和催泪瓦斯，整个押解船完全被烟雾包围。霍远和胡忠武相互击打了一下手掌，直升飞机缓缓向下降落，在距离后甲板还有三米左右，胡忠武戴上防毒面具从飞机上跳了下去。

　　萧宇平静地看着身边的警员，看得出他的内心已经开始感到恐惧，外面的情况不知道怎么样。

　　萧宇忽然笑了起来，那名警员颤抖着说："你笑什么笑？"萧宇仍然不住地笑，那名警员忍不住心头的怒火，一拳狠狠地打在萧宇的腹部，萧宇惨叫了一声，他的头无力地垂了下去。

"喂！"那名警员没想到自己一拳竟然把萧宇打昏了过去，他扶起萧宇的头，用手指去感觉他的脉搏，萧宇却忽然睁大了眼睛，没等警员做出反应，他的膝盖已经狠狠地顶在对方的下阴，警员痛苦地跪了下去。萧宇一脚把掉在地上的手枪踢开，然后用戴着镣铐的手狠狠地砸在这小子的脑后，这名警员吭都没吭就昏了过去。

萧宇在他的身上摸索了一下，却没有发现手铐的钥匙，他用双手捡起地上的手枪，瞄准了舱门的门锁，连续射出三发子弹。

萧宇拉开房门，冲上甲板。刺鼻的瓦斯气体迎面扑来，萧宇被呛得几乎窒息了过去，烟雾中他感觉到有人在向自己的身边靠近。萧宇举枪正要射击，忽然听到一个熟悉的声音喊道："是我！"

萧宇已经听出是胡忠武的声音，可是咽喉由于受到瓦斯的强烈刺激，他根本不出话来。胡忠武来到他身边，为他戴上防毒面具，两人迅速向后甲板撤退。

几名戴上防毒面具的警察，也拿起武器向直升飞机的方向开始射击。霍远不得已驾驶着直升飞机飞离了船尾甲板，胡忠武拉住萧宇从甲板上跳入了海中，萧宇双手被拷，身体无法顺利保持在海面上，一进入水中就呛进了几口咸涩的海水，全靠胡忠武的帮助，才浮出海面。

胡忠武一边协助萧宇游离了押解船，一边拿出早已准备好的信号弹射向天空。

霍远一直都在等着他们逃离的信号，他看到空中冉冉升起的红色信号弹，欢呼了一声："让你们见识一下老子的厉害！"他驾驶着直升飞机迅速飞掠过押解船的上方，连续向押解船投下几枚燃烧弹。

然后驾驶飞机来到萧宇和胡忠武头顶的海面，垂下悬梯，胡忠武和萧宇抓住悬梯，霍远迅速将直升飞机升高，悬梯将两人从海面拖出，转眼间就消失在暮色苍茫的天际。

"最新消息。因谋杀罪被判处终身监禁的前通源集团主席萧宇，在被押往绿岛服刑的路途中逃走，逃跑的过程中造成五名押解人员重伤，现在仍然在医院进行抢救。这是一起武力越狱事件……"马国豪惊恐地听着收音机里的新闻，额头上的冷汗簌簌而下，他喃喃地说："到底还是让他逃掉了……"

许静茹拿起纸巾为他擦去额头上的冷汗："怕什么？萧宇根本不可能再回来，如果他落在警察手中只有死路一条！"

马国豪慢慢稳定了情绪，他相信即便是现在，萧宇也没有掌握自己出卖他的证据，在萧宇来找他以前，他必须做好最坏的准备。

萧宇终于登上了直升飞机，霍远从前方的驾驶船回过头来，露出一个开怀的笑容："一亿离岛币啊，先把账给你记上！"胡忠武拿出钥匙替萧宇打开手铐："少在这信口胡说！"他对萧宇说，"阿远知道你入狱后主动来找我，这次救你的计划就是他想出来的！"

萧宇感激地点点头。霍远大声说："今天真是天公作美，他们想组织搜索是难上加难，看来萧宇是洪福齐天。"

从警察的手中逃出生天，萧宇的内心有一种恍如隔世的感觉。霍远说："我们在前面的丰储岛降落，那里有一艘预先准备的渔船，他会把我们连夜送住香江！"

萧宇从胡忠武的手上接过一瓶饮料，一气喝完，然后擦了擦唇角："你们怎么知道这条路线？"

霍远笑着说："这条航线根本不是什么秘密，况且我曾经的一位战友是这次押解行动的负责人！"

萧宇说："那你的身份岂不是也被暴露了？"

霍远点点头："所以啊，我不得不跟着你一起逃！"

莫名的温暖充满了萧宇的内心，霍远和胡忠武为了营救自己，付出了极大的代价，他们的生活也将和自己一样在动荡和不安中度过。

胡忠武说："这次营救你的事情，我没敢告诉其他人，我们之中肯定有内奸！"

萧宇点点头，胡忠武继续说："我怎么都想不通，到底谁会是内奸，黑哥死了，四震？尾巴？可纯？国豪？我看不出他们谁会背叛你！"

萧宇的眼神黯淡了下去，他已经隐隐觉察到了什么，可是他始终不愿意去面对这个问题，从深水港上市到章肃风死亡，这一系列的变故后隐藏着某种必然的联系，而贯穿这一切的人只有一个，那就是马国豪！尽管目前还没有任何的证据可以证明是他策划了这一切。

直升飞机缓缓降落在丰储岛上，霍远对这里十分熟悉，离他们降落不远的地方有一个小型的码头，一艘渔船正在准备出发。

霍远说："目前的情况下，我们只能逃到香江，到那里再做打算！"

胡忠武说："离岛方面肯定会在第一时间把我们的事情知会给香江警方，对我们来说香江也不是安全的地方。"

萧宇笑了笑："不但是警方会找我们，李继祖和方天源也不会放过当良好市民的机会。"

这是马国豪和马中昊的第二次见面，现在的马中昊已经顺利地将深水港工程的合约拿到了手中，整件事的过程中，马国豪可谓是居功至伟。

马中昊把一张股权转让书递给马国豪："通源明天会重新开盘，这次你功劳不小，这百分之一的股份代表我对你的感谢！"

马国豪微笑着看着这个平庸无能的纨绔子弟，内心的怒火几乎要把他燃烧了起来，马中昊这个混蛋简直是在侮辱自己的智慧，如果没有自己的努力，他怎么能够拥有现在的局面，现在他就像打发一个叫花子一样甩给自己百分之一的股份。

"谢谢！"马国豪的表情充满了感激。

马中昊得意地摆了摆手："不必客气，以后我们还要继续合作下去，只要你尽心尽力为我办事，我绝对不会亏待你！"

马国豪举起酒杯跟他碰了一下："马先生！通源周一上市后，我们把利好的消息散布出去，股价肯定上涨，可是在此之前最好让马市长发布一个声明！"

"什么声明？"

"声明政府会给予深水港工程全力的支持！"

马中昊笑着点点头："是啊，我也这么想。"

马国豪淡淡笑了笑，心中忍不住骂了一句，你这头猪会有什么想法！

马国豪的愤怒在许静茹面前表露无遗："马中昊这个混蛋，他当我是什么？老子辛辛苦苦为他从萧宇的手中拿下深水港工程，他居然只给我百分之一的通源股份！"

许静茹从身后轻轻为他按摩着肩部，马国豪拉住了她的纤手："这帮垃圾，全部都该死！"许静茹说："这次我们已经获利不少，国豪，不如就此收手好不好？"

"收手？"马国豪瞪大了双眼："你知不知道，我为此付出了多少的努力，现在你让我收手？"

许静茹咬了咬嘴唇："可是，我感到害怕……"

马国豪冷冷地说："萧宇能够做到的，我一样可以做到，而且我会比他做得更好！马中昊？他算个什么东西？总有一天，我要让他跪倒在我的面前苦苦哀求！"

许静茹看着马国豪疯狂的表情，内心不寒而栗。

雨仍然在没完没了地下着，萧宇一行在凌晨四点三十分抵达了香江。胡忠武带着他们来到自己最初到达香江临时居住的废弃仓库。

这里属于即将改造的新港的一部分，目前还是杂草丛生，到处都是一片荒凉的景象。条件虽然不怎么样，可是作为藏身之所，不失为一个绝好的选择。

安顿好之后，胡忠武去外面采购食物和一些日常用品，萧宇和霍远来到仓库附近的公用电话联系离开香江的途径。

在目前的状况下，可能帮助自己的只有一个人，那就是新益安的秦正，萧宇是他上次洗劫李继祖那笔货物的见证人，单单凭借这个原因，他肯定会买自己的账。

萧宇拨通了秦正的电话。

秦正听出他的声音，显然感到异常惊奇："阿宇！你没事？太好了……我正在担心你！"

萧宇淡淡地笑了起来，他并不相秦泰正的话，如果自己死了，秦正无疑是最高兴的人之一。

秦正敏锐地觉察到了萧宇来找他的真正目的："有什么我可以帮忙的吗？"

"我想尽快离开香江！"萧宇开门见山地说。

秦正沉吟了一下："现在的风头很紧……"

"看来我只有选择自首了。"萧宇不无威胁地说。

秦正呵呵干笑了两声："今晚有一条船去北岛，我尽量为你安排。"

"好的！我过两个小时后会再跟你联系！"萧宇迅速挂了电话。

霍远不无担心地说："秦正会不会出卖我们？"

萧宇笑着摇了摇头，充满信心地说："他不会！秦正善于权衡利弊，他不会为了我冒这么大的风险。"

秦正安排萧宇他们在当晚十一点跟随一艘货轮前住北岛，这艘货轮的任务是运送一批轻工产品前住北岛，回程的时候，将从北岛走私一批军火，这也是秦正和春猜之间交易的一部分。

一切都进行得十分顺利，萧宇三人准时登上了这艘货轮，负责这次交易的是秦正的得力手下、人称"刺刀"的徐世选，他曾经和萧宇一起去过暹罗。

秦正肯定专门对他进行过交代，萧宇他们一上船，刺刀就将他们带到货物储藏区，让他们换上寻常水手的服装。

刺刀说："航行中应该不会遇到什么问题，抵达北岛后，你们跟我一起去见金昌颉将军，秦先生已经和他谈好，他会为你们安排合法的身份和护照，以后的事情就靠你们自己了。"

刺刀安排好他们后，转身离开了货物储藏区。

霍远感叹说："我本来以为我们应该逃住暹罗、吕宋，退一万步去东瀛也成，没想到最后弄到了北岛！"

胡忠武笑着说："北岛不错啊，至少有狗肉吃！"

"北岛的天气现在应该很冷了，听说那里的物质生活也不怎么丰富。"霍远愁眉苦脸地说。

萧宇拍了拍他的肩膀："听说有南男北女的说法，北岛的女孩子要比青川更加水灵，你到那里搞不好能谱出一段异国恋情！"

萧宇这么一说，霍远兴奋得两眼冒光："呵呵，这次我一定要有所斩获！"

两天以后货轮进入了东海海域，萧宇和胡忠武早早地起来，他们迎着海风观看着天际冉冉升起的一轮红日，两人都感觉到彼此目光中深深的失落。

"还会回来吗？"胡忠武遥望着离岛的方向。

萧宇用力点了点头："会！"

胡忠武笑了起来，这才是他所认识的萧宇，无论遇到多大的打击和挫折，他都一样能从低谷中爬起。

胡忠武感叹说："现在想想，以前的一切好像是一场梦！"

萧宇拍了拍栏杆，向着大海尽全力大喊了一声。声音沿着海风远远地送了出去，他满腔的郁闷和不快，在这声发泄中仿佛减轻了许多。

"以后有什么打算？"胡忠武默默地问。

萧宇深深吸了一口清新的空气："只要顺利地从金昌颉手里拿到护照，我们就离开北岛前住暹罗，笙妍夫人会帮助我！"

胡忠武点点头，他对萧宇充满了信任，以他的能力一定能在最短的时间内东山再起："知不知道是谁出卖了我们？"

萧宇沉默了下去，过了很久他才说："一定是马国豪！可是我现在还没有确切的证据。"胡忠武有些错愕地张大了嘴巴："他为什么要出卖你？你从来没有对不住他的地方。"

萧宇的目光投向远方的朝阳："有些时候，有些事情根本不需要理由……我一定会让他给我一个解释。"

海上的航程枯燥而乏味，他们每天的主要活动除了吃饭就是睡觉，七天以后货轮已经行驶到北岛海域，前方就是海州湾，现在北岛正处于初冬，夜晚的气温在零下五度左右。尽管他们在离开香江以前对此已经有了足够的心理准备，但购买的冬装仍然有些偏薄。

三人把所有能穿的衣服都套在了身上，仍然冻得不住打战。霍远哆哆嗦嗦地说："这种鬼天气，就是天仙躺在我面前，我都没有兴趣。"

萧宇和胡忠武毕竟在北方长大，他们耐寒的能力要比霍远强上许多，即便如此，两人也不停地在船内跺脚。

萧宇笑着说："你还是少说两句话，别把体内的热量都散发完喽！"

霍远愁眉苦脸地说："我现在是从内到外冰冰凉凉，除了能喘气，其他的跟尸体没什么区别！"

萧宇和胡忠武忍不住大笑了起来。

这时舱门被推开了，身穿黑色羽绒服的刺刀走了进来："你们准备一下，半个小时候我们就会和金昌颉将军的人在海上交易！"

"这么快？不是到海州吗？"霍远有些奇怪地问。

刺刀不屑地笑了笑："看来你对这行什么都不懂，我们的货船要是到北岛，军方肯定要把我们的这批物资全部给没收了。"

萧宇率先明白了过来，秦正和金昌颉之间显然是私下交易，这一切显然是背着北岛当局进行的。

刺刀叮嘱他们说："一定不要携带任何武器，否则他们可能把你们当成间谍给抓起来。"

二十分钟以后，货轮明显减慢了行进的速度，他们听到远处传来汽笛的鸣响。透过舷窗望去，远方的海面上两束强烈的灯光在向货轮的方向不断接近。

霍远兴奋地说："他们来了！"萧宇和胡忠武对望一眼："走！"

两艘中型武装舰船授慢靠近了货轮的右侧，一名北岛军官带着四名荷枪实弹的手下从舷梯登上了货轮，他用北岛语和刺刀交谈了几句，证实了彼此的身份后和刺刀握了握手。

刺刀指挥着手下利用船上的升降装置，将货物和药品放了下去，上来的时候又将对方放有武器的包装箱带了上来。夜晚海上的风浪很大，这给海上的交易又增添了不少难度。交易持续了大约一个小时，所有的货物交换完毕。

刺刀递给那名军官一个皮箱，然后用手指了指萧宇三人。

那名军官呵呵笑了笑，他示意萧宇三人跟着他们从舷梯离开货轮。

他们刚刚登上武装舰船，船只就开始启动，萧宇他们向货轮的方向挥了挥手。海风吹得霍远忍不住打了两个喷嚏，他向那名军官边做手势边说："有没有多余的衣服？"那名军官笑了笑，忽然抬起右脚重重地踢在霍远的小腹上。

这突然的变化让萧宇大吃一惊，没等他做出反应，周围士兵手持武器顶在他的腰间，胡忠武也和他的情况一样。

霍远愤怒地骂："妈的！"还没等他站起身来，身后的士兵用枪托重重地砸在他的后背上。

那名军官一脚将霍远的身子踢得向后仰去，重重地摔倒在甲板上。他从腰间掏出了手枪，咔嚓一声持子弹上膛："你难道不清楚？我专门学过汉语！"

乌洞洞的枪口对准了霍远的胸膛，萧宇发狂般大喊了一声："住手！"他不顾一切地冲了上去，用身体挡在霍远的面前："长官！秦正和金将军谈过，将军同意帮我们的！"

那名军官呵呵冷笑了起来："帮你们？将军会帮你们这几个无名小卒？"他扬了扬手中的皮箱，"这里面是五万美元，秦正就是用它来买你们三个的性命！"

萧宇的内心充满了愤怒，秦正这个混蛋，他的手段卑鄙到了极点，萧宇大声说："放过我们，我可以给你钱，很多的钱！"

那名军官看了看萧宇，他向手下人使了一个眼色，三名士兵分别来到萧宇三人的面前，将他们从里到外搜了个干干净净，顺便把霍远脖子上的金十字架给拽了下来，胡忠武的劳力士金表也没能幸免。

军官不屑地看了看这些东西："这点钱就想买三条性命？"

他把枪口抵在萧宇的额头上："做梦！"

这时身后的一名下级军官来到他的身边，趴在他耳边说了些什么，这名军官笑着点点头，他反手用枪托重重地砸在萧宇的头上，鲜血沿着萧宇的面颊缓缓流下。

"就让你们多活几天！"

黎明的时候，武装舰船终于靠岸，这是一个小型的军事港口。萧宇、胡忠武、霍远三人被他们用绳索反绑，因为搜身的缘故，他们的身上只剩下单薄的衬衣衬裤，根本无法抵御刺骨的寒风。他们颤抖的身子紧紧偎依在一起，用自己的体温温暖着彼此，萧宇头上的伤口已经凝结，应该没有什么大碍，霍远却因为过度的寒冷而发起烧来，他的身体不住地打着冷战，额头烫得吓人。

## 黑狱风云

在士兵向下搬运货物的时候，萧宇向昨天那位给他们说情的下级军官说："长官！我的朋友病了，可不开以给我们点药？"

那名军官向他摇了摇头，大概是说自己无能为力。五辆军用卡车将货物装上车，他们三人被押到了最后的一辆卡车中，每辆车都有四名荷枪实弹的士兵守卫，而且在后面还有三辆军用吉普车尾随，成功逃跑的机会微乎其微。

萧宇低声说："这次被秦正这个老混蛋害惨了！"胡忠武叹了口气："只能走一步算一步，不知道这帮军人会拿我们怎么样。"霍远烧得迷迷糊糊的，他的唇角都干裂开来。

一个多小时后，他们来到一个不知名的军事基地。卸下货物以后，货车继续带着他们向前开去，来到一个到处布满废弃工事的山地。四名军人将他们推下了货车，霍远好像清醒了一点："是……不是要把我们给枪毙了？"

萧宇和胡忠武用肩膀支撑住他的身体："枪毙不用这么麻烦，昨晚在海里崩掉我们多干净！"

一名军人大声地呵斥他们，大概是不让他们说话的意思，沿着山路向上走了大约十几钟，前方出现了一个山洞，六名军人分别站立在两旁。

他们在山洞前的树丛中停下了脚步。

这时令人奇怪的一幕出现了，两名北岛士兵带着三个衣衫褴褛的囚犯向他们的方向走了过来。

身后的军人大声用北岛语说着些什么，萧宇不解地看着他，一名士兵伸手开始拉扯他的衣服。这时那三名囚犯也来到了他们的面前，他们迅速脱下自己身上的囚服，露出伤痕累累的身躯。

萧宇马上明白了这帮人究竟在想干什么，这帮军人是想用他们三个来顶替这三名囚犯。一名军人大概是嫌霍远的动作太慢，枪托狠狠地砸在霍远的腰上，霍远痛得发出一声惨叫。萧宇盯住这帮军人，眼中几乎要冒出火来。

萧宇清楚，现在不是逞英雄的时候，他默默地将身上的衣服脱下，换上了其中一人的囚服，然后帮助霍远换好衣服，看得出那三名囚犯因为重新获得了自由，都激动到了极点。

从山洞走出的那两名北岛士兵又押着萧宇三人向山洞中走去，胡忠武低声说："他们用我们顶包！"萧宇点了点头，这种顶包的事情自己只从历史书上看到过，没想到在现实中会真的发生，而且一切又进行得那么明目张胆。

霍远无力地说："但愿别让我们顶替的是死刑犯！"

萧宇苦笑着说："看看刚才那几位身上的伤痕，就知道以后要面临什么！"

走入山洞，光线顿时变得昏暗了起来，这是一条角度向下的隧道，向前行进了大约两百多米，萧宇的面前出现了一部老式电梯。

三人在两个北岛士兵的押解下走入了电梯，按动电钮后，电梯开始吱吱嘎嘎地向下行进，看来关押他们的地方位于下面。

电梯下行了三十多米，停了下来。两名士兵押着他们继续向前走去，一股潮湿的气味扑面而来，其中夹杂着一种腐臭气息。

借着微弱的灯光，萧宇留意到隧道的两旁开出不少房间，墙上还刷着不少口号，两旁的房间全部用铁门锁死，他们走过的地方不时传来砸门声、歇斯底里的哭喊声，这里原来应该是一处防空工事，现在被改成关押犯人的监狱。

他们在第十二个房间的门口停下，两名士兵将他们粗暴地推入了房间，然后从外面将房门锁死。

房间内没有灯，唯一的光线来源，就是从门上的气窗中投入的外面通道的灯光。他们慢慢适应了这黑暗的环境，这个房间大约有十几个平方，靠墙的位置放了两张床，墙角的地方居然还有一个抽水马桶。

萧宇拧了一下水龙头，居然有水流出。两人扶着霍远躺在床上，床上除了一张破草席外再也找不到其他的东西。

萧宇骂了一句："妈的，连床被子都不给！"胡忠武叹了口气："这里八成是那位金将军的私人牢房，政府都不知道这个地方！"

霍远烧得又开始说起了胡话，萧宇脱下发臭的囚衣，在水龙头上洗净，然后为霍远擦身降温。

胡忠武从房间内找到三个搪瓷碗，看来这就是那三名囚犯用来吃饭的家伙。他洗净后，给霍远喂了些水，然后又把三个大碗全部接满。

萧宇笑了起来："你这是干什么？"

"有备无患，哪儿都有停水的事情发生！"胡忠武的话不幸言中了，而且他们很快就发现这里在一天中只有一个小时的供水时间，他们的生活规律也随之改变。

霍远一直烧了三天，到第四天的时候，他的体温才开始慢慢降下来。对他们来说，这里根本没有白天和黑夜的区别，完全是根据每天送饭的时间来判断。

士兵会在每天的中午给他们送一顿饭，每天的饭几乎都是相同的冷面，偶尔有幸能遇到点泡菜。

霍远的精神稍好转了一些，他的嘴巴又开始闲不住了："早知道这个样子，当初还不如自首呢，伙食应该比这里强上不少。"胡忠武偷偷搗了搗他。

萧宇在黑暗中叹了口气，如果不是因为自己，他们两个也不会沦落到今天的地步。霍远显然意识到自己的口无遮拦触及了萧宇的痛处，他连忙岔开话题说："你们说会不会有人来救我们？"

胡忠武笑了起来："做你的春秋大梦吧，谁会想到我们被关在这个鸟不拉屎、鸡不下蛋的地方？"

霍远有些颓丧地说："你的意思是，我们可能这辈子都出不去了？"三人同时都沉默了下去，霍远的猜测并不是没有可能，难道他们年轻的生命将在这黑暗的囚室中慢慢地消磨，慢慢地逝去？

过了很久，萧宇率先打破了沉默："我们一定有机会，那三名囚犯不会毫无原因地关押在这里，只要我们耐心地等下去，一定有人来提审我们！"

胡忠武和霍远同时点了点头，只要有机会被审讯，对方就会发现他们关错了人，他们就有离开这座牢房的机会。

天气越来越冷了，他们单薄的囚衣根本无法抵御彻骨的严寒，为他们送饭的士兵都已经换上了军用棉大衣，看来已经到了深冬，他们已经在这间牢房里吃了三十二顿饭，时间已经过去了整整三十二天。

士兵终于给他们每人发了一套棉衣，虽然很破很烂，但是比起他们先前那件单薄的囚衣，不知道要强上多少倍。

长时间的营养不良，让三个人明显地消瘦了下去，胡忠武也病倒了，他可能是感染了肺炎，日夜不停地咳嗽。

他们都明白，这种情况如果再继续下去，等待他们的只有死亡。这帮军人仿佛已经把他们全部遗忘，任由他们在这地下的牢房中自生自灭。

就在他们接近绝望的时候，两名士兵开启了他们的房门，他们用当地语大声喊了一声什么。萧宇和霍远对望了一眼，对方显然在喊着其中一个人的名字，这名字一定属于逃走的三名囚犯中的一个。

萧宇犹豫了一下，从床上站起身来，霍远拉住他的胳膊："阿宇！别去！"

萧宇慢慢拉开他的手："忠武哥病得很重，我必须要去！"霍远咬了咬嘴唇："小心！一定要平安回来！"

萧宇重重地点了点头，两名北岛士兵为他戴上了手铐，押解着他向外走去。

走出山洞，强烈刺眼的雪光让萧宇下意识地闭上了眼睛，身后的士兵对他迟缓的动作十分不满，一脚端在萧宇的膝弯。

萧宇的身子踉跄着跌倒在雪地上，一个多月的牢狱生涯让他的反应变得迟缓，他的嘴唇含住地上的积雪，嘴角浮现出一个无奈的笑容。

两人押着他来到位于山洞左侧的两层小楼中，他被带入二楼东边的第二个房间。在门前他就听到里面击打沙袋的声音，大约等了五分钟，两名士兵才押着他走入了房间。

迎面的墙上悬挂着两位领导人的画像，房间的布局很简单，除了一张办公桌、两把椅子外，再也没有别的家具。

一名身穿黑色背心的青年军官正在击打着沙袋，萧宇从他出拳的速度和力量就看出，他肯定是位搏击高手。

他看到萧宇，伸手在沙袋上重重击了一拳，然后解开了沙袋上的绳结，一个浑身上下都是血迹的囚犯从沙袋中滚了出来，他竟然把囚犯当成练拳的对象。

他来到办公桌前，低头看了看档案上的照片，然后又看了看萧宇，他的眉毛拧在了一起。他用当地语大声说了一句什么，然后大步来到萧宇的面静，一把抓住了萧宇的头发，把他拖到办公桌前。

他将萧宇的头狠狠地按在办公桌上，萧宇也看到了档案上的照片，那是一个中年秃顶男子，显然跟自己没有任何的共同之处。

那名青年军官恶狠狠地骂了一句什么，然后用力把萧宇推到一边。来到两名士兵的面前狠狠地给了他们每人一个耳光，两名士兵吓得垂下头去。

那名青年军官用当地语问了一句话，萧宇对该语言是一窍不通，他用汉语说："我是中国人，你们军方显然抓错了人！"

北岛军队中很多的军官都通晓汉语，那名军官显然听懂了萧宇的话，他冷冷看了萧宇一眼，用生硬的汉语说："你救走了那……几名青川间谍？"

萧宇摇了摇头："我是普通的汉人，根本不认识他们，是你们军方搞错了。"

那名军官点点头："从这个月开始，我负责这里的全部事务，你记住我的名字，我叫李承佑。"

他慢慢地走到萧宇的面前，忽然一拳重重地击打在萧宇的小腹上："我最恨别人欺骗我！"萧宇被他这威力奇大的一拳打得向后退去，李承佑的身体紧跟了上去，他的右脚踹在萧宇的胸口，萧宇仰天向后倒去，他的身体压在椅子上，将椅腿压断。

李承佑不等萧宇起身，一脚踏在他的面颊上，将萧宇的头颅向坚硬的地面用力地挤压："我不管你是谁！欺骗我就要付出代价！"他一脚踢中萧宇的小腹，萧宇痛得整个身子弯曲了起来。

李承佑一脚接着一脚疯狂地踢在萧宇的身上，直到萧宇已经完全不能动弹，他才掏出手绢擦了擦额头上的汗水，向两名士兵说："把他给我带下去，顺便帮他处理一下身上的伤势，我可不想让他这么容易死掉！"

两名士兵拖着萧宇离开了李承佑的办公室。

萧宇回到牢房中的时候，霍远和胡忠武几乎没认出他来，两人冲上去，把萧宇架到床上，萧宇勉强露出一丝笑容："这个……王八蛋……跟我前世有仇……"

"你认识他……"胡忠武一句话没说完又剧烈地咳嗽了起来。

"以前不认识，不过以后我会记住他……"萧宇从怀中掏出一瓶抗生素，"但这次也不是白挨顿揍，好歹换来了点药，抗生素对忠武哥的病还是有作用的。"

胡忠武感动地拍了拍萧宇的肩膀："阿宇！我没事……你留着自己……"他又开始咳嗽了起来。

萧宇笑着说："我受的是皮外伤，休息两天马上又生龙活虎，你还是把药吃了吧！"

还没等到萧宇生龙活虎，他才刚刚能下地，李承佑又把他给喊了上去，结果又是遍体鳞伤地回来。

看得出李承佑在故意针对萧宇。短短的一个月内，李承佑已经暴打了萧宇五次，萧宇本身强健的体质和坚韧的毅力在这种情况下充分地表露了出来，他绝不会轻易地放弃，他要继续坚持下去。

事情没有任何好转的迹象，他们在这黑暗的地牢中已经待了整整三个月，由于长期不见阳光，再加上严重的营养不良，他们的体质都变得很虚弱。三人的头发和胡须因为得不到修理，都变得很长。

依照他们的推算，马上应该是春节了，每个人都变得忧心忡忡，萧宇虽然在表面上仍然充满乐观，可是随着时间的推移，他知道获救的希望已经越来越渺茫了。胡忠武的病还没有好，疾病已经让他瘦得只剩下一把骨头。霍远的情绪变得越发的低落，向来闲不住的他开始变得沉默寡言了起来。

胡忠武剧烈地咳嗽了几声，歇了好半天才说："如果我没记错，明天应该是春节了……"萧宇微笑着点点头："我们应该好好庆祝一下！"

霍远叹了口气："庆祝？这种不死不活的日子有什么可庆祝的？我宁愿让他们拖出去，一枪给崩了！"

"阿远，我们一定会出去的！"萧宇安慰他说。

霍远苦笑了一声："恐怕连你自己都不相信这句话。三个月了，我们已经在这里待了整整三个月了，吃喝拉撒全部都在这个暗无天日的小窝里，和死有什么分别？"

胡忠武大声说："阿远，别说了！"

霍远痛苦地说："阿宇，我有时候甚至都羡慕你，为什么被拉出去挨打的不是我？挨顿打至少可以看看外面的天空……"他大声哭泣起来。

萧宇用力地拥住他的肩膀："阿远，是……我连累了你！"

霍远摇了摇头："阿宇，我没有怪你的意思，我真的没有……我只是不甘心，我不甘心就这样默默无闻地死去……"

门前响起了脚步声，三人停下谈话，四名士兵打开了房门，他们向里面说了句什么，然后把萧宇他们三个押了出来，依次给他们戴上了手铐，将他们押上了电梯。

萧宇不解地看着这帮士兵，像现在这样同时押出他们三个还是第一次，不知道他们究竟想干什么。

霍远叹了口气："别看了，这帮混蛋肯定是不想继续浪费粮食了。妈的，死了也好，省得再继续受这份折磨！"

胡忠武仍然在不断地咳嗽，押解他们的北岛士兵厌恶地掩住口鼻，其中一人抬起脚狠狠地踹在胡忠武的大腿上，胡忠武踉跄着向前倒去，霍远用身体拦住了他。萧宇怒视着那名士兵，他举起手铐想向那小子的头上砸去，几名士兵同时举起枪对准了萧宇的头颅。

"阿宇，算了……"胡忠武无力地喊道。

萧宇强忍愤怒缓缓地放下了双手，几名士兵用枪托雨点般砸在萧宇的身上。霍远含着热泪扑倒在萧宇的身上："长官，放过我们……"

直到电梯到达地面，几名士兵才停住了对他们的殴打，萧宇和霍远都被打得鼻青脸肿。两人相互搀扶着从地上站了起来，又把胡忠武扶了起来。

走出山洞，外面的天空仍然在飘撒着雪花，三人好不容易才适应了强烈的光线，这才看到军营的不少地方挂起了红灯笼，看来这里的人对春节也是相当地重视。

几名士兵推搡着他们走进了一间空旷的房间，然后命令他们脱去衣服。他们赤裸的身体在寒冷的空气中被冻得瑟瑟发抖，霍远苦笑着说："饿了三个月，小弟弟都瘦了！"

两名士兵拖着水喉来到了门口，他们打开了水喉的开关，冰冷的自来水向三人的方向冲来，彻骨的寒冷无处不在地刺激着他们的神经。

萧宇这才明白，这些军人是在给他们洗澡过年，冲洗大约进行了五分钟，胡忠武原本就虚弱的身体根本无法承受这寒冷的刺激。他的嘴唇被冻成了乌紫色，身体痛苦地痉挛起来。

那些士兵为他们拿来了干净的棉衣，萧宇和霍远连忙为胡忠武穿上，棉衣应该是他们不穿的军服，虽然有些旧，可是洗得很干净，比起他们之前的那件破袄要强上好多。

等他们穿好衣服，这帮士兵又带着他们来到旁边的房间，里面已经为他们准备好了三份饭菜。

饭菜居然相当的丰盛，每人餐盘里面都有一份土豆烧牛肉，另外再配上两份素菜，米饭的量也是他们平时的两倍。

三人狼吞虎咽地吃了起来，直到把餐盘中最后一粒米吃到嘴中，霍远才意犹未尽地打了个饱嗝："这辈子都没吃这么痛快过！"他用衣袖擦了擦嘴，"这就是常说的送行饭吧？"

三人被押着步行绕过小楼沿着山路向后走去，大约步行了十来分钟，来到了一间破旧的仓库前方。

仓库的大门都也挂着两个大红灯笼。

仓库的四周坐满了士兵，正中的地方留出大约一百平方米的空地，用麻绳围成一个长宽各有五米的擂台。

萧宇他们被带到擂台的右下角蹲下，这时他们才注意到，在擂台的另外一侧，也蹲着三个和他们同样装束的囚犯，其中有两名本地人，另外一名身材魁梧的家伙是白种人，看样子应该是西方人。

胡忠武现在才算缓过劲来，他低声说："这帮军人是不是想让我们决斗？"

萧宇点了点头："这帮混账，肯定是拿我们当娱乐，欢度春节！"

这时李承佑和另外一名军官从门外走了进来，他们来到擂台前的桌旁坐下，李承佑和那名军官谈笑风生，过了一会儿，他的目光才向萧宇的方向看来，两名士兵把萧宇拉了起来，推到李承佑的面前。

李承佑用中文说："这位是权太炎上校，我们每年都会在这里庆祝。"他指了指对面蹲着的五个囚犯，"他们是权上校方面的代表，你们三个今天代表我来出战，三场定胜负，如果你们赢了，我会让你们过一个欢乐祥和的春节，如果你们输了……"李承佑的眼中闪过一丝寒光，"也许会见不到新年的太阳！"

萧宇的内心咯噔一下，他没想到李承佑卑鄙到了这种地步，居然把囚犯当作他们赌博娱乐的工具。

从对方那三名囚犯的身材和外表来看，他们的营养状况明显要好于己方，更何况胡忠武现在重病缠身，根本没有和对方一搏的能力。

胡忠武和霍远从萧宇的表情已经知道发生了什么，胡忠武小声说："那个白种人的身材最魁梧，体格……应该是最好，我来对付他……"萧宇皱了皱眉头，胡忠武现在的情况连走路都很困难，还谈什么决斗。

胡忠武知道萧宇担心的是什么，他笑了笑："我肯定会失败，古时候有田忌赛马，上对中，中对下，下对上，我反正都是输，只要你们能战胜那两个北岛人，我们在总成绩上仍然取胜！"

萧宇点了点头，目前的情况下也的确没有更好的办法。

他来到李承佑的面前："让我们比试可以，不过我有一个条件。"李承佑点点头："说！"

"比赛的对手必须由我们挑选。"

李承佑冷笑着说："你脑子里在打什么主意，我很清楚。"

萧宇不无威胁地说："如果你不答应，我们三人宁愿死在这里，也不会参加这场比赛！"

李承佑的眼中露出阴冷的寒光，他冷笑着点了点头："希望你能活着来到我的面前……"

比赛在士兵的狂热嘶喊中开始了，霍远第一个出场，他的对手是身材较为瘦弱的那名囚犯，他衣服上的标号是205。

霍远的身高和对方相仿，对方的体重应该比霍远至少重上十公斤，两人除去上身的棉衣，跨入绳圈中。

随着裁判的手势，比赛正式开始，霍远大吼一声，一拳勾向对方的下颌，对方的反应很快，身体一个漂亮的后仰，右脚踢向霍远的面部。霍远用左臂夹住对方的大腿，右膝向他的下阴顶去，两人都知道这次的决斗生死攸关，一出手都用尽了全力。

205号囚犯用左膝挡住霍远的进攻，膝盖骨的剧烈冲撞让两人痛得齐齐发出一声大叫。他用左臂托住了霍远的脖子，双手围护在一起，用力向怀中压去，他想扼断霍远的颈椎。霍远的手臂从里向外死命地推挡住对方的双臂，然而对方的力量显然高出了他不少。

霍远急切之间，"噗"的一口浓痰吐向对方的面孔，对方下意识地向后仰了仰，霍远趁机分开了他的双臂，一脚踹中他的小腹，与此同时，205的左拳击中了霍远的面颊。鲜血从霍远的唇角飞溅了出去，他的身体仰天倒在了地上。对方也被他踹倒在地，两人慢慢地从地上爬起。

205号囚犯先于霍远爬起身来，他抢在霍远没有完全站起身以前，一脚踢中了霍远的小腹，霍远的身子又向后仰倒，对方紧紧跟了上去，右脚狠狠地向他的咽喉踩去。

萧宇和胡忠武紧张同时惊恐地大叫了起来，霍远怒吼一声，双臂抢在对方没有踩中自己之前拧住了对方的脚踝，他全力将对方的身体拧倒，整个身子扑了上去，用头颅狠狠地顶在对方的鼻梁上。

坚硬的头骨将对方的鼻子撞得鲜血直流，对方用右肘死命地击打在霍远的胸口，将霍远的身体撑离了自己，让他的头无法再度撞在自己的脸上。两人缠抱在了一起，在场地中来回翻滚，直到相互都耗尽了气力，才被裁判分开。

他们的身上都是鲜血淋漓，体内潜在的凶性已经完全被对方激起，两人已经放弃了防守，任凭对方的拳脚雨点般落在自己的身上，整个现场响起士兵狂热的嘶吼，他们被眼前的搏杀刺激得热血沸腾。

霍远和对方都已经筋疲力尽，他们的身躯彼此相互支撑，拳头无力地落在对方的身上，两人终于同时倒了下去。

裁判做了一个平局的手势，萧宇和胡忠武第一时间冲了上去，把霍远抱出绳圈，为他披上棉衣，用毛巾为他擦去身上、脸上的血迹。霍远艰难地说："妈的……老子要不是没吃饱，肯定，打残他……"

萧宇大声说："他已经被你打残了！"霍远的嘴角露出了一丝微笑。

胡忠武正准备向场中走去，却被萧宇拖住了手臂，他冷静地说："我先来，干掉那名北岛人我们就能立于不败之地。"

萧宇慢慢解开了棉衣，露出他强健的体魄，长期的磨难让他的身上各处布满了伤痕，却让他平添了一种沧桑和沉稳。

李承佑欣赏地点点头，这时门外传来一阵嘈杂的声音，所有人都向门前的方向看去，一个身材高大的青年军官正带着两名卫兵大步向李承佑的方向走来。

从他肩膀上的军衔可以看出他要比李承佑和权太炎高出一个等级，他们慌忙站起身来，向对方敬礼。周围的士兵也连忙从椅子上站了起来，要知道这名青年军官就是金昌颉将军的儿子金旭日，年纪轻轻就已经拥有了大校军衔，这不仅仅是依靠他父亲的关系，和他自己超强的能力也是分不开的。

金旭日面带微笑地向李承佑和权太炎回敬了一个军礼："金将军让我来慰问你们，没想到你们自己已经提前开始庆祝新年了！"

李承佑和权太炎尴尬地对望了一眼，他们对眼前的年轻上司有着说不出的畏惧。

金旭日来到李承佑的位置坐下，李承佑和权太炎规规矩矩地站在他的两旁。

金旭日看了看场中的几名因犯："继续啊！难道已经分出输赢了？"他的目光向旁边正在匆匆收拾皮包的士兵看去，那名士兵一慌，手中的皮包掉在地上，许多钞票从里面落了出来。

李承佑暗骂了那名士兵一句，连忙解释说："因为是过节，所以兄弟们玩玩。"

金旭日笑了起来："我又没说什么，玩玩而已，何必这么认真。"他从怀中拿出一沓钞票扔到那名负责收款的士兵面前："给我押这小子！"他用手指了指萧宇。

李承佑没想到他上来就选择了自己一方，权太炎好心地提醒说："大校，他的对手是崔明昊，曾经是我们军区的搏击冠军，因为想逃出青川才被关起来……"

金旭日冷冷看了他一眼："你怀疑我的眼光？"权太炎红着脸摇了摇头，他和李承佑表面上是在比试，其实他们比谁都清楚，情况是一边倒，他这边不但有崔明昊这种高手，那名白种人是来自西欧的间谍，也是一位搏击高手。

反观萧宇这三个人，病的病，伤的伤，根本和对手不在一个层面上。李承佑和权太炎举行这次比赛一是为了娱乐士兵，二是有一个不可告人的目的，两方的士兵在对比赛选手一无所知的时候就已经下注，两人作为庄家，从中可以捞到不少好处。

　　金旭日的突然出现，让他们始料不及，现在他居然把宝押在了萧宇的一方，以他的身份和地位，如果让他输钱，面子上肯定不好看，可是现在的形势已经发展到这个地步，再想做假已经来不及了。

　　金旭日悠闲地嗑起了瓜子，李承佑示意场上的比赛继续进行。

　　萧宇和崔明昊冷静地对视着，胡忠武和霍远仔细观看着崔明昊脚下移动的步伐，胡忠武低声说："我们还是看走了眼，这个才是三人中最厉害的那个。"霍远不无担心地说："不知道萧宇能不能应付？"

　　胡忠武说："如果是以前，萧宇和他应该是在伯仲之间，可是他现在的身体状况不容乐观……"两人的内心同时开始为萧宇默默祈祷。

　　崔明昊一步一步向萧宇逼近，他脚步移动得很慢，但是每一步的距离都是恰到好处，他采取的姿势攻防俱佳。

　　萧宇自从进入场地之后，就没有移动过脚步，他清楚现在自己的体力远远不如对方，他要尽可能地节省自己的体力。

　　崔明昊的攻击终于发动，他的左腿向前跨出一步，右拳捣向萧宇的左侧软肋，他开始出拳的速度并不快，可是距离萧宇身体还有二十厘米的时候，猛然加快了速度。萧宇的身体向右一个小幅度的移动，他的左臂屈起，用肘关节向崔明昊的右臂击去，右拳勾向崔明昊的下颌。

　　崔明昊的身体忽然一个明显的前冲，在萧宇这一拳还没有完全蓄满力道之前，就已经拉近了彼此的距离，他的重心完全放在左腿上，右手抓住了萧宇的左臂，向自己身体的方向一个用力的牵拉动作，右肩狠狠地顶在萧宇的胸口上。

　　萧宇的拳头也击中了他的身体，可是崔明昊的动作突然改变，让他这拳偏离了预期的方向，击中了崔明昊的左肩，两人间距离的变短，让萧宇的力量没有完全发挥出来，这一击根本没带给对方太大的伤害。

296

## 重见光明

萧宇忍住疼痛，他的双臂牢牢抱住对方的身体，防止对方发动第二次攻击。

裁判分开了两人的身体，崔明昊望着萧宇浮现出一丝冷酷的笑容。

萧宇沿着绳圈游走，想借此来赢得片刻喘息的时机。崔明昊仍旧迈着不紧不慢的步伐接近了萧宇，他这次攻击的目标是萧宇的咽喉，崔明昊弹跳相当的惊人，他跃起在空中，居高临下地踢向萧宇的喉头，萧宇用双臂挡住了他的攻击，身体在对方强大的攻击力下，向后仰倒，依靠绳圈的支撑才没有倒在地上。崔明昊不等萧宇的身体被绳圈反弹回来，他的右臂准确地夹住了萧宇的右臂，向萧宇的后背方向反折了过去，左手从身后托住了萧宇的咽喉。

萧宇大吼一声，向崔明昊的右脚踩去，崔明昊用力托住萧宇的咽喉，拖着他的身体向后退，萧宇竭尽全力挡住他的左手，后脑重重撞在崔明昊的下颌上。崔明昊仍然没有放松他的手臂，萧宇连续用后脑撞击崔明昊的下颌，他的双足在地上用力一顿，整个身体猛然向绳圈退去，崔明昊的后腰顶在绳圈的围栏上。

反冲力让他抱着萧宇的身体跌倒在场地上，萧宇趁机挣脱了他双手的束缚，向旁边连续两个翻滚，拉开了彼此的距离。

两人同时从地上爬了起来，崔明昊大吼一声，全力扑向萧宇，萧宇一个灵巧的转身，崔明昊的攻击顿时落空。萧宇使用了一个旋转的踢腿动作，准确地踢中了崔明昊的后腰，崔明昊踉跄着冲到绳圈前，双手抓住绳圈。

萧宇紧跟上去，一拳击中他的左肋，崔明昊反手一肘击中萧宇的胸口。两人又抱在了一起，崔明昊将萧宇压在绳圈上，两手拉住围绳，死命地缠住了萧宇的脖子，萧宇右脚向后踢中崔明昊的下阴，疼痛让对方松开了双手。

萧宇以最快的速度转过身躯，膝盖狠狠地顶在崔明昊的下颌上，鲜血和着两颗牙齿飞溅出来。萧宇用右臂托住了崔明昊的咽喉，崔明昊在萧宇一连串致命的攻击下，丧失了反抗的能力，他的身体慢慢瘫软了下去。

"杀死他！"金旭日冷冷地说。李承佑从腰间掏出军刀，掷到萧宇的脚下："杀了他！"萧宇拿起了军刀，却放开了已经失去反抗能力的崔明昊。

他做了一个出乎意料的举动，手中的军刀闪电般向李承佑掷去，军刀深深地插入李承佑身边的柱子，刀柄仍然在不住地颤抖。李承佑吓得脸色煞白，他愤怒地大叫了一声，从腰间掏出了手枪。

金旭日却伸手握住了枪口，李承佑不解地看着他。

萧宇用手指向李承佑："看着别人在场上亡命厮杀，你是不是打心底感到快乐？你既然这么喜欢主宰别人的命运，为什么自己不敢上来？你这个懦夫！"

李承佑的脸色青一阵白一阵，他的内心愤怒到了极点。

萧宇不屑地说："除了敢对付失去反抗能力的人，我看不出你还有别的本事！"

霍远惊恐地说："阿宇是不是疯了？他这不是找死吗？"

胡忠武却摇了摇头："他一定有自己的打算，那名年轻军官好像对他很欣赏的样子。"

萧宇的确有着自己的打算，不知道为什么，他感到这个年轻的军官是他唯一的希望，如果继续在这里待下去，就算不冻死，也会被李承佑活活打死，他必须抓住一切的机会，引起对方的重视。

"我要杀了这个混蛋！"李承佑恶狠狠地骂了一句。金旭日笑了起来："李上校终于准备去跟他比试了，这样也好，让他见识一下我们北岛军人的威风。"

李承佑的唇角抽搐了一下，金旭日摆明要把自己推到无路可退的地步，现在自己如果再不上去，不但会被金旭日耻笑，就连自己的那帮下属也会看不起自己。

李承佑下定了决心，向绳圈中走去。

他虽然看到了萧宇潜藏的巨大实力，可是仍然相信以自己的能力，绝不会败在萧宇的手下，更何况萧宇和崔明昊的搏杀已经消耗了他大部分的体力。

萧宇冷冷凝视着李承佑，在过去的三个月中他已经多次领教了对方凶狠的拳脚，对李承佑出拳的方式和力度有着切身的感受，留下的伤痕仍旧清晰可见。

李承佑充满杀机地怒视着萧宇，他用只有彼此才能听清的声音说："我会让你慢慢死去！"

当比赛就要开始的时候，萧宇却要求暂停，他转向金旭日的方向："我有一个要求！"

金旭日饶有兴趣地看着萧宇，他微笑着说："说出来听听！"他曾经在中国留学，中文说得十分标准。

"如果我赢了，我想面见金将军解释所有的一切！"金旭日点了点头，他对眼前的中国人产生了浓厚的兴趣。

萧宇和李承佑的决战终于拉开了大幕，包括萧宇自己都清楚，这是一场生死命运的赌注，即便是自己赢了，能够见到金昌颉的希望也是微乎其微，可是如果自己输了，自己和胡忠武、霍远唯有接受死亡的命运。

李承佑的拳头重重击打在萧宇的小腹上，让他吃惊的是，萧宇根本没有做出躲避的动作。在他击中萧宇的同时，萧宇的右拳也击中了他的面颊。

胡忠武露出激动的目光，他低声说："萧宇的战术是正确的！"霍远有些不解地望向胡忠武。胡忠武解释说："萧宇如果凭借着现在的体力，想攻防兼顾肯定是必败无疑，所以他放弃了防守！"

霍远的眼睛也是一亮："他已经挨过李承佑的多次暴打，一定知道他出拳的方式和力度。"

胡忠武点了点头："所以他的挨打能力要比李承佑更强，两人谁能够支撑到最后，谁就是最后的胜利者！"

萧宇完全放弃防守的打法彻底打乱了李承佑的节奏，两人的决斗完全成了一场野蛮而原始的斗殴。他们彼此的拳脚疯狂地落在对方的身体上，整个现场变得鸦雀无声，只听到拳脚击中肉体的声音。

鲜血从萧宇的额角、鼻子、嘴唇慢慢地滴落在拳台上，李承佑的左侧眉弓的皮肤也被萧宇的重拳撕裂，他的左侧肋骨开始剧烈地疼痛，可能已经被萧宇打断。

两人用充满仇恨的眼光对视着，他们能清晰地听到彼此急促的喘息。李承佑忽然感到一种说不出的恐惧，眼前的对手仿佛是一座即将爆发的火山，他的怒火可以吞噬一切。

萧宇大吼一声，一拳向李承佑再度击出，李承佑也没有做出躲避的动作，同样的一拳攻向萧宇，两人被对方的重拳打得同时弓下了身体。

然后开始痛苦地喘息，酝酿着新一轮的进攻。

现场没有一个人说话，金旭日喝了口茶，他放下茶杯的时候，李承佑和萧宇再次扭打在了一起，两人出拳的力量和速度都已经明显慢了下来。

萧宇忽然抱住了李承佑的腰部，膝盖一次一次地顶在李承佑的腹部，李承佑的双拳狠狠地捶打在萧宇的后背。

权太炎从腰间掏出了手枪，金旭日怒视了他一眼："你想干什么？"权太炎支支吾吾地说："没必要为了一个囚犯……"

金旭日冷冷地说："竞技场上囚犯和军人没有任何的分别！"

李承佑已经没有力气挥出他的拳头，身体瘫软着滑倒在地上，萧宇推开他的身体，从地上慢慢地爬了起来，他依靠着围绳，发出一声疯狂的咆哮。

两名士兵拿着武器向他围拢过来，金旭日忽然抓起桌上的茶杯，狠狠扔在了地上。所有人的目光都向他看去。

金旭日一字一句地说道："这三个人我要定了！"

萧宇举起了他的拳头，没等他做完这个动作，他的身体再也无法支撑下去，沿着围绳缓缓地跌倒在地上。

秦正设计加害萧宇后，他的内心始终处于一种极度的不安中，刺刀虽然带来了萧宇三人的死讯，可是他仍然担心萧宇在离开香江之前留下了后招，毕竟萧宇握有他的很多证据。

在以忐忑不安的心情度过了整整三个月以后，他才慢慢放下心来，看来萧宇并没有将他们之间的秘密告诉其他人。

他想起上次的暹罗之旅除了萧宇以外，同行的还有宋老黑和马国豪，宋老黑虽然已经死于章肃风的枪下，可是马国豪仍然好好地活在这个世界上，秦正正想去对付马国豪的时候，马国豪竟然主动来拜访他。

现在的马国豪早已非昔日吴下阿蒙，他现在的身份是深水港工程总负责人，通源集团总经理，和马中昊、李继祖之间的合作正处于最为融洽的时候。

时至今日，每一个人都清楚在萧宇的经济崩盘中马国豪充当了怎样的角色。在秦正的眼中，马国豪和萧宇有着极为类似的一面，他们都是善于把握机会的年轻人。

马国豪开门见山地说："我这次来就是想询问萧宇的消息！"

秦正狡黠地笑了笑："马先生这是哪里话来，我从来都不跟作奸犯科的人往来！"

马国豪淡淡笑了笑："萧宇从离岛逃跑后，直接来了香江，这件事已经得到警方的证实。"

"那跟我有什么关系？"

马国豪说："三禾会、合记跟萧宇都有解不开的结，他们对待萧宇是必欲先杀而后快，在香江有能力帮他的只有你。"

他压低了声音："秦先生跟萧宇之间的交易对我来说并不是一个秘密！"

秦正冷冷看了马国豪一眼："你到底是什么意思？"

马国豪说："萧宇能够给你的，我一样有能力做到，但前提是你必须把他的下落告诉我！"

"你想杀他？"

马国豪毫不掩饰地点点头："只要他活在这世界上一天，我就没有办法安稳地睡觉！"

"那我可以负责任地告诉你，从今天起你每夜都会拥有一个酣畅的睡眠。"

马国豪睁大双眼："你……是说……萧宇他死了？"

秦正说："他们在逃亡北岛的途中，被北岛的军队射杀，这一点我可以证明。"马国豪的脸上露出了一丝笑容，过了很久他才向秦正说："你应该把这个消息散布出去，可以让很多人睡得安稳。"

秦正点点头，是到了把萧宇的死讯散布出去的时候了，如果萧宇真的留下了对自己不利的证据，那么散布出他的死讯，可以尽早地让掌握证据的人浮出水面。


"我不相信宇哥会死！"卓可纯的美眸中满是泪水，她始终不相信报纸上关于萧宇死亡消息的报道。四震也点了点头，办完宋老黑的葬礼，马心怡就去了美国。现在他们的物业仅仅剩下了卓可纯名下的银座，卓可纯之所以一直坚持着把银座继续下去，就是期望有一天萧宇能够回来。现在接到他的死讯，所有的期望都变成了泡影。

四震怒不可遏地说："一定是马国豪出卖了宇哥，我去找他报仇！"

卓可纯叹了口气："四震，我们根本没有证据证明马国豪出卖了宇哥，他现在虽然为马中昊办事，可是你想想，每个人都有自己的想法，并不是都像我们这样等待着宇哥回来……"她再也说不下去了，低声啜泣了起来。

四震痛苦地攥紧了双拳："我没用，到现在也不知道害宇哥的到底是谁。"

卓可纯慢慢地站起身来："四震！明天我会离开嘉南，这里的一切都交给你了！"

四震不解地看着卓可纯："你打算去哪里？"

卓可纯平静地说："我要去北岛，就算宇哥真的死了，我也要见到他的尸首……"

萧宇仿佛做了一个漫长的梦，梦中马国豪狞笑着向自己走来，他拿着手枪不断地朝萧宇的胸口射击，萧宇看到子弹缓缓地穿进了自己的胸口，鲜血在他的眼前飞溅，整个天地间到处都是马国豪疯狂的大笑。

萧宇醒来的时候应该是黄昏的时分，他首先看到的是天蓝色的屋顶、白色的被褥，距离床不远的地方是白色的落地窗，从窗口刚好可以看到外面粉雕玉琢的世界，屋内十分温暖，这里的供暖十分充足，可以看出这间医院的设施相当先进。

床头的玻璃瓶中插着几枚白色的腊梅花。萧宇坐起身来，在花瓣上深深嗅了一下。房间内没有电视，床头柜上放着一个小型的收音机。

萧宇百无聊赖地拧开了收音机，一连换了几个波段收到的大都是本地的广播，萧宇摇了接头，正想关上电源，这时听到房门被礼貌地敲响了。

"进来！"萧宇大声说。房门打开了，一个身穿白色护士服的护士推着治疗车走了进来。她的身材十分娇小可人，容貌也长得十分娟秀。萧宇还没来得及说话，就看到霍远嬉皮笑脸地跟了进来。

那名护士冷淡地看了霍远一眼，然后来到萧宇的面前为他扎针。

几天不见，霍远居然学会了两句外语，还对那护士说着什么，那护士为萧宇挂好输液瓶，理都没理霍远，推着小车出门而去。

霍远尴尬地挠了挠头："奶奶的，这小妞真拽！"然后又说了一句，"老子最喜欢这种有性格的妞。"

萧宇呵呵笑了起来："阿远，你小子看上人家了？"

霍远毫不脸红地点点头："别怪我没事先提醒你啊，这妞是我的了，你小子少打主意！"萧宇用没打针的手向他敬了个军礼："放心，兄弟我看都不多看一眼！"他一脸坏笑着说，"你还别说，这妞屁股挺圆胸脯挺大，我饥渴多年的内心，还真有点春意萌动！"

霍远骂了一句："找死！你那点春意还是留着对付别的女人吧，小心兄弟都没得做！”两人同时笑了起来。

“忠武哥呢？”萧宇关切地问。

霍远摇了摇头：“他得了慢性肺炎，没有两三个月不可能完全恢复，现在跟你一样，都在床上躺着呢！”

萧宇示意霍远给自己倒了杯水：“我们怎么到了这里？”

霍远登时来了精神：“你知道吗？那天救我们的那个年轻军官是金昌颉将军的儿子金旭日，这下好了，我把秦正私下给他手下军官钱，让他们干掉我们的事情全部说了出来，金旭日一查，那帮小子居然还私下收受别人的钱财，用我们换走了三名囚犯。”

霍远得意扬扬地说：“金旭日把跟私自调换战俘的人全部给抓了起来，然后把我们都送到军区医院治疗！”

萧宇皱了皱眉头：“他知不知道我们的真正身份？”

霍远摇了接头：“他没问，不过金旭日应该是个好人，我们能够获救全都靠他的帮助。”他站起身来，“不跟你聊了！继续去找我的李贞研小姐进行情感攻略战！”

萧宇乐呵呵地说：“重色轻友！”

霍远临走出房门时回头说：“都是跟你学的！”萧宇狠狠地向他竖起了中指。

萧宇所受的都是外伤，再加上他本身的体质很好，七天后，他的身体已经基本上康复。金旭日在这期间一直没有出现，霍远看样子真的被那名护士小姐给迷住了，每天都黏在她的身边，两人的关系虽然没有太多的进展，但霍远的语言水平却在不断进步着。

胡忠武的病情也在好转之中，这次最值得庆幸的就是他们三人平安离开了那个暗无天日的地牢。

萧宇在军区医院的第八天，金旭日第一次来到了医院，萧宇看到他出现，慌忙从床上坐了起来，金旭日笑着来到他的对面坐下：“怎么样？身体恢复得差不多了吧？”

萧宇点点头：“这次多亏您的帮助，我们才能离开那个地方。”

金旭日笑着说："其实我对李承佑那些人买卖囚犯早就有所耳闻，如果不是父亲一直维护他，我早就查办他们了！"

萧宇问："李承佑现在怎么样？"

金旭日叹了口气："他曾经在我父亲身边当了七年的警卫员，在父亲的眼里和亲生的儿女差不多，这次因为换囚的事情，父亲把他降职留用。"

萧宇淡淡笑了笑，看来哪国都有人情作怪。

金旭日把话题转够到萧宇的身上："你们原来是干什么的？为什么会来到这里？"

萧宇看了看金旭日："我不想瞒你，我们三个来自离岛，受到多个国家和地区的通缉！"他将自己在离岛发生的一些事情，坦白地告诉了金旭日，他之所以这么做，一来是因为金旭日救了他们的性命，二来他相信金旭日肯定会对他们的一切进行调查，如果让他看出自己在刻意隐瞒反而不好。

金旭日听完萧宇的话，脸上浮现出一丝笑意："你很诚实，其实我来之前已经对你们的资料进行了调查。"

萧宇暗暗庆幸，自己幸亏没有隐瞒过去。

金旭日说："我有一个疑问，秦正为什么要杀你？"

萧宇犹豫了一下，金旭日笑了起来："如果你觉得不方便开口可以不说！"

"我和他曾经一起进行过黑帮买卖，他买断香江毒品市场的内幕我也知道。"萧宇不会全部说出，但是他避重就轻地说了一部分事情。

金旭日显然对秦正在暹罗的交易部分相当感兴趣："你是说秦正用军火来补足毒品款项的差额？"萧宇点了点头："他和春猜的交易的确是这么定的。"

金旭日的双目中露出异样的光芒，萧宇猛然醒悟到，金昌颉和东南亚的军火交易始终都是通过秦正进行的，金旭日是不是想甩开秦正从中获得更大的利益，一种莫名的喜悦充满了萧宇的内心，金旭日救自己显然另有目的，他是不是想通过自己打开东南亚军火销售的通路？如果真的是这样，自己一定要把握住这次机会。

金旭日并没有继续问下去，他向萧宇提出了邀请："晚上有没有空？如果你有时间的话，我会让司机接你去釜浦里观看焰火演出！"

萧宇愉快地接受了他的邀请。

晚上六点的时候，金旭日的司机驾驶着他的吉普车接萧宇，他专门为萧宇带来了一身军装，萧宇换好衣服，跟司机一起向釜浦里的方向驶去。

天色已经全黑，萧宇一边看着路两旁的风景，一边和司机用刚刚学来的两句本地语生硬地聊着，没说两句就交谈不下去了，两人都看着对方傻笑。

从军区医院到焰火的举办地大约有四十分钟的车程，吉普车在釜浦里的南部停下，这里也是一个军区的所在地，准备放焰火的地方原来是一个靶场。

本着军民联欢的宗旨，今晚除了军区的士兵以外，很多市民从釜浦里专门赶到这里，萧宇来到的时候，靶场的四周已经是人山人海。

司机带领着萧宇向靶场的东南角走去，这里临时搭起了一个三层的看台。周围有士兵把守，上面专门为军区的领导和亲属留下了位置。

金旭日已经在看台下等待，让萧宇意外的是他今天并没有穿军服，一身合体的黑色皮大衣将他魁梧的身材衬托得越发挺拔，举手投足间充满了男性的彪悍气质。看到萧宇，他微笑着走了过来。"欢迎！"他用标准的中文说。

萧宇和他握了握手，金旭日带着萧宇向看台走去，他们的位置位于看台的右侧，萧宇留意到正中的位置还没有人坐，估计是留给金昌颉将军的。

他的猜测马上就得到了证明，七点三十分的时候，两辆军用吉普车先后驶到了看台的前方，一位身材高大的中年军人从后面的吉普车上走了下来。他笑呵呵地说了句什么，前面的吉普车的门也打开了。一位身材高挑的军装少女从车上跳了下来，她的身高应该在一米七五左右，身材很好，合体的军装为她平添了几分野性和飒爽。她的黑发盘在军帽里，额前有一缕头发垂了出来，恰到好处地强调出女性特有的温柔。她的肤色很白，在黑夜中泛出象牙般的光华，萧宇在此地已经有一段时间，却从来没有见到过这么出色的少女。

她的出众之处不仅仅因为她美丽的外表，更重要的是她的身上洋溢着一种自信和高贵，这在北岛的少女中极为少见。

那个女孩看到金旭日兴高采烈地向他跑了过来，亲切地跟他交谈，一时间萧宇被冷落在一旁。金旭日好半天才想起了身边的萧宇，用本地语把萧宇介绍给了那位少女，又用中文对萧宇说："这是我的妹妹顺姬，她现在正在燕京大学读书！"

金顺姬知道萧宇是中国人，用标准的汉语向他说："你好，欢迎你来北岛玩。"萧宇心中苦笑了一声，这次来北岛游玩的代价可谓是惨痛，到现在身上还留着坐牢时的印记。

金昌颉格军也来到了他们的面前，金旭日尊敬地喊了一声："父亲！这就是我跟您提过的萧宇！"金昌颉冷冷地打量了一眼萧宇，点了点头，坐在了中间的位置上。

两名卫兵把麦克风摆在了他的面前，全场响起了热烈的掌声，金昌颉常规性地祝福了领导人然后开始讲话，他的发言很短，不到三分钟就结束了讲话。

焰火表演正式开始。金旭日和妹妹低声谈笑着，也许考虑到萧宇是客人的缘故，他们的交谈都用中文进行。金顺姬绘声绘色地讲着刚才来的路上跟父亲赛车的情形，不时露出会心的微笑。

金旭日问萧宇说："萧先生对赛车有没有兴趣？"萧宇点点头："我曾经玩过几次，可是水平不怎么样。"金顺姬笑着说："我发现中国人特别谦虚。"萧宇也笑了起来："我这是实事求是。"

一道亮丽的光芒从正中的场地上升腾而起，宣告着焰火晚会正式开始，人群开始欢呼起来。

一束又一束的烟花盛开在黑色的天幕，将整个夜空装点得分外美丽，萧宇陶醉在这难得的欢乐和祥和之中。

焰火晚会持续了四十分钟左右，接近尾声的时候，人们涌到场地的中间，开始唱歌跳舞，很多士兵也加入了他们的行列。

这时萧宇看到一名中年男子飞快地向看台的方向跑来，他扬手向看台掷出了一团东西。萧宇反应极快，他转身将金顺姬拉倒在地上，身后传来爆炸声，看台轰的一声向下坍塌，萧宇和金顺姬从五米多高的看台上跌落了下去。萧宇下意识地把她柔软的娇躯揽在怀中，他的背部重重地跌落在地上，金顺姬因为有萧宇在身下并没有受到伤害，萧宇却摔得不轻，好半天才缓过气来。

现场因为这突然的爆炸，变得混乱起来，惊恐的人们到处逃窜，一名年轻的士兵想控制现场的秩序，向天空开了一枪，这非但没有起到镇静的作用，反而让现场的人们更加恐慌。

"你没事吧？"金顺姬关切地问，萧宇摇了摇头，金顺姬扶着他从地上刚爬起来，马上又陷入滚滚的人潮中。

萧宇将金顺姬围护在怀抱中，避免奔跑的人群将他们撞倒。金顺姬关切地向看台倒塌的方向看去，她的父亲已经在哥哥和几名卫兵的保护下向汽车的方向撤离。

萧宇拉着金顺姬向汽车的方向挤去，可是人潮却将他们推向相反的位置。金顺姬忽然挣脱开萧宇的怀抱向身后冲去，从人群的脚下抱起一个被撞倒的小女孩，可没等她站起身来，人们已经将她撞倒在地。

萧宇发疯般推开人群，用身体扑在金顺姬和那个小女孩的身上，或轻或重的脚在他的身上踩落，大概过了三分钟左右，他们周围的人流才渐渐稀少，萧宇无力地从金顺姬的身上翻了下来，身体到处都是伤痕，疼痛让他的额头直冒冷汗。金顺姬扶起那女孩，确信她没有受到伤害，那女孩终于看到远处来找她的爹娘，哭着跑了过去。

金顺姬的俏脸上也沾上了不少灰尘，她试图扶起萧宇，萧宇痛苦地摆了摆手："别碰我，让我躺一会儿……"他这次的确被踩得不轻。

金顺姬担心得几乎要掉下泪来："都是我不好，不然你也不会被踩

308

伤……"萧宇勉强露出一个笑容，在她的帮助下艰难地坐了起来，他尝试着慢慢动了一下四肢的关节，骨头应该没有什么大碍，这才放下心来。

这时金旭日带着六名士兵向他们这边走来："顺姬！你有没有事？"顺姬摇了摇头："爸爸呢？"

"我让人先把他送回了军区！"金旭日这才注意到坐在地上狼狈不堪的萧宇，他呵呵笑了起来："萧先生倒真的有点像我们国家的军人！"

萧宇苦笑着说："你见过这么狼狈的军人吗？"顺姬也忍不住笑了起来。

考虑到萧宇的伤势，金旭日并没有让人把萧宇送回医院，而是邀请他去距离这里不远的家中居住。

萧宇特地往医院打了个电话，让霍远和胡忠武放心。

金昌颉将军居住的地方是一个单独的院落，大约占地三亩的庭院中建起了两个玻璃温室，一间温室内摆放着各式各样的盆景，另外一间温室中种着常见的几种青菜。

主建筑是一栋三层的平顶小楼，一楼是会客室，金昌颉和夫人住在二楼，三楼是金顺姬的闺房，金旭日住在院子东边的一栋两层楼内。

萧宇在金旭日的搀扶下来到他的小楼中，室内的布置十分简朴，金旭日扶着萧宇在客厅的沙发上坐下，为他倒了杯水。

萧宇笑着说："我做梦都没想到，你这位大校会亲自为我服务。"

金旭日笑了起来，露出一口雪白的牙齿。他打开了客厅的电视，萧宇拿起身边的遥控，按来按去始终都是一个频道，他纳闷地说："你们不会就这一个台吧？"

金旭日点点头："在我们这里只能收到国家电视台。"

这时房门被礼貌地敲响了，金顺姬换了一身民族服装，女人味十足地走了进来，她把手里的药品放在萧宇面前的茶几上："刚才还没来得及向你说谢谢！"

金旭日说："你要是真心想谢谢萧先生，就去厨房给我们做点吃的，萧先生肯定饿了！"顺姬笑着对哥哥说："恐怕是你自己饿了吧！"她转身走出门去。

金旭日为电视接上了另外一条天线，打开了卫星接收盒。

萧宇说："你这里的机关真的不少啊！"

金旭日说："只要稍微动动脑筋，无论在哪里都能和世界同步。"萧宇听出他的话里好像蕴含着另外的一层意思。

金旭日说："我跟父亲已经谈过，你们三人的身份我会尽快帮你们搞定！"

萧宇感激地点点头。

"不过以后你们可能要以另外的身份生活……"金旭日停顿了一下才说，"我会让人把你们的骨灰和死亡声明送给离岛警方，你们以前的一切将会在这个世界上彻底消失。"

萧宇清醒地认识到，天下没有免费的午餐，金旭日为他所做的一切肯定都是在为了获得更为丰厚的回报。

## 雪谷危机

顺姬的厨艺十分高超，几样简单的小菜在她的手中也变得别有风味。主食是打糕，这是他们在新年中最常见的食品。

萧宇的确有些饿了，毫不客气地吃了起来。他们吃饭的时候，电话响了，金旭日拿起电话，脸上露出笑容："投掷燃烧弹的人被抓住了！"他起身穿上大衣，"我去看看！"他嘱咐顺姬说："顺姬你带萧先生去客房休息，对了，今晚的事情最好不要向妈妈说！"

金旭日离开以后，顺姬带着萧宇来到客房，她指了指里面的洗澡间："里面二十四小时都有热水，衣柜里有我哥哥的衣服，里面的军服多数都是新的。"

她离去以前又对萧宇说："记得吃药！"

萧宇笑着点点头。

萧宇随便冲了一个澡，便躺在床上迷迷糊糊地睡了过去，醒来的时候已经是第二天上午十点多钟，身上受伤的地方已经没有了昨晚的疼痛。他从衣柜里挑出一套崭新的军服换上，这才向客厅中走去，客厅中空无一人，看来金旭日整晚都没有回来。

萧宇拉开房门，一股清冷的空气扑面而来，眼前是一个银装素裹的世界。萧宇这才知道昨晚下了一场瑞雪，他惬意地伸了一个懒腰，慢慢地迈出脚步，在雪地上踩出一个清晰的脚印，空气中仍然飘飞着雪花的碎屑。萧宇留意到门前除了自己的脚步以外，还有一串纤细的脚印。

他猜测到顺姬可能一早来过这里，大概看到自己仍然没有起床，又悄悄离去。

萧宇循着这串脚印向前方走去，脚印一直延伸到厨房的前方，一股诱人的香气从厨房中传了出来，透厨房的窗户，顺姬和一位中年妇人正在炉旁做着早餐。

萧宇笑了起来，没想到这个将军的女儿居然还是一个操持家务的好手。

顺姬显然觉察到了外面的动静，回头向萧宇的方向看来，看清是萧宇站在外面，她露出一个明媚的笑容。

顺姬来到萧宇的面前，她仍然穿着传统的民族服装，用青礞石做成的发卡将长发束在脑后，白色长裙配着胸前的红色飘带，越发显得明艳动人。

"我正想去喊你吃早餐，没想到你自己就来了。"顺姬微笑着说。

萧宇指了指自己的鼻子："有它给我带路，厨房藏得再隐秘，我都能找得到。"

顺姬带着他来到厨房，将那位中年妇人介绍给萧宇："这是我的母亲。"

萧宇恭恭敬敬地喊了一声："金夫人！"

金夫人温婉地笑了笑："昨晚的事情我听顺姬说了，谢谢你！"她的汉语有些生涩。

她把做好的早餐放在厨房内的小桌上，萧宇和顺姬连忙过去给她帮忙。

萧宇称赞说："我在很远的地方就闻到了香味，被夫人高超的厨艺给吸引了过来。"

金夫人笑了起来："萧先生很会说话啊，我只是一个没见过世面的家庭主妇，哪里谈得上什么厨艺！"

顺姬说："妈妈好谦虚啊，我和哥哥、爸爸始终都觉着妈妈做的饭是这个世界上最好吃的！"

金夫人怜爱地摸了摸顺姬的头顶："我去给你爸爸送饭，你们先吃吧！"

她端起盒盘向小楼走去，萧宇看着她的背影称赞了一声："你母亲真的是一位贤妻良母。"顺姬幸福地点了点头。

两人吃完早餐，顺姬邀请萧宇一起去麓山滑雪，金旭日事先打过电话，他已经在麓山雪场等待。

出门的时候，顺姬换上了军服。萧宇主动要求开车，按照他的说法，再不摸方向盘，就把驾驶给忘光了。

萧宇在顺姬的指点下向麓山的方向驶去，由于雪天地滑，萧宇把汽车的时速控制在六十公里以内。前往麓山的道路十分偏僻，很少有车辆通行。

逼过顺姬的介绍萧宇了解到，麓山原来是军区的军火库所在。七年前军火库废弃以后，政府把这里列为自然保护区，可是因为长期的资金不足，这里渐渐被人们所遗忘。

通往麓山唯一的道路有哨兵把守，自从金昌颉将军成为军区的统帅，这里被重新划成军事禁区。

顺姬向负责把守的士兵出示了通行证，士兵打开路障，两人开车沿着盘山公路向山顶驶去。每行进一段距离就可以看到原来修建的防御工事，因为年久失修，多数都已经坍塌。

一个小时后，两人才抵达山顶，首先看到的就是山顶的缆车。萧宇停下汽车，顺姬率先跳了下去，她兴奋地向远处缆车的方向挥手。

金旭日和一位年轻的少女笑着站在缆车的旁边，从他们彼此偶尔相望的神态就能看出，他们的关系一定非同一般。

顺姬来到那名少女的面前拉住她的双手，亲切地喊道："智贤姐！"那少女和顺姬之间相当熟悉，两人用北岛语交流起来。

金旭日笑着打量了萧宇一眼，萧宇不好意思地说："没经过你允许，擅自穿了你的军服！"

金旭日给哈大笑了起来，他拍了拍萧宇的肩膀："我这人最讨厌的就是穿军服，你只要看中，全部都送给你也可以。"

萧宇也笑了起来。

金旭日拉开缆车的大门，四人来到缆车内坐下，控制室内的士兵启动了缆车，缆车缓缓向对侧的山头驶去。

金旭日介绍说："对面叫春香峰，那里有一个天然的雪场！"他不无得意地说，"是我第一个发现的，只有少数几个人知道那里！"

顺姬说："哥哥今天除了请我们滑雪外还准备了什么？"

金旭日故作神秘地说："保密！"

萧宇留意到，金旭日说话的时候，那名叫李智贤的少女始终用崇拜的眼光看着他。

顺姬问起昨天晚上的事情："哥哥，昨晚那个人抓住了没有？"

金旭日点了点头："已经抓住了，不过没问出什么结果，他原来也是一名士兵，根据他的资料显示，这人有精神强迫症。"

顺姬叹了口气说："不知道他为什么这样仇恨父亲？"

金旭日说："父亲在部队中难免会有敌人。你放心，我已经让人把他关了起来，他以后都不会对父亲造成任何伤害！"

萧宇不由自主地想起自己在地牢中那三个月暗无天日的时光，内心中嗟叹不已。

缆车在春香峰停下，峰顶除了一间木屋再也找不到别的建筑。金旭日打开木屋的房门，里面有他事先准备好的滑雪用具。

金旭日和李智贤显然事前做好了充足的准备，滑雪衫、护目镜一应俱全。反观萧宇和顺姬两人都是军装上阵，相比之下多少显得有些简单。

萧宇笑着说："如果我们两人再披上一斗篷，别人一定以为我们在拍《林海雪原》！"

金旭日和顺姬对中国的这部小说都十分了解，齐声笑了起来。

金旭日说："我和智贤一组，你和顺姬一组，我们比试一下谁先到山下的小屋。"

"好哎！"顺姬兴高采烈地说。

四人装备齐全，站在峰顶的同一起跑线上，金旭日提醒说："这山坡虽然地势平缓，可是有几个转弯处仍然有一定的危险，你们一定要注意安全！"

"知道了！"顺姬撑起雪杖，已经率先向山坡下冲去，她的技术相当娴熟，转眼间已经将其他人抛开二三十米的距离。

金旭日和萧宇三人几乎同时起动，萧宇的滑雪技术还是在燕京那会儿练的，去离岛后基本上没有太多的机会接触到这项运动，和金旭日他们这些能算上专业的选手比起来，根本不在一个档次上。

虽然金旭日的本意是分成两组比试，可是比赛一开始每人都各自为政，争先恐后地向山下冲去。

萧宇拙劣的技术马上就显现了出来，刚想提速，就因为控制不好，连续在雪地上跌了两个跟头。等他爬起来重新开始的时候，在他的视野中，前面的几个人早就变成了小黑点。

反正是没有胜利的希望，萧宇干脆放慢了速度，随着他对技术的逐渐掌握，他的速度也在不断加快，等他滑到山下的时候，他对滑雪的诀窍和技术已经熟悉了很多。

金旭日三人在前方已经等了他很长时间，萧宇有些不好意思地说："我水平太次，能滑下来已经是最大的进步。"

金旭日笑着说："这只是开始，下面还有很长的雪道！"

萧宇充满信心地说："这次应该不会被你们落这么远！"

顺姬这次也放慢了速度，在一旁指点萧宇滑雪的技术要点，萧宇在她的帮助下提高很快。金旭日和李智贤和他们的距离已经拉开了很远。

萧宇笑着说:"我看出来了,你是故意给你哥哥和李智贤创造机会!"

顺姬笑着点点头:"我知道哥哥很喜欢智贤姐,可是他从来没有向智贤姐表白过!"

"看你哥哥的性格,应该不是那么害羞的人?"

顺姬说:"他在这一点上受爸爸的影响太多,总认为男子汉应该把事业放在第一位,感情的问题必须为事业让路,而且……"顺姬犹豫了一下还是说,"智贤姐的父亲在十年前逃往了青川,我爸爸一直都反对哥哥和她交往。"

萧宇说:"金将军这么封建?现在都什么时代了,到处都提倡恋爱自由。"

顺姬叹了口气说:"其实一切还在我哥哥自己,只要他表明喜欢智贤姐,我和妈妈都会支持他!"

萧宇猜测到金旭日之所以不对李智贤表露感情,更重要的原因可能是他考虑到自己的前途,和李智贤这种有污点的人相恋,对于他的未来没有太多的好处。

萧宇稍稍一分神,脚下又是一绊,在雪地上摔了个四脚朝天。顺姬看到他狼狈的样子,忍不住大笑了起来。

萧宇故意板起面孔:"还笑?都是你这个教练不称职!"

"呵!还是怪你自己太笨!"顺姬伸手拉着萧宇从雪地上爬了起来,这时看到远处的金旭日和李智贤也停了下来。

两人来到他们的跟前,才知道李智贤不小心扭到了脚踝。

"我来背你!"金旭日摘下滑雪板,他背起李智贤向山下走去,李智贤羞涩地垂下面孔。

顺姬和萧宇对望一眼,都露出了会心的微笑。

李智贤的意外受伤,让他们不得不暂时放弃了继续滑雪的计划。可是这里距离山下大约还有五公里的距离,而且山上到处都是厚厚的积雪,依靠步行估计要一个下午才能到达。

他们商议后决定,由顺姬和萧宇先滑雪到山下的小屋,那里有金旭日准备好的电动雪橇。他们可以驾驶雪橇回来接应金旭日和李智贤。

小屋在山脚下的密林中，如果不是顺姬此前曾经来过，别人应该很难找得到这里，可是房间的后面并没有找到金旭日所说的电动雪橇。

顺姬奇怪地说："这里不应该有其他的人来！"

萧宇和顺姬来到小屋中，房间内被翻得一片狼藉，食物和衣服扔得到处都是。

"一定有人来过！"萧宇警惕地说，他从地上捏起一个烟头。烟蒂的部分仍然有些潮湿，看来这个不速之客并没有离开这里太长的时间。

萧宇拉开了墙角的壁橱，里面空空荡荡，顺姬啊了一声："里面应该有把猎枪的！"

萧宇隐隐觉着情况变得严重起来，他大声说："我们必须马上离开这里！"

外面忽然传来引擎发动的声音，萧宇透过门的缝隙向外望去，只见四辆电动雪橇从远处向木屋的的方向冲来，每辆雪橇上都坐着一名穿着白色滑雪衣的男子，他们的身上装备着小型冲锋枪。

萧宇马上意识到，眼前的一切绝不是演习。

顺姬也看到了外面的情况，她迅速推开了壁橱，拉开下面地木扳，一个洞口出现在他们的面前。

两人沿着木质扶梯走了下去，萧宇的身体刚刚进入洞口，一串密集的子弹就穿透了墙壁。

这条地道一直通住密林深处，萧宇拉着顺姬从积雪下爬出。从他们的位置刚好可以看到远处的小屋，那几名男子扑了个空，已经从小屋中出来，他们分头展开搜索，萧宇粗略地算了一下，对方至少要有八辆雪地摩托车。

顺姬紧张地说："怎么办？"

萧宇看了看身边的松树，果断地说："爬上去！"

他让顺姬踩着他的肩膀爬上松树，他也跟在顺姬的身后，两人偎依在一起，借着松树的枝丫将身体隐藏起来。

一辆雪橇向着他们藏身地位置搜索而来，萧宇趴在顺姬的耳边小声说："抱紧树枝……"

当雪橇驶过树下的时候，萧宇猛然放开树枝，从高处跳了下去，他的双脚准确地踢在了那名驾驶雪橇男子的肩头，那名男子被他踢得飞了出去，重重摔倒在三米以外的雪地上。雪橇失去了控制，倾斜着沿雪地滑行。

萧宇顾不上身体的疼痛，抢在那名男子拔枪以前，又冲了上去，一拳狠狠地击中他的下颌。那名男子并没有丧失战斗力，他从靴筒中拔出匕首，全力向萧宇的心口扎来。萧宇握住他的手腕，用力向下掰去。

对方的力量稍稍逊于萧宇，两人在雪地上来回翻腾，萧宇慢慢将刀锋压向对方的颈部，锐利的刀锋割断了对手的颈动脉，鲜血从伤口射了出来，将两人身下的雪地染成一片殷红。

顺姬被眼前的场景吓得闭上了眼睛，直到萧宇喊着她的名字，她才敢睁开双目。顺姬从树上慢慢地下来，萧宇迅速启动了电动雪橇。

他从死去男子的身上扒下了滑雪衣穿在身上，又把冲锋枪和军刀拾了起来。

两人向山顶的方向驶去，也许是刚才男子临死前的惨叫引起了同伴的注意，七辆电动雪橇同时向这边树林的方向冲来。

电动雪橇要比滑雪板好驾驭得多，萧宇将油门开到最大，雪橇闪电般向山头冲了上去，他必须尽快和金旭日会合。

金旭日也听到了远处的枪声，他马上判断出这是冲锋枪发出的声音，他抱起李智贤，第一时间来到前方雪谷中一个隐秘的藏身之处，从这里刚巧可以看到他们刚才的停留地点。

"你在这里等我！我去山下接应他们！"金旭日拔出了手枪，自从他入伍以来，无论什么时候，手枪都不离他的左右。

"旭日！我……好怕！"李智贤楚楚可怜地说，金旭日咬了咬牙，留下李智贤独自在这里，他的确也不放心。

就在这时，他忽然听到头顶传来直升飞机的轰鸣，一架军用直升机出现在远处，在距离地面还有五米左右的时候，六个身穿白色滑雪衣的男子从飞机上跳了下来，他们的脚上已经穿好了滑雪板，他们一落在雪地上，便迅速向金旭日的位置冲来。

如果只有金旭日自己，他完全有信心甩开这帮歹徒，可是现在他的身边还有行动不便的李智贤，这已经足以让他们陷入困境。

李智贤显然也意识到了这一点："旭日！你走吧，别管我！"

金旭日倔强地摇了摇头，他的手枪瞄准了冲在最前方的歹徒，枪声过后，那名歹徒从高处滚落下来。

金旭日拉着李智贤向雪谷的深处跑去："你放心，我会保护你！"

萧宇驾驶着电动雪橇穿行在密林之中，只有这样他才能有效地躲过对方不停的射击。萧宇把冲锋枪递给了顺姬："还击！"

金顺姬一手搂住萧宇的腰部，单手控制冲锋枪向对方还击，她虽然经过系统的射击训练，可是在不断颠簸的雪橇上，而且冲锋枪的后坐力相当大，子弹多数都倾泻在雪地和树丛中。

"抱紧我！"萧宇大喊一声，前方出现了一个陡坡，他将油门加到最大，金顺姬下意识地抱紧了萧宇的身体，雪橇冲上了坡顶，可随即又出现一个高约七米的高台，萧宇驾驶着雪橇从高处稳稳地落在下面的雪地上。

他出乎意料地调转了雪橇的方向，将雪橇靠在高台的底部，然后从顺姬的手中接过冲锋枪。

在他身后紧追不舍的两辆雪橇也从高台跃了下来，萧宇瞄准了雪橇的底部，将冲锋枪内的子弹全部射了出去，子弹击中了油箱，两辆雪橇在空中爆炸，熊熊的火球翻腾旋转着落在他们的前方。

萧宇驾驶着雪橇继续前进，身后其他的歹徒并没有放弃对他们的追杀，剩下的五辆雪橇散开队形，向他们包抄而来。

天空这时又下起雪来，雪花迎面打在他们的脸上，几乎让他们无法睁开眼睛，追逐的双方明显减慢了他们的速度。

远处传来接二连三的枪声，萧宇和顺姬都明白，金旭日肯定也遇到了危险。

雪橇内的燃油已经不多了，萧宇把雪橇开入前方的树丛，他迅速熄灭了引擎，拉着顺姬在雪地中趴伏了下来。

越来越大的风雪，有效地隐藏了两人的行踪，对方在树丛前忽然失去了目标，他们也不敢冒险走入树丛，生怕萧宇在里面设下圈套。在树丛周围来回搜索了几趟，然后向山上驶去。

直到确信敌人已经完全散去，两人才从雪地上站起身来。

萧宇和顺姬在风雪中辨明了刚才枪声响起的方向，两人再次启动雪橇向前方驶去。

金旭日依靠地形的优势射杀了两名歹徒，他枪内的子弹也已经所剩无几，直升飞机盘旋在他们的上方，用前照灯指明了他们所处的位置。

远处传来电动雪橇的引擎声，歹徒从不同的方向将这小小的雪谷包围。直升飞机飞得很低，螺旋桨将地上的雪花吹得倒着飞舞起来，金旭日拥住李智贤拼命向前逃去。

敌人显然没有开枪的意思，看来对方的真正意图是想活捉他们。金旭日把手枪塞到李智贤的手中："在这里等我！"

他转身冲向身后的拐弯处，一辆电动雪橇已经率先抵达了那里，正在开始转向。金旭日从腰间抽出军刀，瞄准驾驶者闪电般投掷了出去，刀尖深深地插入了对方的额头，那小子连声音都没发出，就跌落在雪地上。

失去控制的雪橇摇晃着撞在冰雪覆盖的山岩上，随着一声惊天动地的巨响，整个雪橇炸得四分五裂。金旭日叹了口气，他想从敌人手上夺下雪橇的计划顿时落空。

一名歹徒踩着滑雪板，从金旭日旁边的雪坡上一跃而下，金旭日没等他落在地上，身躯已经全速冲了上去，一拳重重地打中对方的小腹，将那小子打得向后仰翻了出去。他抢在对方没有起身之前，双手狠狠地扼住了他的咽喉，对方的双腿在不断地抽搐，慢慢失去了所有的动作。

金旭日从他身上解下冲锋枪，这时两辆雪橇又已经来到他的面前，金旭日的强悍已经激起了对方的凶性，两名歹徒同时扣动了扳机，金旭日一个连续滚翻藏身在雪岩的后面，子弹打得身前积雪乱飞。

金旭日利用岩石有效地掩护了自己的身体，他瞄准对方连续射击，两名歹徒没能逃过他的子弹，惨叫着撞在了一起，两辆雪橇间剧烈的撞击让爆炸声再度响起，火焰已经将后方的道路完全封锁。

萧宇和顺姬看到了前方因为爆炸而燃起的火光，顺姬担心地说："哥哥……"萧宇加快了行进的速度，可是来到雪谷的入口才发现大火已经将入口封死，暂时无法从这里进入。

萧宇沿着旁边的雪坡向上驶去，行驶到最高处的时候，他们看到了前方正在缓缓降落的直升机，四名荷枪实弹的歹徒挟持着一位少女登上了飞机。

萧宇看得清清楚楚，那名少女是李智贤。金旭日拿着冲锋枪从雪谷地出口冲了出来，他发疯般向直升飞机的方向追去。

"你留在这里！"萧宇大声对顺姬说。顺姬刚从雪橇上下来，萧宇就加大油门向金旭日的方向冲去。

直升飞机已经开始缓缓升空，金旭日因为奔跑得太急，一个不小心摔倒在雪地上。萧宇的雪橇几乎在同时到达了他的身边。"上来！"萧宇大喊说。

金旭日爬上雪橇："智贤让他们抓走了！"

萧宇以最快的速度向直升飞机追去，两人抵达飞机下面的时候，飞机已经爬升了大约十米左右，已经失去了救回李智贤的希望。

金旭日发出一声懊悔的大叫，愤怒的子弹全都倾泻在天空中，直到耗尽最后一颗子弹，才远远地把冲锋枪掷了出去。

李智贤的被抓，让金旭日兄妹的情绪都变得异常低落，三人驾驶雪橇来到山顶小屋的时候，已经是下午四点二十分。

金旭日始终没有说话，顺姬不无担心地看了看哥哥："智贤姐一定会没事的！"

金旭日用力咬了咬嘴唇："他们的目标不是智贤！"

萧宇也看出了这一点："歹徒似乎想利用智贤来要挟你。"

金旭日点了点头："他们一定会主动找我联系。"

回去以后，金旭日将李智贤被抓的事情一五一十地告诉了父亲。金将军的神情显得有些严峻，从昨晚的爆炸到今天的绑架，短短的二十四小时内接连发生了两起暴力事件，这在和平年代中显得不同寻常。

"我担心他们是冲着 K3 来的……"金旭日小声说。

金将军的脸上浮现出一丝愤怒的神情，他冷冷地说："你也不要妄加猜度，更不许把这件事告诉任何人！"

"可是，智贤已经落在敌人手里……"金旭日担心地说。

金将军怒视儿子："我可以告诉你，即便他们真的是冲着 K3 来的，我也不会用它来做任何交易！"

金旭日无力地垂下头去，父亲的话让他几乎看不到希望。

三天过去了，对方并没有和金旭日联系，金旭日明显憔悴了下去，向来注意仪表的他也开始变得不修边幅起来，他的情绪也开始变得急躁。

萧宇在顺姬的请求下，决定劝一劝他。

"也许敌人正想看到这种结果，在你还不知道他们真正的目的以前，就将你的精神完全摧垮！"萧宇慢慢地说。

金旭日点了点头，他明白萧宇所说的道理，可是他根本控制不住自己的情绪，他苦笑着说："你们有句老话'关心则乱'，我现在就是这个样子！"

萧宇说："我当初之所以败得很惨，和你今天的局面惊人的类似！"

金旭日睁大了眼睛。

"我的一位朋友给我上了一堂有生以来最深刻的教育课……"萧宇点燃了一支香烟，"他充分利用了我心理上的弱点，在我意志力最为薄弱的时候给我致命一击。"

金旭日说："所以你才会来到这里？"

萧宇重重地点了点头："也许在他的字典里，我已经成为了一个死人……"他望向金旭日，"如果我没有遇到你，恐怕已经成为了一个真正意义上的死人。"

金旭日说:"我也刚刚知道自己对智贤的感情竟然是这么深,我甚至不敢想象,如果我真的失去了她,以后我该怎样去生活。"

"对方看来很了解你,至少他们清楚你对李小姐的感情,这已经成为他们最大的资本!"

金旭日陷入了沉思,过了很久他才说:"为了智贤,我可以牺牲一切!"

五天后,金旭日收到了敌人的第一个电话,让他意外的是,对方并没有提出什么过分的要求,只是让金旭日拿出一百万美元来交换李智贤的性命。

金旭日在这件事的问题上没有向父亲做任何隐瞒,他把对方的要求一五一十地告诉了父亲。

金昌颉皱了皱眉头,他敏锐地觉察到了这件事绝不像表面上看上去这么简单,绑匪费了这么多的周折就是为了这笔钱?

他不相信。

"爸爸,智贤对我真的很重要!"金旭日大声说。

"你对我一样很重要!"金昌颉说,"我有种预感,他们不仅仅是为了拿钱这么简单,利用智贤可以要挟你,利用你一样可以要挟我。"

金旭日有些愤怒地说:"难道您对智贤打算不闻不问了吗?"

金昌颉冷冷地说:"作为你的父亲,我绝不可以让你去冒险!他们提出让你亲自去交易,而且随从不可以超过两人,这摆明了就是想利用智贤这个诱饵把你引入圈套,如果抓住了你,他们会提出进一步的要求!"

金旭日失望地看着父亲:"你的眼里只有你的 K3 计划!"他重重地关上了房门,向外走去。

金将军为了阻止儿子私下采取行动,他让手下没收了金旭日所有的通讯工具,将他软禁在小楼中,在这件事没有结束以前,不允许他离开小楼半步。

萧宇对金将军的做法,在私下一直持赞同的态度,如果金旭日不顾一切地去救李智贤,只会让形势继续恶化下去,金将军现在的做法,肯

322

定会打乱对方原有的计划。

金旭日被软禁后第三天下午，顺姬忽然来到了医院，当时萧宇和霍远正陪着胡忠武聊天，看到她一脸焦急地闯了进来，一种不祥的预感涌上萧宇的心头。

"萧宇，我哥哥他去救智贤姐了……"顺姬急得就快哭出来。

萧宇安慰她说："别急！慢慢说，怎么回事？"

"上午的时候，有人给我打电话，我本来以为他打错了电话，可是他把电话给了智贤姐……"

萧宇已经猜出发生了什么："你把这件事告诉了你哥哥？"

顺姬点了点头："我根本没想到他会击昏守卫跑了出去。"

"他们对你说了什么？"

"他们说如果再见不到钱，就把智贤姐从直升飞机上扔下去！"顺姬心有余悸地说。

萧宇身躯一震，难道绑匪选择的交易地点仍然在麓山？他拿起衣服："我们走！"霍远也站起身来："我跟你们一起去！"胡忠武虽然也想跟着去，可是考虑到他的身体状况，萧宇和霍远阻止了他。

萧宇说："你把这件事告诉金将军没有？"顺姬摇了摇头："爸爸在军区观看演习，暂时无法联系上他，我已经通知了军区的警卫团，他们已经开始寻找哥哥了。"

萧宇启动了汽车的引擎："我有种感觉，他们的交易地点仍然会选择麓山！"

霍远笑着说："不管去哪里，我们最好先准备好武器，赤手空拳可干不过那帮穷凶极恶的绑匪。"

顺姬说："麓山还有一个小型的军火库，那里的负责人是我哥哥最好的朋友朴恩普，我们可以到他那里寻求帮助。"

萧宇点了点头，驾驶汽车全速向麓山的方向驶去。

## 绑架背后

萧宇一行到达麓山军火库的时候，朴恩普已经在门前等待，他长着一张典型的国字方脸，身材不高，但体格十分健壮。

顺姬在电话中已经将金旭日失踪的消息告诉了他，朴恩普指了指身后的军用吉普车："武器和炸药我全都准备好了，现在我们就可以出发！"

萧宇他们到达山顶缆车停靠的地方，看到两辆缆车仅仅剩下一辆还在原地，从负责看守的卫兵口中他们知道，金旭日在一个小时以前已经前往对面的春香峰。

朴恩普从车上取下白色迷彩服、避弹衣和武器，萧宇一边穿避弹衣，一边对顺姬说："我们三个去找你哥哥，你最好再和金将军联系一下，让他派直升飞机接应我们！"他的本意是不让顺姬涉入险境。

金顺姬却倔强地摇了摇头："我的枪法不在你们任何一个之下，我一定要去救我哥哥！"萧宇看了看朴恩普，想让他劝阻一下顺姬，没想到朴恩普点了点头："让顺姬去吧，多个人手，就多一份力量。"

他们把联系援军的任务交给了负责看守缆车的卫兵，然后开动缆车向对面的雪峰驶去，朴恩普带来的武器是比利时生产的单兵自卫武器 P90 短步枪，火力和射击精确度都相当出色，口径 5.7mm，枪体长度 500mm，空枪重 2.8kg，弹仓容量 50 发，子弹初射速 850m/s，有效射程 150m。霍远在部队中就接触过这种武器，他把使用的要点教给萧宇。

朴恩普看到霍远熟练的动作，不无欣赏地说："看来你是个行家！"

萧宇笑着说："这方面对他来说只是小儿科！"

谈话间，缆车已经到达了目的地，因为没有落雪，他们很快就找到了金旭日的脚印，他看来是一路前往木屋，从那里取了滑雪板然后又去了山下。

四人迅速装备好滑雪用具，沿着金旭日留下的痕迹向山下滑去，萧宇的水平比起上次来的时候进步了许多，他没想到霍远的滑雪技巧居然十分出色。霍远笑着说："我以前在特种部队的时候，去新西兰受过专门的训练！"

转过第一个雪谷，朴恩普利用电子望远镜查看了一下远方的形势，从这个位置，可以清晰地看到山下的一草一木。

朴恩普果然看到了位于两公里外的金旭日——他身穿黑色皮衣，坐在一个黑色的皮箱上，正在抽烟，看得出他仍然没有和绑匪会面，正在等待中。

朴恩普把望远镜递给了顺姬："旭日现在很安全。"顺姬也长长地舒了口气，她准备向哥哥的方向滑去："我去找他！"

萧宇一把拉住了她的臂膀："别忙！把周围形势看清了再说！"

朴恩普忽而轻轻地咦了一声，压低声音说："他后面的树林中好像有反光！"霍远接过望远镜向他所指的方向看去："好像不止一个……"他仔细观察了一会儿，"树林的东西两侧埋伏了两名狙击手！"

每个人的表情都变得凝重了起来，如果他们贸然冲下去，估计没等到达金旭日的身边，就会被狙击手无情的子弹射穿。

"必须先把狙击手干掉！"萧宇果断地说。

朴恩普点点头："我们可以绕到他们的后方，用同样的手段干掉他们！"他指了指身后的巴雷特M82A1狙击步枪。

霍远说："这对我们很关键，两名枪手的位置相互呼应，我们必须在他们身后的位置，一分钟内同时把他们干掉，如果其中一个侥幸逃过狙击，金旭日的生命就会受到威胁！"

萧宇没有说话，他自问没有这样的把握。

"我去！"顺姬主动请缨，"我有把握在一分钟之内将他们射杀！"

朴恩普把狙击枪递给顺姬，萧宇说："我跟你一起去。"

顺姬点了点头。

霍远说："你们干掉狙击手后，马上埋伏在东边狙击手藏身的位置，负责对出现的绑匪进行狙击。"

萧宇和顺姬取下滑雪板，向两名狙击手身后的高地走去，他们必须时刻注意隐藏自己的位置，以免被狙击手发现自己的影踪。

身上的白色迷彩服在这时起到了作用，茫茫雪地有效地掩饰了他们的行动。

十五分钟以后萧宇和顺姬成功地绕到了目的地。顺姬迅速卧倒在雪地上，用狙击步枪瞄准了西侧的狙击手，她还是第一次用实弹夺去别人的生命，萧宇感觉到了她内心的紧张。

"你一定行！"萧宇低声鼓励她，顺姬看着他温暖的眼神，终于用力点了点头，子弹穿进消声器向目标飞去。

顺姬马上就闭上了眼睛，然后迅速把枪口调转瞄准另外一个，萧宇从望远镜中，已经清楚地看到子弹穿进了对方的颧骨，顺姬再次扣动了扳机，东侧的那名狙击手也应声倒了下去。

顺姬近乎虚脱般趴倒在雪地上，萧宇用力地拥住她的肩膀，顺姬的娇躯在微微地颤抖。

时间对他们来说就意味着一切，萧宇拉住顺姬迅速向东边狙击手所在的位置跑去，顺姬几乎是闭着眼睛，跟在萧宇的身后跑完了全程。

萧宇把狙击手的尸首移到顺姬视线看不到的位置，把沾满鲜血的雪地掩盖住，顺姬这才睁开了双目。

负责交易的绑匪仍然没有出现，金旭日手中的香烟已经抽完，他把空空的烟盒捏扁，然后扔在了脚下，看得出他的情绪十分焦急。

萧宇通过小型MX300R无线电话将顺利干掉狙击手的消息传递给了朴恩普和霍远。朴恩普说："绑匪出现后，我们就开始行动，你和顺姬负责掩护我们。"

又等待了大约十五分钟，他们终于听到直升飞机的轰鸣声，金旭日竖起了衣领，他抬头向天空中看去，一架民用直升机正在向他的位置靠近。

直升机降落在距离他五十米左右的地方，金旭日始终站在原地没有移动位置，他仿佛在等待着什么。

四名全副武装的蒙面军人率先走出了直升机的舱门，金旭日已经看到了舱内的李智贤，她的双手被反绑在身后，嘴上被塞着白色的布团。无名的怒火充斥着金旭日的内心，这帮绑匪竟然这么粗暴地对待自己的爱人。

一个身穿黑色滑雪衫的中年男人跟在四名歹徒的身后向金旭日走来，他的脸上洋溢着得意的笑容。

"金先生！"他主动向金旭日伸出手去，金旭日冷冷看了看他，并没有回应的意思。中年人有些尴尬地缩回手去。

金旭日把皮箱放在对方的面前："你可以清点一下，三百万美元，分文不少！"

中年人看了看皮箱，却呵呵笑了起来："如果金先生愿意，我可以付给你十倍的价钱！"

金旭日愤怒地吼叫起来："你什么意思？"

"其实金先生应该明白，我的真正目的并不在于钱……"

中年人靠近金旭日的身边："你给我K3的资料，我不但把李小姐还给你，还会往你的户头打入三千万美金！"

"做梦！"金旭日愤怒地回绝说。

中年人笑了起来："我本来以为年轻人会更容易沟通一些，没想到金先生让我失望了。"

他使了个眼色，四名手下用枪口同时指向金旭日。

金旭日冷笑着说："你是不是想绑架我？"中年人毫不掩饰地点点头。

金旭日慢慢地解开了皮衣，他的身上缠满了炸药，所有人的脸色同时都变了，金旭日慢慢地向中年人走去："如果你开枪，我们就会同归于尽。"

突然变化的局势，让萧宇一方也没能估计到，他佩服金旭日胆魄的同时，也不禁暗暗担心，这种僵局并不利于问题的解决。

中年人慢慢向后退去，他的目光向萧宇的方向望来，萧宇用力握住顺姬的手，以免她轻举妄动。

中年人显然是在等待着狙击手的出击，可是他没有想到潜伏的狙击手都已经被萧宇他们干掉。他的神情显得有些紧张："金先生……我们可以谈谈……"

金旭日冷笑着说："我跟你没有什么好谈的，赶快把智贤放了！"他大声地命令说。

中年人向身后做了一个手势，李智贤在一名卫兵的押解下离开了直升机。那名卫兵解开了绑在李智贤身上的绳索，李智贤拉出塞在嘴里的白布，哭着向金旭日跑来，金旭日搂住了李智贤的娇躯，他大声命令说："扔下所有的武器，滚回直升飞机里去！"

霍远通过无线电话低声说："阿宇，只要对方扔下武器，我们马上就开始发动攻击！"萧宇拍了拍顺姬的肩膀，她用狙击枪瞄准了那名中年人。

绑匪依照金旭日的话扔下了武器，李智贤仍然显得十分恐惧，她躲在金旭日的身后，顺姬忽然从瞄准镜中看到一个不可思议的画面。

李智贤居然从腰间拿出了一把手枪，用枪托狠狠地砸在金旭日的脑后，金旭日的身体摇晃一下昏倒了过去。

事情变化得太突然，顺姬甚至没来得及做出反应，不仅仅是她，包括萧宇在内的所有人都变得目瞪口呆。

李智贤神情复杂地看了地上的金旭日一眼，向中年男人命令说："把他带上飞机，援军应该很快就会到来！"

顺姬流着眼泪想冲出去，却被萧宇一把给压在身下，用手捂住了她的嘴唇，低声说："你哥哥已经落在他们的手里，我们现在出去，只会给他造成危险！"

顺姬无声地啜泣起来，朴恩普在此时也打来了电括："停止一切行动……"他已经意识到，如果贸然出击，势必会影响到金旭日的安危。

卫兵解除了金旭日身上的炸药，然后把他抬上了直升机，李智贤在风中轻轻抚摸了一下自己的短发，转身也进入了机船内，直升机迅速爬升到空中，向着东南的方向飞去。

二十分钟以后，金昌颉将军派出的援军才到达了现场，除了金旭日身上的那些炸药他们没有找到任何东西。

金将军板着面孔在客厅中来回地踱步，他并没有将金旭日被劫持的消息散播出去，和这件事有关的萧宇、霍远、朴恩普都坐在客厅的沙发上，他们在等待着金昌颉将军的问话。顺姬并不在现场，儿子的事情已经很让金将军头痛，他不想让女儿也牵涉其中。

"我们军方正在研制一件秘密武器，旭日的被绑架和这件事一定有关。"金昌颉皱着眉头说。

朴恩普忍不住问："将军，我们为什么不动用军部的力量，找出旭日的下落？"

金昌颉摇了摇头："这件事情很复杂，我不想太多的人牵涉到里面来！"萧宇已经猜测出，这件事肯定和金昌颉私自倒卖军火有关，他之所以不让军部介入，是害怕自己的事情被暴露出去。

金昌颉的目光停留在萧宇的身上："根据空军方面的消息，旭日很可能被绑架到了青川！"

他把一个文件袋放在萧宇的面前："根据我现在掌握的情况，李智贤可能是青川的特工，她一直潜伏在这里就是为了通过旭日获得我们军方的绝密资料……"他的表情显得十分愤怒，"可恶的是，她居然利用了旭日的感情！"

他盯住萧宇："我想让你帮我来做这件事！"

萧宇淡淡笑了起来，金昌颉并不明白他微笑的含义："你不愿意？"

萧宇摇了摇头："金大校曾经救过我的性命，这件事于情于理我都义不容辞。"金昌颉说："只要你们能够顺利救出旭日，我会在事后给你们一笔额外的报酬。"

萧宇说："我们不需要任何额外的报酬，您对我们所做的已经很多。"金昌颉有些感动地点点头，他转向朴恩普说："你是旭日最好的朋友，我希望你能够加入这次的行动。"

朴恩普毫不犹豫地说："您放心！我会全力配合萧先生的行动！"

金昌颉说："我会尽快为你们准备好需要的一切，你们务必要赶在对方察觉以前救出旭日。"

两天以后，萧宇和霍远、朴恩普一行在青川仁川机场降落，胡忠武虽然身体已经就快康复，可是金昌颉并没有让他一同前来，这在萧宇的内心中不免留下了一道阴影，他知道金昌颉多少有留下胡忠武要挟自己的意思。

甫下飞机，踏上那气势恢宏的国际机场，每个人的心中都暗自感叹青川现代化及文明程度之高。廊桥铺着高级地毯，其通透明亮的结构，令你可以透过廊桥一睹机场美轮美奂的轮廓，到达大厅内一眼望不尽的连廊窗明几净，一尘不染。

机场触目可见城市的标志和售卖各类民族纪念品的小摊，最有特色的是，沿着到达大厅的墙边，竖立着世界各国的国旗，国旗的下方用该国的文字写着"欢迎"。

三人在机场的门前拦了一辆的士，没等他们上车，一位戴着墨镜的妙龄女郎已经先把行李扔在了后座上。

霍远气不打一处来，大叫道："有没有搞错……"

那女孩甜甜笑了起来。

"顺姬！"萧宇和朴恩普几乎同时大声喊了起来，他们没有想到会在这里碰到顺姬。

顺姬摘下墨镜，微笑着向他们打了个招呼，她的不请自来，的确让萧宇有些头痛。

"我和你们一班飞机！"顺姬解释说。

朴恩普叹了口气："将军如果知道，一定会很担心！"

"我自己可以照顾自己！"顺姬已经坐在了出租车的后座上，萧宇和霍远对望了一眼，无奈地摊开双手，既来之则安之，只好让她暂时跟着他们。

他们马上发现顺姬的出现对他们来说是件好事，朴恩普的价值观完全和他们不同，依照萧宇本来的意思，肯定要找一家五星级酒店休息，可是看朴恩普一脸心疼的样子，恨不能找间街边的小旅馆歇脚。

这时顺姬的意见就显得格外重要，在她的倡议下，几人选择了折中的方案，入住了一家三星级宾馆。

这间名为"始兴观光大酒店"的宾馆，无论外观还是内景都十分别致，有种高雅古朴的风味。

顺姬自然是一个人一间房，朴恩普说什么都要找一个三人间，嘴上说相互之间可以照应，其实是打心底想省钱，气得霍远直咬牙，真没看出这小子这么小家子气，早知道这个样子，根就不该答应让这小子跟着一起来。

趁着朴恩普在房间里算账的工夫，霍远悄悄把萧宇拉到一旁："我看出来了，朴恩普这小子八成把吃糠咽菜的精神带来了，咱们兄弟这次算完了。"

萧宇笑着说："其实他人挺不错，你还是多看看人家的长处。"

霍远叹了口气："我还不知道你小子，不出两天你准跑到隔壁去睡了，倒霉的还不是我。"

萧宇恶狠狠瞪了他一眼："你有没有正行？少侮辱我高尚的道德情操！"

霍远咧开嘴呵呵乐了起来："别把自己说得跟个圣人似的，你那点道德情操只对男人管用！"

萧宇无可奈何地摇了摇头，这时顺姬过来找他们，霍远得意地向萧宇挤了挤眼睛。

"东西都放好了？"萧宇笑着问，顺姬点了点头，她是过来喊萧宇他们一起吃晚饭的。这时听到朴恩普乐呵呵地大喊："原来这里的早餐都是免费的，可以省下一笔开支呢！"霍远痛苦地捂住了脑袋。

顺姬也不禁莞尔一笑，朴恩普这才看到顺姬过来，有些不好意思地走了过来："该吃晚饭了，冷面怎么样？"这下连萧宇都受不了了，差点没把刚喝到嘴里的茶给吐出来。

朴恩普挑选了一家距离酒店不远的面馆，他看中这里不单是因为这里的面价便宜，更重要的是因为这里有免费的泡菜奉送。

看着大吃特吃的朴恩普，三个人仿佛都失去了食欲，草草地吃了一点，就等着朴恩普结账走人。朴恩普付账的时候还和店主讨价还价了一番，顺姬实在怕看到周围人异样的眼光，先走出店去。

按照他们原来的计划，晚上七点钟会去"传山练歌房"和一位北岛的特工会面，他们因为担心金旭日的安危，提前半个小时就到达了那里。在酒店的时候朴恩普就已经预定了这里的 307 号房间，等到达目的地才知道要一万青元一个小时，从他的表情就可以看出他肉疼到了极点。

霍远暗暗发笑，他悄悄地到吧台点了些零食和饮料，想趁着这个时机，好好地宰这小子一刀，让他真正体会一下，什么叫纸醉金迷的生活。

点歌房内的歌曲相当齐全，香江和离岛的一些流行歌曲这里基本上都有。萧宇漫不经心地浏览着歌曲的名单，林诗诗的名字忽然闪了过去，萧宇又重新退回上一页，看着林诗诗娇美的容颜，一种无可名状的复杂感受涌上了他的心头。

这次的行动对他来说尤为关键，如果成功救出了金旭日，他就能够取得金氏父子的信任，进而可以依靠他们的力量东山再起；如果失败，不但胡忠武会面临危险，他也可能从此再也没有翻身之日。

## 意料之外

霍远看着时间还早，主动提出让顺姬为大家唱首歌，顺姬十分大方地挑了一首青川流行歌曲唱了起来，她的声音很美，对节奏和音乐的把握相当准确。

一曲终了，在场的人同时鼓起掌来，霍远一边鼓掌一边问朴恩普："怎么样？"朴恩普双目发亮地说："太美了！"

霍远压低声音："你小子说的是人还是歌？"朴恩普的脸红了起来，好在练歌房内的灯光很昏暗，很少有人能够注意到他表情的变化。

七点钟的时候，一个身穿白色套装的女人准时走入了练歌房中，她毫不客气地来到朴恩普的对面坐下，把半盒香烟放在茶几上。

她的头上戴着金黄色的假发，皮肤很白，脸上卡着一副很大的墨镜，让人看不清她具体的样子，平添了几分神秘感。她的裙摆很低，坐下时隐约露出里面的红色底裤，霍远的目光很快就被她吸引了过去。

朴恩普从烟盒里面抽出一支香烟，他把香烟从中间折断，然后拿起前半支，然后从衣袋中拿起一个紫色的烟嘴点燃。萧宇估计这是他们之间的接头暗号。

那女人淡淡笑了起来，她伸出手和朴恩普握了握："我叫全胜惜！"霍远主动伸出手去："全小姐你好！"全胜惜并没有和他握手的意思，这让霍远多少有些尴尬，他讪讪地缩回手去，眼光仍然注视着全胜惜。

全胜惜把随身携带的PDA放在茶几上："上面有你们需要的全部资料，我会继续打听最新的消息，一有情况我会马上通知你们。"

"我们应该去哪里找你？"霍远嬉皮笑脸地问。

全胜惜站起身来："如果真的有情况，我会找你们！"

霍远也站起身来："我送你下去。"

"不必了，这里的路我比你要熟悉得多。"全胜惜生硬地回绝了霍远。

等到全胜惜走后，霍远有些失落地叹了口气："看来我的青川语还是不过关。"萧宇和顺姬同时笑了起来，顺姬说："你的青川语说得已经很棒，可惜距离打动别人的芳心还有一段很长的距离。"

霍远不服气地看了看萧宇："我就是不明白，有些人的语言天赋要比我差很多，为什么总能轻易获得女孩子的欢心？"

顺姬似乎听出了霍远的言外之意，俏脸微微有些发红。

全胜惜带给他们的资料相当齐全，让他们意外的是，直接参与对金旭日绑架行动的居然有青川的社团"海神社"，这让整件事情变得复杂了许多。

朴恩普指着PDA中的一幅照片，这是那天在"春香峰"和金旭日交易的中年人，资料显示他叫崔罗泰，是"海神社"的二号人物，在韩城的不少地方都拥有产业。

另一个关键人物是李智贤的父亲李薰铉，他自从十年前从北岛逃亡，一直为青川政府工作，主要致力于搜集和北岛有关的情报和资料，他掌握着一个实力强大的间谍组织。

萧宇皱了皱眉头，又是间谍，又是黑社会，真搞不明白他们之间到底有怎样的共同利益？朴恩普做出了分工："我们兵分两路，我和顺姬负责调查崔罗泰，你和霍远去调查李薰铉！"

萧宇还没说话，顺姬首先提出了不同意见："我觉着你和萧宇的角色应该互换一下！"朴恩普有些不明白地看着顺姬。

萧宇点了点头，他理解顺姬的意思，朴恩普的确不适合去调查赌场的事情，至于选择和自己搭档，多数是因为她个人的喜好。

朴恩普向来对顺姬都是言听计从，既然顺姬已经提出了意见，他自然也不会驳。最痛苦的莫过于霍远了，让他整天面对着这个小气鬼，无疑是对他精神的最大折磨。

在顺姬的倡议下，朴恩普把这次带来的行动资金分成了两份，萧宇和顺姬一半，他和霍远一半，依照霍远的意思干脆分成四份，可是看到朴恩普那一脸的肉疼，要是提出来他肯定会心疼得晕过去。

萧宇和顺姬在第二天的傍晚，从酒店租赁了一辆新款现代跑车，事实上也很难找到别国品牌的车辆。

夜色渐渐降临，萧宇已经可以看到前方半山处灯火闪烁的地方，那里就是著名的砚岙赌场。

顺姬熟练地将跑车驶入赌场前方的大型停车坪，本来他们以为自己来得很早，可是看到停车坪上随处可见的高级汽车，才知道有很多人已经来了。

这里的环境很好，三栋古色古香的建筑巧妙地建在绿树和泉水的环抱中，萧宇从顺姬的口中知道，这里还是著名的恒阡温泉的所在地。

两人沿着石阶向赌场的大厅走去，来这里的大都是外国的游客，真正的本地人很少。

负责兑换筹码的服务生对萧宇和顺姬的身份表现得相当好奇，毕竟来到这里的北岛赌客可谓是少之又少。

顺姬兑出了五千美元的筹码，和萧宇向标志有"中国"的赌博区走去，这里麻将、牌九、色子一应俱全，甚至连中国民间常见的赌博游戏

"炸金花"也有人在玩。

从赌客们的对话中，萧宇听出来这边赌博的多数是国人，因为都是同一国度，即使是赌博的对立者，也表现出相当的友善，毕竟来这里多数为了调剂一下心情，并不是为了一夜暴富。

萧宇玩了几把"炸金花"，他的手气不错，短短的半个小时赢了不少钱。

萧宇本来还想玩一会儿，可是顺姬在身边拉了拉他的衣袖，萧宇顺着她的目光看去，前方楼梯的方向，一个中年人在两名保镖的陪同下正在向大门前走去，萧宇马上认出他就是那天参与绑架的崔罗泰。

萧宇放下扑克，站起身来，和顺姬远远跟在崔罗泰的身后。

崔罗泰和手下来到门前并没有继续向前，他们看来在等待着什么。

远处一辆黑色的本田车缓缓停靠在台阶下的空地上，萧宇和顺姬对望一眼，刚刚还说这里的东瀛车少，这就见到了一辆。

崔罗泰笑着向下走去，本田车的车门打开了，两名身穿黑衣的东瀛男子走了下来，随后一个身材高大的东瀛人慢慢走了下来。

一个久违的名字忽然出现在萧宇的心头——反町俊驰！萧宇万万没有想到，这个在东瀛黑道掀起血雨腥风的人物居然会出现在韩城，他和崔罗泰之间又有着怎样的关系！

崔罗泰和反町俊驰热情地握了握手，两人一起向赌场的方向走来。萧宇连忙搂住顺姬的纤腰，转过身去，他生怕反町俊驰认出自己的样子。

好在反町俊驰的注意力都集中在崔罗泰的身上，并没有对其他人表现出太多的关注。

顺姬也察觉到了萧宇的不安，直到崔罗泰一行走远，她才小声问："你认识那个东瀛人？"萧宇点了点头："他叫反町俊驰，是唐户警视厅的新任厅长，东瀛山海组的最近几件血案跟他都有关系！"

顺姬充满迷惑地说："难道他跟我哥哥的被绑也有关系？"

萧宇摇了摇头："不知道，不过我敢肯定他这次来一定没什么好事！"

崔罗泰和反町俊驰来到位于四楼的办公室，反町俊驰的手下帮他把风衣脱下。崔罗泰邀请他在沙发上坐下，性感的女秘书为反町俊驰端来刚刚冲好的咖啡。

反町俊驰喝了口咖啡，笑着对崔罗泰说："青川的咖啡和女人一样都充满了别致的韵味！"崔罗泰听完翻译的解释，呵呵笑了起来。

除了崔罗泰的翻译以外，其他人都离开了办公室。

反町俊驰的面孔显得严峻了许多："你答应过我，最迟在这个月底把K3的全部资料交给我，今天已经是最后的期限！"

崔罗泰淡淡笑了笑："反町先生的性子很急啊！我们预先有一个附加条款，可以有一周的活动期限！"

反町俊驰冷冷看了崔罗泰一眼："我的订金已经付了，如果你不给我一点点信心，让我相信你的能力，恐怕这件事情的后果会很严重！"

崔罗泰仍旧是一脸的笑容，他示意翻译拿出一沓照片，放在反町俊驰的面前，上面是金旭日被绑的照片。

崔罗泰不无得意地说："照片上是金昌颉将军唯一的儿子金旭日，他现在已经在我的手中……"

反町俊驰的神情微微有些缓和，他拿起照片看了看："这并不能确定金昌颉愿意拿出K3的资料交换。"

崔罗泰神秘地笑了笑，他拿起遥控打开了墙上的电视，把摄像头调整到大厅的位置，反町俊驰有些厌恶地看着崔罗泰，他最讨厌这种自命不凡的混蛋，但他的目光还是向电视看去，镜头上出现的是一个美丽的少女，反町俊驰皱了皱眉头，不知道这混蛋到底想让自己看些什么。

"她是金昌颉的女儿，自从把金旭日带回韩城，我就一直派人在机场关注一切动向，果然不出我所料，金昌颉出于某种考虑，并没有出动军方的力量。"

崔罗泰把镜头拉远，反町俊驰的目光忽然变得异带惊奇，他大声说："别动！"

崔罗泰莫名其妙地看着他，反町俊驰从沙发上站起身来，他慢慢走到电视屏幕的前方，仔细地凝视着萧宇的面孔，过了很久才说："他是谁？"

"一个北岛人，名字好像是叫金……"崔罗泰绞尽脑汁也没有想起萧宇的名字，反町俊驰用手指狠狠点了点屏幕："干掉他！"

崔罗泰搞不懂为什么反町俊驰会对这个北岛人抱有这么大的仇恨："在得到 K3 以前，杀掉北岛的特工，好像不是件明智的事情！"

反町俊驰冷冷笑着说："我会多付给你百分之十的酬金，你自己考虑清楚！"崔罗泰呵呵笑了起来："反町先生明天就可以把这笔钱先打到我的账户中去！"

萧宇敏感地觉察到了情况的异常，大厅的摄像头始终都对准他和顺姬的方向。本来他还以为这是一种巧合，可是无论他走到那个角度，摄像镜头都会转向他的位置。

萧宇压低声音对顺姬说："我们可能被发现了！"顺姬有些慌张地向摄像头看去，却被萧宇按住了肩膀："不要抬头，他们应该没有意识到我们已经发现。"

"怎么办？"顺姬小声地问。萧宇微笑着说："一个字——逃！"

萧宇和顺姬出门向停车场走去，没等他们靠近停车场的入口，就看到前方十几名身穿黑色西装的男子快步向他们围拢了过来。

萧宇拉住顺姬的小手向右侧的山路跑去，这条路通往恒阡温泉。赌场的门口也有近二十名黑衣人走了出来，萧宇拉着顺姬加速向温泉的方向跑去，这条路是他们目前唯一的选择。

顺姬向身后望去，那三十多名黑衣人中半数都拿着明晃晃的砍刀。萧宇虽然内心中十分紧张，可是表面上仍旧装出若无其事的样子："没想到黑色西服成了标志性服装了！"他看似调侃的这句话，多少冲淡了顺姬内心的恐惧。

他们已经冲到温泉的门口，由于已经是晚上，这里的生意变得冷清了很多，萧宇一把推开看门的人，拉着顺姬就冲入了浴室的里面。

顺姬忍不住提醒说："这是女浴室哎！"萧宇向她挤了挤眼睛："生死关头，哪还顾得上这些？"

室内的温泉中仍然有五六名女子正在泡着温泉，看到突然闯入的萧宇都吓得大声尖叫起来。

顺姬一边跑一边用青川语说："对不起！打扰了！"两人从温泉的另外一个出口冲上了三楼的休息室，刚刚到达楼上，便听到楼下更为尖利的叫声，显然那帮人也随后冲入了女浴室。

萧宇狠狠地骂了一句："一群流氓！"可是转念一想，自己也是刚从女浴室中跑上来，比他们也强不到哪里去。

休息大厅中的客人并不多，除了他们上来的通路，还有一个出口直接通往男浴室，萧宇本来想从那里逃出去，可是顺姬无论如何也不肯冲入男浴室。

这稍稍犹豫的工夫，几十名黑衣人已经从两个出口中同时冲了出来，看来他们已经预先考虑到萧宇逃跑的途径。

萧宇抓起面前的座椅用力将身后的窗户砸烂，他和顺姬先后从破损的窗户来到了外面的飞檐上，这座温泉的建筑风格是传统的古典建筑，从飞檐到地面还有十多米多的距离，要是从这么高的地方跳下去，很难保证身体不受到伤害。

萧宇叹了口气，这时三名黑衣人已经从其他的窗口爬到了飞檐上，萧宇揭下檐顶覆盖的瓦片，瞄准其中一人狠狠地砸了过去，那小子还没来得及站稳，被萧宇正好砸中了鼻梁，惨叫一声从飞檐上滚了下去。

萧宇一击得手，顺姬连忙又揭下瓦片递到他的手中，萧宇拿着瓦片不住地向对方投掷，又有两名来不及闪避的黑衣人被他砸了下去。

可是瓦片显然不足以阻挡对方的围追，又有十来名黑衣人爬到了飞檐的上面，由于飞檐有一定向下倾斜的角度，在上面站稳需要一定的难度。

两名靠近萧宇的黑衣人举刀向他砍来，萧宇巧妙地躲过了对方的攻击，一脚挑起瓦片，重重地撞在对方的下颌上，那小子被撞得满口鲜血，身体换去了平衡，慌乱间伸手去抓同伴。

顺姬瞄准机会抢起瓦片砸在他的脑袋上，这小子死命抓住同伴的衣服不放，两人同时掉下了飞檐。

对方已经看出这样攻击下去没有任何优势可言，他们也以其人之道还治其人之身，仗着人数众多的优势，从屋檐上揭下瓦片同时向萧宇和顺姬砸了过来。萧宇用身体护住顺姬，手脚并用阻挡对方雨点般的瓦片，浑身上下被砸得到处都疼痛到了极点。

两名黑衣人趁着萧宇揉搓痛处的时候同时冲了上来，他们手里并没有握刀，一左一右把萧宇夹在中间，三人同时用力，而脚下飞檐上的瓦片本来就被萧宇揭去了不少，承重力已经大不如前，在三人的力量下，飞檐忽然从中间崩塌。

一名黑衣人和萧宇搂抱在一起从高处向下跌落，另外一名黑衣人慌忙放开了萧宇，可是已经来不及了，他的身体也摔了下去。

萧宇牢牢抱住那名黑衣人，大声叫了起来："老子今天就跟你赌赌运气！"两人同时摔落在石阶上，那名黑衣人被萧宇压在身下，整条脊椎不知被台阶硌得断裂了多少处，萧宇却幸运地通过他身体的缓冲，没有受到任何伤害。

他从黑衣人的身上爬了起来，这时听到顺姬惊恐的尖叫。

萧宇抬头看去，顺姬的身体悬挂在空中，她的手臂死死抱住飞檐上仍未断裂的圆椽。

两旁的黑衣人看到萧宇已经平安到达了下面，慌忙从窗口进入了休息厅，只剩下两名黑衣人去捉顺姬。

"跳下来！"萧宇大声地喊，顺姬哭着拼命摇头。

形势危急，要是等那帮黑衣人全都下来，情况将不堪设想。

萧宇忽然大声说："原来你穿的是黑色内裤！"顺姬没有想到萧宇突然冒出这句话来，可是从他的角度正好可以看到自己裙底的春光，她下意识地腾出左手想去捂住裙子，这一来根本无法继续抓住圆椽，尖叫着从高处掉了下来。

萧宇抢上前去，稳稳抱住了她的娇躯，顺姬从高处跌下的力量撞得他险些跌倒在地上。

两人从原路向停车场的方向跑去，那帮黑衣人仍旧不放过他们，这时远处终于传来警笛的鸣响，估计是温泉的主人把这里的情况报告给了警局。

那帮黑衣人因为警察的到来，停止了追杀，抬起受伤的同伴，迅速离开了现场。

萧宇和顺姬趁着警察没有控制住现场局势之前，来到停车场，取车离开了现场。

反町俊驰站在赌场的天台，通过红外望远镜目送萧宇开车离开，他露出极为欣赏的神情，至少他已经证明了一件事，萧宇并没有死，他居然漂洋过海来到了青川。不知为何崔罗泰的失败并没有让他感到任何的沮丧，他甚至想，如果萧宇真的死在这帮青川混混的手里，自己反而会感到遗憾。

崔罗泰不知什么时候来到反町俊驰的身后，他咬牙切齿地说："这混蛋到底是谁，他让我损失了五名手下！"

反町俊驰不屑地笑了笑："给你一个忠告，在进行交易之前，先把他给干掉，不然你会麻烦不断！"

萧宇专注地开着汽车，不时从后视镜中留意着有没有跟踪者的出现。顺姬的俏脸始终藏匿在黑暗中，她的面孔从上车起就一直发热，她用眼角的余光偷偷打量萧宇，这可恶的家伙，居然乘人之危，偷看我的……

萧宇忽然笑了起来，顺姬用自认为最凶狠的眼光瞪了他一眼："你笑什么？"

萧宇好不容易才停止了笑声，他拍了拍自己的衣袋，那里有他刚刚从赌场里赢来的钱："我请你吃饭！"

顺姬气呼呼地说："不要以为这样，我就会原谅你！"

萧宇反问她说："你原谅我什么？我有什么地方对不起你吗？"

"可是你刚才偷看……"顺姬的脸红了起来。

萧宇若无其事地扬了扬眉毛："你指的是那件事？可是我并没有看。"

顺姬一把揪住了萧宇的耳朵："你没看怎么会知道是……黑色……"

萧宇大声笑了起来，他上气不接下气地说："我对天发誓，我是猜的。"

顺姬羞得把头垂了下去，心中却想，鬼才会相信你这个狡猾的家伙。

萧宇开车来到一家狗肉馆，早在国内的时候他就听说青川人对狗肉情有独钟，真到了这里才发现果然是名不虚传。

这间不大的店面已经坐满了客人，店主在门外的空地上又临时支起了十几张桌子，萧宇和顺姬找了个位置刚刚坐下，朴恩普就打来了电话，听他的口气，好像有什么重大的发现。

顺姬把他们现在的位置告诉了朴恩普，然后挂了电话。

萧宇慌忙把酒菜点齐，待会儿朴恩普来了看到这满桌的酒菜，不知道要心疼成什么样子。

朴恩普和霍远在二十分钟后来到了这里，霍远看着满桌丰盛的饭菜，两眼冒光，毫不客气地抓起一只狗腿先大嚼了起来："我吃了一天的冷面，总算能见到点荤腥了！"

朴恩普叹了口气："我们这一顿饭的钱能赶上国内农民一个月的生活费！"

萧宇连忙解释："这是我从赌场赢回来的，不吃白不吃！"

朴恩普一听萧宇这么说，也抓起了一只狗腿，张口大吃了起来。霍远目瞪口呆地看着他："你这一口下去就是农民一天的口粮啊！"

朴恩普笑着说："萧宇都说了，今晚是他请客。"

霍远摇晃着脑袋："I 服了 YOU，你小子是装傻蒙人啊！"

顺姬整晚都在回避着萧宇的目光，时不时偷偷露出笑容。

霍远看在眼里，忍不住在心中感叹：这孩子完了，又没逃出萧宇的魔爪。

朴恩普吃饱喝足才想起今天调查的事情，他用纸巾抹了抹嘴："李薰铉的妻子正在韩城悯人医院养病，自从她住院后，都是李薰铉一个人在照料她，李智贤和她的弟弟李长绣始终都没有出现过。"

霍远补充说："我们去李长绣的学校问过，他在一个月以前就休学了，奇怪的是，他连休学的手续都是他父亲代为办理的！"

萧宇迅速把握住了问题的关键："你们怀疑李长绣的失踪另有隐情？"

341

霍远点了点头，他望向顺姬："根据你的理解，李智贤和你哥哥的感情到底怎么样？"顺姬显得有些迷惘："在这件事以前，我一直都以为她对哥哥的感情很深，不然她不会独自一个人选择留在北岛。"

　　萧宇说："这样看来，李智贤也可能受到了某种威胁，也许她的弟弟落在了别人的手中……"萧宇停顿了一下又说，"当然这一切都是我们的猜测。想解开这件事的谜团，我们必须首先找到李智贤本人，中国有句老话叫'解铃还需系铃人'，找到她就能查出金旭日的下落！"

　　萧宇把刚才和顺姬遇到的情况告诉了两人，所有人都认为他们的行踪已经暴露，海神社不会停止对他们的追杀，现在最关键的一个环节就是李智贤，他们必须抓紧时间，把她引出来。

　　"明天你们继续跟踪李薰铉，我和顺姬会找时间探望李智贤的母亲！不过在此之前，我们要重新寻找落脚的地方，大家最好还是分开行动，有情况马上通过电话联络。"

　　昨晚海神社的追杀让萧宇突然意识到，表面上看似平静的韩城，其实处处危机四伏。他从直觉上感到，对方真正的目的是想将自己置于死地。有件事情他始终不明白，反町俊驰为什么会对自己抱有这么大的仇恨。萧宇虽然不知道反町俊驰和美惠子之间到底是什么样的关系，可是上次在东瀛的那场血雨腥风无疑是他们两人联手掀起的。

　　萧宇已经猜测到，自从他们一行降落在机场，他们的一举一动已经全部在海神社的严密监视下，他们以后在韩城的行动会变得更加困难。

　　萧宇和顺姬在确信李薰铉离开悯人医院后，他们在最短的时间内到达了医院，探望病人对他们来说并不是很难办到的事情。

　　顺姬特地买了一束鲜花，希望能用诚意感化这位素未谋面的李夫人。

　　走入病房之前，萧宇已经事先问明了李夫人的病情，她得的是肺癌，如今已经是晚期，正在进行化疗。

　　两人见到李夫人的时候，她正在窗口静静欣赏着一盆兰花，从她的目光中并没有找到绝症病人常见的颓丧和绝望，更多的是一种难以言明的忧伤。

虽然萧宇和顺姬此前从来没有见过她，可他们的内心中都知道，她的忧伤绝不是为了自己。

顺姬礼貌地喊了一声："李太太！"

李夫人慢慢地转过身来，她刚才看花的时候过于专注，竟然没有留意到这两名年轻人的出现。

她温婉地笑了笑："对不起，我好像并不认识两位……"

顺姬没有掩饰自己的来意："我来自北方，曾经是智贤姐最好的朋友。"

李夫人的嘴唇有一个不明显的抽动，她的目光转向了窗口："我……已经很久没有见过她了！"

萧宇从顺姬手中拿过鲜花，插在床头的花瓶中。

李夫人慢慢地说："鲜花的生命本来就很短暂，可是人们却还要夺去它的自由，满足自己的需要，这是多么残忍的事情。"

顺姬来到李夫人的面前："我的哥哥被人绑架了，智贤姐参与了整件事情！"

李夫人漠然看着顺姬："我并不认识你的哥哥，也不关心我女儿曾经干过什么。"

顺姬的美目中荡漾着泪光："可是你知道吗？我的哥哥和智贤姐曾经是多么相爱的一对，我始终都不相信智贤姐会去伤害一个她深爱的人，你可以不关心她干过什么，可是你不能看着女儿处在痛苦中却无动于衷！"

李夫人的眼圈微微有些发红，她的目光仍然盯住那棵兰花。

门外响起了急促的脚步声，一个愤怒的声音大吼道："谁让你们来的？谁允许你们来折磨一个绝症病人脆弱的神经？"

李薰铉出现在病房的门前，他咆哮着冲到了顺姬的面前，萧宇挡在顺姬的前方，生怕他一时冲动伤害了顺姬。

李夫人这时忽然开口了："薰铉，别怪他们！"她剧烈地咳嗽起来，李薰铉怜惜地看着妻子，他扶着妻子慢慢地躺在床上。

李薰铉愤怒地说："在我没有叫来警察之前，你们最好自己走出去！"

李夫人喘息了一阵，才向顺姬说："你们留下……"

她含着泪水拉住李薰铉的手："薰铉，是我害了女儿……"李薰铉用力地握住妻子瘦骨嶙峋的双手："别说了……"

"我要说……"李夫人向顺姬鞠了一躬，顺姬慌忙上前扶住她："李太太……您这是做什么？"

"我代智贤向你们道歉！"

"应该道歉的是金昌颉！"李薰铉大声说，他双目盯住顺姬，"如果我没有猜错，你就是金昌颉的女儿吧？"

顺姬点了点头。

"知不知道我当年为什么逃到这里？就是因为你的父亲一心想对付我，想置我于死地，如果我不离开，我们一家都会被他害死！"李薰铉充满了愤怒。

李夫人哭泣着说："别说了，事情都过去了这么久……"

"知不知道为什么我要智贤留在北岛？那是因为我害怕你的父亲疑心，如果他看出我要全家一起潜逃，我们一个都跑不掉！"

顺姬显然不明白李薰铉所说的一切："可是我爸爸为什么要害你，如果是那样，他为什么还要照顾智贤姐？"

李薰铉冷笑了一声："他为了什么？为了把功劳据为己有，为了肩膀上的军衔不断提升，为了外国银行内的存款数字几何倍增！"

顺姬愤怒地说："不允许你侮蔑我的爸爸！"

李薰铉不屑地笑了笑："他根本不值得我去侮蔑，我最后悔的就是当初没有带走我的女儿，让她这么稚嫩的肩膀承担这么多的苦难和折磨！"

李夫人大声哭了起来。

因为他们始终用北岛语交谈，萧宇只是听了个大概，根本无法插进话去。

他悄悄拉了拉顺姬："你把我的话翻译给他们。"顺姬点了点头。

"我们这次来的主要目的是为了救金旭日，李智贤和青川海神社一起策划了这起绑架，根据我目前掌握的情况，东瀛的黑帮组织山海组也介入了这次绑架，我怀疑他们真正的目的在于金将军手中的 K3 资料。"

李薰铉的目光渐渐变得吃惊，他看来并不清楚这件事复杂的背后。

萧宇说："我不清楚你女儿到底出于什么样的目的，才做出这种伤害她爱人的事情，不过她肯定不知道自己这样做将会造成的后果，东瀛人购买K3资料不仅仅是为了转卖获得暴利，如果他们用于其他的用途，也许会伤害到周边国家和民族的利益！"

李薰铉的面色变得有些苍白，他无力地坐在床边的沙发上："我了解智贤，她应该不会出卖国家和民族的利益……"

萧宇反问他说："难道你没听说过无心酿大祸的故事？"

李薰铉的内心被萧宇重重击中，额头上的冷汗不断冒出，他喃喃地说："不会的，一定不会……"

萧宇继续说："我知道李智贤之所以这么做，肯定有她的苦衷，可是我真的不希望她的结局既伤害到自己，又伤害到整个民族……"

李夫人惊恐地拉住李薰铉的手："薰铉，你去找她，让她不要做错事！"

李薰铉慢慢摇了摇头："我不知道她在哪里，我真的不知道……她曾经说过，不救出弟弟，就不回来见我们……"

萧宇和顺姬默默地离开了医院，他们虽然没有问出李智贤的下落，可是至少证明了一件事：李智贤绑架金旭日的确有不得已的苦衷，海神社利用她弟弟的安危要挟了她。

朴恩普和霍远那边也没有什么新的进展，金旭日仍旧如同石沉大海一样失去了踪彩，绑匪并没有主动和金昌颉将军联系，看来他们正在考验对方的心理极限。

就在萧宇他们对眼前的窘况一筹莫展的时候，一件不幸的事情发生了，李智贤的母亲突然去世了，让人震惊的是她真正的死亡原因是自杀。

萧宇马上就意识到，李夫人真正的用意是用自己的死亡来换回女儿的醒悟。

"她一定会去殡仪馆见母亲最后一面！"萧宇充满信心地说。

顺姬显得十分伤心："如果不是我们去医院，也许李夫人不会选择这条道路！"

萧宇安慰她说："李夫人是想救她的女儿，她本意就是用死亡来引女儿出来。"

霍远说："明天单凭我们几个，恐怕很难盯住李智贤，谁知道她会不会有帮手一起来？"一直没有说话的朴恩普开口说："这你不用担心，我会找全胜惜小姐帮忙，发动所有的力量，李智贤绝对逃不掉。"

霍远忍不住骂了一句："你小子够阴的啊，既然早就知道全小姐的联系方式，为什么不告诉我？"

朴恩普嘿嘿笑了起来："这是纪律。"

萧宇笑着说："好了！大家早点休息，只要明天我们抓住李智贤，就能够找到金旭日的下落，大家养足精力，争取全力打好这一仗！"